AtV

Helmut Sakowski wurde 1924 in Jüterbog geboren. Nach Kriegsende Besuch der Fachschule für Forstwirtschaft. Neben seiner Tätigkeit als Revierförster begann er zu schreiben und wurde vor allem als Verfasser von Fernsehromanen, Hörspielen und Bühnenstücken bekannt. Er lebt in Pälitzhof in Mecklenburg.

Wichtigste Werke: Fernsehromane: *Wege übers Land* (1968); *Daniel Druskat* (1976). Romane: *Verflucht und geliebt* (1981); *Wie ein Vogel im Schwarm* (1984); *Die Schwäne von Klevenow* (1993); *Schwarze Hochzeit auf Klevenow* (1994); *Wendenburg* (1996); *Die Erben von Klevenow* (2000); *Ein Herzog in Wendenburg* (2000), in dem die Fortsetzung der Geschichte von Daniel Druskat erzählt wird, und *Die Geliebte des Hochmeisters* (2004).

Gertrud Habersaat dient seit sieben Jahren auf dem Leßtorffhof, und da der Bauer Witwer ist, vertritt sie in jeder Beziehung die verstorbene Bäuerin. Als sie ein Kind erwartet, hofft sie, daß er sie zur Herrin des Hofes macht. Aber Leßtorff strebt eine Karriere bei den Nazis an und will in höhere Kreise einheiraten. Verzweifelt gibt Gertrud der Werbung eines Mannes nach, der ein Bauerngut im besetzten Polen übernehmen wird.

Mit den großen Flüchtlingstrecks kehrt sie fünf Jahre später nach Mecklenburg zurück – ärmer als je zuvor und obendrein mit drei fremden Kindern, deren sie sich angenommen hat. Durch die Bodenreform wird ihr Traum wahr: Endlich besitzt sie eigenes Land, und so wird sie später zur couragierten Wortführerin der Einzelbauern, die nicht in die LPG eintreten wollen.

In dem fünfteiligen Fernsehroman über das bewegte Schicksal dieser Frau fand ein Millionenpublikum eigene Erfahrungen wahrhaftig widergespiegelt.

Helmut Sakowski

Wege übers Land

Roman

Aufbau Taschenbuch Verlag

ISBN 3-7466-1361-2

1. Auflage 2005
© Aufbau Taschenbuch Verlag GmbH, Berlin 2005
Umschlaggestaltung Preuße & Hülpüsch Grafik Design
unter Verwendung eines Fotos von Bert Hülpüsch
Druck Oldenbourg Taschenbuch GmbH Plzeň
Printed in Czech Republic

www.aufbau-taschenbuch.de

Erntedank

Der Herr war mit den Deutschen gewesen und hatte ihnen eine reiche Ernte beschert. Nach dem Blitzkrieg gegen Polen waren weite Landstriche in den Besitz des Reiches gelangt, und in keinem Jahr hatten die Bauern mehr Getreide eingefahren als während des Spätsommers neunzehnhundertneununddreißig.

Auch im mecklenburgischen Dorf Rakowen quollen die Scheuern über. Nun rüsteten die Leute zu Erntedank, als sollten Ostern und Pfingsten auf ein und denselben Oktobersonntag fallen. Das Gesinde wurde angetrieben, bis jede Fliese gescheuert, jedes Fenster geputzt, jeder Teppich ausgeschüttelt und selbst der Wirtschaftshof so blank gefegt worden war wie die Diele im Haus.

Die Kirche wurde vom Herbstputz nicht ausgenommen. Pastor Heilmann hatte das Gotteshaus lüften und schmücken lassen, jetzt leuchteten Sonnenblumen, Dahlien- und Asterngebinde im Abendlicht der Chorfenster, auf den Altarstufen zu Füßen des Gekreuzigten waren die Früchte der Felder und der Gärten ausgebreitet, und zu Ehren der Danksagung hingen blutrote Fahnen mit dem Hakenkreuz auf weißem Grund von den Giebeln vieler Häuser, die Pfarre nicht ausgenommen. Großer Gott, wir loben dich.

Bereits Tage vor der Feier zerrten die Knechte schlachtreife Kälber aus den Ställen, und die Hofherren wetzten die Messer. Auch die Mägde durften sich keine Ruhe gönnen, aber die Erwartung des Festes hielt sie bei Laune. Sie summten während der Arbeit, wanden die Erntekronen und schmückten sie mit bunten Bändern, rupften Federvieh, das in die Pfanne sollte, oder walkten den Kuchenteig mit kräftigen Fäusten.

Der Dorfbackofen stand seit alters neben einem Brunnen, dort, wo ein Teil der Schloßparkmauer von Adlig Rakowen an den Anger grenzte. Vor Erntedank kam er wieder zu Ehren und wurde schon am Freitag mit Bündeln von trockenem Buchenreis befeuert. Bald schritten die Hausmägde, eine hinter der anderen, heran, sie stemmten eine Hand in die Hüfte, während sie mit der anderen das runde Kuchenbrett auf dem Kopf in der Waage hielten, bis sie ihre Last vor dem Backhaus ins Gras setzen konnten. Zuletzt blieb nur noch eine Gasse zwischen den Kuchen, sie waren auch ungebacken eine Augenweide, Hefestücke, schuppenartig mit halbierten Pflaumen bestückt, die sich unter Butterstreuseln versteckten, geschnitzte Apfelscheiben, die im Sahnequark versanken. Noch war die Glut nicht ausgekehrt, die Mädchen mußten warten, Zeit also für ein Schwätzchen.

Jedes Haus erwartete Gäste von da oder dort, und was das schönste war, die ersten Soldaten würden aus dem Felde heimkehren, gierig auf junges Weiberfleisch. Vielleicht ist der Deine unter ihnen oder ein anderer, der dich zum Spaziergang holt und bald ins Gebüsch drängen will. Jedenfalls ist der Polenkrieg schon nach sechs Wochen siegreich zu Ende gegangen, und die Frau Gräfin Palvner auf Rakowen bekommt allerhöchsten Besuch, nämlich den neu ernannten Gouverneur von Krakau, einen Herrn von beinahe königlichem Rang. Der große Festsaal wird für den Ball geputzt. Wir werden im Dunkeln vor dem Schlosse stehen, auf die erleuchteten Fenster starren und uns wenigstens wiegen können zum Takt der Musik.

Weit hinter den übrigen Kuchenträgerinnen kam Irma zum Anger geschlendert, die Kleinmagd vom Leßtorffhof. Sie war ein schmächtiges Ding von fünfzehn Jahren mit hellen Augen und solch dicksträhnigem Haar, daß ihr die Zöpfe steif vom Kopfe standen. Das Mädchen galt als frech und querköpfig, und wie zum Beweis trug es den Kuchen nicht auf dem Haupt, sondern schaukelnd vor dem Bauche her und hob die Nase, während es sich dem Backhaus näherte.

In der Gasse zwischen den Blechen warf Irma den Freundinnen scherzhafte Worte zu, vertrat sich plötzlich und stand mit beiden Beinen in einem Pflaumenkuchen, der von der Mamsell der Gräfin Palvner herangetragen worden war. Als sie das ansehen mußten, schrien die Mägde in der hellen Schadenfreude und wischten sich lachend die Augenwinkel, bis sie der Kleinen zu Hilfe kamen. Sie nahmen der greinenden Irma das Brett vom Bauch, halfen ihr aus dem Hefeteig, schoben die zertretenen Pflaumen, so gut es ging, zurecht und beschworen die Schloßmamsell, den Unfall für sich zu behalten: Kein Wort zur Herrschaft! Irmas Herrin, die Gertrud Habersaat, war eine gestrenge Wirtschafterin, womöglich hätte sie dem armen Mädchen zur Strafe die Hände ins Gesicht geschlagen.

Der Leßtorffhof unterschied sich von anderen Anwesen in Rakowen durch den Umfang der Ländereien und die Stattlichkeit seiner Gemäuer. Das einstöckige ziegelrote Wohngebäude mit gewaltigem Gaubendach ähnelte einem Herrenhaus, es lag gesondert vom Geviert der Ställe und Scheunen, die den Wirtschaftshof begrenzten, und war über eine Freitreppe mit vorgelagertem Rondell zu erreichen, weit bescheidener zwar als die Auffahrt am Schloß von Adlig Rakowen, aber respektabel immerhin. Dieser Hof wurde von Gertrud Habersaat so umsichtig bewirtschaftet, daß die eingesessenen Bauern längst nicht mehr die Nase rümpften. Trotzdem zerrissen sich die Weiber das Maul. Die junge Frau war über die Mitte Zwanzig hinaus, hochgewachsen und genauso anzusehen, wie es dem blonden Frauenideal jener Jahre entsprach, und wer mit ihr redete, erfuhr von ihrem Sachverstand. Aber jedermann wußte, daß sie einem der halb verfallenen Katen ausgangs des Dorfes entstammte, die bei der Aufsiedlung des Rittergutes Rakowen der Gemeinde als Armenhütten zugefallen waren, und Tochter eines Tagelöhners war, der sich zu Tode gesoffen hatte. Auch ihre Mutter war im Gerede, weil sie nicht auf sich hielt und zuviel Kümmel trank. Viele Frauen neideten der Gertrud ihre Vorzugsstellung auf dem Leßtorffhof, und die alte, kranke Mutter des Erben, die den Wohlstand mit ihrem Heiratsgut begründet hatte, schätzte die Haushälterin am wenigsten und hielt sie gar für eine Erbschleicherin. Dabei arbeitete die Habersaat so, daß ihr keiner was ankreiden konnte. Sie ließ dem Gesinde keine Nachlässigkeit durchgehen, und die Gespannführer wagten es längst nicht mehr, Grünfutter oder Korn für die eigene kleine Hauswirtschaft abzuzweigen. Der Leßtorffsche Reichtum durfte nicht angetastet werden. Gertrud Habersaat war die gute Seele und die Herrin des Hofes, solange Jürgen Leßtorff eigene Wege ging, und das tat er schon seit vielen Jahren.

Der junge Leßtorff, ein Mann um die Dreißig, entsprach nicht dem Bilde, das man sich von einem Bauern macht. Man hätte ihn für einen Studierten halten können. Tatsächlich war er nach ein paar Semestern Landwirtschaft zum Oberleutnant der Reserve avanciert und später von den Behörden des Reichsnährstandes umworben worden. Vor Ausbruch des Polenkrieges hatte er allerdings wieder einrücken müssen. Gertrud Habersaat liebte diesen Mann, seit er sie nach dem überraschenden Ableben seiner Ehefrau auf den Hof geholt hatte. Um seinetwillen tat sie alles und erduldete manches. Sie freute sich, daß er unter den Soldaten sein sollte, die Erntedank nach Rakowen heimkehren durften, und erhoffte sich viel von diesem Wiedersehen. Sie hatte, wie Jakob in biblischen Zeiten, sieben Jahre um einen geliebten Menschen gedient, nun war es an der Zeit, daß er sich endlich entschied. Viele Frauen waren also der Gertrud Habersaat nicht sonderlich grün, dabei vermied sie es, viel von sich herzumachen, und kleidete sich nicht auffällig, vielleicht, daß ihre Bluse von feinerem Leinen als die der Mägde war, ihr Rock von besserem Zeug, das Berchtesgadener Jäckchen trug sie wie andere, die meinten, daß es dem Führer gefalle. Trotzdem hatte die Frau etwas Besonderes an sich durch die Art, wie sie ging oder sprach oder lächelte. Sie war schön, und die Männer verstanden, daß sich der stolze Jürgen Leßtorff ausgerechnet dieses Mädchen ins Bett geholt hatte.

Das Herrenhaus verfügte über viele Räumlichkeiten, darunter ein Zimmer, vollgestellt mit schönen alten Schränken, in denen die Bett- und Tischwäsche des Hofes aufbewahrt wurde, auch Geschirr und Besteck, das nur bei festlicher Gelegenheit auf den Tisch kam, die Schätze des Hofes also. Vor einem der geöffneten Schränke stand Gertrud Habersaat und reichte der kleinen Magd Leinen und Tücher zu. Die Betten sollten frisch bezogen werden.

Sie fragte: Was gab es für Neuigkeiten am Backhaus?

Die kleine Magd lachte. Das war ein schneller Krieg. Die Polen haben sich weismachen lassen, die Deutschen hätten keine richtigen Panzer, die wären bloß aus Pappe. Das haben die geglaubt und sind mit Pferden gegen die Panzer geritten, mit Lanzen aus Holz, wie im Mittelalter. So dumm sind die Polen. Das sind keine guten Soldaten. Wie die schon aussehen, komisch. Unsere finde ich schmuck.

Gertrud lachte. Was interessieren dich Soldaten, mit grade Fünfzehn.

Die Kleine meinte: Ich freu mich jedenfalls, daß der Krieg vorbei ist und es kommen wieder mal welche zum Tanzen ins Dorf. Mit Soldaten macht es Spaß.

Dich wird einer holen.

Wie Manöverball gewesen ist, ich kann Ihnen sagen. Hier hatte ich einen Knutschfleck und da. Sie zeigte in die Gegend ihres dünnen Halses, winkte prahlerisch ab. Und an ganz anderen Stellen, da hatte ich auch noch welche. Sie tippte kichernd an ihre Brust.

In deinem Alter wäre es besser, du würdest dir bei der Arbeit blaue Flecke holen. Nun geh schon, mach dich davon.

Irma hatte Lust, ihre Herrin ein wenig zu ärgern, sie zählte murmelnd noch einmal die Wäschestücke durch und meinte kopfschüttelnd: Ich wundere mich jedesmal, warum ich beide Betten beziehen muß, wo die Frau doch schon seit sieben Jahren auf dem Friedhof liegt und längst nicht mehr im Ehebett.

Verschwinde, rief Gertrud und ersparte sich einen scharfen Verweis, weil sie bemerkte, daß die Tür ein wenig aufgestoßen wurde und ihre Mutter durch den Spalt lugte, ehe sie in all ihrer Leibesfülle unter den Türbalken trat.

Die schmächtige Kleinmagd kam an der Alten nicht vorbei, sondern mußte warten, bis die alte Habersaat die wenigen Stufen treppabwärts in die Wäschestube stieg. Es sah aus, als risse sich die massige Person auf jeder Stufe gerade noch vor dem Absturz zurück, bis sie keuchend auf den Dielen stand.

Irma starrte der alten Frau frech ins Gesicht und huschte vorüber, ohne einen Gruß oder Knicks auch nur anzudeuten.

Es verstimmte Gertrud, daß ihre Mutter entgegen der Abrede im Hause erschien.

Was willst du hier?

Ach, sagte die Alte hoch atmend, eine Aufregung im Dorf. Hast du denn schon gehört, daß der Gauleiter von Polen, der Herr Gouverneur, zu Besuch nach Rakowen kommt? Treibjagd soll sein im gräflichen Forst und abends ein Fest.

Mutter, rief Gertrud aufgebracht, du weißt genau, man sieht es nicht gern, daß du auf den Hof kommst. Die alte Bäuerin mag dich sowenig wie mich.

So, jammerte die Alte und reckte die nachlässig umwickelte Hand in die Höhe, es ist dir nicht recht. Deinetwegen könnte ich verkommen in meiner Hütte. Ich kann mir kaum was zu essen richten, geschweige den Zopf aufstecken.

Was sagt der Arzt?

Angebrochen, antwortete die Alte weinerlich, das ist schlimm, das kann dauern, und kein Mensch, der einem helfen würde, nicht mal die eigene Tochter.

Laß dir was in der Küche geben, rief Gertrud ungeduldig. Ich komme heute abend vorbei und bring dir, was du brauchst. Und nun bitte, laß mich allein.

Aber die Alte ging nicht. Sie folgte der Tochter bis zum weit geöffneten Schrank und flüsterte: Weiß Gott, das habe ich noch nicht gesehen, so viel feines Zeug auf einem Haufen.

Sie berührte andächtig die Wäscheballen, und Gertrud hob, wie in Abwehr, die Hände.

Die Alte sagte beleidigt: Ich nehm dir ja nichts, bloß mal fühlen dieses Leinenzeug, spinnwebenfein, Damast, ganze Bündel. Dreimal mehr, als die Leute brauchen könnten in einem Leben.

Gertrud lächelte über so viel Bewunderung und zog mit gewissem Besitzerstolz ein paar Schübe auf, in denen das Familiensilber blitzte.

Die Alte fuhr sich mit den Fingerspitzen an die Lippen. Großer Gott, das kann nicht wahr sein, Silber, schweres Silber. Aber dann kam ihr plötzlich in den Sinn, wie ungerecht die Reichtümer dieser Welt verteilt waren, und sie zischelte gehässig: Ich hab immer gewußt, diese Leßtorffs in ihrer Üppigkeit und Wollust lassen sich noch mal den Arsch mit Saffianleder ausschlagen, und unsereins hat nichts zu fressen.

Gertrud schloß krachend den Schrank. Du hast wieder getrunken.

Den Schmerz hab ich halt betäuben müssen mit ein paar Kümmelchen, säuselte die Alte und verdrehte die Augen. Was hab ich denn sonst vom Leben? Und warum sollte ich nicht ein Gläschen trinken, wenn ich eingeladen werde und die Menschen sind mir angenehm und die Sorte ist fein genug. Sie ging im Zimmer hin und her und schwenkte ihren schlampigen Rock. Heute trinkt mancher gerne mit mir. Krämer und Krugwirt reißen die Tür vor mir auf, als wollte die Gräfin Palvner eintreten. Nun tut ein Krämer nichts ohne Absicht. Er wird ja wohl fürchten, Jürgen Leßtorff könnte die feinen Dinge für die Hochzeit bei der Konkurrenz in Eulenstein bestellen, wenn man sich nicht respektvoll verhält gegenüber seiner Schwiegermutter.

Gotteswillen, Gertrud schlug die Hände zusammen, du machst mich unmöglich im Dorf. Was hast du herumgeredet?

Kein Sterbenswörtchen, versicherte die Alte, ich verrat kein Sterbenswörtchen, wenn jemand fragt, ob Leßtorff mit dir zu Martini Hochzeit macht. Martini, sag ich höchstens und lächle, da wißt ihr mehr als ich. Sie bewegte ihre Fülle, bis sie nahe vor der Tochter stand, und raunte: Weiß er, daß du schwanger bist?

Er wird es früh genug erfahren.

Wenn du um die Alimente klagst, rief die Alte höhnisch und redete dann verschwörerisch mit halber Stimme: Der Reichtum soll dir gehören, der große Hof, Pferde und Wagen, Wäscheballen, damastene Tücher, Silber, ganze Truhen voll. Sie bückte sich nach einem Becher aus dem Kasten und hielt ihn gegen das Licht. Ach, wie das funkelt und blitzt. Jetzt mußt du klug sein, Gertrud. Der Mann kommt aus dem Krieg zurück, er ist gierig nach einer Frau. Mach dich rar, hab mal 'ne Träne im Auge, wenn's grade paßt. Und verriegele deine Kammertür. Ein Mann, der scharf ist, verspricht die halbe Welt für eine Liebesnacht.

Gertrud lachte. Wozu das alles, Mutter? Ich bin seiner sicher. Jürgen braucht mich. Er hat vom Heiraten gesprochen, als er in den Krieg gezogen ist.

Keine Frau ist eines Mannes sicher. Die alte Habersaat umkrallte noch immer den silbernen Pokal, als hätte sie schon einen Teil des Leßtorffschen Reichtums in die Hand bekommen, und beschwor ihre Tochter: Gertrud, hör auf mich.

Da wurde ein Stock auf die Dielung gestoßen, eine Stimme rief herrisch: Was geschieht hier?

Mutter und Tochter fuhren herum.

Die alte Frau Leßtorff stand in der Tür, längst über die Sechzig hinaus, fast weißhaarig, hager von Erscheinung. Sie war seit vielen Jahren Witwe und trug bis heute dunkles Tuch. Die Mutter des Hoferben litt an einer rheumatischen Erkrankung, das Gehen fiel ihr schwer, und so verbrachte sie tagsüber die meiste Zeit, indem sie mit einem Buch in der Hand im Lehnstuhl saß, der am Fenster ihres Zimmers stand. Eifriger, als sie las, beobachtete sie aber über den Rand ihrer Brille hinweg das Treiben auf dem Wirtschaftshof, als wäre sie es, die immer noch die Geschäfte lenkte, und tatsächlich geschah es dann und wann, daß sie ein paar Mägde ertappte, die ihre Arbeit versäumten und zu lange miteinander schwatzten. Dann erhob sie sich mühsam, riß das Fenster auf und schrie ihren Unwillen hinaus auf den Hof.

Jetzt zeigte sie mit dem Krückstock auf die alte Habersaat. Du wolltest den Becher wohl grad unter der Schürze verschwinden lassen?

Gertruds Mutter dienerte unterwürfig. Nur einmal berühren, mich nur einmal satt sehen wollte ich mich, Frau Leßtorff. Man trifft nicht jeden Tag einen so feinen Hausstand.

Die alte Leßtorff hob das Kinn. Wer weiß, was ihr mir schon weggeschleppt habt, und ich kann es nicht hindern, krank und hilflos, wie ich bin.

Gertrud wehrte sich erbittert. Sie wissen ganz genau, daß ich das Zeug halte wie mein eigenes.

Es ist meins, sagte die Leßtorffbäuerin mit Schärfe, und du hast es zu halten, wie es dem Eigentum der Herrschaft zukommt. Also frag ich: Was haben deine Leute in meinen Zimmern herumzuschnüffeln, zwischen meinen Sachen zu wühlen, alles zu begrapschen und zu betasten mit ihren Pfoten?

Meine Mutter ist krank, deshalb ist sie zu mir gekommen.

Die alte Frau Leßtorff hob die Brauen. Wenn das Personal Besuch empfangen will, ist genügend Platz auf dem Hof, wo man euch unter den Augen hat.

Sie wies zur Tür und gebot der alten Habersaat: Geh!

Gertruds Mutter gehorchte und verließ, schwerfällig tappend, den Raum.

Sie standen sich, durch die Weite des Zimmers getrennt, ein Weilchen gegenüber, die alte Bäuerin, schwarz gewandet auf einen Stock gestützt, die junge Frau mit verschränkten Armen, bis Gertrud sagte:

Das hätten Sie nicht tun dürfen.

Die Leßtorffbäuerin lächelte ein wenig. Schlag dir aus dem Kopf, daß sich deine Leute jemals auf dem Hof einnisten könnten.

Sie wollte hinüber zum Geschirrschrank und hielt der Habersaat eine Hand entgegen. Hilf mir!

Gertrud war auf eine Weise gedemütigt worden, daß sie es nicht fertigbrachte, der Mutter ihres Liebsten auch nur einen Schritt entgegenzukommen, aber dann sah sie, daß die Frau zu wanken begann, sie mußte ihr doch zur Seite stehen und führte die Leßtorffbäuerin zu einem Sessel.

Sie sagte: Sie sollten sich damit abfinden, daß Sie krank sind und alt. Ich wirtschafte auf dem Hof, seit der Bauer im Krieg ist.

Die Bäuerin blickte der Habersaat voll ins Gesicht. Courage hast du, und den Hof regierst du zehnmal besser, als es meine kraftlose Schwiegertochter je gekonnt hätte. Respekt. Der Bauer schläft mit dir, was soll ich sagen. Ein Mann braucht das, wo sollte er hin mit seiner Kraft. Du kannst verlangen, daß er dich bezahlt. Er bezahlt dich doch gut?

Ich laß so nicht mit mir reden.

Hör zu, meinte die Alte beinahe freundlich, wir würden gut miteinander auskommen, wenn du deinen Ehrgeiz lassen wolltest, deinen gottverdammten Stolz, wenn du endlich akzeptieren könntest, die Welt ist eingerichtet, wie sie ist, du kannst daran nicht rütteln. Wir leben in unserer Welt, du in der deinen. Keiner überspringt die Schranke ungestraft. Eine wie du wird nun mal nicht Bäuerin. Sie stöhnte mit einemmal. Ach, meine Füße sind taub. Massier mich!

Gertrud wußte, daß die Alte litt. Sie ließ sich widerwillig auf die Knie nieder, hockte sich auf die Fersen, streifte der Leßtorffbäuerin vorsichtig die Schuhe ab, nahm deren Füße in den Schoß, um sie zu streichen und zu kneten, und spürte bald, daß ihre Dienste der Leidenden gefielen. Sie sagte:

Was einer tut, ist wichtig, wie einer arbeiten kann, Frau Leßtorff, nicht, wo er hergekommen ist. Sie hob ihr lächelnd das schöne, klare Gesicht entgegen und sagte leise: Die Liebe gibt es auch noch in der Welt.

Ach du lieber Gott. Der Leßtorff, mein Mann, hatte eine Bauerntochter aus Gudweiden heiraten wollen, sie soll schöner gewesen sein als ich und gut zu leiden, sagen die Leute. Und Leßtorff hatte eines Tages angespannt, weil er um dieses Mädchen werben wollte. Unterwegs, wie er bei einer Kneipe halten mußte, der hat ja sein Lebtag an keiner Kneipe vorbeigekonnt, wird ihm von irgend jemand erzählt, meine Mitgift wäre um fünftausend Goldmark und vierzig Morgen reicher als die seiner Braut, ich selber aber schon an die Dreißig, also nicht mehr taufrisch – so wie heute du. An diesem Tag ist Leßtorff nicht nach Gudweiden gefahren, sondern zu meinem Vater, und er hat recht gehandelt. Sicherheit für den Besitz, das ist das wichtigste! Was ist die Liebe?

Möglicherweise hatte Gertrud bei ihren Hantierungen zu fest gegriffen, die alte Frau rief aufgebracht: Du tust mir weh.

Die junge Frau ließ augenblicklich los, erhob sich umständlich, strich ihre Röcke glatt und schwieg.

Die Leßtorffbäuerin sagte: Ich weiß, daß du meinen Tod nicht erwarten kannst. Vielleicht gelingt es dir sogar, den Bauern einzufangen, wenn ich fortgegangen bin, du hast einen starken Willen. Aber was wird es dir nutzen? Du kannst niemals abstreifen, wer du gewesen bist, eine aus dem Armeleutekaten. Wenn der Bauer feine Gäste hat, wirst du nicht am Tisch sitzen, sondern am Türbalken stehen, nachdem du bedient hast. Erspar dir das, bleib, wo du hingehörst, im Küchengewölbe oder im Stall. Es ist besser für dich und für uns.

Gertrud litt mehr und mehr unter dem feindseligen Gerede, und ihr wurde himmelangst bei dem Gedanken, die alte Bäuerin könnte die Wahrheit sagen. Am liebsten hätte sie sich mit einer wütenden Geste gewehrt, mit einem Schrei, aber sie flüsterte nur: Genug, Frau Leßtorff.

Ich könnte dir noch mehr erzählen.

Keine Magd hat es in Ihrer Nähe ausgehalten, jede hat sich bei mir beklagt: Lieber Steine karren als Stubendienst. Ich hab Ihre Launen ertragen, jede Demütigung hingenommen, mehr Erbitterung in mich hineingefressen als Brot und trotzdem für Sie gesorgt, weil Sie seine Mutter sind.

Ich kenne dich besser als mein Sohn, behauptete die Alte. Du tust alles aus Berechnung.

Die Habersaat hob die Schultern. Für Sie, Frau Leßtorff, könnte keiner was aus Liebe tun, und ich verlange keine Dankbarkeit, aber Achtung verlange ich. Ein Mensch kann nicht alles ertragen. Ich kann Demütigung nicht ertragen, und ich kann schlecht vergessen. Sie sollten bedenken, daß ich vielleicht einmal Gelegenheit hätte, Ihnen heimzuzahlen, was Sie mir angetan haben.

Die alte Bäuerin umklammerte mit beiden Händen den Griff ihres Krückstocks. Du drohst mir? Weiß Gott, du spielst mit hohem Einsatz.

Gertrud drehte sich zur Tür und rief nach Irma.

Die kleine Magd erschien unverzüglich, stolperte die wenigen Stufen abwärts und verschränkte die Hände auf dem Rücken. Was ist?

Bring die Frau auf ihr Zimmer!

Die Alte rief: Du wirst mich bedienen und nicht dieser ungewaschene Trampel.

Die kleine Irma blickte von der alten Herrin auf die junge und fragte vorlaut: Wer hat denn hier das Sagen?

Als Antwort flog ihr Gertruds rechte Hand ins Gesicht.

Die alte Leßtorffbäuerin schüttelte den Kopf. So sicher bist du deiner Sache, Gertrud?

So sicher, Frau Leßtorff.

Ein Tag leuchtender als der andere in diesem Altweibersommer neunzehnhundertneunundreißig. Der Sonnabend vor Erntedank schien den Freitag zu übertreffen, flutendes Sonnenlicht, nachdem sich der Frühnebel gehoben hatte. An den Spinnennetzen zwischen den Gräsern am Weg und im zottigen Gezweig der Fichten funkelten die Tauperlen. Wiesen und Koppeln grünten wie im Mai. Noch standen die Buchen oder Birken am Anger im vollen Laub, aber der wilde Wein an den Häuserwänden eiferte den Fahnen nach und färbte sich blutigrot.

Gertrud Habersaat war schon in aller Frühe durch Hof und Ställe geschritten. Ihr Morgengruß gegenüber dem Gesinde fiel freundlich aus, die Leute verrichteten ihre Arbeit ordentlich. Jürgen Leßtorff sollte gegen Mittag daheim in Rakowen eintreffen. Er würde zufrieden sein, und Gertrud lächelte bei dem Gedanken, daß er sogar auf dem Tisch vorfinden würde, was er gerne aß, gebackenen Zander. Der Fischer hatte ein besonders stattliches Exemplar aus seinem Fang in die Küche geliefert, es war inzwischen längst filetiert. Aber bei der Zubereitung des Kartoffelsalats durfte die Köchin nur assistieren, Gertrud bestimmte die Zutaten und mengte sie mit eigener Hand, damit das Gericht geradeso geriet, wie es Jürgen Leßtorff liebte, nämlich ohne Mayonnaise, die Kartoffelscheiben angerichtet mit fein geschnittenem Apfel, Zwiebeln, Gürkchen, einem Schuß Öl und einer Kelle kräftiger Bouillon. Die Köchin kostete und sagte wieder einmal: Ich krieg das nicht hin wie du. Und Gertrud antwortete schmunzelnd: Gelernt ist gelernt. Das Rezept ist von zu Hause, ein Armeleuteessen, und legte den Finger an den Mund.

Die junge Frau hatte sich für die Heimkehr des Bauern ein wenig herausgeputzt, sie trug ein Gewand von ländlichem Zuschnitt, wie es in Mode war, dazu eine frisch gestärkte Schürze, und es störte sie nicht, daß dieses Kleidungsstück als Zeichen der Dienstbarkeit galt. Sie wollte dem Jürgen Leßtorff gefallen, er war ihr lieber Herr.

Gertrud überquerte den Hof, um im Garten ein paar Herbstblumen für den Willkommensstrauß zusammenzusuchen, als ihr ein Mann entgegentrat, den sie nicht kannte. Er war groß und kräftig, um die Dreißig vielleicht, in einem Alter also, in welchem man die deutschen Männer zu den Fahnen rief, um einen bösen Feind zu schlagen, es sei denn, ein Gebrechen hinderte sie. Dieser Mann sah kerngesund aus, er hatte ein energisches Kinn, das in der Mitte geteilt war, eine kräftige Nase, sehr helle Augen, und ein selbstsicherer, lustiger Mensch schien er wohl auch, er zog die Mütze mit übertrieben galantem Schwung, entblößte lächelnd das Gebiß und richtete den Zeigefinger ein wenig zu nahe gegen Gertrud, als er sagte: Ich wette, Sie sind das Fräulein Habersaat.

Woher wissen Sie das? fragte sie und ließ sich von der Heiterkeit des Fremden anstecken.

Sie sehen genau so aus, als wären Sie die Chefin. Ihren Namen habe ich erfragt.

Wer sind Sie?

Der Willi Heyer, ein Monteur aus der Stadt, der Ihren Dreschkasten reparieren soll.

Aber doch nicht am Sonnabend vor Erntedank. Wir erwarten heute den Herrn zurück.

Darf ich schon mal nach dem Schaden sehen?

Meinetwegen. Sie verwies den Monteur an Leitkow, einen Gespannführer, der gerade einen Schimmel aus dem Stall führte.

Heyer bedankte sich, und Gertrud entließ ihn freundlich.

Aber das Lächeln gefror ihr, als sie bemerkte, daß ein Mann durch das Hoftor stolzierte, der sie seit Wochen mit Artigkeiten bedrängte, obwohl er wissen mußte, daß sie so gut wie vergeben war.

Emil Kalluweit war schon an die Vierzig, ein vierschrötiger Mensch mit bäurischem Gesicht, gerötet vom Sonnenbrand oder einer Flechte, die seine Wangen verfärbte. Er diente als Feldmeister des Reichsarbeitsdienstes und kommandierte eine Gruppe junger Männer, die vor dem Dorf in einem Lager hausten und nach neudeutschem Brauch ein paar Monate lang den Umgang mit dem Spaten erlernen sollten, ehe man sie zu den Waffen rief.

Der Feldmeister, gestiefelt und gespornt, beschleunigte den Schritt, als er sah, daß Gertrud in einer Gebärde plötzlicher Entmutigung die Schultern hängenließ. Am liebsten hätte sie dem Kalluweit den Rücken gekehrt. Da stand er schon vor ihr und knallte die Hacken zusammen.

Morgen, Fräulein Habersaat.

Sie wünschte mürrisch guten Morgen und fragte gequält: Kann man Sie entbehren bei der Truppe?

Kalluweit grinste. Meine Männer probieren heute ohne Spaten für das Fest. Hören Sie. Er hielt den Kopf schief und hob den Zeigefinger.

Tatsächlich, vom Anger wehten Musikfetzen herüber, Männergesang, begleitet von einer Zichharmonika: Kein schöner Land in dieser Zeit als hier das unsre weit und breit ... wo wir uns fi-hin-den wohl unter Li-hin-den ...

Hübsch, sagte Gertrud, und Kalluweit vertraute ihr an, das Künstlerische wäre nicht sein Fall, er sei ein erdverbundener Mann. Der Küster übe mit seinen Männern. Er summte die Melodie und erschrak sichtlich, als er von ungefähr zum Giebel des Hauses blickte. Die Fahne, sagte er. Haben Sie vergessen, Fräulein Habersaat? Das kann Unannehmlichkeiten geben.

Nein, wenn man nicht alles selber macht. Die junge Frau rief ärgerlich nach der kleinen Magd, die zwei blecherne Futtereimer über den Hof schleppte und scheppernd niedersetzte.

Was ist denn jetzt schon wieder los?

Bring mir die Fahne, aber rasch. Herr Kalluweit hat schon beanstandet.

Der Feldmeister versicherte eifrig: Ich komme nicht als Kontrolleur, ich wollte nur einmal vorbeischauen, mich erkundigen, wie es Ihnen geht.

Dank der Nachfrage, Herr Kalluweit. Sie wissen ja, es ist eine Menge zu tun vor Erntedank. Außerdem erwarten wir jede Stunde den Bauern zurück.

Der Hinweis verscheuchte den Arbeitsdienstführer nicht. Er nickte anerkennend. Sie wirtschaften seit Monaten allein auf dem Hof und gerade in der Ernte. Sie haben dem Leßtorff einen Gutsinspektor erspart.

Man tut, was man kann, sagte Gertrud und mühte sich dem Mann gegenüber so angestrengt um etwas Freundlichkeit, daß ihr das Lächeln beinahe zum Blecken der Zähne geriet.

So schritten sie an der Milchbank vorüber. Agnes, eine der Mägde, hatte die Kannen blitzblank gescheuert und zum

Trocknen auf den Kopf gestellt. Gertrud lobte das Mädchen: So ist es recht, Agnes, und versuchte sich in der Konversation, indem sie dem Kalluweit erklärte: Ich sag immer, wenn ein Ding seine Ordnung hat, ist es auch angenehm für das Auge, nicht wahr?

Kalluweit sagte: Das gefällt mir so an Ihnen, Fräulein Habersaat, die Sauberkeit in allen Sachen, das Ordentliche. Sind Sie eigentlich auch beim Arbeitsdienst gewesen?

Dafür war ich zu alt.

Aber, aber ...

Ich bin achtundzwanzig.

Kalluweit schien überrascht: Wenn Sie's nicht gesagt hätten ... Dann würden wir ja gut zueinander passen, rein altersmäßig, meine ich.

Inzwischen hatte das Paar den Zaun erreicht, der den Garten des Hauses umschloß. Gertrud öffnete die Pforte, und Kalluweit folgte ihr bis in die Beete.

Er sagte: Wissen Sie, es gefällt mir, wie Sie die Wirtschaft führen, wie Sie mit den Leuten umgehen können, Ihre Sicherheit nimmt mich ein, Ihre Umsicht, der Sinn für das Schöne im Leben, wie man so sagt. Sie sind genauso, wie man sich eine deutsche Frau vorstellt, eine gute Bäuerin.

Gertrud, zwischen den Dahlien, die immer noch inbrünstig blühten, schaute nun doch ein wenig erstaunt auf den Arbeitsmann. Warum sagen Sie das, Herr Kalluweit?

Der rieb sich in der Verlegenheit die Hände. Wir würden gut zusammen passen, denke ich mir. Wir haben so vieles gemeinsam, wie wir uns hochgerappelt haben zum Beispiel. Wir sind doch beide Benachteiligte gewesen, wir haben gar nichts besessen außer unserer Tüchtigkeit, außer dem Willen, vom Leben einzufordern, was uns zusteht. Sehen Sie mal, Drittsohn war ich auf einem kleinen Hof und hatte immer Spaß an der Arbeit mit Acker und Vieh. Ich wär so gern Bauer gewesen, bin aber zu spät geboren nach dem Gesetz. Knecht hätte ich sein können bei meinem Bruder oder bei Leuten, aber das war nichts für mich, Dritter oder Vierter oder Knecht. Also bin ich zum Arbeitsdienst gegangen und hab auf eine Chance gewartet. Und Sie? Sie stammen aus dem schäbigsten Katen im Dorf und haben das Zeug zu einer Großbäuerin. Ich brauche eine Bäuerin, Fräulein Habersaat.

Aber Sie haben keinen Hof, Herr Kalluweit.

Kalluweit lächelte. Ich werde einen haben, und was für einen, jedenfalls keinen unter zweihundert Morgen. Endlich Herr auf eigener Scholle.

Haben Sie gekauft oder geerbt?

Ich geh nach dem Osten. Na, Sie wissen doch: Danzig, Westpreußen, Warthegau, Oberschlesien, alles wieder heim ins Reich, und ein großes Stück vom alten Polen dazu. Ostpreußen reicht jetzt bis auf wenige Kilometer an Warschau heran. Viel deutsches Land im Osten, das will besiedelt sein. Eine Aufgabe nur für die Tüchtigen, meine Chance – unsere, wenn Sie mit mir gehen als meine Bäuerin.

Gertrud starrte dem Arbeitsmann ins Gesicht, das von den Bewegungen der Seele oder von seiner Flechte mehr als sonst gerötet war.

Er sagte: Wer sind Sie denn auf dem Leßtorffhof? Die Erste unter den Mägden.

Gertrud erinnerte sich des Gesprächs mit der alten Bäuerin. Hier stand schon wieder einer, der ihr Angst machte. Wahrhaftig, er hob die Hände, als wollte er zufassen. Sie reichte ihm die Blumen, damit er was zu halten hatte, und sagte:

Ihr Antrag überrascht mich, Herr Kalluweit.

Da stand er, wie beschenkt, und fragte: Sie überlegen sich's?

Sie meinte, nach einem Weilchen: Der Osten, sehen Sie mal, ist fremd für mich. Ich häng nun mal an meinem Dorf, an meiner Arbeit, und Sie wissen doch selber, es fehlt die Frau auf dem Hof, man braucht mich hier.

Kalluweit senkte den Kopf. Sie mögen mich nicht.

Gertrud, die ihre Überlegenheit zurückgewonnen hatte, versuchte ihm schelmisch zu antworten: Herr Kalluweit, Sie haben nicht gesagt, daß Sie jemanden zum Gernhaben suchen. Sie brauchen eine Person, die rackern kann, eine Bäuerin für die Siedlung im Osten. Wer eine Frau gewinnen will, muß schon ein wenig mehr aufbieten als Sie. Mit diesen Worten nahm sie ihm die Blumen aus den Händen und ging auf die Gartenpforte zu.

Kalluweit folgte eilig. Ach bleiben Sie, ich bin ungeschickt, ich kann mich schlecht ausdrücken, aber wenn ich Sie so ansehe, dann glaub ich schon, daß ich Sie gern haben könnte.

Gertrud blinzelte ein wenig, weil sie nicht glauben wollte, daß dem Feldmeister Tränen in den Augen standen, und sagte versöhnlich: Wir können ja nach Erntedank noch einmal miteinander reden, und dann hätte sie beinahe laut aufgelacht, denn Irma, die kleine freche Magd, war immer gut für einen komödiantischen Einfall. Sie hatte Holzpantinen an den Füßen und trug auf den ausgebreiteten Armen die Hakenkreuzfahne wie eine Monstranz vor sich her.

Willi Heyer sah es auch. Er hatte sich mit dem Gespannführer Leitkow unterhalten, ehe er den Schaden am Dreschkasten suchen konnte, und eine Weile geargwöhnt, dieser Leitkow ahne, wer er sei. Der alte Mann hatte ihn aus den Augenwinkeln angeschaut, wie es mißtrauische Leute tun, und gefragt: Du bist der Monteur?

Heyer nickte.

Leitkow hielt den Schimmel am Zaum und meinte: Sonst ist ein anderer Mann gekommen.

Der ist Soldat, verstehst du?

Warum bist du nicht eingezogen?

Heyer hatte keine Lust, sich ausfragen zu lassen. Er tätschelte den Gaul am Hals und fragte: Krank?

Ja, meinte Leitkow, das Tier hat 'ne kleine Kolik im Wanst. Da wird ein Aufhebens gemacht wie mit einem Menschen. Ich führ ihn schon das zweite Mal spazieren, ist nämlich das Lieblingspferd von unserem Chef.

So waren sie plaudernd in die Nähe der defekten Dreschmaschine gekommen, Heyer hatte gesagt: Na, dann will ich mal. Aber der alte Leitkow wollte ihn nicht gehen lassen und hatte behauptet: Ich hab dich schon mal gesehen.

Heyer durfte sich nicht verraten. Kaum möglich.

Er dachte an seinen Vater, der hatte wie Leitkow als Gespannführer auf einem Rittergut in der Nähe von Wismar gedient, bis er gewaltsam zu Tode gekommen war. Das war im Jahre neunzehnhundertzwanzig geschehen. Heyers Vater hatte den Generalstreik unterstützt, der von der Reichsregierung Ebert ausgerufen worden war, um Herrn Wolfgang Kapp vom Aufsichtsrat der Deutschen Bank und die putschenden Regimenter der Schwarzen Reichswehr aufzuhalten. Er hatte sich als Sprecher der Streikenden seinem Gutsherrn entgegenstellen müssen und die Gelegenheit genutzt, gerechten Lohn, nämlich vierzig Pfennig die Stunde, für die Landarbeiter einzufordern. Daraufhin hatte der aufgebrachte Gutsherr die Roßbacher, Männer eines Freikorps, auf den Hof gerufen, um seine rebellischen Leute in Schach zu halten, und den Robert Heyer als Rädelsführer benannt. Der Mann wurde an die Wand gestellt und kurzerhand erschossen.

Der Junge hatte gesehen, daß die Mörder seines Vaters eine Hakenkreuzbinde am Ärmel trugen, und seit damals, seit den Kindertagen, galt ihm das Nazisymbol als Zeichen primitivster Gewalt. Er wurde zu einem Hitlergegner und zählte zu den ersten, die man nach der Machtübernahme in Haft genommen hatte. Seit ein paar Jahren war er frei, mußte eine kranke Frau versorgen und wollte auf keinen Fall seine Arbeit verlieren, die er einem großmütigen Schlossermeister verdankte.

Leitkow hielt immer noch den Schimmel am Zaum und wiederholte: Ich hab dich schon mal gesehen, keine zehn Jahre her, damals haben sie auf den Dörfern agitiert, die Roten.

Heyer lachte. Vor zehn Jahren bin ich grade mal zwanzig gewesen, da hab ich auf jeder Kirmes getanzt. In dieser Gegend hat es verdammt schöne Mädchen gegeben. Manchmal habe ich mich an einem Abend auf verschiedenen Tanzböden ausgetobt, zwei Bräute gehabt in einer Nacht.

Leitkow nickte anerkennend. Wenn man jung ist, noch so richtig im Saft ...

Heyer meinte: Ein Motorrad braucht man auch, um von Ort zu Ort zu kommen. Damals gab es so einen heimlichen Steg, hinter der großen Chausseekurve bei Rakowen ist er abgezweigt, grade mal breit genug für ein Motorrad, kilometerweit durch dichten Wald. Da hat man 'ne Menge Zeit gespart.

Den Weg hatten die Wilderer angelegt. Leitkow erinnerte sich. Bist du einer von denen gewesen?

Mensch, Alter, ich hab dir doch erzählt, wo mein Revier gewesen ist. Hast du 'ne Ahnung, ob man diesen Weg heute noch befahren kann?

Leitkow zuckte mit den Schultern. Bei gutem Wetter vielleicht. Dann sah er, daß die Wirtschafterin und der Arbeitsdienstführer herangeschritten kamen, und machte sich mit dem kranken Schimmel davon.

Die kleine Magd wartete in der Nähe des Dreschkastens. Sie zeigte die meterlange Hakenkreuzfahne auf den vorgehaltenen Armen kichernd vor. Es hatte sich eingebürgert, die Fahne am höchsten Giebel der Gebäude des Leßtorffhofes, also an der großen Scheuer, zu hissen, damit sie weithin sichtbar war.

Die Habersaat blickte sich suchend um, Leitkow war mit dem Schimmel längst davon, und sie fand außer dem geschniegelten Feldmeister keinen Mann auf dem Hof, der imstande gewesen wäre, die schwankende Leiter zu erklimmen, bis auf den Monteur, der sich gerade am Dreschkasten zu schaffen machte.

Die Fahne ist anzumachen. Ob Sie wohl die Güte hätten, junger Mann.

Heyer hob seine ölverschmierten Hände. Ich bin bei der Arbeit. Er deutete auf den Feldmeister. Der Herr hat gewiß mehr Zeit als ich. Er drehte sich zur Maschine um.

Dem Kalluweit kam dieser Mann verdächtig vor. Er kommandierte: Ich will mit Ihnen reden, also schauen Sie mir gefälligst ins Auge, Mensch!

Heyer befolgte die Aufforderung in aller Ruhe, verwahrte sich aber gegen den Kasernenton. Ich bin nicht einer Ihrer Arbeitsmänner.

Und wahrscheinlich niemals beim Kommiß gewesen.

Sie haben recht, sagte Heyer und bereute, daß er sich von dem Feldmeister hatte reizen lassen.

Der wollte die Papiere sehen, Heyer mußte sie vorzeigen.

Hat es Kalluweit doch gewußt. Er blickte triumphierend auf Gertrud Habersaat. Ein Krimineller.

Nein, Heyer verwahrte sich erbittert, und der Arbeitsdienstführer verbesserte sich: Ein Politischer, ein Roter, und des Hochverrats verdächtig. Lieber Freund, Sie sind ganz schnell wieder im Knast, wenn Sie Zicken machen, wenn Sie beispielsweise der Fahne nicht Respekt erweisen. Auf die Leiter, wird es bald!

Gertrud Habersaat gefiel das Geschrei nicht, und es verstimmte sie, daß der Feldmeister in ihre Befugnisse eingriff. Herr Kalluweit, ich möchte keinen Skandal auf dem Hof.

Heyer sagte: Ich mache keinen. Er wischte umständlich seine Hände an einem Lappen ab, ließ sich von der kleinen Magd die Hakenkreuzfahne über die Schulter hängen, erstieg die Leiter, befestigte das Fahnentuch in der Höhe und warf es in den Wind.

Kalluweit hatte sich durchgesetzt. Er wartete, bis sich der Monteur, Sprosse für Sprosse, auf den Boden zurückgetastet hatte, und fragte, beinahe versöhnlich: Wie lange haben Sie gesessen?

Vier Jahre.

Vier Jahre, wiederholte Kalluweit. Inzwischen ist Deutschland groß geworden, und Stalin hat euch in den Arsch getreten. Der paktiert heute mit uns und liefert viele von euch an den Galgen. Wie muß einem Menschen zumute sein, der vier Jahre für eine verlorene Sache gesessen hat, für einen verratenen Haufen. Tut Ihnen das heute wenigstens ein bißchen leid?

Heyer verbiß sich eine Antwort. Er zog seine Mütze und ging. Irma blickte ihm nach, als er über den Hof schritt, und sagte vorwurfsvoll: Nicht mal ein Frühstück hat der Mann bekommen.

Gertrud hielt es tatsächlich so, daß ein Handwerker, der sich als nützlich erwies, in der Gesindeküche bewirtet wurde, das konnte sich der Leßtorffhof leisten. Sie ärgerte sich und winkte die kleine Magd mit herrischer Gebärde davon. Verschwinde!

Kalluweit konnte sich als Sieger fühlen. Er hatte sich vor der verehrten Frau als starker Mann erwiesen und versuchte jetzt, sich gar als Philosoph und Mann von Geist zu zeigen. Merkwürdiger Kerl, dieser Monteur. Ein Fanatiker, sage ich Ihnen, das sind die gefährlichsten Menschen. Ich nenne es fanatisch, wenn sich die Beschränktheit begeistert. Stellen Sie sich vor, die Vorsehung hätte den Führer nicht für uns bereitgehalten und solche wie der wären an die Macht gekommen. Nicht auszudenken, was aus Deutschland geworden wäre.

Jetzt hob er den Zeigefinger. Ach bitte, hören Sie doch mal Fräulein Habersaat.

Und wieder vernahm sie, was Kalluweits Männer auf dem Anger sangen: Stimmt an mit hellem, hohem Klang, stimmt an das Lied der Lieder, des Vaterlandes Lobgesang ...

Aber dann fuhr die Frau herum. Was war das? Das heisere Signal einer Autohupe, danach ein Augenblick der Stille und wenig später dreifaches Hurra-Geschrei der Arbeitsmänner, heulendes Motorengeräusch. Ein Militärfahrzeug fuhr die Straße herauf.

Da ließen Knechte und Mägde des Leßtorffhofes fallen, was sie gerade in den Händen hielten, stürzten aus den Ställen und rannten zur Auffahrt vor dem Herrenhaus, um sich dort nebeneinander aufzustellen, und Gertrud mußte sich sputen, daß sie rechtzeitig an die Freitreppe kam.

Kalluweit folgte eilig. Er trug die Ausgehuniform und wollte sich nicht bei den Dienstleuten einreihen, sondern postierte sich vor dem Gesinde, als hätte er Anspruch auf Führerschaft.

Da war der offene Kübelwagen auch schon heran. Leßtorff stand wie ein Triumphator auf dem Trittbrett des Autos, riß zum Gruß den Arm in die Höhe und sprang lachend ab.

Er sah prächtig aus in der mit Silberlitzen geschmückten, knapp sitzenden Uniform und winkte seinen Leuten zu. Dann begrüßte der Frontoffizier ein wenig herablassend den Arbeitsdienstführer, der am Fuß der Treppe stand. Na, Kalluweit, immer noch beim Grabenbuddeln und beim Torfstechen? Muß ja auch sein.

Jetzt sah er die Frau. Auf der Terrasse wartete lächelnd die schöne Gertrud Habersaat und hielt die Herbstblumen wie einen Brautstrauß im Arm.

Leßtorff sprang ihr mit wenigen Sätzen entgegen, riß die Geliebte an sich und küßte sie vor aller Augen. Gertrud, Mädchen, da bin ich wieder.

Ihr wurden die Augen naß, als sie ihren Helden begrüßte. Willkommen daheim, Jürgen Leßtorff.

Der Mann hielt sie immer noch an der Schulter fest, als sie nebeneinander die Diele betraten.

Die alte Frau, meinte Gertrud, deine Mutter. Sie wird dich sehen wollen.

Aber er verlangte zuerst nach einem Bad. Ich bin verdreckt. Wir haben tagelang nicht die Sachen gewechselt. Komm!

Er zog sie noch einmal an sich, ehe er die Treppe zum Schlafzimmer aufwärts stieg. Es rührte Gertrud, daß der Mann nach ihr verlangte. Sie wollte ihm augenblicklich nach und erteilte ihre Befehle ein wenig zu laut. Sie riß die Tür auf, die ins Küchengewölbe führte, und herrschte die Köchin an: Das Essen auf den Herd. Beeil dich! Dann rief sie die kleine Magd zurück, die gerade davonhuschen wollte: Du richtest das Gästezimmer für den Fahrer.

Der Mann stand neben Leßtorffs Gepäck mitten auf der Diele. Gertrud wies ihn an: Die Koffer dahinauf.

Sie war außer Atem, als sie die Schlafzimmertür hinter sich ins Schloß zog und verriegelte. Eine Zeitlang blieb sie am Türbalken stehen, als wolle sie Jürgen Leßtorff nicht stören, der sich seiner Uniformstücke und seiner Wäsche entledigte, bis er nackt vor den Betten stand und sie lächelnd heranwinkte.

Der Mann war in Bereitschaft und zeigte das vor. Er hat Sehnsucht, er hat so lange warten müssen. Sie ließ sich auf die Knie nieder, nahm ihm das Glied aus der Hand und liebkoste es, bis er heiser lachte. Vorsicht! Jetzt hatte es Leßtorff so eilig, daß er ihr kaum Zeit ließ, sich vollständig zu entkleiden. Er hob sie auf die Kleidertruhe und nahm sie dort. Dann lagen sie nebeneinander im Bett, streichelten sich, um sich zu beruhigen, tauschten zärtliche Worte, und beinahe hätte sie ihm ihr Geheimnis anvertraut, da war er aber schon wieder zur Stelle, und diesmal gelang es ihm, den Einklang zu finden, bis sie gemeinsam zum guten Ende kamen.

Später ließ sich der Mann im Bade bedienen. Gertrud schrubbte seinen Rücken, wusch ihm das Haar und lachte, als er sich wie ein kleiner Junge die Nase zuhielt, um bis über den Kopf ins Wasser zu gleiten und erst nach einer Weile prustend wieder aufzutauchen.

Sie sagte: Tausend Ängste hab ich um dich ausgestanden. Unnötig, wie du siehst.

Leßtorff erhob sich aus der Wanne, die Frau hüllte ihn in das Badelaken, rubbelte ihn trocken, und der Mann genoß es, umsorgt zu sein wie in den Kindertagen.

Sie sagte: Heut sollst du alles bekommen, was du gern hast.
Er lächelte. Dich hatte ich schon.

Und sie zählte ihm andere Wonnen auf: Das Feinste zu essen und zu trinken, gebackenen Zander mit Kartoffelsalat, Zitronencreme. Ich will dich verwöhnen. Später könnte ich mit dir durch die Ställe gehen, dir die Bücher vorlegen. Du sollst mich auch einmal loben müssen.

Aber ich weiß doch, daß ich mich auf dich verlassen kann. Du wirst den Laden schon geschmissen haben. Er warf das Badetuch von sich, und die Frau reichte ihm Stück für Stück frische Wäsche.

Du warst so lange fort, Jürgen. Heute abend mußt du mir erzählen, wie es im Krieg gewesen ist.

Ach, erspar uns beiden das.

Gertrud lächelte ganz wenig. Ich hab dir auch was Wichtiges zu sagen.

Daraus wird heute nichts. Er streifte das Hemd über den Kopf und schlüpfte in die Hosen. Ich bin zur Jagd nach Adlig Rakowen geladen und muß im Augenblick wieder los. Ich werde bedeutende Persönlichkeiten treffen, Leute von der SS-Führung, vom Reichsnährstand. Bitte, bring mir die Uniform für das Fest heute abend in Ordnung, messerscharfe Bügelfalten, du weißt schon.

Jetzt sah er, daß ihr eine Träne zum Mundwinkel sickerte, und wunderte sich. Was ist denn passiert?

Ich hab mich so auf dich gefreut.

Leßtorff lachte und nahm sie in den Arm. Ich werde nicht nur diesen einen Tag zu Hause sein, Gertrud, ich hab Urlaub. Als er ihr mit den Fingerspitzen die Tränen von den Wangen streifte, entdeckte er die ersten Fältchen. Er sagte: Du siehst angestrengt aus.

Der Gouverneur

Adlig Rakowen war bekannt und berühmt wegen der Anmut seiner Parkanlagen, die ein französischer Landschaftsgärtner am Ende des achtzehnten Jahrhunderts geschaffen hatte. Zu dieser Zeit war auch das Schlößchen nach englischen Vorbildern umgebaut worden, ein hell verputztes Gebäude, überragt von Zinnen und Zacken, so prangte es am Rande des Lustgartens, dessen abgezirkelte Bosquettes mit den Jahren verwucherten. Aber wie einst führten geharkte Kieswege an botanischen Kostbarkeiten vorüber bis hin zu einem künstlich angelegten Schwanenteich, der von Trauerweiden beschattet wurde, und wenn im Frühling die Rhododendronwäldchen blühend überschäumten, wenn Nachtigallen schlugen oder Frösche quakten, konnte man sich auf Adlig Rakowen in Eden wähnen, jenem Garten, den der Herr gen Mittag gepflanzt hatte, ursprünglich wohl zur Freude des ersten Menschenpaares.

Dabei hatte Rakowen eine kriegerische Vergangenheit. Das Schloß war auf den Trümmern einer mittelalterlichen Grenzbefestigung gegen die Slawen errichtet worden und lange Zeit im Besitz derer von Kladen gewesen, eines Adelsgeschlechtes, dessen Vorfahren sich rühmten, mit Heinrich dem Löwen gen Osten geritten zu sein, um gewaltsam Land zu nehmen und die Wenden auszuräuchern. Wer von den Besiegten zu Kreuze gekrochen war, um das nackte Leben zu retten, mußte die angestammte Dorfstelle verlassen und sich auf öder Heide eine Bleibe suchen, daran erinnerte bis heute ein ärmliches Dorf mit dem Namen Wendisch-Rakowen, dem übrigens der Arbeitsdienstführer Emil Kalluweit entstammte.

Auch die mächtigen Herren von Kladen waren ihres Reichtums nicht lange sicher, jedenfalls wechselte das Gut häufig den Eigentümer und kam herunter, bis es zu Beginn des zwanzigsten Jahrhunderts in den Besitz des Bankdirektors von Rehbach gelangte. Der Bankier ließ das Schloß von Grund auf im Tudorstil restaurieren, den Park nach neuen Plänen ordnen und mit Standbildern schmücken, die der Antike nachempfunden waren. Herr von Rehbach empfahl sich als Mäzen der Künste. Wer das Schloß betreten durfte, konnte nicht nur Gemälde alter Meister bestaunen, sondern auch solche der Moderne. Gern band er deren Schöpfer an sein Haus, Kokoschka zum Beispiel, der die Töchter des Hauses porträtiert hatte. Berühmte Künstler aller Sparten rechneten es sich zur Ehre an, Gast auf Adlig Rakowen zu sein, wie man den Landsitz immer noch nannte. Rauschende Feste lösten einander ab, Richard Tauber und Gitta Alpar sangen, Gustaf Gründgens rezitierte aus dem Faust, und die Dorfbewohner erinnerten sich gerne dieser Zeiten, denn die Parkanlagen waren öffentlich, und es konnte geschehen, daß den Leuten Lilian Harvey, der beliebte UFA-Star, leibhaftig über den Weg lief.

Bald nach der Machtübernahme durch Adolf Hitler war alles vorbei. Es hatte sich nämlich herausgestellt, daß Herr von Rehbach Jude war, er mußte die Bank aufgeben, wollte mit der Familie so rasch wie möglich außer Landes und überließ Adlig Rakowen mit allen Kunstschätzen zu einem Spottpreis einem Käufer, den die Behörden bestimmten. So fielen Schloß und Park an einen jungen Mann, der außer seinem Adelstitel nichts von Wert besaß. Graf Palvner hatte sich den Nazis angedient, er war Mitarbeiter der Münchner Kanzlei des Herrn Doktor Frank, die Adolf Hitler in Rechtsangelegenheiten vertrat und beriet. Das zahlte sich aus, neunzehnhundertdreiunddreißig avancierte der Rechtanwalt des Führers zum Reichskommissar für die Gleichstellung der Justiz, und Palvner partizipierte vom Aufstieg seines Herrn und kam bald zu Geld und Grundbesitz. Leider konnte sich der Günstling des

Reichskommissars nicht lange der Tatsache erfreuen, daß er ein Schloß besaß, wie es seinem Adelstitel entsprach. Bei einem Verkehrsunfall kam er tragischerweise ums Leben, und seine Witwe, die eine schöne Frau war, trug seit dem Unglück gerne Schwarz. Die Farbe stand ihr gut.

Adlig Rakowen wurde niemals wieder zu einem Musenhof im Norden. Lutz Graf Palvner hatte rauhere Vergnügungen geliebt, die Jagd oder lärmende Kameradschaftsabende mit den Parteiführern der Nachbarschaft, Flamme empor, Sonnenwendfeiern mit heiserem Gesang, aber hin und wieder auch Gespräche am Kamin. Die Gräfin hatte dem Jürgen Leßtorff erzählt, daß auch der Führer bei solcher Gelegenheit auf Rakowen geweilt und, wie es seine Art war, beim Flammenschein monologisiert habe, zum Beispiel über die Rolle der Polen im künftigen Großreich. Die Polen seien von Natur aus faul und müßten zur Arbeit getrieben werden, deshalb sollten sie in der Masse den Deutschen als führerloses Arbeitsvolk zur Verfügung stehen. Für alle Zeiten dürfte diesen Menschen nicht mehr beigebracht werden als einfaches Rechnen bis fünfhundert, Schreiben des Namens, Lesen hingegen sei nicht erforderlich. Die Slawen taugten nur zu Sklaven und brauchten nicht mehr zu ihrer Bildung.

Das müssen Sie glauben, Jürgen. Ich habe es mit eigenen Ohren gehört.

Heute, am Tag vor Erntedank, wurde zur Treibjagd im gräflichen Forst geblasen. Leßtorff war kein passionierter Jäger, konnte sich aber einem solchen gesellschaftlichen Ereignis nicht entziehen und hatte sich mit diesem oder jenem Schützen flüchtig bekannt gemacht, sich bei der Jagd aber zurückgehalten, zuerst sollte das Gefolge des Generalgouverneurs zum Schuß kommen. Man hatte es so arrangiert, daß Doktor Frank den stärksten Hirsch erlegen konnte, einen kapitalen Sechzehnender. Der stolze Schütze neigte sich, als ihm die Gräfin den Bruch überreichte. Er nahm das Weidmannsheil der Jagdgesellschaft dankend entgegen, ehe er der Herrin von Rakowen auf den offenen Wagen half, den rechten Arm ausreckte und sich zum Schloß fahren ließ.

Bis heute abend also.

Jürgen Leßtorff war aufgefallen, daß die Gräfin Palvner während der Jagd häufig seine Nähe gesucht hatte, um zu plaudern und zu plänkeln, statt auf das Hoho-Geschrei der Treiber oder ein durchbrechendes Wild zu achten. Ich hab Ihnen den Keiler überlassen wollen, Gräfin. Jetzt ist er davon.

Ja, gestand sie, ich war nicht bei der Sache. Um ehrlich zu sein, ich liebe diese Art der Jagd nicht sehr. Schießen ist Männersache. Die blutige Nacharbeit auch.

Sie meinen das Abnicken, das Aufbrechen?

Sie lachte. Wobei man sich nach gutem Brauch, so habe ich gehört, nicht mal die Manschetten des Hemdes schmutzig machen darf. Ich liebe die Fuchsjagd, wie sie bei unseren englischen Vettern üblich ist, zu Pferde, im roten Rock, eine Meute scharfer Hunde voraus. Man kann die Schönheit der Natur genießen, man braucht sich die Hände nicht blutig zu machen.

Er sagte: Ich würde gern mit Ihnen reiten.

Das läßt sich einrichten, Leßtorff.

Wie konnte es sein, daß ihm eine Dame aus der Führungsschicht Avancen machte? Das Trauerjahr war vorüber, vielleicht sehnte sie sich nach der Nähe eines Mannes. Die Gräfin und er, verwegener Gedanke, aber der Krieg veränderte manches, warum sollte ein Mann wie er auf Dauer an einen Bauernhof gefesselt sein und nicht eine höhere Stellung erklimmen können, warum nicht durch die Gunst einer Frau?

Nach dem Ende der Jagd hatte sich Leßtorff erfrischt und für das abendliche Fest auf Adlig Rakowen umgezogen. Er trug die Uniform, beugte sich zum Spiegel vor und faßte mit der Hand ins Gesicht, um zu prüfen, ob die Rasur gelungen war. Er konnte mit seinem Aussehen zufrieden sein und trat lächelnd zurück. Jetzt sah er, daß Gertrud hinter ihm stand. Sie sagte: Du siehst blendend aus. Ich bin so stolz auf dich, und er antwortete: Du brauchst nicht auf mich zu warten.

Das Schüsseltreiben fand im Saal von Schloß Rakowen statt. Er war heute an den Wänden mit schlichtem Tannengrün geschmückt, das im Gegensatz zum Glanz der Tafel stand, auf der Kristall, silbernes Besteck und edelstes Porzellan schimmerten, Schätze, die Herr von Rehbach hatte zurücklassen müssen.

Als Jürgen Leßtorff eintrat, fühlte er sich eingeschüchtert. Er fand keinen Bekannten unter den Menschen, die plaudernd beieinander standen, Damen in großer Toilette, manche der Herren zu Ehren des hohen Gastes in schwarzer oder zimtbrauner Uniform, ein paar Feldgraue oder Zivilisten. Leßtorff wußte, daß die Elite der Region geladen war, Gutsbesitzer und Industrielle, sogar ein berühmter Flugzeugbauer aus Rostock sollte unter ihnen sein. Jürgen war nicht sicher, ob es sich um den Erfinder des Stukas handelte. Er hatte erlebt, wie diese Maschinen über Warschau brüllend aus dem Himmel stürzten, um Tod und Schrecken zu verbreiten.

Die Gesellschaft wurde zu Tisch gebeten, und es verstand sich, daß der Generalgouverneur heute abend Ritter der Gräfin Palvner war. Die schöne Frau trug eine schulterfreie Robe. Leßtorff hatte am Ende der Tafel unter den Adjutanten und Ordonnanzen Platz nehmen müssen. Er studierte die ausgedruckte Speisefolge, sie war des Krieges wegen rustikal und bescheiden gehalten, es gab Mecklenburgische Kartoffelsuppe mit Backpflaumen und Speck, Ostseematjes auf Apfelringen, deftiges Wildgulasch oder Pfannfisch von Hecht, Zander und Wels, allerlei jahreszeitliches Gemüse, Waldpilze und zum Dessert Schlupfkuchen mit Vanillesoße, leibliche Genüsse, auf die man warten mußte, denn nach der Kartoffelsuppe klingelte Herr Doktor Frank ans Glas und erhob sich, um die Tischrede zu halten. Jedes Geräusch erstarb, jeder starrte auf den Gouverneur. Man durfte sicher sein, daß der Vertraute des Führers Wesentliches sagen würde.

Er sah lächelnd in die Runde.

Ich freue mich sehr, daß ich auf meiner Fahrt zum Amtsantritt im Generalgouvernement, wo mich harte Arbeit erwartet, Rast auf Rakowen machen darf, bei Ihnen, verehrte Frau Gräfin, bei den alten Freunden. Dank.

Der Generalgouverneur war nur mittelgroß und hatte die Angewohnheit, sich auf die Stiefelspitzen hochzuwippen, sobald er den Worten Nachdruck verleihen wollte.

Wir sind ganz unter uns, meine Damen und Herren, Ihnen kann ich es verraten, daß wir uns nach dem siegreichen Feldzug gegen Polen nicht damit zufriedengeben werden, die ehemaligen Grenzen von neunzehnhundertvierzehn wieder abzustecken, wir erlauben uns, diese Provinzen an Gebietsumfang fast zu verdoppeln durch die Einbeziehung der Industriegebiete von Lodz und Oberschlesien, durch die großzügige Arrondierung von Ostpreußen. Dieser schöne Gau wird im Süden durch koloniales Neuland erweitert, womit wir den vielen landlosen deutschen Bauernsöhnen eine künftige Herrenrolle sichern können.

Schon an dieser Stelle wurde Doktor Frank durch lebhaften Beifall unterbrochen, das belebte den Redner, er wippte auf die Stiefelspitzen.

Sie können ermessen, meine Damen und Herren, welch gewaltige Aufgabe uns zuwächst in dieser Zone der Neuordnung und Eindeutschung, wie ich sie einmal nennen möchte, wo wir immerhin zehn Millionen Polen und Juden, und ich mag nicht wissen, wie viele Läuse, auf dem Halse haben.

Das war eine hübsche Pointe, Applaus, Applaus! Die Herren sahen schmunzelnd einander an, einige Damen faßten sich an den Busen und beugten den Kopf nach hinten, um herzlich zu lachen.

Doktor Frank fuhr fort: Meine Arbeit wird sich auf Restpolen konzentrieren, das seine Eigenstaatlichkeit für alle Zeit verloren hat, auf das Generalgouvernement, die Zone der Abkapslung und Ausbeutung von weiteren zehn bis dreizehn Millionen Polen und Juden. Ich habe vom Führer den Auftrag erhalten, diesen Bereich der eroberten Ostgebiete als Beuteland – nennen wir die Dinge ruhig mal beim Namen – rücksichtslos auszupowern. Die Industrie des Generalgouvernements, seine Rohstoffe sind bedeutend. Sein wichtigster Exportartikel aber – das, meine Herren und Damen, betrifft Sie und mag Sie deshalb besonders interessieren – ist der Pole selbst. Der Pole wird der ewige Wanderarbeiter sein, er wird so gestellt sein an Bildung, Nahrung, Einkommen, daß er seine Arbeitskraft mit Notwendigkeit ins Reich exportieren muß, wo nach dem Krieg ein ungeheurer Bedarf sein wird für niedere Arbeit auf Ihren Gütern, meine Damen und Herren, in Ihren Fabriken. Reden wir deutsch miteinander, wir sind unter uns. Es liegt uns nichts an der Blüte des restlichen polnischen Landes, dieses Gebiet wird nichts anderes sein als ein gigantisches Arbeitslager, ein gewaltiges Arbeitskräftereservoir für die deutsche Nation.

Doktor Frank geriet in Feuer. Dem imperialen Gedanken, wie er jetzt aufsteigt im Dritten Reich, dem Imperialismus, wie wir ihn entwickeln wollen, ist kein Vergleich gegönnt mit jenen kläglichen Versuchen, die frühere, schwache Regierungen von Deutschland unternommen hatten, wie beim Herero-Spektakel in Südwestafrika, und es versteht sich, meine Damen und Herren, daß man für diesen völkischen Auftrag nur starke und gestählte Charaktere gebrauchen kann. Deshalb sage ich, wer dafür nicht geeignet ist, mag sich aus unserer Mitte entfernen, wer sich ihr gewachsen fühlt, der trete neben uns.

Der Redner griff zum Glas, und die Gesellschaft erhob sich wie zum Beweis, daß ein jeder dem Gebot der Stunde folgen würde. Vielen war in diesem Augenblick, als könnte man den Atem der Geschichte wie einen Windzug spüren, als könnte man sie in der Ferne sehen, die toten Helden der großen Nation unter sturmzerfetzten Fahnen, wie es im Liede hieß, Heinrich den Löwen, Hermann von Salza, den Hochmeister des Ritterordens, den Alten vom Sachsenwald im wehenden feldgrauen Mantel. Auch Doktor Frank war von der Weihe des Augenblicks ergriffen, er rief: Stoßen wir an auf die deutschen Männer, auf die harten Charaktere, die das Antlitz des Jahrhunderts prägen wollen, auf ihre schönen Frauen!

Gläserklingen, riesiger Beifall.

Für einen Lidschlag gelang es Leßtorff, den Blick der Gräfin festzuhalten, ehe diese ihrem Tischherrn dankte. Mein lieber Doktor Frank. Es war wieder ein Genuß, Ihnen zuzuhören, und ich weiß in Deutschland nur einen einzigen Mann, der Sie als Redner übertreffen könnte.

Noch einmal Applaus, bis sich endlich die vaterländische Anspannung löste. Da waren auch schon die Bediensteten mit vollen Schüsseln, man durfte endlich an Wildgulasch mit Waldpilzen denken, an Ostseematjes auf Apfelringen, bis man später in die Halle schreiten konnte, wo zum Tanz aufgespielt wurde. Die Gräfin nahm den Jürgen Leßtorff beim Arm, um ihn dem Generalgouverneur vorzustellen.

Dies ist Hauptmann Jürgen Leßtorff, ein guter Bekannter von mir und einer der starken Charaktere, nach denen Sie suchen.

Leßtorff knallte die Hacken zusammen und verneigte sich militärisch knapp. Und dann endlich der Walzer: Wie ein Wunder kam die Liebe über Nacht, ein beliebter Tonfilmschlager, konnte es sein, daß ihn Lilian Harvey mit ihrer schrillen, süßen Stimme gesungen hatte, ehe sie sich nach London davonmachte?

Darf ich bitten, Frau Gräfin?

Der Verrat

Die alte Habersaat hauste im letzten Katen, der ausgangs des Dorfes stand, ein windschiefes Fachwerkgemäuer mit vermoostem Reetdach. Die Hütte stammte noch aus der Zeit, als auf Adlig Rakowen ein Gutsbetrieb unterhalten wurde, das ist freilich eine Weile her. Längst waren die Ländereien, mit Ausnahme des Waldbesitzes, aufgesiedelt oder verkauft worden und die Tagelöhnerkaten der Gemeinde zugefallen, die an ihrer Unterhaltung sparte. Das Häuschen versteckte sich hinter Holunder- und Fliedergebüsch, der Vorgarten war verkrautet. Als Gertrud die Pforte öffnen wollte, kippte der Pfosten um, und ihr ging wieder einmal durch den Kopf, daß sie Knechte des Leßtorffhofes herschicken sollte, um der Verwahrlosung ein Ende zu machen, auch darüber würde sie mit Jürgen reden müssen. Es gab so vieles, was ihr auf der Seele brannte, aber der Liebste hatte wenig Zeit. Heute war er Gast der Gräfin Palvner auf Adlig Rakowen.

Die Haustür öffnete sich unmittelbar zur geräumigen Küche mit dem gewaltigen Rauchfang. Gertrud trat ein und ärgerte sich über die Unordnung, auf dem Tisch und neben der Kochmaschine stapelte sich schmutziges Geschirr, und beinahe wäre sie über den Wassereimer gefallen, der mitten im Raum stand. Sie räumte ihn zur Seite und bahnte sich einen Weg bis zu ihrer alten Mutter, die sich einen Lehnstuhl in die Nähe des Herdes geschoben hatte, dort saß sie unter der funzeligen Küchenlampe und sah der Tochter vorwurfsvoll entgegen.

Auch Gertrud war mißgelaunt. Hier sieht es ja aus ...

Die Alte zischelte: Du bist hier nicht bei feinen Leuten, du bist zu Hause.

Gertrud machte sich am Herd zu schaffen und hob mit dem Feuerhaken die eisernen Ringe aus ihrer Fassung, um ein paar Holzscheite auf die Glut zu legen. Sie hatte Suppe mitgebracht und schob den Topf auf das Feuer.

Solange du krank bist, werde ich jeden Abend um diese Stunde kommen.

Wenn's dunkel ist, höhnte die Alte, wenn dich keiner sieht.

Sobald ich Zeit habe, sagte Gertrud gereizt. Dann bring ich was zu essen und räum ein bißchen auf, aber ich verlange, daß du den Leßtorffhof nicht mehr betrittst.

Die Alte rief empört: Du schämst dich deiner Leute.

Ja, sagte Gertrud, während sie einen Wasserkessel auf den Herd setzte. Ich habe mich geschämt, solange ich denken kann. Ich mußte als einzige mit Pantinen in die Schule, im zehnmal geflickten Kittel, aber das war nicht das schlimmste, schlimmer war, eure Tochter zu sein.

Mein Gott, rief die Alte, den Hochmut, von wem hast du ihn bloß?

Gertrud hatte zu tun, das schmutzige Geschirr zum Spülstein zu tragen. Sie sagte:

Vater hat dich geprügelt – mich auch –, wenn er besoffen war, und das ist fast immer gewesen. Ich hab als Kind mehr Prügel gekriegt als zu essen, und ich vergeß nicht, wie sie ihn eines Abends angeschleppt brachten, die eigenen Pferde hatten ihn zu Tode geschleift, im Suff ist er unter die Räder gekommen. Ich hab keine Träne geweint, und der Gedanke ist mir Erlösung gewesen, jetzt wird er niemals mehr mit seinen Stiefeln die Tür auftreten, mich niemals wieder aus dem Bett zerren. Das hab ich gedacht und bin noch ein Kind gewesen.

Die alte Habersaat saß gekrümmt auf dem Stuhl, als müßte sie grimmigen Schmerz erdulden. Sie schlug drei Kreuze mit der gesunden Hand und flüsterte: Mein Gott, versündige dich nicht.

Aber Gertrud klagte weiter an:

Er war kaum unter der Erde, da hast du wieder einen Kerl ins Haus genommen, er war nicht besser als Vater, und später wieder einen, bis du schließlich selber durch die Kneipen gezogen bist. Dir hat das nichts ausgemacht, aber an mir ist es hängengeblieben wie Dreck.

Sie hantierte geräuschvoll am Spülstein, ihre Erbitterung hatte sie gegen die Wand geredet, jetzt wendete sie sich zu ihrer Mutter um. Und da sollte ich mich nicht schämen?

Die alte Frau war eingeschüchtert von der Heftigkeit, mit der die Tochter sie beschuldigte, und versuchte sich zu wehren.

Was ist eine Frau ohne einen Mann? Nicht mal 'ne Frau, und das ist wenig genug. Was ist eine Frau, allein mit einem Balg und mit dem halben Männerlohn in der Ernte? Ein halber Mensch, einer, der gerade zu fressen hat wie ein Vieh. Sie hob die Stimme und behauptete dreist: Ich bin mal hübsch gewesen, viel hübscher als du. Warum sollte ich keinen Kerl im Bett gehabt haben wie andere Weiber auch? Was hat es da ausgemacht, wenn's mal Prügel setzte? Manchmal hat er auch Geld gebracht.

Die Alte lächelte verschmitzt in der Erinnerung, bis sie wieder ergrimmte. Du hast mir doch nicht geholfen, wie es recht gewesen wäre und deine Pflicht als meine Tochter, du hast auf diesen Hof gestarrt wie auf die Offenbarung Christi, an nichts als diesen Hof gedacht. Hättest du nicht ab und an ein Hühnchen können mitgehen heißen, ein paar Eierchen, ein Tütchen feines Mehl? Die Schränke hängen voll mit den Kleidern der toten Frau, ein Fraß für die Motten. Hättest du nicht was mitnehmen können? Sieh mich an, ich brauch mal wieder einen halbwegs anständigen Lumpen auf den Leib. Man muß sich nehmen von den Reichen, was man kriegen kann, von selber geben sie nichts.

Gertrud rief: Ich soll für dich mausen? Das wäre das letzte.

Die Alte winkte ab. Du bist ja selber schon wie eine von denen, hart bist du geworden. Du bist nicht gut.

Das Wasser auf dem Herd war angewärmt, Gertrud goß es in eine emaillierte Schüssel, die trug sie zu einem Bock und stellte die primitive Waschgelegenheit neben dem Stuhl der Mutter auf. Dann holte sie Handtuch und Seifenlappen und sagte:

Wer nicht hart sein kann, geht vor die Hunde. Schau dich doch an, Mutter. Wer was hat, kann sich leisten, gut zu sein. Erst will ich was haben, dann verlang meinetwegen, daß ich freundlich bin.

Sie streifte der Alten die Strickjacke ab, auch die Kleider bis aufs Hemd, und wusch ihr mit behutsamen Händen Gesicht, Arme und Finger. Am Ende kämmte sie ihr das verwahrloste Haar, bis die Mutter wie eine Katze schnurrte.

Murkel mich, Gertrud, wie früher. Ich bin ja ganz verschwollen.

Die Tochter seufzte ein bißchen, dann streifte sie die Ärmel ihrer Bluse hoch und stellte sich hinter die Alte, die beugte ihren Rücken, damit es der Tochter leichter fiele, die verspannten Muskeln zu kneten. Bei dieser Arbeit erzählte Gertrud eine Geschichte, die hörte sich wie ein Märchen an:

Wenn ich Bäuerin bin, Mutter, kauf ich deinen Katen. Wenn mir der Katen gehört, schick ich Männer vom Hof und laß die Hütte niederreißen bis auf den Grund. Ich laß Feuer machen und verbrenne den ganzen wurmstichigen Plunder und alles, was einmal unsere Vergangenheit gewesen ist. Die Leute werden vergessen. Dann wird eine Rosenhecke über dem Brandfleck wuchern, und vielleicht wird der Apfelbaum noch jedes Jahr blühen, wo der Garten gewesen ist. Wenn ich Bäuerin bin, kauf ich ein neues Häuschen für dich, dort, wo dich niemand kennt, und von den Sachen der toten Bäuerin kannst du mitnehmen, soviel du willst. Ein paar Schürzen kauf ich dazu, dunkelblau mit kleinen weißen Punkten, und schwarze Strümpfe und schwarze Spangenschuhe, und manchmal, vor den Festtagen, besuche ich dich, dann kommt sie vorgefahren, deine Tochter, die Großbäuerin aus Rakowen, zwei schöne Pferde vorm Wagen.

An dieser Stelle unterbrach sie die Mutter und schüttelte unwillig die Hände der Tochter ab. Du willst mich abschieben, irgendwohin, auf Nimmerwiedersehn. Schlag es dir aus dem Kopf. Hier hab ich Leute, die mit mir reden, hier hat der Alte sein Grab, hier hab ich notfalls Kredit in der Kneipe, hier bin ich, wer ich einmal bin, woanders bin ich niemand. Was nutzt mir deine feine Schürze? Wer bist du denn, daß du so mit mir reden kannst? Bis jetzt nur seine Schlampe, und du wirst vielleicht noch mal froh sein, daß du bei deiner alten Mutter unterkriechen kannst.

Gertrud lachte. Warum sollte ausgerechnet ich zurück in den Dreck? Ich bin nicht schlechter und nicht dümmer als andere, und arbeiten kann ich besser, deshalb will ich meins. Gottseidank haben sich die Zeiten geändert, wer wirklich will, der kommt zu was, sogar dieser Kalluweit. Nein, Mutter, ich will nicht leben, wie du gelebt hast, nicht einen Tag. Sie verschränkte die Arme, sah sich schaudernd um und sagte ohne Stimme: Vielleicht ein Kind zur Welt bringen müssen in diesem faulen Loch. Eher könnt ich es umbringen, glaube ich.

Wieder schlug die Alte drei Kreuze und jammerte: Tochter, Tochter.

Als Gertrud Habersaat heimwärts zum Leßtorffhof wanderte, war es längst dunkel geworden, sie mußte auf den Weg achten. In der Rage hatte sie den Henkelkorb im elterlichen Katen zurückgelassen, nun verstimmte sie der Gedanke, daß sie nicht einmal die kleine Magd danach ausschicken konnte. Das Mädchen war geschwätzig und würde herumerzählen, in welchem Zustand sie die Mutter der Wirtschafterin angetroffen hatte, womöglich betrunken. Besser, niemand erfährt davon. Gertrud schloß das Berchtesgadner Jäckchen und kreuzte im Gehen die Hände über der Brust, um sich zu wärmen.

So kam sie in die Nähe von Adlig Rakowen. Es überraschte sie, daß die Fassade des Schlosses rötlich aus der Finsternis ragte, und dann hörte sie wieder das Lied. Das Parktor war weit geöffnet, Gertrud trat ein, nun konnte sie sehen, daß sich Kalluweits Männer unter dem Balkon aufgestellt hatten. Sie reckten blakende Fackeln in die Höhe, während sie sangen, was der Küster mit ihnen eingeübt hatte: Kein schöner Land in dieser Zeit als hier das unsre weit und breit ...

Ein Ständchen für den Herrn Generalgouverneur. Viel Volk drängte sich um die Sänger und starrte hinauf zur Balustrade, bis sich da oben endlich die Türen öffneten und Doktor Frank, umringt von Gefolge, ins Freie trat. Die Menge jubelte und applaudierte, und der Gouverneur streckte den Arm aus, um die Leute von Rakowen zu grüßen.

Gertrud stand abseits. Es kam ihr merkwürdig vor, als die Frau Gräfin im Abendkleid die Hand zum Hitlergruß erhob, aber auch Jürgen Leßtorff grüßte auf die gleiche Weise zum Volk herab, und Gertrud fühlte einen Stich im Herzen, als sie sah, daß Jürgen eine Stola um die nackten Schultern der Schloßherrin legte. Ihr fielen die hämischen Worte ein, die sie hatte anhören müssen: Wenn der Bauer feine Gäste hat, wirst du nicht am Tisch sitzen, sondern am Türbalken lehnen, bis man dich hinauswinkt. Eine wie du wird nicht Bäuerin – so die alte Leßtorff, und beinahe noch gehässiger die eigene Mutter: Wer bist du denn? Bis jetzt nur seine Schlampe.

Gertrud war, als schrie man ihr die Bosheiten im Augenblick zu. Sie preßte die Hände gegen ihre Ohren und floh aus dem Park.

Als sie endlich den Leßtorffhof erreicht hatte und durch die kleine Pforte schlüpfte, meldete sich der Hofhund mit heiserem Gebell und stemmte sich in die Kette.

Sei ruhig, Bello, ich bin es doch, die Gertrud.

Erst als sie die Unruhe im Pferdestall bemerkte und hinüberlief, um nach dem Rechten zu sehen, beruhigte sich das Tier.

Gertrud tastete nach dem Schalter. Als das Licht aufflammte, fiel ihr auf, daß der Schimmel seinen Kopf nicht über die Box hob, wie es die anderen Tiere neugierig taten, er lag schnaufend auf der Seite, manchmal schlug er wie im Schmerz mit den Hufen gegen die Planken.

Was sollte sie tun? Leitkow, der Gespannführer, hätte bei dem kranken Tier ausharren müssen, war aber längst davongegangen. Er wohnte im Nachbardorf und würde erst morgen in aller Frühe erscheinen, viel zu spät. Also den Tierarzt rufen. Wer hatte ihr erzählt, auch dieser Mann wäre heute Gast auf Adlig Rakowen? Wer sollte ihn dort suchen? Leßtorff hing an dem Tier und würde ihr Vorwürfe machen, falls der Schimmel krepierte. Aber sollte sie selber zum Schloß hasten und einen Diener anflehen, den Herrn Hauptmann an die Pforte zu bitten? Sie erinnerte sich, wie oft ihre Mutter zur Kneipe gelaufen war, um den Alten nach Hause zu lotsen. Es hatte ihr nur Hohn und Spott seiner Saufkumpane eingebracht.

Jetzt fiel ihr die kleine Magd ein. Irma wäre frech genug, sich der Gesellschaft zu nähern und nach Leßtorff oder dem Veterinär zu fragen. Gertrud wußte, wo Irma schlief, erklomm hastig die Stiege zu den Gesindekammern und klopfte fordernd. Es dauerte eine Weile, bis das Mädchen verschlafen durch den Türspalt spähte.

Was ist denn nun wieder los?

Der Schimmel krepiert mir, zieh dich an, aber rasch. Lauf zum Tierarzt, er soll auf dem Schloß sein. Herrgott, kannst du dich nicht beeilen!

Gertrud wußte nicht, wie lange sie neben dem kranken Tier in der Box gehockt hatte, um das schweißnasse Fell des Schimmels mit einem Strohwisch zu trocknen, als endlich die Stalltür ging.

Leßtorff schritt in Galauniform den Gang herauf, und Gertrud erhob sich schweigend, um für den Hofherrn Platz zu machen. Der untersuchte das Tier flüchtig, tätschelte seinen Hals und sagte dann:

Dem ist nicht zu helfen.

Was ist mit dem Tierarzt?

Besoffen, wie üblich.

Da schlägt man sich die halbe Nacht um die Ohren, weiß einfach nicht mehr, wie der arme Schimmel zu retten ist, und dieser Kerl besäuft sich. Ich häng an dem Tier, wir sind zur gleichen Zeit auf den Hof gekommen. Gertrud sagte das mit einer solchen Erbitterung, daß Leßtorff sie prüfend anblickte. Dann schob er Gertrud zur Seite, zog die Pistole und schoß.

Mach's gut, mein Alter.

Die Frau hatte die Hände vors Gesicht geschlagen und ließ sie langsam sinken. Daß du es selber hast tun können –

Das hat er verdient, meinte Leßtorff. Es ist anständiger, ich schieß ihn tot, als ein Fremder. Er schob die Pistole wieder hinters Koppel und bat sie, an den Abdecker zu denken.

Gertrud ließ sich aus der Box führen und sagte: Es ist was Fremdes an dir.

Ach Unsinn.

Du hast mich häufig allein lassen müssen, Jürgen, oft monatelang. Wenn du vor mir gestanden hast, ist manchmal ein bißchen Fremdheit zwischen uns gewesen, die hat man bald weglachen können. Jetzt ist mir, als wärst du es gar nicht, als wäre ein anderer zurückgekommen.

Leßtorff faßte sie beim Arm. Wie sollte sich ein Mensch nicht verändern, wenn er den Krieg erlebt, wenn er dem Tod begegnet, jeden Tag.

Gertrud schauderte. Der Krieg ist schrecklich.

Aber Leßtorff sagte: Großartig auch. Ich hab heute dem Generalgouverneur zugehört, da ist mir ein Licht aufgegangen. Weißt du, das alles hat zuerst ausgesehen wie ein lumpiger kleiner Feldzug, beinahe nur wie ein Manöver. Man hat lange Geduld gehabt, man haut zurück, man bringt ein paar wild gewordene Polacken zur Räson. Lieber Gott, in Wahrheit ist das der Beginn eines Schicksalskampfes, wie er sich gewaltiger nicht vollzogen hat unter den Völkern der Erde. Das ist ein Paukenschlag, der hallt noch tausend Jahre nach. Deutschland korrigiert die verkorkste Weltgeschichte.

Er lachte. Das klingt dir komisch, ja? Versuch doch mal zu begreifen, Mädchen. Was ist ein Hof, wenn's um die Welt geht? Was ist ein ausgedienter Gaul? Was sind deine Tränen?

Tatsächlich, es hatte sie todunglücklich gemacht, wie er redete. Sie weinte lautlos, und der Mann versuchte ihr mit den Fingerspitzen die Nässe aus dem Gesicht zu wischen.

Du sagst, ich bin dir fremd. Vielleicht bin ich nachdenklicher geworden. Versteh doch mal, Gertrud. Ein Mann erlebt den Krieg, er ist hineingestellt in diesen Schicksalskampf, das ist eine ungeheure Herausforderung. Da muß er sich doch fragen: Was willst du, Mensch? Wie lebst du? Was du jetzt vorhast, tust du vielleicht zum letzten Mal, mach's richtig, mach es endlich ganz. Ich hab vieles halb gemacht, auch was uns beide anlangt. Darüber möchte ich mit dir reden.

Wie lange hatte Gertrud auf ein solches Wort gewartet. Sie glitt mit dem angewinkelten Arm über die Augen und öffnete die Tür zur Knechtekammer im Stall, vor der sie gerade standen, sie war unbewohnt und erbärmlich eingerichtet, wie im Schein der Glühbirne zu sehen war, die von der niedrigen Decke hing und nur mit einem grünlackierten Blechschirm geschützt war. Ein Bettkasten mit zerlegenem Strohsack an der Wand, eine Pferdedecke, die übel roch, ein Tisch, zwei Stühle, eine Waschschüssel auf eisernem Bock und an der Seitenwand des Spindes eine Spiegelscherbe, die von ein paar Nägeln gehalten wurde.

Gertrud sah sich um. Hier hab ich mal schlafen müssen, im Stall, vor vielen Jahren. Weißt du noch? Sag mir doch hier, was du zu sagen hast.

Sie lud ihn mit einer Handbewegung ein, aber Leßtorff sträubte sich, bis ihn Gertrud bei der Hand nahm und in die Knechtekammer zog. Dann preßte sie ihr Gesicht gegen das seine und flüsterte:

Es kann doch nicht so schwer sein.

Leßtorff machte sich vorsichtig frei. Ich hab viel von dir verlangt, du hast hier gehaust, bis ich dich in mein Bett holen konnte. Du bist wie die Frau gewesen, und ich hab verlangen müssen, daß keiner davon weiß.

Gertrud lächelte dankbar. Ich hab für dich und für diesen Hof gearbeitet, als wäre ich deine Frau, aber es gab auch Stunden, da hat es mich gequält, daß du dich vor den Leuten nicht bekannt hast. Seit heute ist das vorbei.

Leßtorff erinnerte sich, daß er im Freudenrausch über

seine Heimkehr das Mädchen vor aller Welt in die Arme genommen und geküßt hatte, und er dachte auch an die wilde Stunde im Bett. Vielleicht sollte man die Auseinandersetzung verschieben und die Frau auf den Strohsack werfen, wo er es ihr zum ersten Mal gemacht hatte, hier, in der Knechtekammer. Er widerstand mit Mühe der Versuchung und sagte:

Es ist Krieg, er ist nicht zu Ende. Wer heute verantwortlich leben will, muß an den Tod denken können. Krieg fordert Blut, und ruhig sterben kann ein Mann bloß, sobald er sicher ist, was seine Sippe erstrebt hat, was er selber erreicht hat, wird sich einmal fortsetzen können im Kind. Ich bin dreißig, ich bin der Letzte meiner Familie, ich muß Kinder haben.

Gertrud strahlte. Warum redest du so viel?

Er sagte: Wir haben uns immer gut verstanden, weil du, genau wie ich, die Dinge sehen konntest, wie sie sind, und ganz nüchtern muß ich dir sagen, was du vielleicht längst selber weißt: Heiraten kann ich dich nicht.

Zuerst war ihr, als schlüge man ihr die Beine weg, als müßte sie auf den Estrich niederstürzen, aber sie blieb bei Sinnen und suchte Halt an der Wand. Dann fragte sie, beinahe ohne Stimme: Warum nicht?

Leßtorff zögerte, er sagte ungern, was sie verletzen mußte. Dein Vater war ein Säufer, deine Mutter ist nicht besser.

Das hat dich im Bett nicht eine Nacht gestört.

Er trat nahe an sie heran. Begreif es doch, Mädchen. Ich hab dich gern, aber als Mutter für die Kinder braucht ein Mann wie ich eine Frau von gesundem Blut, das ist heute die Forderung.

Gertrud blieb nur für eine Weile fassungslos, dann holte sie aus und schlug dem Leßtorff die Hand von rechts und links ins Gesicht. Du Schwein, du hundsgemeiner Kerl!

Es sah aus, als wollte Leßtorff zurückschlagen, er ballte schon die Fäuste, sagte dann aber kalt: Jetzt reden wir mal ohne Schmus.

Jawohl, rief Gertrud, hör auf, mir besoffenes Zeug zu erzählen von gutem Blut und schönem Tod, verlogenes Geschwätz. Dir geht es um deinen Besitz, der immer noch nicht groß genug ist. Was sind dir Menschen! Friß dich kaputt an deinem Hof.

Er entgegnete heftig: Mich interessiert dieser Hof einen Scheißdreck, wenn ich mich mal so ordinär ausdrücken darf wie du. Vierhundert schäbige Morgen, was ist das, wo sich ein Kleinbauernbengel in Polen das Doppelte holen kann. Ich will mehr, ich hab ein ehrenvolles Angebot vom Generalgouverneur, und ich will endlich klare Fronten. Das Verhältnis mit dir hat mich seit langem bedrückt und klein gemacht vor mir selber.

Gertrud stöhnte. Ich werde ein Kind von dir haben.

Leßtorff entgegnete: Ich habe geahnt, daß du mich eines Tages erpressen würdest, und bin vorbereitet. Du hast viel für mich getan und sollst nicht sagen, ich wäre schäbig gewesen, als wir uns trennen mußten. Wenn es wahr ist, was du behauptest, zahle ich selbstverständlich für das Kind, und ich gebe dir, sagen wir mal, fünftausend Mark, das ist mehr als genug für eine Aussteuer. Du wirst jemanden finden, der zu dir paßt, und ich will auch nicht, daß du dich gedemütigt fühlst. Am besten, du gehst bald vom Hof.

Gertrud hatte den Kopf gesenkt, während der Mann auf sie einredete. Jetzt blickte sie in die Spiegelscherbe am Schrank und tastete mit den Fingerspitzen über das Gesicht. Ich weiß nicht, ob ich schön gewesen bin, als ich in dein Haus kam, aber jung bin ich gewesen. Ich laß meine Jugend auf diesem Hof zurück, eine Menge von meiner Kraft, ich laß zurück, was ich für die Liebe gehalten habe, und das ist das bitterste. Alles will ich hierlassen, aber nicht mein letztes bißchen Menschenwürde, die laß ich mir nicht abkaufen für ein paar tausend Mark.

Sie wendete sich vom Spiegel ab und blickte dem Leßtorff kalt in die Augen. Machen wir die Rechnung. Du willst mich los sein, ich nenne den Preis. Ich will meine Würde behalten vor den Leuten, kein Mensch soll erfahren, daß du mich satt hast nach sieben Jahren. Ich brauch kein Geld, damit sich jemand findet, der mich nimmt. Ich werde den Kalluweit heiraten.

Leßtorff lächelte abschätzig. Den?

Ich will bleiben, wer ich bin, eine Frau, die man achten muß, deshalb wirst du in deinem Haus die Hochzeit ausrichten, du wirst alle Leute einladen, die auf sich halten, die Bauern, die Händler. Du wirst mich fortgehen lassen, wie man jemanden gehen läßt, der jahrelang dem Hof gedient hat, wie heißt es so schön? In Ehren. Es wird dir leid tun, daß ich dich verlassen muß, und du wirst es ein bißchen bedauern vor den Leuten, Dank für treue Dienste undsoweiter. Du weißt doch, wie man schöne Worte macht. So wirst du mich los, Jürgen Leßtorff, anders nicht.

Der Mann war beeindruckt von der Kraft, mit der ihm die Frau entgegentrat, und für einen Augenblick verunsicherte ihn ihre Haltung. Vielleicht wäre auch eine Frau von solcher Charakterstärke die rechte Partnerin in diesen Zeiten. Er ging auf sie zu und streckte beide Arme aus, als wollte er sie berühren, aber Gertrud hob angewidert die Hand. Geh weg!

Das blaue Kleid

Willi Heyer wohnte mit Martha, seiner Frau, in einer der Mietskasernen, die während der Gründerjahre in den Arbeitervierteln von Schwerin schnell und billig hochgeklotzt worden waren, mit Fassaden, die an der Straßenfront Ansehnlichkeit vorgetäuscht hatten, bis der Putz vergraute und zerbröckelte. Heute sahen sie so schäbig aus wie die nackten Ziegelschächte der Hinterhäuser, in denen es nach aufgewärmtem Kohl und nach den Abtritten roch, die auf halber Treppe lagen und von mehreren Parteien benutzt werden mußten.

Martha hatte die Wohnung im zweiten Hinterhof, dritte Etage links, von ihren Eltern übernommen, die verstorben waren, zwei Zimmer, leidlich eingerichtet, und eine Küche, die so geräumig war, daß an den Wochenenden eine Volksbadewanne aus Zink aufgestellt werden konnte zum Vergnügen der Eheleute. Auch der Wandteppich im Wohnzimmer stammte von Marthas Eltern. Sie waren es leid gewesen, nur die Rückfront des Hinterhofes Nummer eins anzustarren, und hatten über dem Sofa ein gewirktes Alpenpanorama aufgehängt, das im Abendrot erglühte wie König Laurins Rosengarten. Kunstwerke solcher Art wurden in der Mechanischen hergestellt, einer Weberei, in der auch Martha gearbeitet hatte, solange sie bei Gesundheit gewesen war. Die junge Frau machte gerne Nadelarbeiten, das bewies ein Spruchband über dem Topfdeckelbord in der Küche, rot auf weiß bestickt mit einer Losung, auf die alle Fabrikmädchen schworen: Eigner Herd ist Goldes wert.

Den benutzten sie, um Badewasser zu wärmen oder eine Mahlzeit zuzubereiten. Heyer war ein guter Koch, ein Spezialist für Steckrübeneintopf mit Speck, trotzdem blieb seine Frau nicht bei Kräften. Sie gab dem Hinterhofquartier die Schuld und sehnte sich nach einer helleren Wohnung, die Fenster nach vorne raus. Der Mann konnte sie nicht beschaffen, er wurde bald verhaftet. Zwar hatte die Sicherheitspolizei nicht eindeutig nachweisen können, daß er es gewesen war, der Wochen nach der Machtübernahme durch Adolf Hitler eine meterlange rote Fahne auf dem höchsten Fabrikschornstein Schwerins gehißt hatte, aber man traute ihm die Provokation zu, er war als Nazigegner bekannt, das genügte, ihn auf Jahre ins Straflager Börgermoor einzusperren. Nach der Entlassung hatte er seiner Frau manchmal mit halber Stimme das Lagerlied vorgesungen: Wir sind die Moorsoldaten und ziehen mit dem Spaten ins Moor.

Die anderen, die Wehrwürdigen, waren später schwer bewaffnet nach Osten gezogen, um eine Blutspur zu legen, die tief nach Polen hineinführte. Dort würde sie hoffentlich enden. Heyer und seine Freunde waren davon überzeugt, daß Hitler nicht wagen würde, die Sowjetunion anzugreifen, waren aber bitter enttäuscht, als die Naziführung mit Stalin sogar gemeinsame Sache machte und ihm weite Teile Polens als Beute überließ. Diese Art von Kumpanei empfand Willi Heyer als Verrat. An wen konnte man sich jetzt noch halten? Außer an Martha, seine Liebste und Vertraute. Seit Wochen lag sie im Krankenhaus, und die Ärzte hoben die Schultern, sobald er fragte, wann er sie nach Hause holen dürfte.

Als Heyer die Treppe zum dritten Stock erklommen hatte und in der Jackentasche nach dem Schlüssel kramte, öffnete seine Nachbarin, Frau Klamroth, die Wohnungstür und sagte: Ach, Herr Heyer ... Ihre arme Frau. Vor einer Stunde ist eine Schwester aus dem Spital dagewesen, sie hat bei Ihnen Sturm geklingelt, dann bei mir. Der Martha ginge es nicht gut, Sie müßten sich beeilen. Sie holte das Schnupftuch aus der Schürzentasche und wischte sich die Augenwinkel. Es tut mir so leid.

Es dauerte, bis Heyer antworten konnte. Danke, Frau

Klamroth, ich klingle, sobald ich Näheres weiß. Dann öffnete er die Tür zu seiner Wohnung und schloß sich ein.

Heyer wußte, daß er sich sputen mußte, hockte aber grübelnd am Küchentisch, Ellenbogen aufgestützt, Kopf in den Händen vergraben. Martha, der einzige Mensch, der ihm nahestand, wollte ihn verlassen. Was blieb ihm? Wenige Freunde, die immer noch widerstanden, während ein ganzes Volk im Siegestaumel grölte: Deutschland über alles in der Welt. Was half es, die Verwirrten aufzurütteln? Es konnte ihm ergehen wie seinem Vater, der hatte um vierzig Pfennige Stundenlohn für die Landarbeiter gekämpft und sich gegen den ungerechten Gutsherrn stellen müssen. Dafür war er beim Kapp-Putsch kurzerhand an die Wand gestellt und erschossen worden. Seine Mörder, die Freischärler, die Roßbacher, wie sie sich nannten, hatten eine Hakenkreuzbinde am Ärmel getragen, und zu diesen Leuten gehörte auch Hildebrand, der war heute Reichsstatthalter und Gauleiter von Mecklenburg, der mächtigste Mann im Norden, und befehligte eine ganze Armee von Männern, die auf das Hakenkreuz schworen.

Heyer erhob sich endlich. Er streifte die Arbeitskleider vom Leib, wusch sich über dem Ausguß in der Küche den Schlosserdreck aus dem Gesicht und von den Händen, schlüpfte in ein frisches Hemd und zog zuletzt den Sonntagsanzug an, um seine Frau zu besuchen.

Er traf sie nicht mehr in dem Krankenzimmer, das sie so lange mit anderen Patientinnen geteilt hatte. Die Schwester führte ihn zu einem nüchtern gekachelten Raum, in dem die Kranke für sich alleine lag. Sie lächelte und hob ein wenig die Hand, als Heyer ins Zimmer trat. Er küßte seine Liebste, zeigte den kleinen Blumenstrauß vor, rückte einen Stuhl dicht an das Bett und mühte sich um ein heiteres Gesicht.

Die Frau flüsterte: Willi, mir ist so, als ob ich dir noch viel zu sagen hätte.

Dann sag's.

Du wirst es nicht vergessen?

Nein.

Weißt du, was wir uns vom Leben gewünscht haben? Gerechtigkeit.

Martha nickte. Arbeit für uns beide und eine richtige Wohnung, hell sollte sie sein, die Fenster nach vorne raus, damit man mal einen Baum hätte sehen können, ein bißchen Sonne. Und Kinder, denen es besser gehen sollte als uns. Sie haben uns alles kaputtgemacht.

Heyer streichelte beruhigend ihre Hand. Das wird alles mal sein für Leute wie uns, eine richtige Wohnung und Arbeit für jeden. Wenn alles vorbei ist, wird's viele Kinder geben, die brauchen jemanden, der sich ihrer annimmt. Alles, wofür wir uns rumgeschlagen haben, das wird es mal geben.

Die Kranke lächelte. Das schafft ihr. Und ich wollte so oft, daß du aufgeben solltest. Immer die Angst, Willi. Paar schöne Jahre hätt' ich gern gehabt.

Es ist doch schön mit uns gewesen.

Zu kurz, Willi. Du darfst nicht aufgeben. Das wollte ich sagen. Gib nicht auf.

Ich versprech dir's. Ein paar hab ich wiedergetroffen, das sind noch die alten geblieben, die lassen dich grüßen. Erinnerst du dich an den kleinen Kellner, an das Ausflugslokal vor der Stadt, Alte Mühle hat es geheißen, wo wir uns zum ersten Mal gesehen haben? Himmelfahrt ist es gewesen, man konnte schon im Freien tanzen, du hast ein sehr schönes Kleid angehabt, ein blaues, und du hast so gelacht.

Die Frau lächelte. Ein blaues Kleid.

Dann drehte sie den Kopf gegen die Wand und schloß die Augen, als wollte sie ein Weilchen schlafen.

Heyer saß bei der Toten, bis ihn die Schwester aufschreckte.

Jetzt erst, als er sich von der Frau trennen mußte, wurden seine Augen naß, und ihm graute bei dem Gedanken, daß er sich mit seiner Trauer in die kleine Wohnung, zweiter Hinterhof, dritte Etage links, verkriechen sollte, wo alles an Martha erinnerte. Das leichte Sommermäntelchen hing am Haken, als würde sie es morgen wieder überstreifen wollen, der Kunstseidenschal roch nach ihrer Haut, auch ein wenig nach dem

Parfüm, das sie gemocht hatte, und das Hütchen lag immer noch dort, wo es das letzte Mal abgesetzt worden war, auf dem Garderobenschränkchen unter dem Spiegel, wie oft hatte Martha davorgestanden, um ihr Haar zurechtzuzupfen. Und die Klamroth würde ihm auflauern und ihre Türe öffnen, um ihn mit beileidigem Gejammer zu überfallen: Ach Gott, ach Gott ...

Heyer wollte nicht nach Hause. Er suchte auf dem Parkplatz des Krankenhauses nach seinem Motorrad, schwang sich auf, kurvte durch die Stadt und preschte schließlich in Richtung Gadebusch davon. Nach einer Weile verließ er die Hauptstraße und fuhr über Nebenwege nach Alte Mühle, einem schön gelegenen Ausflugslokal am Bach, von dem er Martha noch erzählt hatte, ehe sie sich gegen die Wand gekehrt hatte, als wollte sie ein wenig schlummern. Das blaue Kleid ...

Bald erreichte er die Schenke, ihre Dächer leuchteten im Abendlicht. Es war beinahe noch sommerlich warm, man konnte im Freien sitzen. Heyer stellte das Motorrad ab und suchte im Biergarten nach einem Platz. Eine Gruppe später Gäste hatte die Fahrräder gegen den Staketenzaun gelehnt und saß schwatzend um einen Tisch am Mühlbach. Heyer hielt Abstand, als er seinen Stuhl besetzte, und wartete auf den Kellner. Endlich erschien er, ein kleiner, knurpliger Mann, schon bei Jahren, der gelangweilt mit der Serviette Krümel von Heyers Tisch wedelte und tat, als kenne er den Gast nicht.

Was soll es sein?

Ein Bier bitte.

Ein Bier. Der Kellner nickte und blickte zum Tisch der Radfahrer, denn einer der Männer hob die Hand, weil er bezahlen wollte. Der kleine Ober kassierte gemächlich ab, grüßte mit Heil Hitler, als die Gäste zu den Rädern schritten, und es dauerte eine ganze Weile, bis er das Bier vor Heyer niedersetzte.

Wie geht es deiner Frau?

Sie ist heute gestorben.

Mensch, Willi. Der Kellner stand kreidebleich dem Heyer gegenüber und hielt sich an der Lehne eines Biergartenstuhles fest. Was wird aus unserem Plan?

Ich bin dabei, sagte Heyer und trank einen Schluck. Aber vorher muß ich Martha unter die Erde bringen, allein. Jeder, der ans Grab käme, würde sich verdächtig machen. Also keine Kränze, keine Schleifen: Letzter Gruß von dem und dem.

In Ordnung.

Sie hatten kaum zwei Sätze miteinander gewechselt, aber der Kellner verhielt sich, als hätten sie schon zu lange geplaudert. Er zog sich zurück und ließ sich erst wieder blicken, als Heyer mit der Geldbörse winkte.

Für die Beerdigung hatte sich Heyer im Blumenladen ein teures Gebinde zusammenstellen lassen, das einem Brautstrauß ähnelte, alle Blüten weiß oder rosa, Nelken, Rosen, aber er wehrte ab, als die Floristin das Bukett mit einer schleierartigen Spitze schmücken wollte, und verlangte nach blauem Band. Mit diesem Hochzeitsstrauß passierte er das weit geöffnete Friedhofstor und schritt den Hauptweg hinauf. Die Gräber zur Rechten wie zur Linken lagen im Schatten alter Bäume, und am Ende des Weges war die kleine Kapelle zu sehen, gelbliches neugotisches Gemäuer.

Auf einer Bank an der Sonnenseite der Friedhofskapelle saßen zwei betagte Männer, der eine lang und hager, der andere spillrig klein, die Totengräber in blank gewetzter Livree. Sie hockten zwischen ihren Utensilien, Zylinderhüten, blechernen Frühstücksbüchsen, blau emaillierten Kaffeeflaschen, und genossen die Mittagspause. Beide blickten unwillig auf, als Heyer mit dem Blumenstrauß zwischen sie und die Herbstsonne trat. Der eine wedelte mit der Hand, als könnte er den Schatten verscheuchen.

Heyer sagte: Um dreizehn Uhr sollte die Beerdigung sein, Martha Heyer.

Ohne alles, antwortete der lange Totengräber. Er kerbte

mit einem Taschenmesser die Rinde seiner Doppelstulle, ehe er den Zubiß wagte, und wiederholte: Ohne alles, Herr.

Und sein Gefährte ergänzte: Keine Totenfeier, keine Besucher erwünscht. Wenn Sie sich mal vorsichtig umdrehen wollten, die beiden Männer in Ledermänteln, dort hinten, sind keine Leidtragenden oder was Ähnliches, die passen auf.

Heyer wendete den Kopf, er sah die Silhouetten zweier Kerle, die im gemächlichen Gleichschritt wandelten, und sagte dann: Ich bin der Ehemann.

Das ist was anderes, befand der Hagere und sprach Heyer das Beileid aus, während er Blechbüchse und Kaffeeflasche in einer Kunstledertasche verstaute, und sein Mitarbeiter tat das gleiche.

Heyer tippte auf die Armbanduhr: Es ist dreizehn Uhr.

Die Beisetzung ist verschoben.

Warum? Heyer war beunruhigt wegen der Verabredung mit dem Kellner aus Alte Mühle, die er einhalten mußte.

Zwei Träger fehlen, erläuterte der Hagere, und sein kleiner Geselle ergänzte:

Einer ist plötzlich eingezogen worden, der andere hat den Hexenschuß, hier zieht es ja so, da kann man sich den Tod holen. Wir müssen warten, bis sie uns zwei Männer vom Südfriedhof schicken. Das dauert.

Der andere bemerkte die Unruhe des Mannes mit dem Blumenstrauß und meinte: Wenn Sie es eilig haben, könnten wir den Gärtner rufen, und wenn Sie die Freundlichkeit hätten und würden selber Hand anlegen, Sie sind ja der Ehemann, dann machen wir's gleich.

Heyer war einverstanden.

Die Totengräber drückten sich die Zylinderhüte aufs Haupt, sie schritten zu seiten des Karrens, und Heyer schob den Sarg auf dem Fahrgerüst, bis sie die Grube erreicht hatten, die am Rande des Friedhofs ausgehoben war.

Keine schöne Stelle, sagte der Hagere, und sein kleiner Kollege setzte tröstend hinzu: Der Frau wird's egal sein. Die Toten kümmert's nicht.

Da kam auch schon der Gärtner gelaufen.

Als sie den Sarg sanft auf dem Grund der Grube aufgesetzt hatten, warf Heyer den Brautstrauß hinab.

Einer der Männer fragte: Wollen Sie nicht wenigstens ein Gebet sprechen?

Nein, sagte Heyer und ging davon.

Die Hochzeit

Und dann kommt das Fest auf dem Leßtorffhof, ein Aufwand wie zu Erntedank, nur daß die Fahnen nicht gehißt worden sind.

Jürgen Leßtorff hat Wort gehalten und der Habersaat, seiner Wirtschafterin, die Hochzeit mit Emil Kalluweit ausgerichtet. Soviel seine Mutter auch einwenden mochte, er hat nicht gespart, ein Kalb ist geschlachtet worden, und im Dorfbackofen auf dem Anger brannte Freitagmorgen schon ein Höllenfeuer.

Diesmal trug die kleine Magd das runde Kuchenbrett auf dem Kopf und setzte es ordentlich ins Gras, die Mädchen mußten wieder warten, bis der Ofen ausgekehrt werden konnte, und Irma genoß es, heute das große Wort zu führen. Sie hat das Hochzeitskleid gesehen, meterweis elfenbeinfarbene Seide, der lange Rock glockig geschnitten, damit er beim Tanzen fliegt, und der Schleier spinnwebenfein, der Brautstaat soll auf Leßtorffs Rechnung gehen. Ist der so tief in ihrer Schuld? Hat der was gutzumachen? Als ob nicht jeder wüßte, daß Gertrud sieben Jahre lang in seinem Bett gelegen hat. Alles hat seinen Preis.

Der Kalluweit stolziert wie ein Gockel durchs Dorf, aber die Braut sieht elend aus. Es ging ihr letztens nicht gut, die hat heute noch dunkle Augenringe, irgendein Frauenleiden, ja, eine Blutung, mehr weiß ich nicht, mehr sag ich nicht.

Bei der Trauung in der Kirche reichten die Plätze nicht. Viele Neugierige mußten sich an die Wände drücken, als die Orgel erdröhnte und Emil Kalluweit die Gertrud Habersaat zum Altar geleitete. Das ist ein ungleiches Paar, die Braut hochgewachsen, schön und kalt wie die Schneekönigin, der

Mann einen halben Kopf kleiner in erdbrauner Uniform. Er nimmt Haltung an und kneift den Hintern zusammen wie beim Stillgestanden, als er der Angetrauten endlich den Ring auf den Finger schieben darf. Für Gertruds Mutter war es der Anlaß, in Tränen auszubrechen und geräuschvoll mit dem Schnupftuch zu hantieren. Sie saß in der vordersten Bankreihe und war erstaunlich anzusehen. Die Hausschneiderin hatte in Gertruds Auftrag ein Festkleid aus schwarzglänzendem Stoff genäht, das ihre Körperfülle prall umspannte und mit einer Brosche aus Glitzersteinen geschmückt war. Das verlieh ihrer Erscheinung gewisse Majestät.

Auch Jürgen Leßtorff hatte in der ersten Reihe Platz genommen. Was für ein schöner Mann! Und tatsächlich schon in Diensten Doktor Franks. Er war eigens von Schwerin herübergekommen, um der Vermählung Gertruds beizuwohnen, verfolgte die Zeremonie mit spöttischer Aufmerksamkeit und glaubte kein Wort von dem, was die Eheleute dem Geistlichen versprachen, einander gut zu sein, bis daß der Tod sie scheide. Die Gertrud war immer noch schön und begehrenswert und der Ehemann ein Trottel, dem man Hörner aufsetzen sollte. Warum nicht gelegentlich von ihm?

Jubelnder Klang aus dem Lohengrin. Der Küster zieht alle Register: Treulich geführt, ziehet dahin ... Jetzt wurden die Blumenmädchen aufgescheucht, um letzte kümmerliche Herbstblumen vor das Brautpaar hinzuwerfen, und die Gemeinde bekam was zu sehen, als Kalluweit seine blasse Frau an schwebender Hand zum Ausgang führte. Hinter dem stolzen Paar wankte die alte Habersaat, als wären die Blumen für sie auf den Weg gestreut, und nickte so selbstgefällig nach rechts und nach links, wie es einer der Hauptpersonen des Spektakels gebührte. Die Alte genoß es, als sie vor dem Portal der Kirche ein Spalier von jungen Arbeitsmännern durchschreiten durfte, die mit erhobenem Spaten salutierten.

Die größte Genugtuung erfuhr Gertruds Mutter aber später, als sie zum Hochzeitsschmaus auf dem Leßtorffhof erschien. Sie betrat das Haus durch die Vordertür und hatte noch im Ohr, wie die alte Leßtorffbäuerin sie vor ein paar Wochen des Hauses verwies ... wenn das Personal unbedingt Besuch empfangen muß, ist genügend Platz auf dem Hof, wo man euch unter den Augen hat. Welch ein Wandel durch Gottes Fügung.

Gefeiert wird in der Gesindestube, dem größten Raum des Souterrains. Dort warten an die dreißig, vierzig Gäste, die großen Bauern, die Händler mit ihren Frauen. Zu ihrer Erbauung spielt die Dorfmusik, eine Geige, eine Oboe, ein Baß in schwerblütigem Walzertakt: Eins, zwei, drei, hoppsassa, rechts herum, links herum. Da braucht man sich später beim Tanzen kein Bein auszureißen, da hat man Zeit für die Drehung, rechts herum, links herum, hoppsassa.

Die hufeisenförmige Tafel ist festlich gedeckt mit Porzellan und silbernem Besteck und kostbaren Tafelaufsätzen, die Gertrud gehalten hatte wie eigenes Zeug. Da sitzt sie neben dem fröhlich grinsenden Kalluweit und nickt ihren Gästen zu, den Hänsels und Frenzels, den Leuten aus dem Gesinde, Leitkow und Frau. Auch Pastor Heilmann und seine Gemahlin haben Platz genommen, und alle sind erschienen ihr zu Ehren. Heut ist Gertruds großer Tag.

Jetzt schwankt ihre schwarzgewandete Mutter herein und fächelt sich mit einem Schnupftuch die hektisch geröteten Wangen. Wer weiß denn, wie viele Kümmelchen sie gekippt hat, um sich auf die Feier einzustimmen. Gertrud wirft einen Blick auf Kalluweit, und der Arbeitsdienstführer erhebt sich gehorsam, um seiner Schwiegermutter einen Stuhl unter das gewaltige Hinterteil zu schieben. Sie kann sich fallen lassen und tut es, indem sie genußvoll stöhnt.

Jetzt schließt Jürgen Leßtorff die Tür. Die Gesellschaft ist vollzählig bis auf die alte Herrin des Hofes. Gertrud blickt mißbilligend auf den leeren Stuhl und gebietet trotzdem: Fangen wir an!

Da erscheinen die jungen Mägde, Irma allen voran, mit den bauchigen Terrinen. Hochzeitssuppe schwappt in den

Schüsseln, duftende Brühe mit Fleischbällchen, zartem Gemüse und Eierstich. Wohl bekomm's. Die Gäste lassen sich den Teller füllen, sie löffeln und schlürfen andächtig und wischen sich schließlich mit der Serviette das Fett vom Kinn.

Köstlich, sagt die Frenzelbäuerin, aber die Hänselbäuerin bemerkt, man sollte der Köchin sagen, daß ein Stengelchen Estragon der Brühe nicht geschadet hätte.

Das empfindet die alte Habersaat als einen Angriff auf ihre Tochter und blafft: Estragon gehört ins Gurkenfaß.

Die Hänselbäuerin lacht. Was verstehst du denn von feiner Küche? Und gewiß wäre es schon nach der Suppe zu einem Streit gekommen, hätte nicht Pastor Heilmann an sein Glas geklopft und sich erhoben.

Ruhe bitte, die Rede.

Der Geistliche faltete die Hände, sammelte sich wie jeden Sonntag auf der Kanzel und schaute sich ein Weilchen ins Innere, bis er den Blick endlich hob.

Liebes Brautpaar, meine lieben Volksgenossen!

Wir haben uns zusammengefunden in großer Zeit, um das Hochzeitsfest unserer lieben Gertrud und unseres Freundes Kalluweit zu feiern. Grund zur Freude, sag ich, Grund auch zur Besinnung, denn ist es nicht so, daß sich zwei Kinder dieses unseres Dorfes in Liebe miteinander verbunden haben, um den Gedanken des Deutschtums hinauszutragen in fremdvölkisches Land, wie es ihre Vorväter getan haben vor Hunderten von Jahren mit Schwert und Pflug? Sie mußten kämpfen und ringen um diese ihre Scholle, auf ihr aber entstand ein hartes, pflichtbewußtes Geschlecht, Männer und Frauen wie du, lieber Emil, und du, liebe Gertrud, die auch auf vorgeschobenen Posten im Osten nie vergaßen, daß sie deutschen Stammes, Geistes und Blutes waren. Es ist ein edler Entschluß, ihnen nachzufolgen, weil auch euch die Heimat zu eng geworden ist. Gottes Segen auf den Weg!

Er hob sein Glas, und die Gesellschaft stand auf, um dem Brautpaar zuzuprosten.

Bauer Hänsel, der ein Witzbold war, rief: Mit Herz und

Hand fürs Vaterland. Die Gäste lachten beifällig und nahmen geräuschvoll wieder die Plätze ein.

Jetzt wäre die Frenzelbäuerin gesprächsweise gern auf die Estragonstengel zurückgekommen, aber der Pastor hatte so ergreifend von Schwert und Pflug gesprochen, daß sie das Thema wechselte und die Nachbarn fragte, wie weit sie mit der Saat des Wintergetreides gekommen wären.

Gertrud war nicht entgangen, daß schon während der Rede des Geistlichen im Vorraum der Gesindestube gezischelt und gestritten wurde. Sie wies die Köchin an: Der Spickbraten bitte, das Frikassee! ehe sie den Schleier raffte und nach draußen ging, um nach dem Rechten zu sehen.

Am Fuß der Treppe zerrte sich die alte Simoneit mit zweien der Mägde herum, die ihr den Eintritt verwehren wollten. Die Simoneit war jedermann bekannt als die weise Frau des Dorfes, die Kräuterhexe, die Engelmacherin. Ihr Gewand war abgetragen und roch, wie das wollene Umschlagtuch, nach Mottenkugeln.

Gertrud winkte die Mägde davon. Was willst du?

Der Alten fehlten die Schneidezähne, sie lächelte mit geschlossenem Kräuselmund und lispelte dann: Die Braut hab ich sehen wollen, was sonst. Sie umkreiste Gertrud mit trippelnden Schritten wie bei einem der merkwürdigen Tänze, die sie in ihrer Hütte aufführte, um die Wirkung einer Medizin zu verstärken, und schien zufrieden. Wie schön du bist und schlank. Mein Gott, und die Seide so schwer, ich möchte nicht wissen, was du hast bezahlen müssen.

Du willst mehr Geld?

Geld, meinte die Alte abschätzig. Zu mir kommen die Leute in ihrer Not, das schlägt aufs Gemüt, da möchte man halt auch mal in lustige Gesellschaft. Sie drohte der Gertrud schelmisch mit dem Hexenfinger. Du hast doch tatsächlich vergessen, mich zur Hochzeit einzuladen.

Gertrud verwahrte sich. Das kann ich doch nicht.

Und die Alte sprach gekränkt: Das ist nicht recht, Kindchen, wo du Oma Simoneit zu verdanken hast, daß du zu

Kalluweit ins Brautbett steigen kannst so gut wie unversehrt.

Still, flüsterte Gertrud. Sie hatte gesehen, daß die alte Leßtorffbäuerin treppabwärts tappte, eine Hand am Geländer, in der anderen den Stock. Sie trug ein schmales, dunkles Kleid mit Stehbündchen am Halse, dazu den Familienschmuck, echte Perlen, und war so königlich von Erscheinung, daß die Simoneit sich wortlos beugte und dienerte.

Die Leßtorffbäuerin musterte zuerst die Braut vom Kopf bis zu den Füßen. Schlecht siehst du aus, das Leiden Christi am Hochzeitstag.

Die Simoneit erklärte an Gertruds Stelle: Die Aufregung, die große Freude.

Frau Leßtorff hörte nicht auf das Gerede, sondern fragte die Braut: Was hat die Hexe in meinem Haus verloren? Es ist kein Vieh zu besprechen und kein Kind wegzubringen unter dem Gesinde.

Die Simoneit rief aufgebracht: Den Hochzeitskuchen habe ich probieren wollen, wie es Sitte ist.

Und Gertrud starrte der alten Bäuerin ins Gesicht. Das ist mein Fest, und Frau Simoneit ist mir als Gast genauso lieb wie Sie. Mit diesen Worten stieß sie die Tür zur Gesindestube auf. Bitteschön! und ging an ihren Platz.

Jedes Gespräch erstarb, als die alte Bäuerin im Festkleid den Raum betrat. Sie stützte sich auf ihren Stock und ging auf das Brautpaar zu, während die Simoneit ans Ende der Tafel huschte, um dort nach einem freien Platz zu suchen.

Gertrud und Kalluweit erwiesen der Herrin des Hofes stehend ihren Respekt, die nickte aber lächelnd zuerst den Gästen einen Willkommensgruß, dem Pastorenpaar, den Hänsels und Frenzels, dem Leitkow und seiner Frau, ehe sie zu den Brautleuten sprach: Gertrud, du hast bei uns gelernt, wie es auf einer ordentlichen Wirtschaft zugeht, und Sie, Kalluweit, wissen, wie man mit dem Spaten umgehen muß. Genug, um den Polen beizubringen, was Arbeit heißt. Glückwunsch also.

Kein Geschenk, kein Wort der Anerkennung für treue Dienste, nicht mal ein Händedruck, kaum ein gnädiges Neigen des Hauptes, aber die Gäste belohnten sie mit stärkerem Beifall, als ihn der Pastor hatte einheimsen können.

Frau Leßtorff nahm neben der aufgeputzten Brautmutter Platz und ließ sich ein wenig vom Spickbraten reichen.

Die alte Habersaat fragte: Wie soll es ohne Gertrud weitergehen?

Jeder Mensch ist zu ersetzen. Ich hab es auch begreifen müssen.

Gertruds Mutter seufzte: Ich werde das Mädel vermissen, sie war mir eine gute Tochter, sie hat immer für mich gesorgt.

Und die Leßtorffbäuerin entgegnete mit erhobenen Brauen: Es kommt nicht darauf an, wenn ein bißchen fortgetragen wird von einer so großen Wirtschaft wie der unseren.

Die alte Habersaat lächelte falsch. Mein Schwiegersohn übernimmt an die zweihundert Morgen im neuen Gau. Wie groß ist eigentlich der Leßtorffhof?

Es dauerte ein Weilchen, bis die Antwort kam: Ein wenig größer, Frau Habersaat, aber jeder Quadratmeter ehrlich in Besitz gebracht. Wir haben uns von niemandem etwas schenken lassen.

Wie meinen Sie das? rief Gertruds Mutter so laut, daß jeder an der Tafel aufmerksam wurde. Ist es etwa unrecht, daß meine Tochter in die neuen Länder geht?

Da wurde es still am Tisch, keiner klapperte mit dem Besteck, und keiner wagte ein Wort, bis sich Jürgen Leßtorff vom Stuhl erhob. Er sagte:

Niemand hat uns besser als Pastor Heilmann erklärt, daß der Boden, daß die neu gewonnene Heimaterde im Osten durch unserer Hände Arbeit erworben werden muß, anders wird sie nicht deutsch. Wir wünschen dir, Gertrud, und deinem Mann Glück bei diesem Werk. Du bist die gute Seele des Hofes gewesen, wie werden an dich denken, wenn du nicht mehr unter uns bist.

Jürgen, mahnte Bauer Hänsel, hier findet keine Leichenfeier statt. Laß nachschenken.

Recht hast du, meinte Leßtorff und winkte den Mägden. Jetzt griffen die Musikanten zu ihren Instrumenten. Da war er wieder zu hören, dieser schwerfällig stampfende Walzer: Eins, zwei, drei, hoppsassa, links herum, rechts herum, Geige, Oboe und Kontrabaß, kumm bi de Nacht, kumm bi de Nacht.

Es ist eine schrille Frauenstimme, die sich über die quietschige Geige erhebt und nach dem Brauttanz schreit, andere pflichten kreischend bei: Der Schleier muß zertanzt werden! Und nun patschen sie auch noch in die Hände, um das rhythmische Klopfen des Basses zu begleiten: Eins, zwei, drei, hoppsassa. Die Braut gehorcht und erhebt sich lächelnd, aber der Bräutigam bleibt wie festgenagelt auf seinem Platz. Und immer noch das dumpfe Hämmern, das rhythmische Händepatschen, der fordernde Ruf: Kalluweit, Kalluweit! Der Mann stammelt: Ich kann nicht tanzen. Ich mach mich doch nicht lächerlich.

Da ist Jürgen Leßtorff zur Stelle. Er trägt die schmucke Uniform der Offiziere mit dem Glitzerschmuck und redet mit dem Bräutigam wie mit einem seiner Unteroffiziere. Der Schleier muß zertanzt werden, das ist der Brauch. Ich werde Sie vertreten, Kalluweit. Er blickt der Braut in die Augen und verneigt sich, während er die Hacken ein wenig zusammenknallt. Darf ich bitten!

Und dann tanzt das schöne Paar im Kreise der Hochzeitsgäste, die weiter und weiter zurückweichen, um Platz zu schaffen. Da ist es, als ließen sich die Musikanten fortreißen vom Schwung dieser beiden Menschen, die sich wiegen und drehen und dahinfliegen, vom Schleier umweht, als wären sie nicht eingeengt in diesem Kellerraum, sondern allein unter dem Himmel. Da wird der Baß mit einem Male eiliger, die Geige läßt das Quietschen, ihr Klang steigt höher und höher, und den beiden ist, als brauchten sie nicht voneinander zu lassen. Ach, wie ist's möglich dann ... Sie drehen sich wie im Traum. Erst ein Schrei bringt sie auf die Erde zurück. Jetzt ist Schluß!

Kalluweit hatte sich lange zurückgehalten, finster ins Glas gestarrt oder auf das fliegende Paar, bis sich einer über ihn beugte, bis ihm einer ins Ohr flüsterte: Kamerad, die beiden betrügen dich, bis er hörte, daß die alte Simoneit eine Nachbarin fragte: Heiratet sie doch den Leßtorff?

Schluß jetzt! Der Tanz ist zu Ende.

Das Paar steht hochatmend beieinander, als Leßtorff zwei Rotweingläser ergreift, er will mit der Braut anstoßen und ist noch so im Schwung, daß die Pokale splittern. Der Wein besudelt Gertruds Kleid, aber die Frauen schreien, als wäre es mit Blut befleckt.

Da tritt Kalluweit in den Kreis. Kopf gesenkt wie ein Bulle beim Angriff, Fäuste geballt, so steht er vor Jürgen Leßtorff. Das ist Absicht gewesen. Sie wollten mich lächerlich machen.

Sie machen sich selber lächerlich, Kalluweit.

Gertrud will vermitteln und spricht mit hoher, ängstlicher Stimme: Es ist doch gar nicht so schlimm, Emil.

Der hat eine Pranke auf Leßtorffs Arm gelegt und will ihn fester packen.

Der Hauptmann warnt: Faß mich nicht an, Mensch! Und tatsächlich läßt Kalluweit seinen Gegner los.

Er sagt: Bloß nicht so großkotzig, Volksgenosse Leßtorff. Und nimmt gar nicht wahr, daß die Musikanten versuchen, die Kontrahenten mit ihrer Kunst zu besänftigen. Sie spielen zum Tanz. Da ist er wieder zu hören, ganz leise, dieser schwerblütige Walzer: Eins, zwei, drei, hoppsassa.

Kalluweit spricht darüber hinweg: Bloß nicht so großkotzig. Vielleicht interessiert es Sie, daß ich Bauer sein werde wie Sie, einen Hof haben werde so groß wie der Ihre. Kein Grund mehr, auf Kalluweit herabzusehen wie auf einen Niemand.

Keiner kann hochmütiger antworten: Sie irren, wenn Sie annehmen, daß Sie mich interessieren würden, Kalluweit.

Es war Ihnen aber recht, daß ich Ihnen die lästig gewordene Beischläferin abgenommen habe.

Da nennt Leßtorff den anderen ein Stück Dreck.

Kalluweit kann sich nicht länger zurückhalten, er schreit:

Wer ist das Dreckstück? Und schlägt zu, mit solcher Gewalt, daß Leßtorff rücklings gegen die Hochzeitstafel geworfen wird. Gläser brechen, Stühle fallen, und die Geige verstummt mit einem Quietscher.

Vielleicht hätte Leßtorff in blindem Zorn zurückgeschlagen, schon hat er sich aufgerappelt, vielleicht hätten sich zwei Männer in Uniform zum Gespött der Hochzeitsgäste über die Dielen gewälzt. Die alte Bäuerin, die Herrin des Hofes hat es verhindert. Sie erhebt sich zu voller Größe, stößt den Stock auf und ruft: Mein Haus ist keine Kneipe!

Die Kampfhähne lassen voneinander ab. Gertrud steht zwischen beiden, sie starrt den einen an, dann den anderen und sagt erbittert: Das vergeß ich euch nicht.

Der Schleier ist nicht zertanzt worden. Sie nimmt ihn vom Kopf und wirft das Gespinst den Mägden zu, die es zerreißen.

Die alte Bäuerin hatte sich Respekt verschafft, nun half ihr der Zufall, das Fest zu beenden. Vom Dorfplatz her jaulten die Sirenen, als stünden die Scheuern in Flammen, und wenig später riß ein Mann in Naziuniform, der Amtswalter des Dorfes, die Türe auf und schrie: Großalarm!

Was ist passiert, um Christi willen?

Ein Gefangenentransport ist überfallen worden, in der Chausseekurve hinter Rakowen, ein Schwerverbrecher entflohen, ein Hochverräter, der unter das Fallbeil sollte. Sie können nicht weit sein, er und seine Helfer. Wahrscheinlich stecken sie im Forst von Rakowen. Alle Männer zum Einsatz! Jagdwaffen, Kameraden, scharfe Hunde.

Er zog die Mütze und verbeugte sich vor der Braut: Tut mir wirklich leid. Dann winkte er den Männern, sie folgten, einer hinter dem anderen. Auch Leßtorff und Kalluweit mußten sich einreihen, und die Musikanten verstauten hastig ihre Instrumente und verließen den Raum.

Zurück blieben die Frauen, sie nahmen schweigend an der Tafel Platz und blickten mitleidig auf die Braut. Was nun?

Irma hatte sich schon vor einer Weile in die Mägdekammer zurückgezogen, um sich für eine Clownsnummer zu verkleiden, mit der sie die Hochzeitsgäste belustigen wollte. Ihr Gesicht war weiß geschminkt, sie trug viel zu lange Männerhosen, zu große Schuhe und einen Zylinderhut, als ulkigstes Requisit hielt sie einen blechernen Nachttopf vor dem Bauch, der mit Hülsenfrüchten gefüllt war. So erschien sie vor den versteinerten Frauen, verstreute tanzend einiges aus dem Nachtgeschirr und sang mit schriller Stimme:

Erbsen, Bohnen, Linsen,
jedes Jahr 'nen Prinzen,
es kann auch 'ne Prinzessin sein,
ladet mich zum Kindergetaufe ein.

Erst als der Topf leer war, begriff die Kleine, daß kein Mensch über ihre Späße gelacht hatte. Jetzt sah sie auch, daß die Braut allein am Tisch saß, und fragte: Was denn? Ist der Bräutigam schon vor der Hochzeitsnacht abgehauen?

Die Leßtorffbäuerin antwortete: Scher dich hinaus, du blöde Gans.

Der kleinen Magd rannen die Tränen in die Schminke, sie nahm den Zylinder vom Kopf, zog sich mit ihrem Nachttopf wortlos zurück, und nun brachte sich Gertruds aufgetakelte Mutter ins Spiel, indem sie eine Flasche ergriff und fröhlich rief: Wird noch ein Schnaps gewünscht?

Wer kann jetzt noch ans Feiern denken, sprach die Leßtorffbäuerin und neigte freundlich den Kopf gegen die Bauersfrauen. Ich wünsch den Nachbarn einen guten Heimweg.

Was blieb den Frauen übrig, als nach den Handtaschen und Schultertüchern zu greifen und sich davonzumachen.

Die Mägde saßen noch an der Tafel. Die alte Bäuerin sagte: Der Herr ist gegangen, da ist es auch Zeit für das Gesinde. Und wendete sich an die Braut: Das gilt auch für dich. Dann patschte sie in die Hände. Räumt ab, reißt die Fenster auf! Ich will mein Haus sauber haben.

Es war schon spät in der Nacht, als Kalluweit endlich kam, um seine Frau abzuholen, die mutterseelenallein an der Tafel saß. Sie fragte:

Habt ihr den Mann?
Nein.
Das freut mich.
Was sagst du da?
Gertrud wiederholte: Es freut mich, daß wenigstens einer Glück gehabt hat an diesem Tag.

Die Scholle im Osten

Die Eheleute Kalluweit verbrachten den Winter, aber auch noch Monate des darauffolgenden Sieges- und Jubeljahres neunzehnhundertvierzig im ehemaligen Vorwerk des Gutes, das, kaum einen Kilometer vom Hauptdorf, nahezu ungeschützt auf freiem Feld lag. Die kleine Siedlung nannte sich Rakowen-Ausbau, sie bestand aus wenigen heruntergekommenen Wirtschaftsgebäuden und einem Wohnhaus, das vor kurzer Zeit hergerichtet worden war, denn es erhob sich in der Nähe der Baracken des Reichsarbeitsdienstlagers und diente der Unterbringung des Führungspersonals. Hier bewohnte Kalluweit ein bescheidenes Quartier, anderthalb Zimmer und Küche, eingerichtet mit dem Sperrholzmobiliar, das die Dienststelle zur Verfügung gestellt hatte.

Nach der demütigenden Hochzeitsfeier wollte Gertrud keinen Tag länger auf dem Leßtorffhof bleiben, und ebenso verbot sich für sie, im verwahrlosten Katen ihrer alten Mutter unterzukriechen, also hatte sie ein Fuhrwerk bestellt und eine buntbemalte Truhe, die ihre Habe enthielt, nach Rakowen-Ausbau in Kalluweits Junggesellenbehausung transportieren lassen.

Bald stellte sich heraus, daß die Eheleute nicht so rasch in den neugewonnenen Gauen seßhaft werden konnten, wie es ihnen lieb gewesen wäre. Das Siedlungshauptamt bat, sich bis zum Frühjahr zu gedulden. Deutsche und Russen hatten die endgültige Grenzlinie am Bug festgelegt. Ganz Zentralpolen mit der Hauptstadt Warschau stand unter deutscher Militärverwaltung. Die westlichen Gebiete Polens nannten sich Warthegau und Reichsgau Danzig-Westpreußen und waren an das Reich gefallen. Die polnische Bevölkerung dieser Gebiete, immerhin zehn Millionen Menschen, mußte in das Generalgouvernement abgeschoben werden, dazu kamen drei Millionen Juden, die in die Ghettos großer Städte verbracht werden sollten, bis sich ihr Schicksal endgültig entschied. Das kostete Zeit, und es war Aufgabe der Bürokratie, die eroberten Landstriche neu zu gliedern. Das alles wußten die Kalluweits längst aus der Zeitung, und das half ihnen, die Wartezeit zu ertragen.

Als Gertrud auf dem Leßtorffhof ihre Sachen in die Truhe packte, hatte sie vor Augen, wie wenig sie mitnehmen konnte, ein paar Kleider, gerade mal ausreichend Leibwäsche und einige Hochzeitsgeschenke, meist unnützes Zeug. Leßtorff hatte sie jahrelang in dem Glauben gelassen, sie als die neue Herrin würde nicht nur über Haus und Hof verfügen, sondern auch über die Schätze in den Wäscheschränken. Jetzt ging sie vom Hof und besaß nicht mal eine Aussteuer. Während der Wartezeit hatte sie Gelegenheit, sich darum zu kümmern, denn sie war von Leßtorff so großmütig abgefunden worden, daß sie nachträglich anschaffen konnte, was eine Bäuerin in die Ehe mitbringen mußte, und sogar noch einen Batzen Geldes für sich selber behielt.

Ein wenig davon nutzte sie, die beiden Zimmer in Rakowen-Ausbau wohnlich zu gestalten. Sie erwarb einen Flickenteppich für die Stube und schmückte die kahlen Wände mit kunstgewerblichen Dingen, die ihr gefielen. Das waren ein bronziertes Relief mit dem edlen Gesicht der Uta von Naumburg, der Hase von Dürer und eine Fotografie unter Glas, auf der die berühmten Zwei Menschen von Thorak abgebildet waren. Kalluweit hatte die Schultern gehoben, als er das nackte Paar zum ersten Mal betrachtete, vielleicht wußte er, daß er mit seinem Bauchansatz dem Kerl nicht das Wasser reichen konnte, aber er respektierte den Geschmack seiner Frau. Er bewunderte sie und mühte sich ehrlich, manchmal bis zu Schweißausbrüchen, ihr auch im Bett zu gefallen.

Einmal war es dem Kalluweit während solch nächtlicher Anstrengung gelungen, seine Frau mitzunehmen, und sie hatte ihn dafür dankbar mit den Armen umschlungen. Nach und nach gewöhnte sie sich an seine Art, es gab ja keinen anderen Mann in Rakowen, den sie hätte mögen dürfen.

So verbrachten die Kalluweits den Winter und einige Monate des neuen Jahres in Rakowen-Ausbau, und wenn sie beim Tee saßen und im Volksempfänger nach den Siegesfanfaren den Sondermeldungen lauschten, konnten sie sich immer wieder herzlich freuen. Dänemark und Norwegen erobert, Belgien, Luxemburg und die Niederlande besetzt, die Engländer bei Dünkirchen ins Wasser zurückgejagt und Paris schon im Juni von deutschen Truppen eingenommen. Bei solcher Nachricht fühlten sich beide dort draußen in Rakowen-Ausbau keineswegs abseits oder an den Rand gedrängt, sondern erhoben und stolz, mit den Siegern zu sein.

Im Frühsommer neunzehnhundertvierzig flatterte endlich der Marschbefehl ins Haus, und die Kalluweits konnten sich auf den Weg machen. Gertruds Truhe wurde in Schwerin verladen, mit mehr als zwei Koffern brauchten sie sich nicht zu belasten, zuviel Bagage erschwere die Fahrt, hatte das Siedlungshauptamt mitgeteilt und den Eheleuten schriftlich versichert, daß sie das Nötigste am Zielort vorfinden würden.

In Berlin gab es einen Aufenthalt. Sie rasteten ein paar Tage in einer Herberge des Siedlungshauptamtes und mußten auf andere Paare warten, die gleich ihnen eine neue Existenz im Warthegau begründen wollten. Schulungsbeamte belehrten sie über dies und das, aber es blieb auch Zeit, sich in der großen Stadt umzusehen. Gertrud war nie zuvor in Berlin gewesen und beeindruckt von der dunklen Masse des Schlosses, in dem deutsche Könige und Kaiser regiert hatten. Der Neptunbrunnen entzückte sie, noch mehr aber die Tiere in den Gehegen des Zoos.

Bald waren die Schicksalsgenossen in der Reichshauptstadt eingetroffen. Eines Morgens zogen sie zum Schlesischen Bahnhof, dort war ein ganzer Personenwaggon für die Siedler reserviert, und ab ging es Richtung Breslau. Es gab viel zu erzählen in der Gruppe. Immer noch löste eine Siegesmeldung die nächste ab, der eine wußte dies zu erzählen, der andere das, und jeder war überzeugt, sie würden einer guten und sicheren Zukunft entgegenfahren. Darauf trinken wir einen!

Kalluweit kramte eine Flasche aus dem Koffer, und auch Gertrud war so in Stimmung, daß sie einen großen Schluck Kümmel zu sich nahm. So wurde es Abend. Einer der Männer stimmte das eigenartige Lied an, das ihrer Seelenlage entsprach, und dann sangen sie alle:

> Es dunkelt schon in der Heide ...
> wir haben das Korn geschnitten mit unserm blanken Schwert.

In Breslau trennte sich die Gruppe. Die Paare waren dem Ziel ihrer Reise näher und mußten warten, bis man sie zu den einzelnen Höfen rief. Die Kalluweits hatten Glück, daß ihre Habe schon am nächsten Morgen auf einen Lastwagen der SS verstaut wurde, der Marschbefehl in den Warthegau hatte und sie bis in ein Städtchen mitnehmen sollte, das einen unaussprechlichen Namen besaß, aber Sitz einer SS-Stelle für Einwanderung war.

Kalluweit hatte die Karte studiert und das Nest südlich von Lodz ausgemacht, der Hauptstadt des neuen Gaues, die erst vor kurzer Zeit in Litzmannstadt umbenannt worden war zum Ruhme des Generals der Infanterie Karl Litzmann, der damals während des Weltkrieges mit seiner Armeegruppe ein paar Siege an der Ostfront erfochten hatte und als Gefolgsmann des Führers galt.

Schau, hier werden wir ansässig sein. In der Nähe des Generalgouvernements.

Gertrud war schon am Beginn der Landnahme verstimmt. Sie hatte sich fein gemacht und trug ein Kostüm von grünlichem Loden wie die Damen von den Gütern, dazu ein flottes Hütchen, aber die beiden SS-Männer, Fahrer und Beifahrer, verlangten von ihr, sie solle sich einen Platz auf der Ladefläche des Lastwagens suchen, vielleicht auf ihrer Truhe, sie und Kalluweit brauchten nur die Plane zu heben und hätten freie Sicht. Gertrud stritt mit den Männern, bis diese ihr erlaubten, sich im Führerhaus neben den Beifahrer zu quetschen, aber Kalluweit mußte es sich zwischen der Bagage bequem machen, so gut es eben ging, und verschlief einen Teil der langen Fahrt.

Gertrud war hellwach und neugierig auf das Unbekannte. Die Landschaft veränderte sich, kaum daß sie die Grenze hinter sich gelassen hatten, sie kam ihr fremd vor, auch elegisch in ihrer Eintönigkeit, nur selten fuhren sie durch Wälder, dann passierten sie wieder liederliche Weiler, überragt von einem Kirchlein, Ansammlungen elender Hütten, eingeschlossen in Zäune aus Weidengeflecht, dahinter, platt wie ein Teller, baumloses Gefilde bis an den Horizont. Gertrud wurde es bange. Nicht ein einziger Herrenhof am Wege, der es mit dem Besitz der Leßtorffs hätte aufnehmen können, zerstörtes Kriegsgerät neben der Landstraße, ausgebrannte Lastwagen, manchmal meinte sie, ihr stiege Leichengeruch in die Nase. Ihr Gesicht verfinsterte sich. Mein Gott, wohin war sie geraten?

So kamen sie endlich in die Ortschaft mit dem unaussprechlichen Namen. Niedrige Häuser und Hütten reihten sich, aber die Leitstelle der SS war in einem schloßartigen barocken Gebäude untergebracht, von dem der Putz bröckelte. Hier unterbrach der Wagen seine Fahrt, die Männer verließen das Führerhaus, um Kalluweit beim Abladen des Gepäcks behilflich zu sein. Sie wiesen auf das Portal des Schlößchens, vor dem zwei Posten standen, und sahen keinen Grund zur Freundlichkeit, die Dame in Loden hatte ja nicht einmal eine Handvoll Zigaretten parat. Kalluweit war im Gebäude der Leitstelle verschwunden, die beiden SS-Männer deuteten einen militärischen Gruß an, schwangen sich hinauf in das Fahrerhaus und brausten davon.

Da saß nun Frau Gertrud am Rande der Straße auf ihrer Truhe, die mit Blumen und bäuerlichen Ornamenten bemalt war, und kam sich mutterseelenallein vor in dieser wildfremden polnischen Stadt, die nach dem Willen des Führers deutsch werden sollte. Der Ort wirkte geisterhaft, wie ausgestorben, die Fensterläden an den Häusern waren geschlossen.

Gertrud atmete auf, als sie den Marschtritt einer Kolonne vernahm, die mit brüllendem Gesang die Straße heraufzog. Endlich deutsche Laute, die ihr vertraut klangen: Die blauen Dragoner, sie reiten mit klingendem Spiel durch das Tor, Fanfaren sie begleiten, hell zu den Hügeln empor ...

Die Soldaten lächelten, als sie in Kompaniestärke vorübermarschierten, und Gertrud hob die Hand, um sie zu grüßen.

Jetzt sah sie, daß Kalluweit in Begleitung eines Offiziers aus der Leitstelle trat. Der Uniformierte war hübsch und schlank wie ein Jüngling. Er sah Gertrud an, als hätte er lange nicht bei einer Frau gelegen. Kalluweit stellte vor:

Das ist der Kamerad Obersturmführer Schneider von der SS-Leitstelle für Einsiedlung, und das ist meine Frau.

Schneider verneigte sich ritterlich. Ich freue mich sehr und darf Sie herzlich in unseren Breiten willkommen heißen, gnädige Frau. Angenehme Fahrt gehabt?

Gertrud antwortete ungnädig: Wir sind lange unterwegs, Herr Schneider, und wüßten gerne, wo wir unsere Bleibe finden.

Schneider sagte: Ich habe dem Kameraden Kalluweit schon berichtet, daß Sie für einen Hof in Przystrawola vorgemerkt sind. Er grinste. Einmal husten, zweimal niesen – bald wird es deutsche Namen geben – aber die Räumung, leider, konnte noch nicht erfolgen.

Wie denn, fragte Gertrud aufgebracht, unser Hof ist gar nicht frei? Wohin mit unseren Sachen? Man hat uns hier einfach auf die Straße gesetzt.

Der SS-Offizier hob beide Hände, um die Frau zu beschwichtigen. Aber das ist doch kein Beinbruch. Die beiden Kameraden achten auf das Gepäck. Er deutete auf die Wache. Und wir haben Glück, auf dem Bahnhof wird gerade ein Transport zusammengestellt. Die Polen fahren ihren Plunder bis an den Stacheldraht, dort müssen sie abladen, und im gleichen Augenblick stehen die Gespanne deutschen Siedlern zur Verfügung. Wenn wir uns beeilen, können Sie in einer Viertelstunde Besitzer von Pferd und Wagen sein.

Da war auch schon Schneiders Fahrer mit einem offenen Kübelwagen zur Stelle.

Bitte! Der Obersturmführer winkte dem Kalluweit, half Gertrud hinauf, und ab ging die Post.

In ihrer Schäbigkeit unterschieden sich die Bahnhofsgebäude kaum von den Häusern des Städtchens. Der Wagen hielt an einem Seiteneingang. Zuerst hörte Gertrud den Lärm, sah aber keinen Menschen, obwohl eine lange Kette von Güterwagen an der Rampe stand und die Lok schwarzen Rauch in den Himmel fauchte, als wollte sie sich augenblicklich in Bewegung setzen. Als sie aber in Begleitung der Männer um die Ecke des Bahnhofs bog, erblickte sie einen provisorisch errichteten Pferch von der Größe eines Fußballfeldes, stacheldrahtbewehrt und umstellt von Soldaten mit aufgepflanzten Seitengewehren, und hinter dem Zaun viele Menschen, die hin und her liefen, stritten oder weinten, dazwischen Leiterwagen, Pferde und Uniformierte der SS.

Gertrud blieb verstört am Zaun stehen. Schneider sagte mitleidig: Ein widerwärtiges Gezerre, ja. Aber auch das ist Volkstumskampf und nicht das Schlimmste, an das man sich hierzulande gewöhnen muß. Bitte, stellen Sie sich vor, mitten in der Nacht wird ein Dorf umstellt und gewaltsam geräumt. Nun müssen alle Bewohner deportiert werden, freiwillig will keiner auf die Reise. Wir müssen nachhelfen. Die Juden kommen in das Ghetto von Litzmannstadt, wo Platz ist für ein paar hunderttausend Menschen. Die Polen werden ins Generalgouvernement abgeschoben. Unvernünftig, wie sie sind, schleppen sie mehr Zeug zum Bahnhof, als ihnen erlaubt ist, und trennen sich ungern. Deshalb das Geschrei. Dort hinten seh ich aber schon eine Reihe schöner Pferde. Bitte, kommen Sie doch!

Die Wachen salutierten und gewährten Einlaß. Kalluweit und Schneider hatten es eilig, in die Nähe der beschlagnahmten Pferde am Ende des Platzes zu gelangen. Gertrud blieb zurück, ging angewidert durch das Getümmel, und jetzt sah sie, was den Leuten geschah. Viele standen noch auf den

Leiterwagen inmitten ihrer erbärmlichen Habe, Frauen, Männer und Kinder, und versuchten, das wenige zu verteidigen, das ihnen nach der Vertreibung geblieben war, aber neben ihnen standen SS-Männer, entrissen ihnen Gepäckstücke wie Konterbande, stießen die Leute vom Wagen und benutzten dazu oft genug den Gewehrkolben.

Gertrud blieb vor einem Leiterwagen stehen und beobachtete, wie sich eine junge Frau gegen einen Soldaten wehrte, der ihre Sachen filzte. Neben ihr, auf einem Bündel, hockte ein verängstigtes Kind mit großen dunklen Augen, ein Mädchen, vielleicht drei oder vier Jahre alt, das starrte auf Gertrud, als erwarte es Hilfe. Seine Mutter rief in verständlichem Deutsch: Ich habe nur, was man mitnehmen darf, ein bißchen Wäsche, eine Decke.

Und was ist das? rief der Soldat und griff nach einem prall gestopften Sack.

Ein Federbett!

Für das Kind, jammerte die Frau. Es wird frieren.

Aber der Uniformierte blaffte: Federbetten sind verboten.

Bitte nicht nehmen, Herr!

Es ist verboten. Was soll ich machen?

Da suchte die Frau in den Falten ihres Rockes, zerrte ein Bündel mit Geldscheinen heraus und zeigte es dem Soldaten.

Der sagte abschätzig: Der Zloty ist nichts mehr wert, umkrallte aber dennoch die Scheine, um sie in der Uniformjacke zu verstauen. Dann warf er das Federbett einem seiner Kameraden zu, hob den Gewehrkolben, um die Frau vom Wagen zu jagen, winkte dem Kind, das geschickt vom Leiterwagen kletterte, und warf der verzweifelten Frau von den Gepäckstücken nach, was er ihr zubilligte. Eine der Taschen, gefüllt mit Kindersachen, platzte auf. Ein Lumpenpüppchen fiel in den Schmutz.

Kalluweit taxierte inzwischen schon die Gäule. Er hatte seine Frau vergessen, und ihm war gar nicht bewußt, daß er Beute machen wollte. Er näherte sich den Tieren wie auf einem Pferdemarkt, betatschte sie, hob ihnen kennerisch die

Lefzen, bis er endlich zwei Pferde herausgefunden hatte, die seinem Anspruch genügten.

Schneider amüsierte sich über den Eifer Kalluweits. Er sagte: Augenblick, wird gleich auf Ihren Namen eingetragen, und rief nach einem Schreiber, der die Listen zu führen hatte. Hierher!

Kalluweit sprach schwärmerisch: Erstaunlich, daß man hierzulande solche Gäule findet, beinahe wie Trakehner, kraftvoll im Bau.

Und Schneider gab lachend einen drauf: Die können sich sogar vor dem Kutschwagen sehen lassen. Ihre Frau wird sich freuen.

Jetzt war der Schreiber mit seiner Liste herangetreten. In seiner Begleitung befand sich ein nachlässig gekleideter Mann, der auf Kalluweit zustürzte und schrie: Das Gespann habe ich mir ausgesucht!

Das sind meine Pferde, verwahrte sich Kalluweit. Ich habe einen Offizier zum Zeugen.

Aber der Mann behauptete steif und fest, er sei zuerst dagewesen und nur mal nach dem Schreiber gelaufen wegen der Beurkundung.

Schneider kannte den Menschen, es handelte sich um einen Volksdeutschen mit Namen Rogowski. Er rief: Nun hören Sie mal gut zu. Die Pferde sind dem Kameraden Kalluweit zugesprochen, der sitzt mit seinen Sachen auf der Straße. Sie besitzen doch längst Hof und Gespann.

Kreuzlahme Zossen. Unsereins hat sich jahrelang von den Polen schikanieren lassen müssen, hat seinen Mann gestanden in schwerer Zeit. Zum Dank wird man an die Wand gedrückt und benachteiligt wegen solcher Zugereister. Der Führer müßte wissen, wie's hier zugeht, schrie er.

Und Kalluweit brüllte: Zum letzten Mal, nimm deine Dreckpfoten weg! Er wand dem andern die Zügel gewaltsam aus der Hand.

Rogowski rieb sich die schmerzenden Hände und spuckte vor Kalluweit in den Dreck. Deutsche Menschen!

Kalluweit lachte und riß das Namensschild des Besitzers vom Wagen. Jetzt wollte er sich als neuer Eigentümer vorstellen, suchte unter den Leuten nach seiner Ehefrau und konnte sie lange nicht finden.

Gertrud hatte dabeigestanden, als man die junge Frau vom Wagen drängte und zum Bahngleis abführte. Die Frau rief verzweifelt nach ihrem Kind: Mala! Immer wieder: Mala! Sie hatte gesehen, wie der Soldat eine Tasche mit solcher Gewalt vom Leiterwagen schleuderte, daß sie beim Aufschlag platzte. Eine Puppe fiel heraus, das Kind lief herbei und wollte sein Lieblingsspielzeug an sich bringen, aber ein Soldat war schneller, er griff danach und warf das Püppchen dem nächsten Soldaten zu, der schüttelte die Puppe und lockte das Mädchen. Das Kind hörte die Mutter nicht, es wollte sein Spielzeug haben, aber jedesmal wenn es fast zugreifen konnte, flog das Püppchen weiter, von einem SS-Mann zum anderen. Das war wie Fangball anzusehen, das Mädchen weinte, aber die Soldaten hatten ihren Spaß.

Gertrud machte dem bösen Spiel ein Ende. Sie war mit ein paar Schritten bei dem SS-Mann, der das Spielzeug gerade hielt, entriß ihm die Lumpenpuppe und rief: Das macht man nicht mit einem Kind!

Der Soldat lachte verlegen. Bißchen Spaß.

Das ist kein Spaß mehr. Gertrud kramte nach ihrem Taschentuch und versuchte, das verschmutzte Spielzeug zu säubern, kauerte sich neben der Kleinen nieder und wischte ihr die Tränen aus dem Gesicht. Da hast du dein Püppchen. Hübsch ist es. Wie heißt es denn?

Mala, krähte das Mädchen mit ängstlicher Stimme.

Wie du?

Das Mädchen nickte.

Gertrud erhob sich und fragte einen der Soldaten: Zu wem gehört das Kind?

Wie soll ich das wissen?

Da erinnerte sich Gertrud an das Gesicht der verzweifelten jungen Frau, nahm das Kind bei der Hand, lief mit ihm von einer Menschengruppe zur anderen und fragte: Wohin gehört das Kind?

Keiner antwortete, bis ein Mann auf den Güterzug deutete, der hinter einem zweiten Drahtverhau am Bahngleis stand. Gertrud rannte bis zum Durchlaß, der von zwei Posten bewacht wurde. Sie sagte hochatmend: Hier ist ein Kind, das hat in dem Durcheinander seine Mutter verloren.

Der eine Wachmann hob die Schultern, aber der andere konnte sich erinnern. Da war ein Frauenzimmer, das hat herumgejammert. Hier bist du richtig, Puppe. Er wollte zupacken, aber das Kind schrie, als die Hand nach ihm griff, und krallte sich an Gertruds Kleidern fest.

Der Soldat hob die Hand zum Schlag. Da legte Gertrud ihre Arme schützend um das Mädchen und sagte: Ich will das Kind zu seiner Mutter bringen. Lassen Sie mich durch.

Wollen Sie das wirklich? fragte der Soldat. Hier kommt nur rein, wer niemals wieder rauskommen soll.

Gertrud gelang es nur mühsam, sich zu beherrschen. Sie sagte mit Schärfe: Ich werde Sie beim Obersturmführer Schneider von der SS-Stelle für Einsiedlung anzeigen. Es wird ihn interessieren, wie Sie sich gegenüber einer deutschen Frau verhalten.

Als er das hörte, meinte der andere Posten: Ach, laß sie doch. Und öffnete das Gatter.

Sein Partner rief ärgerlich: Aber Beeilung, wenn ich bitten darf.

Gertrud nahm das Kind bei der Hand und rannte mit ihm bis zu den Gleisen. An der Lokomotive traf sie auf das Zugpersonal, den Heizer, der sich rauchend auf dem Bahnsteig die Füße vertrat, während sich der Lokführer aus dem Fenster beugte und erstaunt auf die keuchende Frau herunterblickte.

Mein Gott, was wollen Sie denn hier?

Gertrud stammelte: Das Kind gehört auf den Transport.

Der Lokführer meinte: Ich glaube, die Waggons sind längst verriegelt und versiegelt.

Bis auf den letzten Wagen, sagte der Heizer und zeigte zum Ende des Zuges.

Da faßte Gertrud das Mädchen fester und hastete mit ihm in die entgegengesetzte Richtung, bis sie vor den SS-Männern stand, die, einer neben dem anderen, den Bahnsteig sperrten. Grimmige Mienen, Gewehre im Anschlag, nur der Postenführer grinste, als er die Frau und das Kind betrachtete.

Er sagte: Sie haben aber Glück, daß wir guter Laune sind, junge Frau. Sie sind die letzten Reisenden. Bitte! Er deutete auf den halb geöffneten Schlund des letzten Waggons und rief der Mannschaft zu: Hopphopp!

Da stürzten sich die Männer auf Gertrud, und ehe sie sich's versah, hatte man sie mitsamt dem Kind verladen.

Die Schiebetür kracht gegen den Anschlag. Gertrud sitzt in der Falle und wird den Schrecken dieser Augenblicke ihr Lebtag nicht vergessen. Das wenige Licht aus den Luken hebt nur die Gesichter der Polen aus dem Dunkel. Sie sieht sich angestarrt aus hundert haßerfüllten Augen, als wüßten die Leute, da steht eine Deutsche. Gertrud wird himmelangst. Die werden sie umbringen, erwürgen, erschlagen, noch ehe die nächste Station erreicht ist. Sie wirft sich gegen die Schiebetür, schlägt die Fäuste gegen die Planken und schreit sich die wilde Angst aus dem Leib. Da ist es, als ob sich ihr Entsetzen auf die eingepferchten Menschen übertrüge, jetzt schreien viele, jetzt trommeln alle mit den Fäusten gegen die Wände, bis die schwere Schiebetür zur Seite geschoben wird und sich der Postenführer in den Einstieg schwingt. Da steht er, schattenhaft, Pistole in der Faust, vor der Türöffnung und schreit:

Ich muß wohl erst ein paar von euch umlegen.

Jeder kann sehen, daß draußen die Posten stehen, breitbeinig, Gewehr im Anschlag. Keiner kommt hier lebend raus.

Lähmende Stille, bis Gertrud sagt: Ich bin Frau Kalluweit. Mein Mann und ich sollen einen Hof übernehmen. Ich bin durch einen Irrtum an das Gleis geraten.

Sie hat ihren Ausweis aus der Tasche gezogen, der Postenführer reicht das Dokument einem Offizier, der sich wegen des eigenartigen Vorfalls zu den Soldaten gesellt hat, und Gertrud schreit in heiligem Zorn:

Diese Idioten haben mich unter die Polen gesteckt. Vielleicht helfen Sie mir herunter!

Der SS-Offizier an der Rampe ist verlegen. Ich bitte Sie um Entschuldigung, gnädige Frau. Was, um Gotteswillen, hatten Sie hier zu suchen?

Gertrud hält mit Mühe die Tränen zurück, als sie mit beiden Beinen wieder auf der Erde steht. Da sieht sie das Kind, wie es am Eingang des Waggons steht, die Puppe im Arm. Sie zögert einen Augenblick, ehe sie befiehlt: Das Kind, bitte!

Man hebt es herunter und stellt es neben Gertrud, als wäre sie die Mutter. Der Offizier schlägt grüßend die Hacken gegeneinander.

Der kleine Treck, drei, vier Gespanne, ein paar Lastwagen mit den SS-Mannschaften, voran ein Kübelwagen der Offiziere, machte sich erst bei Anbruch der Dunkelheit auf den Weg nach Przystrawola. Eine Zeitlang war noch ein Streifen grünlich gläsernen Himmels am Horizont zu sehen, dann hing die Nacht über Häusern und Hütten, an denen sie vorüberzogen. Die Automobile mußten im Schritt fahren und suchten den Weg mit Hilfe der Scheinwerfer, die bis auf winzige Schlitze abgedunkelt waren. Die Männer führten die Gespanne am Zügel durch die Finsternis, bis endlich der Mond das Gewölk durchbrach und ihnen leuchtete.

Gertrud hockte in der Schoßkelle, neben sich das Kind. Schau doch, sagte sie, der Mond.

Der Mond, wiederholte das Kind. Es kannte einige Worte in deutsch, Gertrud würde herausfinden, woher das Mädchen stammte. Manchmal weinte es vor sich hin, dann schloß es die Frau enger in den Arm und fühlte sich selber durch die Wärme des kleinen Körpers getröstet.

Gertrud hatte sich die Inbesitznahme anders vorgestellt,

nämlich als einen Vorgang, der durch die Gesetze des Krieges und des Sieges gedeckt war und das Licht nicht zu scheuen brauchte. Sie hätte, was ihr Heimat werden sollte, gern am hellen Tag in Augenschein genommen, aber nun kamen sie heimlich wie Diebe bei Nacht.

Als die Kolonne, nicht weit nach Mitternacht, den Ortsrand erreicht hatte, sprangen die SS-Leute von den Mannschaftswagen, die einen schlichen gebückt davon, um das Dörfchen zu umstellen, wie Kalluweit erklärte, die anderen drangen in die Gehöfte ein, und nun erfuhr Gertrud, daß immer noch Krieg war. Leuchtkugeln stiegen auf und warfen ein so gespenstiges buntes Licht auf die Hütten, daß es schien, die Dächer ständen schief. Die Hunde kläfften sich heiser, Menschen schrien, Schüsse peitschten.

Wen erschießen sie da? fragte Gertrud atemlos, und Kalluweit sagte zu ihrer Beruhigung: Wahrscheinlich die Hofhunde.

Nach einer Weile kam ein Mann durch die Dunkelheit gestolpert, der Adjutant des Sturmführers Schneider. Er flüsterte, alles habe seine Ordnung, und führte die Kalluweits mit ihrem Gespann bis zu einer Hofstelle, die von einer Laterne spärlich erleuchtet war. Gertrud erkannte Schindeldächer, holzverkleidete Gebäude, auch einen altertümlichen Ziehbrunnen und mußte in ihrem Unmut an künftige Mühsal denken.

Der Adjutant bat Gertrud, sie möge noch einen Moment beim Wagen ausharren, und nahm den Kalluweit mit ins Haus.

Sie nickte und zog die Decke über dem schlafenden Kind zurecht. Der Kriegslärm war nach und nach verstummt. Sie starrte hinauf zum Firmament und suchte nach Gestirnen, die den Himmel über Rakowen belebt hatten. Tatsächlich, dort stand er funkelnd überm Horizont, der Große Wagen. Wo aber war Gott geblieben? Gertrud fühlte sich verlassen.

Schließlich rief man sie ins Haus. Sie kam nicht auf den Gedanken, einen prüfenden Blick auf die Räumlichkeiten des künftigen Heims zu werfen, die fremden Gerüche waren ihr zuwider, und da waren diese Menschen, diese Polen, ganz nahe wie im Viehwaggon, sie schnauften und weinten und starrten ihr anklägerisch ins Gesicht, ehe sie weiterwuselten, um Koffer und Beutel zu füllen, drei Kinder, zwischen fünf und zehn Jahren, und ihre aufgeregte Mutter, die kaum älter war als Gertrud. Jetzt führte der Bauer eine gebrechliche Frau herein, seine Mutter wahrscheinlich oder die der Frau. Sie hatte ein wollenes Tuch um Kopf und Schultern gelegt und bekreuzigte sich, als sie die Soldaten und das fremde Paar erblickte. Der Bauer geleitete die Alte bis zu einem Stuhl, und der Obersturmführer Schneider sah unwillig, daß sie sich niederlassen wollte. Viel Zeit hätten sie nicht mehr, schimpfte er und scheuchte die Frau von ihrem Platz, um Gertrud den Stuhl anzubieten. Dann drängte er die polnische Familie: Beeilung! Beeilung!

Gertrud hatte nicht gewagt, sich niederzusetzen, jetzt sah sie, daß die Bäuerin etwas Merkwürdiges tat, sie hob mit einem Haken die eisernen Ringe vom Herd, ergriff einen Topf mit Wasser und goß es über die zischende Glut. Sie löschte das Feuer, ehe sie das Haus verließ.

Der Mann trat vor Kalluweit hin und sagte mit schwerfälliger Zunge: Vergiß diese Nacht nicht. Ob ich zurückkomme, weiß nicht, aber zu dir kommt das Unglück. Du weißt, warum.

Schluß mit diesem Palaver, rief Schneider und ließ die Polen aus dem Hause jagen. Dann nahm er Abschied von den Kalluweits. Ich muß noch bei den anderen nach dem Rechten sehn, und für euch wird es Zeit, daß ihr ins Bett kommt. Träumt was Hübsches, ihr wißt doch, was man die erste Nacht in einem neuen Hause träumt, das soll sich erfüllen.

Gute Nacht, wünschte Kalluweit und geleitete den Obersturmführer an die Tür. Als er zurückkam, stand die Frau immer noch starr und steif mitten im Raum. Was ist denn?

Mich friert.

Kalluweit sagte, als zitiere er einen alten Spruch: Die Frau bewahrt den Herd. Mach Feuer.

Gertrud hockte sich wortlos vor die Feuerstelle, kratzte sie mit dem Schürhaken frei, und Kalluweit reichte ihr Holzscheite, die neben dem gemauerten Herd gestapelt waren, dazu ein paar Späne, aber auch sie schienen durchnäßt und wollten nicht brennen.

Es kann doch nicht sein, daß die Alte gehext hat, eh sie davon mußte. Laß mich mal. Kalluweit schob Gertrud zur Seite und hantierte nun selber mit den Zündhölzern, aber es dauerte, bis das Feuer ordentlich flammte.

Gertrud saß auf einem Stuhl, sah, wie der Mann sich mühte, und sagte:

Mein Gott, Kalluweit, wohin sind wir geraten?

Wir sind zu Hause.

Gertrud schüttelte den Kopf, als begreife sie nicht, was sich erst vor einer Weile zugetragen hatte. Daß man alles hat mit ansehen müssen, Auge in Auge mit diesen Menschen. Das sind Leute wie wir.

Das sind Polen, verbesserte Kalluweit, Feinde sind das. Es ist Krieg gewesen, und das Schicksal hat für uns entschieden. Alte Sache, wer die Macht hat, hat das Recht. Das Land wird deutsch, die Polen müssen raus.

Wohin? wollte Gertrud wissen.

Auf Transport.

Gertrud schauderte bei dem Gedanken, daß sie mit dem Kind für Augenblicke in einem der Waggons gefangen war, in denen Menschen wie Viehzeug transportiert wurden.

Sie werden ins Generalgouvernement abgeschoben, erläuterte Kalluweit. Die müssen arbeiten, wir alle müssen was tun.

Gertrud grübelte: Die vielen Menschen, alle auf einem Haufen, die können sich ja gar nicht erhalten.

Und Kalluweit gab sich wieder als ein überlegener Geist, der den Sinn der großen Politik begriffen hatte. Das sollen die auch gar nicht, das ist ja der Witz, Gertrud. Oder meinst du, die würden freiwillig für uns arbeiten? Du hast doch gerade erlebt, wie die sind. Die hassen uns. Du mußt dir das so vorstellen: Der Pole sitzt irgendwo in der Nähe von Krakau herum, jawohl, das ganze Volk auf einem Haufen, und vollkommen richtig, dort kann er sich nicht ernähren. Was muß er also machen, wenn er was Anständiges zu fressen haben will? Er muß sich den Deutschen als billige Arbeitskraft andienen. Das ist gut ausgedacht.

Und kein Mensch wird jemals fragen, was habt ihr getan?

Kalluweit rief ungeduldig: Ach, scheiß auf Polen, scheiß auf Politik. Wir sind da, wo wir hingewollt hatten. Wir haben einen Hof, nun müssen wir die Sache nehmen, wie sie ist. Du kannst nicht umkehren, Gertrud, weil du ein paar Haare in der Suppe gefunden hast. Komm, mach uns was zu essen.

Er hob den Zipfel eines Bündels hoch, das die Polen in der Hast des Aufbruchs liegengelassen hatten, Wurst, Butter und Brot. Vielleicht hatte Gertruds Gerede bewirkt, daß ihm plötzlich widerstrebte, sich an der Wegzehrung der Vertriebenen gütlich zu tun. Er deckte sie wieder zu und fragte: Oder wollen wir zu Bett?

Bloß das nicht, dachte die Frau. Sie sagte: Ich hol was von unseren Sachen, und ging hinaus zum Wagen.

Er folgte, spannte die Gäule aus, um sie an die fremde Krippe zu führen, er leuchtete die Winkel des Stalles mit der Taschenlampe aus, die Tiere wurden unruhig, ein paar Kühe, ein paar Schweine. Kalluweit war's zufrieden.

Als er ins Haus zurückkam, hatte seine Frau auf einem schäbigen Sofa in der Küchenecke dem Kind ein notdürftiges Lager bereitet. Das Mädchen lag gegen die Wand gekehrt unter einer Decke.

Es schläft ganz fest, sagte Gertrud.

Kalluweit meinte vorwurfsvoll: Ich weiß nicht, was du dir dabei gedacht hast. Wir können in Teufels Küche kommen.

Wovor hast du Angst?

Schau dir das Gesicht an, womöglich ein Zigeuner- oder gar ein Judenbalg.

Ich werde herausfinden, wem es gehört.

Mensch, Gertrud, hast du nicht gesehen, was hier los ist.

Deshalb bleibt das Kind bei mir, bis ich weiß, wo seine Mutter geblieben ist. Sie sah, daß Kalluweit finster auf das schlafende Mädchen blickte, und sagte: Herrgott, du tust ja geradezu, als wollte ich es behalten. Sie versuchte, den Mann abzulenken, und fragte, ob sie was zu essen machen solle.

Kalluweit war der Appetit vergangen. Komm, laß uns nachschauen, wo man in dieser Hütte schlafen kann.

Sie brauchten nur die Stiege hinaufzugehen, um die Kammer zu finden. Kalluweit hob das Licht, zerwühlte Betten, verstreute Kleidungsstücke, die Leute hatten in aller Eile Kisten und Kasten durchwühlen müssen, um herauszusuchen, was sie auf die Fahrt ins Ungewisse mitnehmen durften. Er öffnete den Kleiderschrank, fand einen Schafspelz, den warf er sich über die Schulter, stülpte sich eine Pelzmütze auf das Haupt und führte sich kichernd vor: Pan Kalluweit! Wie gefall ich dir?

Er wollte die verstörte Frau erheitern, aber Gertrud lehnte an der Wand, so bleich und kalt wie damals nach der Hochzeitsfeier auf dem Leßtorffhof. Als er das sah, warf Kalluweit die fremden Kleidungsstücke von sich. Er faßte seine Frau behutsam bei den Schultern und sagte:

Du siehst sehr schön aus, Gertrud.

Für eine Weile hielt sie seinen Blick aus, dann wandte sie das Gesicht zur Seite.

Kalluweit sagte: Ich kann dich verstehen, mir selber ist auch nicht so, wie ich tue. Nun habe ich alles, wovon ich geträumt hatte, Pferd und Wagen, Haus und Hof, aber es freut mich nicht, wie ich gedacht habe. Bloß, daß ich dich habe, zählt. Gertrud, dich hab ich gewollt, für dich hab ich alles getan. Aus Liebe. Komm!

Er warf sie über das Bett und wollte nicht begreifen, warum sie sich wehrte. Als sie aber rief: Ich ekle mich! ließ er sie augenblicklich los und sagte: Du bist ja nicht normal.

Gertrud erhob sich mit zerrissenen Kleidern aus den Kissen und fragte erbittert: Wie kannst du mich in ein Bett zerren wollen, das noch warm ist von diesen Leuten?

Auf der Königsburg

Jürgen Leßtorff staunte, als er im Innenhof des Wawel aus dem Wagen stieg und hinaufblickte zu den Etagen filigraner steinerner Laubengänge des imposanten Gebäudes, das in seiner heutigen Form während der Herrschaftszeit der Könige Alexander Jagiellończyk und Sigmund Stary von italienischen Meistern aufgetürmt worden war. Das geschah im sechzehnten Jahrhundert. Leßtorff hatte versucht, sich sachkundig zu machen, und wußte, daß der Wawel mit Fug und Recht zu den prächtigsten Renaissancebauten Europas zählte, freilich auch Phasen des Niedergangs erfahren hatte wie damals im siebzehnten Jahrhundert, als die Hauptstadt Polens nach Warschau verlegt wurde und das verlassene Schloß an Pracht und Bedeutung verlor, bis es nach der dritten Teilung Polens zur Kaserne verkam, nach den Latrinen stank und mehr als hundert Jahre österreichische Soldaten behausen mußte. Zu Beginn des zwanzigsten Jahrhunderts, also vor gar nicht langer Zeit, war es aufwendig hergerichtet worden und erstrahlte wieder in königlichem Glanz mit seinen Arkaden, Sandsteinportalen, marmornen Kaminen oder den vergoldeten Plafonds seiner Gemächer. Als schönster Raum galt der Gesandtensaal mit seiner uralten hölzernen Decke, deren Kassetten mit geschnitzten und bemalten Menschenköpfen geschmückt waren.

Seit einiger Zeit diente die Königsburg von Krakau dem Doktor Hans Frank als angemessene Residenz, und an diesem Tag sollte sich im Gesandtensaal der geheimste Zirkel der Mächtigen des Generalgouvernements versammeln, die Distriktsgouverneure, die wesentlichen Militärs, die Chefs der SS-Einheiten und der Geheimen Staatspolizei, aber auch

Hauptmann Jürgen Leßtorff war geladen, der zum Beauftragten des Reichsnährstandes in Krakau aufgestiegen war.

Was Leßtorff während dieser Zusammenkunft gehört und was er selber geäußert hatte, erschien ihm so wesentlich, daß er sich später ein Protokoll der Zusammenkunft beschaffte. Folgendes war festgehalten:

Doktor Frank: Meine Herren Distriktgouverneure und Sonderbeauftragte, ich begrüße Sie im neuen Amtssitz des Generalgouvernements auf der Burg von Krakau und kann diese Stunde, glaube ich, eine historische Stunde nennen. Hier sitzen deutsche Männer, Repräsentanten der deutschen Nation, auf dem ehemaligen Schloß polnischer Könige, denn das Schicksal hat es gewollt, daß wir die Herren dieses Landes geworden sind.

Vielleicht sollten wir uns erinnern, daß der Raum um Krakau, daß diese Stadt Krakau selbst, seit je geweiht ist durch das Wirken großer Deutscher. Ich erinnere an Kopernikus, an Veit Stoß. Wir, meine Herren, nehmen Traditionen wieder auf, die durch viele Jahrhunderte in diesem Raum an der Weichsel und weit über die Weichsel hinaus bis an den Bug sich verwirklichten. Politisch ist dieses Gebiet Polens fast immer unter deutscher Oberherrschaft gewesen. Es ist nie anders gewesen, als daß die polnischen Könige zu knien gelernt hatten vor der Allmacht und Herrlichkeit der deutschen Königs- und Kaisermacht, und wenn es zeitweise anders war, dann nur deshalb, weil sich durch geschichtliches Versehen das deutsche Volk vergessen hatte. Nun aber ist die Weichsel nicht mehr Deutschlands Grenze, vielmehr Deutschlands Strom, ist dieser Weichselstrom wieder Sinnbild geworden des strömenden deutschen Wirkens in diesem Land. Der Führer hat mir gesagt – und ich weiß noch wie heute, es ist Anfang November gewesen –, wir wollen das Generalgouvernement behalten, wir geben es nicht wieder her, und da sind wir uns einig, der Führer und ich, auch in diesen Breiten wird die Germanisierung durchgesetzt. Entscheidend ist, daß wir den Augenblick nutzen, der uns gegeben ist, um diesem großen Ziel zu dienen, und zwar mit jedem Mittel. Wir stehen als Nationalsozialisten vor einer so ungeheuerlich schwierigen und verantwortungsvollen Arbeit, die mit gewöhnlichen Maßstäben nicht zu messen ist. Wenn ein Scherz erlaubt ist, da hat mich doch gestern so ein Korrespondent vom »Völkischen Beobachter« gebeten, ich sollte ihm den Unterschied zwischen der Arbeit im Protektorat und unserem Generalgouvernement herausarbeiten. Dem Mann hab ich gesagt: Einen plastischen Unterschied kann ich sofort benennen, sehen Sie mal, in Prag zum Beispiel sind dieser Tage große rote Plakate angeschlagen gewesen, auf denen zu lesen war: Heute sind sieben Tschechen erschossen worden. Da sagte ich mir, wenn ich für sieben Polen, die erschossen werden mußten, je ein Plakat wollte aufhängen lassen, du lieber Gott, die Wälder Polens würden nicht ausreichen, das Papier herzustellen für solche Plakate.

Wir haben hart zugreifen müssen, aber das ist nur der Anfang gewesen. Jeder weiß, daß wir wegen der ausländischen Greuelpropaganda vorsichtig sein mußten. Das ist vorbei. Seit dem Beginn der deutschen Westoffensive interessiert uns Greuelpropaganda nicht mehr. Jetzt ist ein günstiger Zeitpunkt gekommen für ein außerordentliches Befriedungsprogramm. Ich gestehe ganz offen, dieses Programm – wir werden es AB-Aktion nennen – wird einige tausend Polen das Leben kosten, vor allem aus der geistigen Führungsschicht Polens, Professoren also, Lehrer, Geistliche, Kommunisten, aber auch aus dem Adel. Das mag hart klingen, aber Volkstumskampf verträgt keine Sentimentalitäten, und wir handeln, wie ich Ihnen vertraulich mitteilen kann, im Auftrag eines Führerbefehls. Der Führer hat mir gesagt: Der einfache Pole kann nicht zwei Herren dienen. Die polnischen Herren müssen also verschwinden. Was wir jetzt an geistiger Führungsschicht festgestellt haben, ist zu liquidieren, was nachwächst, in einem entsprechenden Zeitraum wieder wegzuschaffen. Auf uns allen lastet die Verantwortung, daß den Polen für alle Zeiten das Rückgrat gebrochen wird.

Der Protokollant vermerkte: Anschließend Erfrischungen, Fruchtsäfte, Kaffee und Kuchen, polnischer Wodka.

Anmerkungen von SS-Gruppenführer Krögert:

Ich glaube, für uns, die SS- und Polizei-Führer, können nach den Ausführungen des Herrn Generalgouverneurs keine Zweifel mehr bestehen über den Umfang der Aufgaben, die zu bewältigen sind. Harte Arbeit, weiß Gott! Und ich bin mir im klaren darüber, die Liquidierungsaktion kann nicht betrachtet werden als ein technisches Problem für die Polizeiorgane, die kann nur erledigt werden in enger Zusammenarbeit mit den zivilen Behörden. Reibungslose Zusammenarbeit ist unerläßliche Voraussetzung für das Gelingen. Keiner soll denken, er wolle sich nicht die Finger dreckig machen. (Protestgemurmel) Leider gibt es solche Tendenzen. Wir sind auf die Distriktchefs angewiesen, auf Sie, meine Herren, und bitten um Unterstützung und Hilfe für die polizeilichen Aufgaben. Darauf möchte ich nachdrücklich hingewiesen haben. Über Details kann Kamerad Schreckenbach berichten.

SS-Brigadeführer Schreckenbach: In den Akten und Karteien des SD befinden sich die Namen von ein paar tausend Männern und Frauen, die wir der Führungsschicht zurechnen müssen. Ich kann berichten, daß mit der summarischen Erledigung dieser Fälle bereits begonnen worden ist. Außerdem können wir sofort mit einer weiteren Festnahmeaktion beginnen, Leute betreffend, die als verdächtig bekannt sind, aber noch nicht verhaftet wurden, ich rechne mit etwa dreieinhalbtausend Personen. Damit hätten wir den politisch gefährlichsten Teil der polnischen Führungsschicht erfaßt, das andere ist nur noch ein technisches Problem.

Jürgen Leßtorff: Es ist doch bekannt, daß die polnische Intelligenz, daß der Adel und die Pfaffen mit allen Wassern gewaschen sind, ich meine, daß sie sich äußerst zurückhaltend bewegen, um uns möglichst wenig Gründe in die Hand zu geben, die eine Liquidierung rechtfertigen würden ...

Einwurf Doktor Hans Frank: Aber Leßtorff, es geht nicht darum, daß uns jemand Gründe liefert. Sie reden ja wie ein

Jurist. Diese Verfahren, sagen wir's doch offen, bewegen sich außerhalb des Rechts, oder es handelt sich um Recht in höherem Sinne, um Gerechtigkeit gegenüber dem deutschen Volkstum. Wollen Sie das bitte so betrachten.

Jürgen Leßtorff: Ich verstehe vollkommen, Herr Generalgouverneur, aber ich verstehe nicht, warum sich Erschießungskommandos, wenn sie der Intelligenz nicht habhaft werden können, an einfachen Leuten schadlos halten, an Bauern oder Landarbeitern. Das ist nicht korrekt. Ich halte es für meine Pflicht, darauf hinzuweisen, daß es dem Lebensinteresse des deutschen Volkes entspricht, daß die Landarbeiter den Acker für uns besorgen. Erschießen Sie meinetwegen so viele Professoren oder Pfaffen, wie Sie wollen, aber seien Sie bitte vorsichtig bei Landarbeitern.

Doktor Frank: Da haben Sie recht, Leßtorff.

Doktor Wildner: Es wird heute erfreulich offen gesprochen, deshalb will ich nicht verhehlen, daß in Kreisen der Richterschaft eine gewisse Beunruhigung herrscht über – sagen wir – recht unterschiedliche Praktiken bei den Standgerichtsverfahren.

Doktor Frank: Bitte keine Zimperlichkeiten. Was sind denn um Gotteswillen ein paar tausend Polen? Was bedeuten sie angesichts der Blutopfer, die die Westfront fordert?

Doktor Zöger: Bin vollkommen Ihrer Meinung. Gestatten Sie noch eine Frage, Herr Doktor Frank. Was geschieht mit den Kräften, die unter die AB-Aktion fallen, sich aber unserem Zugriff entziehen, weil sie sich in irgendwelchen Konzentrationslagern befinden? Ich denke an Professor Pinarski und seinen Kreis.

Doktor Frank: Man soll sie an Ort und Stelle erledigen oder uns überstellen. Im übrigen sind wir uns doch einig, daß wir auf unserem Gebiete Konzentrationslager im klassischen Sinn nicht einrichten wollen. Wer uns verdächtig ist, wird gleich erledigt, nicht erst lange eingesperrt. Kein Pole ändert sich. Noch Fragen zur AB-Aktion?

Doktor Seidel: Als Mediziner, meine Herren, geht es mir

um folgendes. Für den Polizisten, den SS-Kameraden, den einfachen Mann, der durch unsere Maßnahmen dienstlich verpflichtet ist, die Exekutionen durchzuführen, ist das doch, weiß Gott, eine furchtbare Aufgabe und eine große Belastung. Ich bitte deshalb Herrn Doktor Frank, die Herausgabe eines Erlasses zu unterstützen, in welchem den Militärorganen eine gewisse Rücksichtnahme auf die physische Kondition der mit den Exekutionen betrauten Männern zur Pflicht gemacht wird.

Doktor Frank: Ich bin ihnen dankbar, Herr Doktor Seidel. Ja, die Männer sollten auf jeden Fall vorher auf ihren Gesundheitszustand untersucht werden, das gebietet die Humanität.

Schwarzer Rauch in Polen

Willi Heyer stand schon lange auf der Lagerstraße in einer Reihe mit einem Dutzend Häftlingen, Neuzugängen, bereits eingekleidet in blaugrau gestreiftes Zeug und kahlgeschoren wie die anderen. Er sah vor dem roten Abendschein die Silhouetten der Wachtürme und schwarzen Rauch, der in den Himmel quoll. Er war immer noch ein Mann, den so leicht nichts unterkriegte, erst Anfang Dreißig, mit ungebrochenem Lebenswillen.

Heyer hatte manchem der Neuzugänge bittere Erfahrungen voraus und glaubte, er sei abgebrüht und unempfindlich gegenüber Schikanen, jedenfalls hatte er das im Börgermoor Tag für Tag üben müssen. Es gelang ihm, die Erregung niederzuzwingen, als das Kerlchen in SS-Uniform, das mit einem Hund an der Leine vor ihnen stand, Lust bekam, sie aus purer Langeweile zu demütigen. Es kommandierte: So, ihr Arschlöcher, jetzt übt ihr im Sprechchor, Hände in Vorhalte, Knie gebeugt: Wir sind im KZ, wir sind es gerne, wir möchten zehn Jahre bleiben!

Heyer ging wie alle anderen in die Knie und wiederholte den idiotischen Spruch, während ihr Bewacher vor ihnen auf und ab stolzierte, bis die Sirene heulte und ankündigte, daß für einen Teil der Wachmannschaften Feierabend sei. Nein, Peinigungen solcher Art konnten Heyer nicht mehr aus der Fassung bringen, aber wenn er jetzt an Börgermoor dachte, kam es ihm vor, als erinnerte er sich an eine Art von zwangsweisem Ferienaufenthalt. Das Konzentrationslager im Generalgouvernement konnte dem Stärksten Angst machen, es war unheimlich, unüberschaubar, und sobald man Luft holte, mußte man den Geruch des Todes einatmen.

Jetzt brüllte der junge SS-Mann: Auf! Ihr habt Glück, daß Dienstschluß ist. Er rief nach dem Schreiber, einem der Häftlinge, die in der Registratur des Lagers beschäftigt wurden.

Der Mann schrie: Jawoll!, und der Bewacher befahl: Ab zum Blockältesten, er soll sich seine Galgenvögel abholen. Wieder schrie der Schreiber: Jawoll!, baute das vorschriftsmäßige Männchen und wollte davon.

Aber der Wachmann hielt ihn zurück. Kennst du einen Pinarski?

Dem Schreiber war der Name des inhaftierten Professors von der Universität Krakau vertraut, trotzdem stellte er sich dumm. Ponarski?

Pinarski, du Arsch.

Jawoll.

Wo hat sich das Schwein verkrochen?

Verstorben.

Nun war der SS-Mann zufrieden. Großartig, den sind wir also schon los.

Er scheuchte den Schreiber davon und entfernte sich mit dem Hund, nachdem er die Neuankömmlinge verwarnt hatte: Daß sich keiner von der Stelle rührt. Von jetzt an wird im Lager scharf geschossen.

Die Männer standen starr in der Dämmerung. Im Westen war ein Streifen des roten Abendhimmels zu sehen, in den die schwarzen Wolken quollen. Offenbar mußten die Krematorien Tag und Nacht arbeiten. Von den Wachtürmen her tasteten sich Scheinwerfer über die Baracken und Lagerstraßen, sie würden jeden verzweifelten Häftling fassen, der die Nähe des Zaunes suchte. Heyer vernahm vereinzelte Schüsse, dann endlich Schritte, die sich näherten. Der Blockälteste kam, er leuchtete den Häftlingen mit der Taschenlampe ins Gesicht.

Wer ist Heyer?

Willi Heyer stand am rechten Flügel der Gruppe und mußte ertragen, daß ihn der Blockälteste eine Weile mit seiner Lampe blendete, um genau zu sehen, wer vor ihm stand.

Jetzt sagte er: Die ersten sechs nach Block vier.

Die Männer wurden am Eingang der Baracke von einem Häftling in Empfang genommen. Der fragte wieder: Wer ist Heyer?

Er wurde von seinen fünf Kameraden abgesondert. Du gehst nach C, und er wunderte sich, daß seiner Person so viel Aufmerksamkeit galt.

So kam er schließlich in einen stallartigen Raum, der jenen ähnelte, die er von Börgermoor kannte. An der fensterlosen Seite in zwei Etagen die Verschläge, in denen die Gefangenen schlafen mußten. Einige von ihnen hoben die Köpfe über die Planke, um den neuen Mann zu mustern. Der wurde an einen Tisch geführt, über dem eine nackte Glühbirne baumelte, und ließ sich einem Häftling gegenüber nieder, der noch einmal wiederholte, was die anderen gefragt hatten: Du bist Heyer? Der Mann betrachtete ihn ein Weilchen, dann faßte er nach seiner Hand, um die verhornte Innenfläche zu mustern, und sagte:

'ne Arbeiterhand auf jeden Fall. Schlosser?

Maschinenschlosser.

Heyer hatte auf dem Handrücken des anderen blaue Hauteinschlüsse bemerkt und folgerte: Du bist Bergarbeiter.

Richtig, sagte der Mann. Hier muß man lernen, sich an den Pfoten zu erkennen. Das kannst du ja schon.

Jetzt trat der Blockälteste zum Tisch. Das war ein Mann nahe der Sechzig und schon gebeugt. Er bat seinen Kameraden: Schirm uns mal für 'ne Weile ab.

Der Mann räumte seinen Stuhl und sagte: Die SS ist beschäftigt. Sie suchen den Professor Pinarski, und machte sich davon.

Als sich der Blockälteste gesetzt hatte, nahm er die Kappe ab und zeigte sein mageres, zerfurchtes Gesicht im kalten Schein der Lampe.

Heyer war überrascht. Er kannte sein Gegenüber. Das war ein Reichstagsabgeordneter der Kommunisten bis dreiunddreißig gewesen. Er hatte den Mann oft gesehen, die sonore

Stimme gehört auf mancher Versammlung und freute sich, daß der Alte noch am Leben war. Siebold, Mensch! Beinahe hätte ich gefragt: Was machst du denn hier? Er war glücklich, unter Tausenden von Gefangenen in diesem Lager einen zu treffen, der ihm bekannt und vertraut war. Das ist ja ein Empfang, als hättet ihr mich erwartet.

Siebold nickte. Die Schreibstube hat dich avisiert, Einzeltransport, das bedeutet meist nichts Gutes. Also müssen wir uns um dich kümmern, vor allem wissen, ob du es wirklich bist.

Heyer lächelte über das ganze Gesicht. Ich bin's.

Aber bist du noch der alte?

Wäre ich sonst hier?

Willi, sagte Siebold, viele haben dem Druck nicht standhalten können. Sie sind umgefallen, das weißt du doch.

Ich war in Börgermoor eingesperrt bis Ende siebenunddreißig, dann drei Jahre Polizeiaufsicht. Ein paar Tage hab ich mich nicht melden können, um die Zeit ist bei Rakowen ein Gefangener entkommen. Die Gestapo konnte mir nichts nachweisen, trotzdem hat man mich nach hier überstellt.

Siebold erhob sich und legte dem anderen eine Hand auf die Schulter, mit der anderen schob er dem Willi Heyer einen Brotkanten zu. Hier hast du was zu essen, und morgen gehst du erst mal auf Außenkommando. Du hörst noch von mir.

Angst

Nun lebten die Kalluweits schon das zweite Jahr in Przystrawola, dem Dorf im Warthegau, das noch immer keinen deutschen Namen hatte. Ihr Hof am Rande des Ortes unterschied sich von den anderen durch die Stattlichkeit der Gebäude und war wohlgehalten. Die Staketenzäune standen akkurat ausgerichtet, eine Latte neben der nächsten, vor dem Haus, die Fensterscheiben blitzten im Sonnenlicht, und die Geranien auf den Solbänken blühten verschwenderisch, wer weiß, woher der Hausherr die Blumen beschafft hatte. Übrigens verstand sich der Mann auch auf die Wirtschaft, auf seinen Feldern stand das Getreide dicht, während benachbarte Flurstücke noch in der Brache lagen.

Freilich hatte Kalluweit einen tüchtigen Knecht zur Hilfe, einen baumlangen Polenbengel, kaum über zwanzig, mit dunkelgelocktem Schopf. Er wurde Jan gerufen und schien den neuen Siedlern gern zu dienen. Der Bauer gewährte ihm bei der Arbeit freie Hand, die Frau gab ihm, was er zu essen brauchte und darüber hinaus ein wenig Freundlichkeit.

Gertrud beschäftigte ein polnisches Mädchen, das Steffa hieß. Es war schmal und zartgliedrig, half in den Ställen, soweit es seine Kräfte zuließen, und war der Hausfrau unentbehrlich, weil es sich um Mala kümmerte. Das Kind wußte nicht, wann sein Geburtstag war, mußte aber inzwischen fünf Jahre zählen, so meinte Gertrud, die dem Mädchen zugetan war wie die leibliche Mutter. Sie hatte einen Menschen, der ihr das Herz wärmte, und litt nicht sonderlich unter gewisser Fremdheit zwischen Kalluweit und ihr. Für beide gab es kein Zurück und keinen Gedanken an Trennung. Sie hatten einen Hof zu bestellen und manches miteinander zu bereden und teilten inzwischen wieder die Schlafkammer. Manchmal wurde Gertrud an leidenschaftliche Nächte mit Leßtorff erinnert. In solchen Augenblicken wußte sie, daß sie dem Kalluweit keine lustige Bettgefährtin war, und hielt das für den Grund, warum sie nicht schwanger wurde.

Gertruds Mutter war neugierig, wie sich die Tochter als Herrin eines eigenen Hofes behaupten würde. Sie hatte sich zu einer eifrigen Briefschreiberin entwickelt, stellte viele Fragen und berichtete ausführlich, was in Rakowen geschah, daß es zu einem Zerwürfnis zwischen der Leßtorffbäuerin und dem neuen Inspektor gekommen war – glaub mir, wenn die Alte könnte, sie würde auf Knien in den Warthegau rutschen, um dich zur Heimkehr zu bewegen –, daß Hänsels ältester Sohn an der Westfront gefallen sei und Frenzels jüngste Schwiegertochter ein Mädchen entbunden habe, erschreckend häßlich, undsoweiter.

Bei solcher Gelegenheit erklärte die Alte immer wieder, daß sie reiselustig und zum Besuch des neuen deutschen Gaues entschlossen sei, und mußte ebensooft um Geduld gebeten werden ... Noch sind wir, liebe Mutter, nicht aus dem Gröbsten heraus und können Gäste nicht empfangen.

Es war Winter geworden, als Kalluweit endlich die Kutsche aus der Remise schob und die Trakehner anspannen ließ, um seine Schwiegermutter vom Bahnhof der kleinen Provinzstadt mit dem unaussprechlichen Namen abzuholen.

Als die Pferde nach Stunden wieder auf den Hof preschten, war Gertrud in Sorge, in welchem Aufzug ihre Mutter wohl erscheinen würde, und sah zu ihrer Genugtuung, daß Kalluweit einer Erscheinung von beträchtlichem Leibesumfang vom Wagen half, die mit einem weiten Mantel fast wie eine wohlhabende Bäuerin gekleidet war.

Mein Kind, rief die Alte, brach in Tränen aus und preßte die Tochter ans Herz, sah sich aber schon bei dieser Zeremonie auf dem Hof um und sagte: Hübsch hast du's hier.

Auch Magd und Knecht standen zur Begrüßung bereit, die alte Habersaat nickte gnädig, und nun erwies sich, daß sie auf den Besuch in der Fremde vorbereitet und sogar des Polnischen ein wenig mächtig war. Sie deutete auf ihre Koffer und sprach: Pascholl! und genoß es in der Folge, bedient zu werden und das Personal zu beaufsichtigen.

Als sie eines Morgens auf leisen Sohlen in die Küche tappte, um den Frühstückstisch zu inspizieren, bemerkte sie grade noch, daß Jan heftig auf Steffa einredete, bis sie ihm einen Topf mit Milch füllte. Der Junge erschrak, als er die Alte erblickte, verneigte sich und verschwand.

Die alte Habersaat hatte sich für die Reise ein Kleid schneidern lassen, wie es die Bäuerinnen von Rakowen bei festlicher Gelegenheit trugen, ein Gewand mit sogenanntem Fichu, einem spitz zulaufenden Einsatz aus hellerem Stoff, der den Busen bedeckte und dort endete, wo andere Frauen eine Taille haben. So aufgeputzt, trat sie vor den Spiegel hin, um an die steife Frisur zu tupfen, und fragte Steffa: Der treibt sich recht oft in der Küche herum. Du hast wohl was mit dem?

Er wollte zu trinken.

Jetzt drehte sich die Alte um, bot Steffa ihre prachtvolle Vorderansicht dar und sprach: Die Plumpe steht draußen. Wenn das Personal unbedingt Besuch empfangen will, ist genügend Platz auf dem Hof, wo man euch unter den Augen hat. Daheim im Reich wird nicht gelitten, daß sich der Pole im Hause aufhält, womöglich sogar mit am Tisch sitzt. Ihr seid nicht die Rasse wie wir, nicht so wertvoll, blutmäßig. Gott, ich nehme das nicht so genau.

Sie holte Luft nach dieser Ansprache und fuhr fort, jede Silbe akzentuierend, als instruiere sie eine Schwerhörige: Schließlich stammen wir alle von Adam und Eva ab, aber nun ist unsereins die Herrschaft, du bist Personal, und da liegt der Unterschied. Ich möchte dich anlernen, wie du dich in einem feinen Hause zu benehmen hast, verstehen?

Steffa nickte verwundert.

Zuerst rückst du mir den Stuhl unter dem Hintern zurecht. Pascholl!

Steffa gehorchte, und die Alte nahm mit einem Seufzer am Tische Platz.

Beide lächelten, bis Gertruds Mutter forderte: Jetzt mußt du mich fragen: Was darf es denn sein, gnädige Frau?

Das Mädchen schien nicht zu begreifen, deshalb rief die Alte: Sei nicht so maulfaul. Und einen Knicks könntest du auch versuchen.

Steffa gehorchte und stammelte: Was möchten Sie essen, gnädige Frau?

Die Alte brummte zufrieden. Es geht doch. Siehst du, nun lange ich inzwischen nach der Serviette. Sie faßte ins Leere. Wo ist die Serviette?

Steffa hob die Schulter. Müssen Frau Gertrud fragen.

Zum Schluß der Lektion bemerkte die Alte, daß der Frühstückstisch sparsam gedeckt war, und fragte: Wo ist die Wurst?

Steffa bedauerte. Speisekammer verschlossen.

Das hörte Gertrud, die eben mit dem Kind die Stube betrat. Sie warf Steffa lächelnd den Schlüssel der Speisekammer zu, setzte das Mädchen auf einen Stuhl und nahm gegenüber ihrer Mutter Platz, während Steffa Wurst und Schinken aus der Kammer holte und beides auf einem Holzbrett servierte. Die Alte sah es mit Wohlgefallen und bediente sich. Sie schmierte ein Butterbrot, zerschnitt es der schlechten Zähne wegen mundgerecht, zerteilte die Schlackwurst und führte schließlich die Brocken mit dem spitzen Messer genüßlich zum Mund. Gertrud goß Mala Milch in den Becher und machte ihr ein Brot zurecht, dann blickte sie auf ihre Mutter.

Erzähl was von Rakowen.

Die Alte sagte schmatzend: Der Leßtorff ist schon seit ein paar Monaten bei der Regierung in Krakau. Er soll einen hohen Posten beim Reichsnährstand haben. Den Hof verwaltet recht und schlecht jemand vom Schloß. Das soll eine ganz dicke Freundschaft sein, die Frau Gräfin und er. Ich sag dir, der Leßtorff sitzt noch mal als Herr auf Adlig Rittergut Rakowen. Der hat der Gräfin kein Von zu bieten, aber gewiß was Anständiges von wegen als Mann. Du mußt es ja wissen.

Als Gertrud eine Hand auf die Tischplatte schlug: Hör auf, Mutter!, fuhr die Alte das polnische Dienstmädchen an: Mußt du immer Ohren und Maul aufsperren, wenn sich die Herrschaft was erzählen will! Hol mir das schwarzwollene Umschlagtuch aus der Kammer. Pascholl!

Sie winkte mit beiden Händen, bis Steffa verschwand, und sagte: Die taugt nicht zur Wirtschaft. Wie kommt die hierher?

Das Mädchen hat Medizin studiert in Warschau, irgendwo wurde sie aufgegriffen.

Ach, meinte die Alte, das ist ja sehr interessant. Ob ich mal wegen meiner Galle frage?

Gertrud rief aufgebracht: Laß die Leute in Ruhe.

Und die Alte fragte mit gleicher Heftigkeit: Wie sprichst du denn mit deiner Mutter?

Ich hab mich gefreut, als du gekommen bist. Es ist viel Arbeit auf dem Hof, du kannst überall zugreifen, oder genieße meinetwegen das Nichtstun. Tu, was du willst, aber kommandiere nicht die Leute herum, das kann ich allein.

Die Alte tupfte sich die Augenwinkel. Hab ich das nötig? Muß ich mir das sagen lassen von der eigenen Tochter? Aber ich hab gleich gefühlt, daß ich nicht willkommen bin. Bitte, wie du willst. Ich reise auf der Stelle ab. Steffa, meinen Koffer!

Das Mädchen war aber gar nicht in der Küche und konnte den Befehl nicht entgegennehmen.

Gertrud schenkte der Mutter aus der Kanne nach und sprach versöhnlich: Jetzt trinkst du erst einmal deinen Kaffee. Und tatsächlich, die Alte ließ sich beschwichtigen.

Mala hatte während des Streites von einer zur anderen geblickt, jetzt sagte sie: Gertrud schimpft.

Die Frau drückte das Kind lächelnd an sich. Nicht mit dir. Du bist doch die einzige, die mich ein bißchen liebhat.

Die Alte senkte mißbilligend die Mundwinkel. Da denkt

man, die Tochter ist glücklich mit ihrem Mann, endlich zufrieden, und spürt die Stimmung in diesem Haus. Immerzu, als knisterte es von irgendwas, als müßte gleich was passieren. Du bist gereizt, der Kalluweit macht ein Gesicht. Kein Wunder, sag ich, wenn er zusehen muß, wie du dich mit diesem wildfremden Balg abgibst.

Das geht dich nichts an, sagte Gertrud ruhig.

Inzwischen war Steffa mit dem Umschlagtuch zurückgekehrt. Das legte sie behutsam um die Schultern der alten Frau, die zog es enger um sich und saß da wie eine gekränkte Fürstin. Steffa zeigte, daß sie eine gelehrige Schülerin war. Noch Wünsche, gnädige Frau?

Mit der Alten war nicht zu reden, sie fauchte: Ich pfeif was auf die gnädige Frau. Du brauchst dich bei mir nicht einzukratzen.

Vielleicht noch Kaffee?

Er ist mir zu dünn.

Darüber mußte Gertrud so herzlich lachen, daß sich die Alte anstecken ließ. Aber die Heiterkeit verging ihnen, als sich mit einemmal draußen vor dem Haus wüstes Geschrei erhob. Schon trat Kalluweit die Tür auf und stieß zwei Männer in die Küche, den langaufgeschossenen Jan und einen zweiten Kerl, der einen durchbluteten Kopfverband trug.

Gertrud erschrak. Wenn sie sich später an die schrecklichen Ereignisse erinnerte, konnte sie nicht fassen, daß sich alles an einem einzigen Tage zugetragen haben sollte.

Kalluweit fuchtelte, zittrig vor Erregung, mit der Pistole herum und bedrohte die beiden Männer: An die Wand und hoch die Hände!

Dann brüllte er die Schwiegermutter an: Verschwinde!

Gertrud war von ihrem Stuhl aufgesprungen, schob die kleine Mala dem polnischen Mädchen zu und bedeutete ihm mit einem Wink, der Alten nach draußen zu folgen.

Als Gertrud das Kind an Kalluweit vorüberführte, sagte er: Ich hab immer gewußt, da stimmt was nicht, und Gertrud rief: Mein Gott, was ist passiert?

Sie schaute den Jan an, der verlegen die Schultern hob, und sah auf den anderen Mann, der ihr bekannt vorkam. Wer ist dieser Mensch?

Jan hielt die Hände immer noch erhoben und sagte: Einer, der Hilfe braucht.

Kalluweit hatte sich auf einen Stuhl fallen lassen und rief, viel zu laut in der Aufregung: Keine Bewegung, oder ich knalle euch ab wie tolle Hunde! Dann deutete er mit der Waffe auf Jan. Ich schnapp ihn gerade, den da, wie er heimlich Schweinekartoffeln aus dem Trog klaubt. Was, denk ich, kriegt der nicht genug zu fressen? Für wen klaut der Kerl? Ich schleiche ihm nach. Da hat er diesen Banditen in seiner Bude versteckt. Mein Haus ein Partisanennest. Da ist der mir frech gekommen, da sagt der, er hält mich für einen anständigen Deutschen. Weißt du, warum? Weil wir das Balg bei uns halten.

Gertrud fragte: Das Kind?

Kalluweit schrie den Jan an: Verrat ihr mal, welchen Vogel sie sich eingefangen hat. Oder sprecht ihr euch lieber bei der Gestapo aus?

Das möchte ich nicht, Herr, sagte Jan. Sie hätten Schwierigkeiten. Mala ist die Tochter vom jüdischen Händler Zimmetbaum in meinem Dorf.

Als sie das hörte, wurde Gertrud himmelangst. Sie mußte sich an der Stuhllehne festhalten und schüttelte den Kopf. Das kann nicht wahr sein. Das lügt der, weil er die eigene Haut retten will.

Sie trat dicht vor den Knecht hin und sah ihm kalt ins Gesicht. Du bist ein Pole und müßtest am besten wissen, was passiert, wenn einer dummes Zeug redet wie du. Das kann nicht wahr sein, ein Pole, ein großer, ausgefreßner Kerl, will so ein kleines Kind ans Messer liefern.

Jan sagte: Ich will niemanden ans Messer liefern.

Da zitierte Kalluweit: Wer einem Juden Obdach und Hilfe gewährt, wird hierzulande mit dem Tod bestraft.

Niemand weiß, daß Sie ein jüdisches Kind bei sich haben, außer uns vier.

Das sind zwei zuviel.

Was hast du vor, fragte Gertrud ängstlich.

Der Mann fuhr sie wütend an. Du hast mir was eingebrockt. Der Knecht nutzt es aus, schleppt mir diesen Menschen ins Haus. Wer ist dieser Kerl, für den du zu fressen klauen mußt? Ein Flüchtiger? Ein Vogelfreier?

Jan nickte. Das ist Edek, ein Bauer, der im Wald leben muß.

Er riß dem anderen die Binde vom Kopf, und nun erkannten die Kalluweits zu ihrem Schrecken, daß der einstige Besitzer des Hofes vor ihnen stand. Er schwankte in der Kraftlosigkeit. Gertrud schob ihm einen Stuhl zu und flüsterte entsetzt: Er ist wieder da.

Der Bauer sprach in schwerfälligem Deutsch: Werden immer welche da sein. Das war unser Land, bis ihr gekommen seid mit euren Panzern. Das war mein Haus, und ihr habt mir fortgenommen, was mir gehört.

Ach, quatsch doch nicht dämlich, Pole, rief Kalluweit. Ihr habt uns den Krieg aufgezwungen.

Der Bauer sagte: Das ist eine Lüge, die ganze Welt weiß es, nur ihr wollt nicht wissen. Ihr habt Zehntausende erschossen oder totgeschlagen wie Ungeziefer, bloß weil wir Polen sind.

Nein, rief Kalluweit erbittert, weil ihr euch zur Wehr setzt gegen das Unvermeidliche.

Gertrud starrte immer noch auf den Bauern, den eine blutige Narbe an der Stirn entstellte. Sie flüsterte: Er ist zurückgekommen. Er ist wieder da.

Der kommt kein zweites Mal, schrie Kalluweit, darauf kannst du dich verlassen.

Der polnische Bauer stammelte, von Schmerzen gepeinigt: Du kannst mich umlegen. Es werden andere kommen. Du wirst keinen Tag ruhig sitzen auf diesem Hof, der dir nicht gehört. Du wirst Angst haben, du könntest meine Knochen aufpflügen.

Schluß mit dem Palaver! brüllte Kalluweit. In diesem Land herrscht das Gesetz des Krieges. Du hast tun müssen, was du nicht lassen konntest, Pole. Ich bin ein Deutscher, und so muß ich handeln. Du glaubst, daß du im Recht bist, ich bin auch im Recht. Wir sind die Sieger, ihr seid die Besiegten, und es könnte längst Ruhe sein in diesem Land.

Jan hatte lange geschwiegen, jetzt sagte er: Friedhofsruhe, lauter Tote.

Es brachte Kalluweit auf, daß sich der junge Mensch, dem er auf seinem Hof nur Gutes erwiesen hatte, gegen ihn stellte, und rief: Du sollst deine verdammte Schnauze halten!

Jan nickte. Ja, du bist ein Deutscher, Herr.

Kalluweit, die Pistole immer noch im Anschlag, ging zum Türbalken und nahm ein paar Viehstricke vom Nagel, die warf er seiner Frau zu und deutete auf den verletzten Bauern. Fesseln, zuerst den da.

Gertrud starrte auf die Stricke in ihren Händen und stammelte: Ich kann nicht, Kalluweit. Ich kann den doch nicht fesseln, mit meinen eigenen Händen, damit sie ihn nachher hängen.

Da sagte der junge Pole: Du wirst uns selber umbringen müssen, hier im Haus.

Ich mach mir an euch nicht die Pfoten dreckig, sagte Kalluweit verachtungsvoll und blaffte die Frau an: Was stehst du rum? Lauf ins Dorf, hol den Bürgermeister, ein paar Männer. Beeil dich!

Als sich Gertrud widerstrebend der Tür näherte und am Fenster vorüber wollte, sah sie, daß die kleine Mala draußen auf eine Bank geklettert war, die an der Hauswand stand, und lachend gegen die Scheibe klopfte. Gertrud rief verzweifelt: Das Kind, Kalluweit. Man wird erfahren, wer das Kind ist.

Natürlich wird man das erfahren.

Sie werden es wegholen, sagte Gertrud mit hoher, hilfloser Stimme.

Wir haben getan, was wir konnten.

Sie werden uns nicht glauben, Kalluweit.

Was werden sie nicht glauben?

Daß wir nichts gewußt haben, daß wir es so lange bei uns behielten und hätten nicht gewußt, daß es das Kind von einem Juden ist. Ich kann nicht ins Dorf laufen, Kalluweit. Sie würden erst die beiden Polen fortschaffen und hinterher uns.

Kalluweit war längst in Panik. Er fuchtelte mit seiner Waffe und schrie: Keiner rührt sich von der Stelle!

Gertrud mußte fürchten, daß er seine Gefangenen vor ihren Augen niederschießen würde oder daß es dem kräftigen Polenjungen gelingen könnte, sich Kalluweits Waffe zu bemächtigen, um ihren Mann damit umzubringen, sie selber vielleicht auch.

Da klopfte das kleine Mädchen wieder ans Fenster und zeigte in den Hof. Gertrud sah, daß ein Kübelwagen der SS vorfuhr, und in diesem Augenblick gelang es ihr endlich, sich zu fassen. Sie befahl: In den Keller! Und tatsächlich hob der Junge die hölzerne Klappe über der Kellertreppe, zog den verletzten Bauern mit sich und verschwand mit ihm in der Tiefe des Kartoffelloches.

Kalluweit hatte kaum die Pistole weggesteckt und seiner Frau geholfen, den Tisch über die Kellerluke zu schieben, als der hübsche Obersturmführer Schneider unter der Tür stand. Er lächelte.

Gertrud fiel es schwer, sich freundlich zu zeigen, sie schwatzte angestrengt: Nein, der Kamerad Schneider. Wie nett, daß Sie uns wieder einmal besuchen. Sie wissen ja, wie man lebt auf einem Dorf, jeden Tag das gleiche Einerlei. Da freut man sich, wenn einer aus der Welt kommt und hat was zu erzählen. Bitte, nehmen Sie doch Platz. Vielleicht wollen Sie eine Tasse Kaffee mit uns trinken.

Sehr gern, gnädige Frau.

Gertrud befühlte die Kanne. Lieber Gott, ganz kalt. Ich muß uns neuen machen.

Schneider konnte nicht entgehen, daß der Herr des Hauses verstört war. Was ist los mit Ihnen, Kamerad?

Gertrud antwortete an Kalluweits Stelle. Ein bißchen Streit, ein bißchen Pech im Stall, und das ist ein Mann, Herr Schneider, der nimmt sich alles gleich zu Herzen.

Sie überwand sich und strich dem Gatten mit mütterlicher Geste übers Haar. Kalluweit sagte rauh: Hol einen Schnaps. Dann bat auch er den SS-Offizier an den Tisch. Was gibt es?

Immer wieder Aufsässigkeit unter den Polen, offener Widerstand, Sie wissen ja. Nun sind wieder Befriedungsaktionen notwendig geworden – Führerbefehl –, für die wir zuverlässige Leute brauchen, Männer wie Sie.

Kalluweits Gesicht hatte sich verfinstert. Das ist nichts für mich. Ich bin Bauer, das ist meine Aufgabe.

Es gibt Dinge, mein Lieber, denen man sich einfach nicht entziehen kann, sagte Schneider eindringlich. Weshalb wären Sie denn hier im Osten angesiedelt worden, ein deutscher Mann aus dem Reichsgebiet? Wir haben Aufgaben, die nur mit der bewährten nationalsozialistischen Kämpfergarde durchgesetzt werden können und mit niemandem sonst.

Gertrud hatte die Gläser gefüllt, jetzt sagte sie: Erschießungen.

Schneider schwieg ein Weilchen, dann hob er das Glas gegen die Gastgeberin: Zum Wohle!

Kalluweit trank den Schnaps auf einen Zug und schob das leere Glas der Gertrud zu. Ich fühl mich heute nicht, ich hab was in den Knochen. Ich muß trinken. Halten Sie mit, Kamerad Schneider?

Wenn Gertrud später an diese gräßlichen Stunden dachte, dann fehlten ihr einige Bilder. Sie wußte nicht mehr, wie es über dem wüsten Besäufnis der Männer Nacht geworden war, wie sie die kleine Mala ins Haus geholt oder ihre Mutter auf das Zimmer gebracht hatte, wohin Steffa gelaufen war, aber sie wußte, daß der SS-Offizier den Kalluweit überreden wollte, sich einem Erschießungskommando anzuschließen, während unter der Kellerklappe die Delinquenten in der Falle saßen, ein polnischer Bauer und Jan, der eigene Hausknecht. Aber sie konnte vor sich sehen, so deutlich, als hätte es sich gestern zugetragen, wie sie bei Kerzenschein um den Tisch gesessen hatten, der am Ende so verwüstet war wie ihre Hochzeitstafel in Rakowen, damals nach der Schlägerei, bedeckt mit Speiseresten, Zigarettenkippen in den Schnapslachen, mit Kerzen, die flackernd niederbrannten. Sie sah sich selber, zwischen den bezechten Männern sitzend, nüchtern und kalt, und konnte hören, daß Schneider wirres Zeug erzählte, während er seine Rede mit den großen, schwerfälligen Gesten der Betrunkenen begleitete:

Ich liebe das Licht der Kerzen, es ist zärtlich, es macht die Gesichter der Frauen noch schöner. Sie wissen doch, daß Sie schön sind, Gertrud?

Mein Gott, wo soll das enden? Als Gertrud nachschenkte, begann Schneider leise zu singen:

Wilde Gesellen, vom Sturmwind verweht,
Fürsten in Lumpen und Loden,
ziehn wir dahin, bis das Herze uns steht,
ehrlos bis unter den Boden.

Er stammelte: Ich liebe die alten deutschen Lieder, sie haben Seele, Seele ...

Gertrud überlegte, was geschehen könnte, wenn dieser Kerl stockbesoffen in ihrem Hause liegenbliebe. Draußen auf dem Hof wartete sein Wagen, der Fahrer ließ den Motor laufen, um sich zu wärmen. Sie schob brüsk den Stuhl zurück.

Es ist spät, Kamerad Schneider.

Da erhob sich der Mann schwankend und griff nach dem Koppel, das er zu seiner Bequemlichkeit gelöst und über die Stuhllehne gehängt hatte. Er gürtete sich ordentlich. Verstehe, gnädige Frau, und empfehle mich bestens. Der Handkuß mißlang ihm. Er reckte seinen Arm aus gegen Kalluweit. Ich komme wieder. Ich hole dich ab.

Gertrud geleitete ihren schrecklichen Gast vor das Haus und wartete, bis der Fahrer Gas gegeben hatte und vom Hof verschwunden war.

Als sie ins Zimmer zurückkehrte, sah sie, daß Kalluweit den Kopf in die Hände vergraben hatte, am Tisch saß und weinte. Für eine Weile blieb die Frau bei ihrem Mann. Der stammelte:

Bauer wollte ich sein, bloß ein Bauer. Ein Pferd wollte ich haben, zwei, ein Stück Feld. Mal einen eigenen Pflug mit den Fäusten halten, sich richtig festhalten. Mal latschig quer über einen Acker gehen, der einem selber gehört. War das zuviel verlangt? Sie gönnen es mir nicht, sie wollen immer wieder zurückkommen, die einen und die anderen. Und keiner will mir helfen, auch du nicht.

Gertrud sagte kühl: Geh schlafen.

Aber Kalluweit faselte weiter: Kannst du dir vorstellen, ein Kornfeld im Sommer, wenn es so duftet, daß es die Weiber scharfmacht. Kannst du dir vorstellen den Duft eines reifen Kornfeldes, das einem selber gehört? Da möcht man sich reinschmeißen, mitten ins Korn, wie in ein Bett.

Kalluweits Augen glitzerten im Licht der Kerzen, aber Gertrud sagte, wie zu einem ungezogenen Kind: Wir müssen endlich schlafen gehen. Komm schon, komm.

Sie zerrte ihn vom Stuhl hoch, zog seine Pistole aus der Tasche, warf sie auf den Tisch, und erst jetzt, stockbetrunken, erinnerte sich Kalluweit, daß ihm eine Aufgabe übertragen werden sollte, und rief: Die Strolche, die beiden Strolche!

Gertrud nahm die Waffe an sich und sagte: Geh ruhig zu Bett, ich mach das für dich.

Kalluweit lächelte blöd. Das ist schön, Gertrud. Weißt du, ein bißchen habe ich getrunken. Schließlich ließ er sich zur Treppe schieben.

Sie blickte ihm nach, als er die Stufen hinaufstolperte, und wartete, bis oben die Kammertür ins Schloß gefallen war, dann zerrte sie den Tisch von der Kellerluke und hob die Klappe.

Ihr könnt gehen, Stall und Haus sind offen. Nehmt euch, was ihr braucht.

Am nächsten Tag saß Kalluweit verstimmt und mit verquollenen Augenlidern erst gegen Mittag am Frühstückstisch.

Die alte Habersaat bemutterte ihn. Sie schob ihm den Brotkorb zu, rückte die Butter zurecht, alles widerstand ihm, sie schenkte Kaffee ein. Kalluweit schüttelte sich. Da meinte die Alte: Ein Hering würde dir guttun, Emil, irgendwas Saueres.

Hier gibt's keinen Hering.

Dann hilft bloß Schnaps, den Teufel mit dem Beelzebub austreiben. Wo steht der Schnaps?

Sag bloß, das wüßtest du nicht.

Die Alte watschelte kichernd zum Schrank und kam mit einer Flasche und zwei Gläsern zurück, die sie andächtig füllte.

Jetzt betrat Gertrud den Raum. Sie war zum Ausgang gekleidet mit dem Lodenkostüm, das sie auf der Reise in den Warthegau zum ersten Mal getragen hatte. Sie rückte einen Stuhl und ließ sich am Tisch nieder, um ein paar Brote zurechtzumachen, Wegzehrung für eine längere Fahrt.

Die Alte sprach verweisend: Daß du nach Krakau willst bei diesem Wetter, ausgerechnet wenn ich auf Besuch bin, Gertrud.

Sonst könnt ich's ja nicht.

Auch Kalluweit maulte: Hörst du die Kühe bölken? Der Knecht ist weg. Wer hilft im Stall?

Mutter ist jahrzehntelang auf Rakowen zu Hofe gegangen, gewiß erinnert sie sich, wie eine Kuh zu melken ist, und sie wird sich um das kleine Mädchen kümmern, solange ich fort bin.

Die Alte versicherte eifrig: Alles wird seine Ordnung haben. Kalluweit soll nichts fehlen an seiner Bequemlichkeit. Wir beide verstehen uns.

Sie hob aufmunternd ihr Glas gegen Kalluweit, der Schwiegersohn tat ihr Bescheid, und sie hatte gerade zum zweiten Mal den Kümmel nachgeschenkt, als an die Tür gepocht wurde.

Herein!

Zwei uniformierte Beamte der Feldgendarmerie, die auch von den Deutschen gefürchtet wurde, tippten an den Helm und traten zum Tisch.

Der eine fragte: Euer Pole ist flüchtig?

Und Kalluweit berichtete, was tatsächlich geschehen war. Heute morgen, wie ich ihn wecken will, ist der Vogel ausgeflogen. Ich brauche Ersatz.

Beide Gendarmen trugen als Zeichen ihrer Macht das blanke Schild mit dem Hoheitsadler auf der Brust. Jetzt sprach der andere: Hier soll ein Kind sein, das nicht hergehört, übrigens auch nicht angemeldet ist.

Nach den Erschütterungen und Ängsten der letzten Nacht war Gertrud nicht so leicht aus der Fassung zu bringen. Mit geheucheltem Vorwurf sagte sie:

Siehst du, es ist noch nicht angemeldet, Kalluweit, und du, Mutter, bist auch schon den dritten Tag auf Besuch und noch nicht auf der Gendarmerie gewesen.

Die Alte spielte mit, faßte sich mit beiden Händen unter das Doppelkinn, als hätte jemand die Absicht, ihr eine Schlinge um den Hals zu ziehen, und fragte theatralisch: Bin ich verdächtig?

Gib den Herren einen Schnaps, riet Gertrud.

Die Alte gehorchte und schenkte ein. Gertrud zwang sich zur Freundlichkeit, sie erklärte: Das Mädelchen ist aus der Verwandtschaft, Vater im Feld, Mutter auf Arbeit. Es soll sich bei uns ein bißchen rausfressen. Alles in Ordnung, Kameraden, und nun zum Wohl.

Die Feldgendarmen tranken erst einen und noch einen Schnaps, dann sprach der eine zum anderen: Hab ich gleich gesagt, Gewäsch. Und beide verließen grüßend Kalluweits Hof.

Die Familie war endlich unter sich. Sie konnten sich ungeniert angiften. Tochter, jammerte die Alte, das wird ein böses Ende nehmen. Und Gertrud wies sie herrisch zurück: Hör auf zu lamentieren. Ich bring das in Ordnung.

Wie denn? wollte Kalluweit wissen.

Leßtorff ist bei der Regierung in Krakau. Wenn einer helfen kann, ist es der.

Das Arschloch, sprach Kalluweit verächtlich.

Gertrud blickte zur Uhr. Um zwölf hab ich den polnischen Kutscher bestellt. Ich muß mich beeilen. Sie erklomm eilig die Stiege zur Schlafkammer, um rasch noch ein paar Sachen zusammenzupacken.

Kalluweit spähte nach oben und wartete, bis sich die Tür geschlossen hatte. Er sagte: Das Kind muß weg.

Die Alte war ängstlich. Du kennst deine Frau, was die nicht will, das will sie nicht. Die hat nun mal einen aparten Charakter, schon als Kind, das hat man nicht rausprügeln können.

Sie wird ein paar Tage wegbleiben, meinte Kalluweit. Wenn sie zurückkommt, fehlt das Kind. Irgendwer hat uns verpfiffen? Jedenfalls, das Kind ist weg, und wir haben's nicht hindern können. Du wirst mir helfen, oder willst du auf deine alten Tage noch ins KZ?

Gotteswillen!

Na siehst du.

Niemand hatte sich in der Hektik des Aufbruchs um Mala gekümmert. Das Mädchen hatte sich im Winkel unter der Treppe verkrochen und dort mit ihrer Lumpenpuppe gespielt, es konnte nicht jedes Wort verstehen, das die Erwachsenen bei ihren heftigen Gesprächen gewechselt hatten, wußte aber, daß es um sie gegangen war. Sie sollte fortgebracht werden und wäre doch so gern bei Gertrud geblieben. Aber auch die wollte weg. Als Kalluweit und die Alte endlich die Küche verlassen hatten, tappte die Kleine hinaus auf den Flur, nahm das Mäntelchen vom Haken, griff nach ihrem Schal und schlich sich heimlich vom Hof.

Bald hatte Mala die Chaussee erreicht, die sich schnurgerade durch die Ebene zog, gesäumt von schiefen Masten, an denen die Telefondrähte hingen. Die Pfähle wurden in der Ferne immer kleiner, die Straße enger und enger, bis sie am Horizont wie ein Strich verschwand. Der Weg war beschwerlich. Oft hatte Mala Mühe, über die Schneewehen zu steigen, und langsam kroch ihr nicht nur die Kälte an den Leib, sondern auch die Furcht, bis sie endlich Pferdegetrappel hinter sich hörte.

Mala wendete sich um und lachte über das ganze Gesicht, als sie erkannte, daß es Gertruds Kutsche war, die neben ihr auf der Straße hielt. Die Gäule bliesen weißen Dampf aus den Nüstern. Gertrud war wegen des Frostes tief vermummt, sie beugte sich aus dem Wagen.

Mala, ich hab dir erklärt, warum ich dich nicht mitnehmen kann. Ich hab was Wichtiges zu erledigen, dabei kann ich dich nicht gebrauchen. Schau, ich komm bald wieder, dann bring ich dir was mit, eine schöne Puppe vielleicht. Das Kind schüttelte stumm den Kopf.

Warum willst du nicht zurückgehen?

Angst.

Gertrud sagte: Steffa wird sich um dich kümmern, auch meine Mutter. Sei vernünftig, geh zurück.

Da sagte das Mädchen: Ich will zu meiner Mutter.

Das machte Gertrud traurig. Sie sagte: Wir werden sie so bald nicht finden. Willst du mit mir nach Krakau fahren?

Das Kind nickte eifrig. Die Frau hob das Kind in den Wagen und nahm es zu sich unter die wärmende Decke. Als sich der Kutscher umdrehte, sah er, daß sie weinte. Gertrud herrschte ihn an: Fahr zu!

Die Flucht

Nach und nach gewöhnte sich Willi Heyer an das dumpfe Gleichmaß des Lageralltags, die Sirene in aller Frühe, das Gebrüll der Wachmannschaften, mit dem die Häftlinge aus den Kojen gejagt wurden: Auf, auf! Erstes Gedränge, der Kampf um den Wasserhahn, die flüchtige Toilette und jeden Morgen die Frage, würde der Kapo die zugeteilte Brotration auf den Tischen verteilen oder hatte er sie verscheuert, Schikanen beim Zählappell, das endlose Rufen der Nummern und der Widerhall, tausendmal: Hier! Einhundertvierundsechzigeinhundertfünfundvierzig, das bin ich, die Zahl kenn ich im Schlaf und melde mich mit lauter Stimme. Sind wir vollzählig, oder fehlt eine Nummer, sollte einer tot auf der Schütte zurückgeblieben sein, und wir hätten es nicht bemerkt, dann gnade uns Gott. Abmarsch der Kolonnen zu den Fabriken, die Siemens oder die IG Farben im Lager oder in seiner unmittelbaren Nachbarschaft betreiben. Nirgends erwirtschaftet man größeren Profit als hier, bei uns wird der Arbeiter mit keinem Pfennig entlohnt, und am Ende muß er mit dem Leben bezahlen. Wer noch bei Kräften ist, kann sich an den Maschinen ablenken, vielleicht ein Wort mit dem Nachbarn wechseln, Arbeit macht frei, so die Inschrift am Lagertor. Wer sich in Krankheit fallenläßt, darf bestenfalls in die Krankenbaracke, bis einer der Ärzte den Daumen senkt. Im Krematorium schuften die Helfer rund um die Uhr. Schlag zwölf wird der Fraß in die Blechnäpfe gekellt, abends der Einschluß zur gewohnten Stunde und die Warnung: Von jetzt ab wird im Lager scharf geschossen. Früh die Sirene, das übliche Gebrüll.

Willi Heyer gelang es, die Eintönigkeit seiner Tage zu ertragen, aber manchmal hatte er Angst, sich in der Zeit zu verlieren. Welcher Tag ist heute? Wann wird es Herbst? In der Wüste des Lagers erhob sich kein einziger Baum, der einen Schatten warf, im Frühling ergrünte und vor dem Winter die Blätter verlor. Heyer dachte, da hätten es die Gefangenen in mittelalterlichen Verließen besser gehabt, sie konnten für jeden verlorenen Tag einen Strich in die Kerkerwand ritzen und mußten nur den eigenen Gestank ertragen, nicht den von tausend ungewaschenen Menschen.

Siebold half ihm gelegentlich, sich zu orientieren. Da und da steht die Front, die Deutschen halten Leningrad umkrallt, aber sie werden sich an Stalingrad die Zähne ausbeißen, und eins ist gewiß: Stalin bricht Hitler das Genick.

Aber wann kommt dieser Tag? Werde ich dann noch am Leben sein?

Er hatte Glück, als man ihn mit einem Ukas der Schreibstube in die Installationsbrigade abkommandierte. Das Lager wuchs, die Zahl der Häftlinge stieg, die der Wachleute ebenfalls, es erwies sich als notwendig, für die Offiziere in aller Eile Unterkünfte außerhalb des Lagers zu errichten, schmucke Häuschen im nordischen Stil, in denen sich die Ehefrauen der Büttel und die Kinderchen daheim fühlen durften. Wer sollte die Häuser erbauen, wenn nicht die Fachleute unter den Häftlingen? So war mit Siebolds Unterstützung aus dem Schlosser Willi Heyer ein Installateur geworden, bald gehörte er zu den Auserwählten, die tagtäglich zur Arbeit das Lager verlassen durften, freilich bei strenger Bewachung.

Eines Tages ergab es sich, daß Heyer auf dem Weg zu den Latrinen auf Siebold traf. Sie schwatzten, ehe sie sich auf dem Donnerbalken niederließen. Wie geht's?

Man lebt sich ein, meinte Heyer.

Daß du immer noch Witze machst, ist ein gutes Zeichen. Was willst du von mir?

Ich habe einen Auftrag für dich.

Na los, sagte Heyer.

Siebold blickte sich sichernd um. Hast du schon von der AB-Aktion gehört?

Heyer schüttelte den Kopf, und der andere erläuterte:

Der Generalgouverneur will die gesamte polnische Intelligenz ausrotten lassen, Führerbefehl. Jetzt kämmen sie die Lager durch, die Krankenbaracken, keiner soll ihnen entgehen. Bei uns suchen sie immer noch einen gewissen Pinarski, er hatte einen Lehrstuhl an der Universität von Krakau. Wir halten den Mann versteckt, auf Dauer geht das nicht, er muß aus dem Lager gebracht werden.

Keine leichte Sache.

Die polnischen Genossen haben einen Fluchtplan ausgeheckt, er hat eine Chance, wenn wir einen Mann finden, der die Chuzpe hat, es zu machen.

Heyer fühlte sich unbehaglich, als er sich von Siebold angestarrt sah.

Der Alte sagte grinsend: Wir brauchen jemanden, der noch nicht vom Lagerleben gezeichnet ist, keinen Muselmann. Er müßte aussehen wie ein guter deutscher Mann, groß, blond, blauäugig, ein schöner Kerl, so wie du, dem eine SS-Uniform gut zu Gesicht stehen würde.

Na danke, sagte Heyer, aber Siebold fuhr eindringlich fort:

Wir haben dich nicht von ungefähr in die Installationsbrigade gesteckt. Du kommst an die Sachen ran, die wir brauchen, ein paar Werkzeuge, ein großes Waschbecken, wie ihr sie in den SS-Häusern montiert. Versuch das zu besorgen, und gib mir Bescheid, sobald es gelungen ist. Wir haben alles andere vorbereitet. Für dich liegt eine tadellose SS-Uniform bereit, du wirst deine Klamotten mit dem Professor tauschen.

Das hört sich so unwahrscheinlich an wie die Flucht des Grafen von Monte Christo.

Siebold sagte: Für einen Mann, der Nerven hat, ist es die einfachste Sache der Welt. Nach der Mittagspause wird ein SS-Mann tun, was alle Tage geschieht, er wird einen Häftling aus der Installationsbrigade mit einem Ersatzteil zur Arbeit führen, an den Posten vorbei, raus aus dem Lager.

Und weiter?

Das ist das Wichtigste. Wir haben Kontakt zu einer Widerstandsgruppe, die in Lagernähe operiert. Sie wird Pinarski in Empfang nehmen, und du kannst – wenn die Sache gelingt – schon am nächsten Tag bei den Polen in den Wäldern sein. Mit einem Mal zischelte er: Hose rauf. Da kommt einer.

Heyer knöpfte sich hastig zu. Er fragte: Warum machst du es nicht? Du bist doch viel länger im Lager als ich.

Siebold betrachtete den anderen mit gewissem Neid. Wenn ich deine Statur hätte, noch etwas von deiner Kraft.

Gut, sagte Heyer.

Bald brachte man sie zusammen, ihn und diesen Professor aus Krakau.

Pinarski mußte zwischen fünfzig und sechzig sein, ein schlanker Mann, fahrig von Wesen, mit schmalem Gesicht, das von der Angst gezeichnet war.

Heyer fragte: Du weißt, was du zu tun hast, Professor?

Der Mann musterte seinen Helfer, der eine schneidige schwarze Uniform trug und von einem echten SS-Mann nicht zu unterscheiden war. Du siehst verdammt deutsch aus.

Heyer lachte leise. Das muß ich auch, davon hängt alles ab.

Warum tust du das für mich?

Weil wir zusammengehören, deutsche und polnische Hitlergegner, alle Geschundenen. Wir sind gemeinsam dem Tod ausgeliefert und müssen versuchen, ins Leben zu kommen, erst mal wir beide, ein Pole, ein Deutscher. Und nun hör mal zu, Professor. Von dieser Stunde an bist du kein Geistesmensch mehr, sondern wirst den Klempner spielen. Er deutete auf ein Waschbecken. Du mußt es schaffen, das Ding zu stemmen und so über dem Kopf zu halten, daß möglichst wenig von deinem jüdischen Ponem zu sehen ist. Wir üben das mal.

Pinarski gehorchte, und Heyer sah mit Sorge, daß der Mann kraftlos war und Mühe hatte, das schwere Becken zu heben, aber er lobte den Wissenschaftler, als der im Versteck auf und ab spazierte. Das machst du gut, Professor. Bis Pinarski über eine Kiste stolperte und das Becken fallen ließ. Es zerbarst in viele Stücke.

Pinarski stammelte: Ich kann's nicht. Ich bin nicht der Mann dafür. Es ist sinnlos.

Nimm dich zusammen, Professor, das ist erst der Anfang, fauchte Heyer. Wir haben noch ein Ersatzbecken, aber das darfst du auf keinen Fall zerdeppern. Enttäusche die anderen nicht, die deinetwegen des Hals riskieren. Also noch einmal von vorn. Heb das Becken und stülp es wie einen Hut über den Kopf. Sehr gut, Professor. Durchatmen und los!

Wenig später konnten sich ein paar Häftlinge oder Wachleute über einen schmucken SS-Mann amüsieren, der strammen Schrittes auf das Lagertor zumarschierte und einen taumeligen Gefangenen vor sich hertrieb, der ein Porzellanbecken über dem Kopf balancierte. Dazu die üblichen Reden: Hopphopp, du alter Sack! Ein bißchen schneller, du Arsch, wenn ich bitten darf.

Die Posten am Schlagbaum lachten über das komische Paar. Heyer zeigte beklommen den gefälschten Passierschein vor, sprach aber mit fester Stimme: Außenkommando, Kameraden. Ich bin in Eile. Leider hat man mir einen Idioten zugeteilt, der in die Straßenkolonne gehört, aber nicht in die Installationsbrigade. Und zum Zeichen seiner Verachtung trat er den Gefangenen in den Hintern. Wie würden die Posten reagieren?

Sie lachten immer noch, als Heyer und der ungeschickte Klempner schon um die Ecke gebogen waren.

Nun mußte Heyer den Professor um Hilfe bitten. Du mußt für mich einstehen, sobald wir deine Leute treffen. Könnte sein, die legen mich um, wenn sie mich in der verdammten Uniform erblicken, und das wäre mir gar nicht recht.

Viele Einzelheiten der Flucht hatte Heyer bald vergessen, jedenfalls behielt er das Leben, und er konnte damals nicht wissen, daß viele Jahre später polnische Wissenschaftler eine

Dokumentation vorlegen würden, in der über die wenigen gelungenen Fluchten aus deutschen Konzentrationslagern auf dem Gebiet des ehemaligen Generalgouvernements berichtet wurde. Die des polnischen Professors Pinarski und des deutschen Häftlings Willi Heyer war als eine der spektakulärsten beschrieben. Später wurde der Text ins Deutsche übersetzt, das nahm Heyer mit Genugtuung auf. Er war für seine Tat niemals öffentlich geehrt worden.

Die Reise nach Krakau

Wie die alte Habersaat der Gertrud erzählt hatte, war Jürgen Leßtorff tatsächlich ein großer Mann bei der Regierung in Krakau geworden. Er stand dort im Dienste des Reichsnährstandes und verfügte, wie andere Exzellenzen oder Führungspersönlichkeiten, auf dem Wawel über Amtsräume in der Nähe des Generalgouverneurs Doktor Hans Frank. Die einstige Krönungsstadt der polnischen Könige war vom Kriege fast verschont geblieben und sichtbarlich in deutscher Hand. Uniformierte dominierten das Straßenbild, Wehrmachtssoldaten, SS-Leute und Gendarmen, hübsche Krankenschwestern, zu erkennen an dem Häubchen mit dem roten Kreuz, drei oder vier in einer Reihe, flanierten Arm in Arm vor den Schnörkelfassaden der berühmten Tuchhallen, summend und kichernd, wie bei den sonntäglichen Spaziergängen in ihren Dörfern.

Gertrud, die das Kind mit sich führte, gelang es, sich bis zum Wawel durchzufragen. Sie stellte sich als eine nahe Verwandte Leßtorffs vor, erfuhr zu ihrer Enttäuschung, daß der Herr dienstfrei habe, aber wahrscheinlich in seiner Wohnung anzutreffen sei, und mußte sich abermals auf den Weg und auf die Suche machen.

Leßtorff logierte mit zwei, drei Herren seines Ranges in einem Palais in der Nähe des Marktes, das bis zum Einmarsch der deutschen Truppen im Besitz eines wohlhabenden jüdischen Kaufherrn gewesen war, ein Haus, erlesen eingerichtet, das über mehrere Schlaf- und Badezimmer verfügte. Das Leben und die Geschäfte in der besetzten Metropole waren für die Männer hart, zuweilen blutig, und zerrten an den Nerven. Leßtorff hatte manchmal Entspannung gesucht, indem er sich an den Orgien beteiligte, die seine Kameraden in der Villa feierten. Bei solcher Gelegenheit wurde ein zynischer Spruch zitiert: Genieße den Krieg, der Frieden wird furchtbar sein. Polnische Mädchen waren leicht zu beschaffen, allerdings empfahl es sich, die Gespielinnen vor dem Gebrauch gründlich zu waschen. Es hatte den Herren Spaß gemacht, das eigenhändig zu besorgen, ehe es wild und angeheitert gemeinschaftlich zur Sache ging.

Gegenwärtig verboten sich für Leßtorff solche Späße. Er war überrascht, als ihm über das Büro des Generalgouverneurs ein Besuch der Gräfin Palvner auf Rakowen angekündigt worden war. Gestern hatte sie sich in seinem Hause einquartiert und war heute schon zu einer Privataudienz bei Doktor Frank vorgelassen worden.

Jetzt berichtete sie dem Leßtorff aufgekratzt von dem außerordentlichen Ereignis. Empfang auf dem Wawel natürlich, Ehrung wie für einen Staatsgast. Selbstverständlich hat er gleich den Charmeur gemimt, aber ich habe mich unbeeindruckt über das miserable Landarbeitermaterial beschwert, das er mir aufs Gut hat schicken lassen. Es ist Krieg, und auch wir haben einige Ländereien nicht länger brachliegen lassen können. Oh, das ist ihm nicht recht gewesen, deinem Generalgouverneur, aber der Mann hat Format, was macht er? Er gelobt Besserung und schenkt mir zur Versöhnung erst einmal ein Dutzend Barockputten für die Freitreppe in Rakowen. Du wirst doch hoffentlich für raschen Transport sorgen können, wie?

Leßtorff, der Zivil trug, verbeugte sich knapp. Selbstverständlich.

Das Paar hatte den Musiksalon des Schlößchens gewählt, um miteinander zu reden. Die Gräfin, im eleganten Kostüm, mit einem Blaufuchs geschmückt, plauderte angeregt: Ja, und dann hat er mich gebeten, ein paar Tage lang in Krakau Gast zu sein. Natürlich habe ich mich überreden lassen, Rakowen ist kotzlangweilig geworden, mal ein Handarbeitsnachmittag mit den Damen der Frauenschaft, mal eine Bibelstunde, das sind die einzigen Zerstreuungen. Ich kann also länger bleiben, Leßtorff. Aber das scheint dich nicht zu freuen.

Ich kann's gar nicht fassen. Er lachte verlegen.

Die Gräfin stand an einem der hohen Fenster und blickte hinaus auf den Park. Ich weiß nicht, mir gefällt dieses Land, seine sympathische Schlamperei, über allem so ein Hauch von Staub und Traurigkeit. Magst du Chopin?

Er hob die Schultern. Ich hab kaum was von ihm gehört.

Sie schritt zum Flügel, der mitten im Zimmer stand, und ließ sich nieder, um mit verzücktem Gesicht und einigermaßen flüssig einen der melancholischen Walzer zu spielen.

Leßtorff trat näher. Ganz hübsch.

Die Gräfin fragte: Jürgen, was ist los mit dir? Du bist verändert, beinahe lahmarschig. Sag mal, hast du Angst, mich zu küssen?

Sie unterbrach das Spiel. Er stand hinter ihr, beugte sich und rieb seine rauhe Wange an ihrem Hals. Wollen wir ins Bett?

Sie bat um Geduld, Doktor Frank habe sie für den Abend zu einem Ball ins Casino eingeladen, sie müsse sich umziehen, zurechtmachen und wünsche, daß er sie auf das Fest begleite.

Ich bin nicht eingeladen.

Das läßt sich arrangieren.

Leßtorff sagte: Es wird ihm nicht gefallen, unser Verhältnis ist in letzter Zeit gespannt.

Doch nichts Ernstes, Jürgen?

Differenzen über Details der Politik.

Du lieber Gott, was hat dich das zu kümmern, du bist weder General noch Gouverneur, meinte sie obenhin.

Du hast doch keine Ahnung, Eva. Ich bin Soldat, verstehst du, Offizier, aber was erledige ich hier? Oft genug Vorarbeiten für die Henker.

Jetzt übertreibst du aber.

Eva, ich sage dir im Vertrauen, das Geschrei der Auslandspresse ist Geschrei um einen Bruchteil der Wirklichkeit in Polen. Die Scheußlichkeiten geschehen, aber das wird dir Doktor Frank nicht erzählen. Er wird dich durch seine königliche Stadt führen, dir den Veit-Stoß-Altar zeigen – er bedauert übrigens sehr, daß die Schnitzereien nach Nürnberg gebracht werden sollen, statt weiterhin seine Stadt Krakau zu schmücken. Er wird dich in diesen Tagen von Schloß zu Schloß geleiten lassen, von Fest zu Fest. Übrigens, wenn ich einen Tip geben darf, es wird ihm schmeicheln, wenn du eine Bemerkung fallenläßt über seine Ähnlichkeit mit dem Duce.

Sie lachte. Bist du etwa eifersüchtig?

Ich bin unglücklich, ich bin hierhergegangen, weil du mich gedrängt hast und weil ich meinte, es ginge um soldatischen Einsatz. Jetzt bin ich also bei der Regierung, und ich halte für selbstverständlich, daß uns der niedergerungene Gegner überlassen muß, was wir brauchen, gerecht, sage ich, daß wir ihn auspowern, daß er für uns schuften muß, meinetwegen auch hungern, aber es erscheint mir abwegig, daß man Zehntausende abschlachtet, die arbeiten könnten. Soll sich doch keiner einbilden, damit schlüge man die polnische Staatsidee tot. Ich sage dir, es ist überhaupt kein Wunder, daß die Polen, die vielleicht niemals an Widerstand gedacht hatten, jede Aufruhrbewegung fanatisch unterstützen, solange sie dieser Massenschlächterei zusehen müssen. Rache und wieder Vergeltung und wieder Aufruhr, das geht nicht gut.

Die Gräfin versuchte, den Mann zu beruhigen. Um Gotteswillen, Jürgen, du redest dich um Kopf und Kragen.

Ich rede mit dir.

Was willst du tun?

Wieder an die Front.

Verrückt.

Du mußt mich verstehen, Eva. Ich schlag mich hier in Krakau mit ekelhaften Sachen herum, dabei sind mir alle Illusionen vor die Hunde gegangen.

Sie schloß den Mann beinahe mütterlich in die Arme und küßte ihn. Ich werde dir den Heldenwahn ausreden, weil ich dich unbedingt behalten will, mein Liebster.

Sie hielten sich umschlungen, bis an die Tür geklopft wurde.

Leßtorff lächelte. Wir kommen einfach nicht ins Bett.

Er löste sich von der verliebten Gräfin und rief die Ordonnanz herein. Der Mann nahm Haltung ein und meldete: Eine Frau ist draußen.

Leßtorff wunderte sich, und die Gräfin zischelte ihm zärtlich ins Ohr: Du Scheusal bist mir untreu.

Die Ordonnanz, immer noch in strammer Haltung, berichtete: Läßt sich nicht abweisen, diese Frau, sagt, sie sei eine gute Bekannte aus der Heimat.

Da trat sie auch schon ein, Gertrud Kalluweit, das Kind an der Hand, und erschrak, als sie die Gräfin Palvner erblickte.

Leßtorff war alles andere als erfreut. Er sagte: Na hör mal, das ist aber eine Überraschung.

Und die Gräfin fragte: Ja um Gotteswillen, was machen Sie denn hier? Sind Sie irgendwo in Stellung?

Gertrud hob das Kinn. Wir haben einen Hof.

Ach ja, die Dame erinnerte sich, ein Beutegütchen, nicht wahr. In der Nähe?

Gertrud schüttelte den Kopf. Weit weg von hier.

Und dann standen sie eine Weile im Salon beieinander, der Mann und die beiden Frauen, und wußten nicht gleich, wie sie ihrer Verlegenheit Herr werden sollten, während die kleine Mala hinüber zum Flügel wanderte und mit dem Zeigefinger zu klimpern begann.

Ihr Kind? wollte die Gräfin wissen.

Ich hab es in Pflege.

Leßtorff wäre die Bettgefährtin von einst am liebsten so rasch wie möglich wieder losgeworden, er sagte mit einiger Schärfe: Kein guter Gedanke, daß du mich gerade heute überfällst. Ich habe leider wenig Zeit, und du siehst ja, daß ich nicht allein bin. Versuch es morgen noch mal.

Gertrud sagte hilflos: Ich hab nicht geahnt, wie das zugeht in dieser fremden Stadt. Man findet schlecht was für die Nacht. Wenn du keine Zeit hast, müßten wir zurück in den Wartesaal.

Lieber Gott, rief die Gräfin ungeduldig, frag doch, weshalb sie gekommen ist.

Gertrud hätte sich lieber die Zunge abgebissen, als ihr Anliegen in Gegenwart der Gräfin vorzutragen. Sie starrte unglücklich auf Leßtorff und sagte leise: Zu dir hab ich gewollt.

Da begriff die Gräfin endlich, daß sie störte, und lächelte amüsiert. Sie will offenbar mit dir allein reden. Ich hab zu tun, ich muß mich umziehen für den Ball. Bis gleich, mein Lieber. Sie hob eine Hand und winkte dem Leßtorff abschiednehmend zu, dann verließ sie das Zimmer.

Das Kind hatte inzwischen den Schemel vor dem Konzertflügel erklommen und klimperte ebenso hingebungsvoll wie dissonant auf dem kostbaren Instrument.

Leßtorff fragte ohne jede Freundlichkeit: Was willst du?

Ich brauch Papiere für das Kind.

Von mir?

Was soll ich lange herumreden, sagte Gertrud, es ist ein jüdisches Kind.

Leßtorff war so aus der Fassung, daß er erst nach einer Weile fragen konnte: Weißt du, was du von mir verlangst?

Gertrud nickte.

Und du kommst trotzdem zu mir?

Herrgott, zu wem hätte ich sonst gehen sollen? rief Gertrud verzweifelt. Ich bin in Not, und ich habe nur dich gewußt. Wir waren doch einander mal gut. Was kann es für dich bedeuten, so ein lumpiges Papier? Es hängt ein Leben daran.

Auch du spielst mit dem Tod, sagte Leßtorff kalt.

Das weiß ich, meinte Gertrud und brachte es fertig, ganz wenig zu lächeln. Ich habe mich in deine Hand gegeben.

Leßtorff reagierte wütend. Da bist du aber fein raus, was?

Du kannst mich fortbringen lassen.

Für wen hältst du mich?

Sie hob die Schultern. Ich weiß es noch nicht. Ich weiß bloß, sie werden das Kind wegbringen, wenn ich nach Hause komme und hab kein Papier. Ein Stückchen Papier, Jürgen, auf dem geschrieben steht, das wäre ein polnisches Kind und ich könnte es adoptieren. Mein Gott, was kann passieren? Sie nehmen vielen Polen die Kinder weg, stecken sie in Heime, geben sie in deutsche Familien, umvolken nennt man das heute.

Hör auf! rief Leßtorff erbittert. Das geschieht nur, wenn Kinder germanisches Blut in sich haben. Schau dir dieses Mädchen an.

Red du mir niemals wieder von gutem Blut, Leßtorff, wie damals in Rakowen. Das ist ein Kind wie jedes andere, es lacht, wenn es sich freuen kann, es weint, wenn ihm was weh tut, und ich brauch dieses Kind, weil ich nicht leben kann, wie man hier leben muß, immerzu zwischen Grauen und Tod. Mich friert, und mir fehlt ein bißchen Wärme, irgend jemand, zu dem ich gut sein kann. Als sie das sagte, liefen ihr die Tränen über das Gesicht, aber dann faßte sie sich und rief: Was soll ich noch vorbringen? Das ist ein Kind, es ist unschuldig, und ich will nicht, daß es zu Tode kommt.

Nimm dich zusammen, sagte Leßtorff und beobachtete die Tür, dann betrachtete er eine Weile das Kind am Flügel, das fröhlich auf die Tasten hämmerte, schließlich ging er mit energischen Schritten durch den Salon, riß die Tür auf und rief nach der Ordonnanz.

Der Mann erschien augenblicklich und nahm Haltung an. Leßtorff befahl: Lassen Sie die Frau Gräfin wissen, daß ich sie leider nicht auf das Fest begleiten kann, und rufen Sie sofort meinen Fahrer. Dann winkte er der Gertrud. Sie folgte eilig mit dem Kind.

Die Rückfahrt bis zu ihrem Dorf im Warthegau gestaltete sich so strapaziös und umständlich, wie die Reise nach Krakau gewesen war, Wartezeiten auf halb zerstörten Bahnhöfen, stundenlanger Halt auf freier Strecke, grimmige Kälte. Aber diesmal war Gertrud leichter um das Herz, sie dachte mit einem Gefühl der Dankbarkeit an Leßtorff. Er hatte ihr für wenige Tage eine passable Herberge verschafft und sie zu einem jener Heime begleitet, in denen blauäugige und blonde

Kinder polnischer Eltern gründlich untersucht und geprüft wurden, bis man sie zur Eindeutschung freigeben konnte. Die Leiterin des Heims war Leßtorff verpflichtet, Mala erhielt die Papiere eines etwa gleichaltrigen Mädchens, das an den Masern verstorben war. Allerdings mußte Gertrud der besseren Tarnung wegen den Bruder des Kindes mitnehmen. Die Adoption war nur eine kleine bürokratische Hürde. Die Kinder hießen jetzt Kalluweit, und so kam es, daß sich Gertrud mit zwei Kindern auf den Heimweg machen mußte und es schließlich zufrieden war. Der Junge sprach kein einziges Wort Deutsch, aber Mala konnte sich schon so gut ausdrücken, daß sie mit Vergnügen in den nächsten Wochen und Monaten für ihren neuen Bruder die Dolmetscherin spielte, bis Stefan endlich so flüssig reden konnte wie sie. Es dauerte aber lange, bis der Junge Gertrud Mutter nannte.

Nach und nach verklärte sich in Gertruds Erinnerung Leßtorffs Bild zu dem eines Ritters Georg. Er hatte sich in ihrer größten Not als Helfer und Retter bewährt, und wenn, eines sehr viel späteren Tages nach dem Krieg, jemand Leßtorff in ihrer Gegenwart einen Handlanger der Nazis nannte, sagte sie: Er hat meiner Tochter das Leben gerettet, das werde ich niemals vergessen.

Als Gertrud nach ihrer Reise endlich mit den Kindern auf dem Bahnhof der kleinen Stadt mit dem unaussprechlichen Namen angekommen war, dunkelte es schon, und sie wanderte mit den Kindern bis zur Einsiedlungsbehörde der SS, um dort um einen Wagen zu bitten, der sie nach Przystrawola bringen sollte. Der Kamerad Schneider küßte ihr die Hand und konnte gefällig sein, trotzdem war es Nacht geworden, ehe sie endlich den Hof erreichten.

Steffa öffnete die Tür. Gertrud schob ihr die Kinder zu, weil sie den Kalluweit unter vier Augen darauf vorbereiten wollte, daß die Familie gewachsen war. Sie fand den Mann am Küchentisch sitzend, wo er über den Wirtschaftsbüchern brütete. Auf der Ofenbank bemerkte sie zu ihrer Verwunderung einen festgeschnürten Rucksack.

Gertrud schälte sich, noch an der Tür, aus ihren Tüchern und fragte: Was machst du da?

Er blickte auf. Ich habe alles notiert, Futterbestände undsoweiter, paar Rechnungen sind noch zu bezahlen. Dann legte er die Hand auf eine kleine stählerne Kassette, die auf dem Tisch stand. Hier ist das Geld, fünfhundert Mark hab ich für mich rausgenommen.

Ich versteh nicht.

Kalluweit sagte: Ich gehe fort.

Sie riß im Schreck die Augen auf. Du willst mich allein zurücklassen, hier?

Was kann es dir ausmachen, meinte Kalluweit. Wir sind niemals zusammen gewesen, jeder war für sich. Was kann es dir also ausmachen, allein auf dem Hof zu bleiben? Ich muß fort. Schneider hat mich wieder bedrängt.

Sie trat so nahe an den Tisch, daß er zu ihr aufblicken mußte.

Ich kann nicht sagen, daß mich bislang beschwert hätte, was man Gewissen nennt. Ich hab alles mitgemacht und in Kauf genommen, weil ich den Hof haben wollte. Ein feiner Mann bin ich niemals gewesen, aber ich bin mir zu fein zum Mörder. Schneider hat gesagt, es wäre nicht so schlimm, die Polen und Juden verhalten sich ruhig im allgemeinen, bloß die Zigeuner sind schlimm, sie schreien immer so und jammern und springen schon vor der Salve in die Grube, daß man sie einzeln wieder herauszerren muß, aber die Zigeuner wären ja längst erledigt. Ich kann nicht, und ich kann auch nicht gegen Deutschland handeln, wozu du mich bringen willst mit deinen unüberlegten Geschichten. Mir bleibt nur die Front, anständiger Krieg. Ich hab mich freiwillig gemeldet.

Gertrud setzte sich zu ihrem Mann. Was du tun willst, tust du wieder bloß für dich.

Selbstverständlich, sagte er. Es gibt niemanden sonst, für den ich was tun könnte. Ich dachte ja mal, es würde mit uns beiden anders werden, sobald wir ein eigenes Kind hätten.

Gertrud sagte: Wir werden nie ein eigenes Kind haben.

Er blickte sie erstaunt an. Auch egal. Jedenfalls ist das kein Leben mit uns. Da hat es ja ein Vieh besser, das braucht sich nicht alles auszudenken. Für dich hab ich mal was übrig gehabt, dich hab ich gern gehabt, so gut ich konnte, aber du hast mich bloß benutzt. Du hast dich über meinen Buckel aus deinem eigenen versauten Leben herausretten wollen, mehr nicht.

Gertrud zögerte mit der Antwort. Ja, ja, vielleicht hast du recht, Kalluweit.

Er sagte: Du hast dich ja sogar vor mir geekelt, aber du hast mich benutzt. Ich möchte mal wissen, wie es aussieht bei dir dort drinnen, wo dem Menschen ein Herz pocht.

Sie wußte, daß es der Wahrheit nahe kam, womit Kalluweit sie beschuldigte. Mit einem Male tat er ihr so leid, daß sie ihm die Hände über den Tisch entgegenschob, um ihn zu trösten, aber er wollte nicht, daß sie ihn berührte, und zog sich zurück.

Gertrud sagte: Wir hätten miteinander leben können, wenn wir irgendwas gefunden hätten, an das wir uns halten konnten, irgendwas Gemeinsames.

Zu spät, meinte Kalluweit, und eines muß ich dir noch sagen, ehe ich aus deinem Leben verschwinde. Das Kind ist weg.

Gertrud lächelte. Ich hab es unterwegs aufgelesen.

Kalluweit schüttelte den Kopf. Beinahe unheimlich, daß dir alles gelingt. Er verstaute die Papiere in der stählernen Kassette, in der auch die Urkunden aufbewahrt wurden, die seinen Hof- und Landbesitz im Warthegau bestätigten, und schloß sie in den Schrank.

Gertrud hatte inzwischen die Kinder geholt und schob sie vor sich her in die Küche. Natürlich wunderte sich Kalluweit über den Jungen. Gertrud erklärte: Ich hab die Papiere von einem Mädchen, das im Heim gestorben ist, den Jungen hab ich dafür mitnehmen müssen.

Kalluweit meinte abschätzig: Und wenn du zehn Kinder holen würdest, es ist mir egal. Er ging die paar Schritte bis zur Ofenbank, nahm den Rucksack auf und warf ihn über den Rücken. Ich geh jetzt hinunter ins Dorf, dort wartet noch ein anderer Mann auf den Abtransport in Richtung Front. Er ging an Gertrud und den Kindern vorüber bis an die Tür.

Kalluweit!

Noch was?

Die Kinder, wenn sie sicher sein sollen, müssen adoptiert werden. Du bist mein Mann, du mußt einwilligen mit deiner Unterschrift. Sonst ist alles umsonst. Sie suchte in der Tasche nach den Papieren und glättete die Schriftstücke auf dem Tisch.

Unglaublich, du spannst mich bis zur letzten Minute vor deinen Karren, sagte Kalluweit.

Da nahm sie den Mann beim Ellenbogen und führte ihn zurück zum Tisch, dort tunkte sie die Feder ins Tintenfaß, das er stehengelassen hatte, und drückte ihm den Halter in die Hand. Bitte.

Er unterschrieb wortlos, erhob sich und ging zur Tür. Dort drehte er sich um.

War noch was?

Gertrud sagte: Komm wieder.

Heimkehr

Das schlimmste war der eisige Wind, der den Flüchtenden seit Tagen entgegenschlug. Gertrud führte das Gespann. Sie hatte den Leiterwagen mit allem Nötigen beladen, Bettzeug, Wäschekoffern, genügend Lebensmittelvorräten für eine lange Fahrt und ein paar Säcken Futter für die Gäule. Die buntbemalte Truhe, mit der sie vor wenigen Jahren in den Warthegau aufgebrochen war, fand gerade noch Platz, kaum reicher gefüllt als auf der Hinfahrt. Alles schien verloren, ehe Gertrud das geringste hatte gewinnen können auf der Scholle im Osten, die ihr von Jahr zu Jahr unheimlicher geworden war. Zum Glück konnte sie sich auf die Gäule verlassen, sie standen gut im Futter und würden Gertrud helfen davonzukommen. Sie hatte sich einem Treck angeschlossen, der auf kürzestem Wege ins Schlesische gelangen wollte. Heim ins Reich, der Begriff hatte zu Beginn der Siegeszüge einen anderen Sinn gehabt, jetzt ging der Krieg für die Deutschen so schrecklich zu Ende, wie er für die Polen begonnen hatte. Tausende waren auf der Flucht. Hätten wir doch ein Dach über dem Kopf, klagender Menschenlaut, Pferdegetrappel, Peitschenknall und das Ächzen der Räder und der Wind und die Russenangst, die furchtbare Kälte. Ach, kämen wir doch rascher voran!

Solange es die Witterung zuließ, hielt Gertrud die Zügel, während sie neben den vermummten Kindern in der Schoßkelle hockte, aber heut fegte der Wind den Schnee an den Alleebäumen zu Wehen auf, Gertrud mußte vom Wagen herunter, wie die übrigen Gespannführer auch, um die Pferde gegen den Sturm zu führen. Der Treck, dessen Anfang und Ende nicht zu erkennen waren, bewegte sich langsam, oft schien es, als käme er nicht vom Fleck, und das unheimliche Pfeifen des Windes machte Menschen und Tieren Angst.

Dabei hatte Gertrud mit den Kindern noch in einiger Ruhe Weihnachten feiern können in Przystrawola, jenem Nest, das ihr niemals Heimat geworden war. Sie hatte das Fest vorbereitet, wie es ihr aus Rakowen in Erinnerung war, mit seinen Heimlichkeiten, Geschenken und Süßigkeiten, die längst beschafft worden waren, aber versteckt werden mußten, bis sie am Geburtstag des Herrn endlich unter dem Weihnachtsbaum lagen. Die Kinder durften beim Backen der Festtagsplätzchen helfen, und am ersten Feiertag brutzelte eine Gans in der Röhre und verbreitete leckeren Duft. So hatte es Gertrud seit ihrer Ankunft im Warthegau gehalten, am Heiligabend einen Baum geputzt und dreizehn Kerzen auf den Zweigen entzündet, eine für jeden Monat und eine für das Jahr, um in der Fremde heimatlichen Brauch zu üben, und gar nicht gefragt, ob er der kleinen Mala geläufig war. Die hatte sich jedenfalls vom Gefunkel und dem Kerzenschimmer entzücken lassen und vielleicht sogar die Geschichte verstanden, die Gertrud aus der Bibel las: Es begab sich zu der Zeit, daß ein Gebot ausging vom Kaiser Augustus, daß alle Welt geschätzet würde, und jedermann ging, ein jeglicher in seine Stadt. Da machte sich auch auf Josef aus der Stadt Nazareth und nahm mit sich Maria, sein vertrautes Weib, die war schwanger. Sie gebar in der Fremde ihren ersten Sohn, wickelte ihn in Windeln und legte ihn in eine Krippe, weil kein Platz in der Herberge war. Und ein Engel erschien den Hirten auf dem Felde, der verkündete: Ehre sei Gott in der Höhe, Friede auf Erden und den Menschen ein Wohlgefallen.

Den letzten Satz sprach Gertrud jedesmal geradezu inbrünstig, und Kalluweit hatte seine Frau angeschaut, so aus den Augenwinkeln, als wolle er »Schwachsinn« sagen. Seit Jahren fehlte er zum Fest, dafür saß die Angst am Tisch. Die Russen waren nämlich schon im Herbst bis an die Weichsel vorgedrungen und hatten sich im Stadtteil Praga verschanzt, während ein Aufstand in Warschau von den Deutschen grausam niedergeschlagen worden war. Der Schrei nach Vergeltung war bis Przystrawola zu hören, und Gertrud hatte wie viele Deutsche auf das Wunder gehofft, auf die schreckliche Waffe, mit deren Hilfe man die Russen bis in die hintersten Steppen hätte zurückjagen können, statt dessen waren sie nach Neujahr brüllend aus den Brückenköpfen an der Weichsel gestürmt, und Gertrud hatte das Fluchtfahrzeug beladen und den Hof an Steffa übergeben müssen: Mach, was du willst, bleib oder verkriech dich irgendwo. Bei aller Freundschaft, die zwischen den Frauen gewachsen war, hatte es Steffa abgelehnt, sie auf dem Treck nach Deutschland zu begleiten. Und nun zogen sie also, Gespann hinter Gespann, durch den Winter, auf der Suche nach einem Ort, an dem sie vor den Russen sicher wären. Aber der Krieg folgte ihnen rascher, als sie wandern konnten, und die Furcht wurde von Tag zu Tag größer.

Eines Abends, als sich der Treck hügelan über eine Straße schleppte, die von windgebeugtem Obstholz gesäumt war, wurde eines der Pferde unruhig. Gertrud mußte vom Wagen und entdeckte zu ihrem Schrecken, daß ein Zaum gerissen war. Kein gefährlicher Schaden und rasch zu beheben für einen geschickten Mann, aber Gertrud fehlte das Zeug zu einer flüchtigen Reparatur. Sie wies dem Gespannführer, der ihr Gefährt im Augenblick überholte, den Schaden, aber der Mann hob die Schultern und blickte in den Himmel, der dunkler und dunkler wurde. Sooft sie auch flehte und jammerte, kein Mensch war zur Hilfe bereit, der Treck zog an ihr vorüber, bis sie allein mit den Kindern in der Dämmerung stand.

Da sah sie, unweit der Straße hinter Hecken gelegen, ein einsames Gehöft und führte ihr Gespann mit letzter Kraft an das verriegelte Tor. Sie schlug mit der Faust gegen das Holz, bis sich der Hund meldete und der Besitzer des Hofes unter die Pforte trat, ein schon betagter Mann. Er kehrte sich halb gegen den Sturm und hielt mit einer Hand die Mütze fest.

Gertrud deutete wortlos auf den Schaden, aber der alte Mann rief in den Wind: Der Treck sammelt sich im nächsten

Dorf, dort soll es Quartier geben, auch warmes Essen, hab ich gehört.

Erbarmung, rief Gertrud, ich schaffe es nicht. Lassen Sie mich ein für eine Nacht.

Der Hofbesitzer verwahrte sich. Mein Haus ist voll, ich hab eine Wehrmachtseinheit im Quartier, fünfundzwanzig Soldaten, an die zwanzig Pferde.

Einer der Soldaten hielt Wache vor dem Quartier. Er trat frierend von einem Bein auf das andere und hatte die Pelzmütze über die Ohren gezogen, trotzdem verstand er, daß der Bauer einer Frau, die in Not war, Hilfe verweigerte, und ging zum Tor, um den Balken zu heben. Weit klafften die Flügel auf. Wenn wir ein bißchen zusammenrücken, wird noch Platz sein für eine hübsche junge Frau, sagte der Soldat.

Der Bauer erregte sich: Man hat auf dem eigenen Hof nichts zu sagen.

Was soll es, Alter? Der Soldat winkte ab. Kann sein, du bist morgen selber auf der Flucht.

Die Front festigt sich, ich habe den Wehrmachtsbericht gehört, behauptete der Mann. Dann verrammelte er das Tor, sicherte den Balken mit einem Bolzen und dachte nicht daran, der Frau beim Ausschirren zur Hand zu gehen, sondern grummelte: Sehen Sie zu, wo Sie Platz finden, und verschwand in seinem Haus.

Komischer Mensch, meinte der Wachsoldat. Die Russen sind uns auf den Fersen, aber solche wie der glauben, ausgerechnet sie müßte es verschonen. Er half der Frau, die Pferde im Stall unterzubringen, und führte sie schließlich zur Schmiede, einem kleinen Anbau am Ende des Anwesens. Dort entfachte er rasch ein Feuerchen unter der Rauchhaube, damit sich die Flüchtlinge wärmen konnten. Die Kinder trugen Decken herbei, um sich vor dem Schmiedefeuer ein Lager zu bereiten, und der Soldat redete noch ein Weilchen. Er starrte auf die Frau, die war hübsch anzusehen, als sie sich aus den Tüchern wickelte. Der Zopf, blond und dick, fiel ihr bis ins Kreuz. Vielleicht hoffte der Mann, sobald die Ablösung käme, könnte er in die Schmiede zurückkehren und brauchte nicht bei seinen Kameraden im Stall zu kampieren, sondern würde endlich wieder bei einer Frau liegen können. Als sich Gertrud aber bei ihm bedankte, sah er die Verzweiflung und die Tränen in ihrem Gesicht und begrub den Gedanken.

Die Frau kroch zwischen die Kinder unter die Decke, sie spürte die Wärme ihrer Leiber und fühlte sich am Feuer geborgen. Sie sagte bedauernd: Morgen früh, sobald es hell wird, müssen wir weiter.

Wie lange fahren wir noch? wollte Mala wissen.

Bis wir zu Hause sind.

Das Mädchen wußte nicht, wo das sein könnte. Da erzählte Gertrud eine Gutenachtgeschichte: Das ist ein kleines Dorf in Mecklenburg, wo es sehr alte Häuser und sehr alte Bäume gibt. Es heißt Rakowen, und es gibt kein schöneres Dorf in dieser Welt. Es hat eine Straße aus Holpersteinen, die ist von Lindenbäumen gesäumt, und wenn der Sommer kommt, duften die Linden wie Honig. Und einen See gibt es, blau und blank, und einen Wald, der grüner ist als die Wälder anderswo. Und mitten in einem Park steht das weiße Schloß.

Stefan fragte: Wohnen wir dort?

Gertrud lachte leise. Wir wohnen in einem winzigen Haus mit kleinen Stuben und kleinen Fenstern, aber hinter dem Haus breitet sich ein Garten mit einem großen Apfelbaum.

Mala seufzte im Einschlafen: Das ist schön.

In dieser Nacht schlief Gertrud schlecht. Die Kinder mußten an ihr rütteln, sobald sie gar zu arg stöhnte, und als sie sich endlich aus ihren Angstträumen zu Bewußtsein gerungen hatte, bemerkte sie Unruhe auf dem Hof, das heisere Kläffen des Kettenhundes, erhob sich und stieß die Tür zum Hof auf.

Da sah sie, daß der Bauer mit Hilfe eines Knechtes die Fenster des Hauses mit Brettern zunagelte und gleichzeitig den Mägden gebot, sich beim Beladen der Fahrzeuge zu sputen. Er rüstete zur Flucht. In den Leiterwagen stapelte sich die Bagage, aber immer noch schleppten die Mädchen Sachen herbei, die ihnen wertvoll erschienen, eine Flurgarderobe, sogar eine Kuckucksuhr, und die Hausfrau lief jammernd zwischen dem Gesinde herum, um ein paar Hühner einzufangen, die ihr kreischend entwichen.

Gertrud weckte die Kinder, sie hatten in den Kleidern geschlafen und brauchten nicht lange, um in die Schuhe und in die Mäntel zu schlüpfen. Die Frau brach ein paar Brocken vom Brot und reichte sie ihnen. Sie hatte gestern daran gedacht, den unfreundlichen Bauern um einen Topf Milch zu bitten, aber eine Abfuhr gefürchtet, so blieb nur Brunnenwasser für den Morgentrunk.

Beeilt euch, ich hole die Pferde. Sie schlängelte sich zwischen den aufgescheuchten Leuten hinüber zum Stall, riß die Torflügel auf, und das Herz wollte ihr stillstehen, als sie die Gäule nicht fand. Das Gemäuer war leer. Sie warf entsetzt die Arme hoch, als sie wieder vor dem Hofherrn stand. Meine Pferde sind fort!

Der Bauer vernagelte, Brett für Brett, eines der Fenster, als könnte er so die heranrückenden Russen hindern, in seine Stuben einzudringen. Er rief: Vor Sonnenaufgang hat sich die Truppe davongemacht.

Sie haben meine Pferde mitgenommen. Gertrud heulte wie ein Kind.

Den Hofherrn schien das nicht zu wundern, er brabbelte zu ihrem Trost: Kein Comment unter den Soldaten. Ich sage offen, moralisch hat Deutschland den Krieg längst verloren. Wenn da nicht durchgegriffen wird ...

Gertrud war hilflos, und wahrhaftig, sie faltete die Hände wie im Gebet. Bitte, nehmen Sie uns mit, lieber Mann.

Der Bauer lachte rauh. Sie sehen doch, daß wir die eigenen Sachen nicht unterbringen. Meine Leute wollen auch noch mit. Er deutete in den Hof, wo das Gesinde hin und her rannte.

Ich habe Geld.

Geld, sagte der Bauer abschätzig. Sehen Sie zu, daß Sie von der Truppe mitgenommen werden. Es fahren immer welche von der Front zurück ins Hinterland, immer zurück.

Gerade schleppte der Knecht die letzten Bretter bis zur Haustür, der Bauer folgte mit dem Hammer, aber seine Frau trug allen möglichen Plunder aus dem Haus, jetzt waren es Sofakissen. Der Mann riß ihr die Sachen wütend aus den Händen, warf sie in den Flur zurück und winkte seinem Knecht. Beide verbretterten das Haustor.

Gertrud sah ihm zu, sie hoffte immer noch, daß sie der Mann nicht ihrem Elend überlassen würde, aber er warf in hohem Bogen seinen Hammer weg und sagte: Das ist der Untergang. Jetzt ist sich jeder selbst der Nächste. Aber ich will kein Unmensch sein. Er deutete auf einen Handwagen, der vor dem Stall stand. Nehmen Sie den.

Gertrud nickte. Sie zerrte die Handkarre an ihren Leiterwagen, der bis unter die Plane beladen war, und winkte den Kindern. Die hatten unter dem Schleppdach der Schmiede gewartet. Sie nahmen von ihrer Habe, soviel auf dem Wägelchen Platz fand, Wegzehrung, einige Decken, und banden die Kochtöpfe an den Seiten fest. Die buntbemalte Truhe mußte zurückbleiben, damit die zarte Mala einen Sitzplatz fand. Gertrud hüllte die Kleine in eine Decke, hieß den Jungen, den Griff der Deichsel zu fassen, und packte selber zu. Sie verließen grußlos den Hof.

Als sie die Chaussee erreicht hatten, schneite es schon wieder. Ihnen fehlte die Sicht, dafür konnten sie hören, von welcher Seite das Grollen der Front kam, und wanderten in entgegengesetzte Richtung.

Nach einer Weile vernahmen sie hinter sich Peitschengeknalle und Geschrei, der Hofherr und seine Knechte schlugen auf die Pferde ein. Gertrud und ihre Kinder mußten an die Seite. Als der Bauer vorüberfuhr, winkte er wie zum Hohn, dann waren sie allein auf der Straße, bis sie endlich das nächste Dorf erreichten, das war von den Menschen verlassen wie das folgende auch.

Später, wenn Gertrud mit den Kindern über ihre heillose Flucht aus Polen redete, fielen ihr weder die Namen der Flecken ein, durch die sie gezogen waren, noch wußte sie, wie lange sie sich durch eine gespenstische Welt hatten schleppen müssen. Alle drei erinnerten sich aber, wie merkwürdig es ihnen vorgekommen war, daß sie in solchen gottverlassenen Orten offene Häuser vorgefunden hatten, eine Zuflucht für die Nacht. In mancher Stube stand noch das Essen auf dem Tisch, und hin und wieder schien es, als hätte ein guter Geist die Betten im Schlafzimmer aufgeschlagen, damit sie sich in aller Bequemlichkeit zur Ruhe legen könnten. Die Besitzer waren offenbar Hals über Kopf davongerannt, und Gertrud hatte sich in ihrer Erschöpfung ein paarmal gefragt, ob es nicht vernünftiger wäre, sich in das Schicksal zu ergeben und in einem der verlassenen Häuser auf die Russen zu warten. Aber immer wieder verwarf sie solche Gedanken.

Manchmal trafen sie andere Leute, aber selten jemanden, dem sie sich anschließen konnten. Dann und wann hielt ein Lastwagen der Wehrmacht, um sie ein Stück des Weges weiterzubringen, aber keiner konnte sie zu einem Bahnhof schaffen, von dem ein Zug in Richtung Heimat fuhr, also stemmten sich Gertrud und der Junge weiter gegen den Wind und zerrten den Handwagen, auf dem die kleine Mala saß, über die Straßen, um einen Fleck zu suchen, an dem sie geborgen wären. Aber die Hoffnung wurde von Stunde zu Stunde geringer und die Furcht immer größer, und bald kroch ihnen trotz aller Hüllen die eisige Kälte auf den Leib.

Mit einemmal schluchzte der Junge, er konnte nicht weiter, und Gertrud erlaubte ihm, sich neben das Mädchen auf den Wagen zu hocken. Von da an ging sie, Schritt für Schritt, mit gebeugtem Nacken wie ein Lasttier im Joch.

Als sie Motorengeräusch hörte und sah, daß ein Lastwagen der Wehrmacht heranrollte, blieb sie mit ihrem Karren mitten auf der Straße stehen und hob die Arme.

Haltet, um Gotteswillen, oder fahrt uns über den Haufen, damit ein Ende ist.

Der Laster bremste ab. Der Fahrer kurbelte das Fenster herunter, beugte sich heraus und schrie: Beeilung bitte! Aber der Wagen muß stehenbleiben.

Die Ladefläche war besetzt mit Soldaten, die Mann bei Mann mit ihrem Gepäck auf den Planken hockten.

Gertrud half den Kinder von dem Karren und raffte nur ein paar Decken zusammen.

Krachend fiel die Ladeklappe, einige der Soldaten halfen den Flüchtlingen herauf, der Lastwagen ruckte an, und für Augenblicke sah Gertrud noch den Handkarren mit ihrer letzten Habe am Straßenrand stehen, dann entschwand er ihren Blicken.

Aber das Auto brachte sie rasch voran, bis der Wagen ruckartig in der Nähe eines Kirchleins mit zerschossenem Dach hielt. Der Fahrer und sein Beifahrer, ein Offizier, erschienen, um die Ladeklappe zu öffnen, beide hoben bedauernd die Schultern und winkten Gertrud und die Kinder herunter.

Der Offizier sagte: Wir biegen ab, wir fahren in Richtung Front.

Dann grüßte er höflich und überließ die Flüchtlinge ihrem Schicksal.

Da standen sie nun, aneinandergedrängt, die Decken im Arm, und sahen sich um. Trostlosigkeit, wohin sie auch blickten, eine Schneewüste, aus der ein paar Bäume die verkrümmten Äste reckten, und die Landstraße mit Trümmern bedeckt, zerborstenen Leiterwagen, ausgebrannten Autos, zerstörtem Gerät. Der Krieg war hier gewesen, und Gertrud schien es, als wolle er wiederkehren, um letzte Opfer zu holen. Jedenfalls war das Geschützfeuer in der Nähe zu hören, der Wind pfiff, und es wollte Abend werden.

Wir müssen weiter.

Sie machten sich auf den Weg und entdeckten einen Kinderwagen im Straßengraben, ein wannenartiges Gefährt und geräumig genug, wenigstens die Decken und ein paar Kleinigkeiten, die sie mit sich trugen, aufzunehmen. Mala und Stefan näherten sich dem Wägelchen und erschraken, als sie unter den Kissen ein regloses Kind erblickten.

Mala fragte: Schläft es?

Es ist tot, sagte Stefan und sah auf zu Gertrud, die herangetreten war. Sie nickte und hockte sich nieder, um mit den Händen eine Grube in den Schnee zu schaufeln, dann nahm sie behutsam das Kind aus dem Wägelchen, bettete es und deckte es mit dem Kissen zu.

Jetzt konnten sie ihre restliche Habe in das Gefährt packen und setzten Mala obenauf. So wanderten sie, bis sie dem Kirchlein nahe waren, und suchten Schutz in der Ruine.

Die Kinder waren so erschöpft, daß sie unter ihre Decken krochen und auf den Kirchenbänken einschliefen, obwohl die Geräusche der Front näher und näher kamen, manchmal schien es, als heulte eine Granate dicht über das zerborstene Kirchendach.

In dieser Stunde mußte Gertrud begreifen, daß aller Mut vergebens gewesen war, der Krieg hatte sie eingeholt, sie war am Ende und dachte an den Tod. Wer sollte ihr jetzt noch helfen?

Sie hatte sich bis über den Kopf in ein Tuch gehüllt und lehnte am Gemäuer, da fiel ihr Blick auf eine Marienstatue, die sich gegenüber auf einem steinernen Sockel erhob und vom Mondlicht erhellt war, und jedesmal wenn der Schein einer Leuchtkugel über die Madonna huschte, schien es, als belebte sich ihr Antlitz, als lächelte sie. Gertrud trat näher heran und starrte auf das Bildwerk, bis sie merkte, daß sie flüsternd mit der Mutter Gottes sprach.

Wenn ich doch beten könnte. Als Kind habe ich es noch gekonnt: Vater unser ... Nein, da kann keiner sein, der im Himmel ist. Zu wem soll ich kriechen in meiner Angst? Mutter Maria, hilf mir, daß die Kinder am Leben bleiben. Laß mich selber leben. Warum lächelst du? Ich bin in der Not. Was hab ich getan, daß ich ertragen soll, was kein Mensch ertragen kann? Jeden Tag Verzweiflung, jede Nacht Todesangst. Ich hab den Krieg nicht gemacht. Warum läßt du zu, daß er sich austobt an mir und den Kindern, den wehrlosen? Was ist meine Schuld?

Ich bin nicht gut gewesen, ich wollte was haben wie alle anderen, aber nun besitze ich gar nichts mehr. Ich mußte alles zurücklassen, alles wegwerfen, was mir gehörte. Ich hab bloß noch die Kinder und das nackte bißchen Leben. Ich will Kerzen kaufen, wenn es dir gefällt, arm sein, hungern und Lumpen tragen. Mein Gott, was soll ich noch versprechen?

Sie schlug die Hände vors Gesicht und vernahm in diesem Augenblick, daß wieder eine Granate heranheulte, die barst mit solcher Gewalt, daß die Frau zu Boden geworfen wurde und meinte, das morsche Gemäuer müsse auf sie niederbrechen. Sie hörte, wie die Ziegel vom offenen Kirchendach fielen und neben ihr auf die Fliesen schlugen.

Als sie sich endlich von den Knien erhob, sah sie, daß die Madonna über ihr immer noch lächelte, und schrie in ihrer Not:

Grins doch nicht so, du Stück Holz!

Vielleicht hatte sie der Mutter Gottes unrecht getan, denn bald schien es, als hätte sie doch Erbarmen gehabt. Das Kriegsgetöse verstummte nach und nach.

Die Kinder hatten ängstlich ihre Köpfe über die Kirchenbänke gehoben und waren Zeuge von Gertruds Verzweiflung gewesen. Jetzt kamen beide gelaufen, faßten sie bei den Händen und führten sie zu einer Stelle, an der sie das Dach noch schützte. Dort kauerten sie bis zum Morgen dicht beieinander und fielen in einen unruhigen Schlaf.

Alle drei sprangen auf, als das Hauptportal über die Steinplatten des Eingangs schabte und ein halbes Dutzend russischer Soldaten in die Kirche drängte. Die Männer sahen genauso aus, wie man sie ihnen beschrieben hatte, verdreckte Uniformen, finstere Gesichter, schlitzäugig, halb vom Helm verdeckt, Gewehr im Anschlag.

Gertrud legte schützend ihre Arme um die Kinder. So erwartete sie das Ende. Aber niemand erhob ein Gewehr. Einer der Männer, ein Offizier offenbar, trat dicht an sie heran. Bist du allein?

Gertrud nickte.

Sind deutsche Soldaten hier?

Gertrud schüttelte den Kopf, und der Offizier befahl seinen Soldaten, die Bankreihen zu durchkämmen, um Verdächtige aufzuspüren. Sie fanden niemanden und umringten am Ende Gertrud und die Kinder.

Der Offizier sagte: Du mußt weg hier. Dann erteilte er einen Befehl in seiner Sprache, und einer der Soldaten verschwand. Als er zurückkam, trug er ein Bündel vor sich her, in dem ein greinender Säugling steckte.

Der Offizier sagte: Er ist im Dorf vergessen worden, nimm ihn mit.

Gertrud wehrte sich erbittert. Was soll ich mit dem Kind? Ich weiß ja nicht einmal, wie ich mit diesen beiden durchkommen soll. Sie deutete auf Mala und den Jungen.

Da fragte der Offizier: Soll es sterben? Soldaten können nicht umgehen mit einem so kleinen Kind. Er drückte ihr das Bündel in die Arme.

Gertrud starrte mit Widerwillen auf den Säugling und greinte wie er. Ich hab keine Milch, keine Windeln, kein Wasser. Ich hab gar nichts. Aber dann sah sie, daß sich das Kind beruhigt hatte und lächelte. Da konnte sie nicht anders und mußte zurücklächeln.

Der Offizier schien zufrieden. Du bist eine Mutter.

Die Soldaten führten Gertrud und die Kinder in das verlassene, halb zerstörte Dorf und behielten sie ein Weilchen unter ihrem Schutz. Nur einige Häuser hatten dem Feuersturm widerstanden und konnten von den Russen geplündert werden. Sie gaben der Frau von ihrer Beute ab, was sie für die Kinder gebrauchen konnte.

Die Stunden ihrer Heimkehr nach Rakowen blieben Gertrud unvergeßlich. Es war ausgerechnet der 8. Mai 1945, ein Datum, das sich den meisten Menschen einprägte als Tag der Kapitulation und der schmachvollen Niederlage Deutschlands, anderen aber als ein Tag der Befreiung, und wenn die Leute später der Gertrud erzählten, daß der Vormarsch der Russen von Greueln begleitet wurde, von den Entsetzensschreien deutscher Frauen, dann sagte sie: Mir haben sie geholfen.

Sie hatte während der letzten Monate des Krieges da und dort unterkriechen können und eine Zeitlang auf einem schlesischen Herrensitz dienen müssen, der von der Roten Armee beschlagnahmt worden war. Die schwere Arbeit machte ihr wenig aus, sie verstand sich auf die Viehwirtschaft und hatte für sich und ihre Kinder zu essen. Selbstverständlich war sie von den Soldaten bedrängt worden: Frau, komm mit!, aber die Kinder halfen ihr, sich ihrer zu erwehren, und manchmal, wenn ein besonders hübscher Kerl sie anstarrte, dachte sie, warum sollte ich ihm nicht zu Willen sein? Sie hatte ja seit Jahren keinen Mann im Bett gehabt.

Im Frühling drängte es sie in die Heimat, die längst von den Russen überrannt worden war, und sie konnten die letzte Strecke sogar im offenen Viehwaggon reisen. Der Transport hielt auf dem Bahnhof Gudweiden. Dort empfingen sie die Frauen der Bahnhofsmission mit einem Teller heißer Suppe, so waren sie gekräftigt für den Fußmarsch nach Rakowen, er würde kaum länger als zwei Stunden dauern, und da ihnen endlich die Angst genommen war, kamen sie gut voran. Gertrud schob den Kinderwagen, Mala und Stefan trugen die Bündel mit den Decken. Bald bogen sie von der Hauptstraße ab und folgten einem Landweg, bis sie Rakowen, das gepriesene Dorf, und den See im Tal liegen sahen.

Mit einemmal stürmten die Kirchenglocken aus allen Himmelsrichtungen. Die Wanderer blieben stehen und rasteten dann auf einem umgestürzten Baum, der am Rande des Weges lag.

Gertrud sagte: Die helle, die lauteste kenn ich. Das muß die Glocke von Rakowen sein.

Warum wird geläutet? wollte Mala wissen.

Es ist Frieden, meinte Gertrud. Von heute an schießt keiner mehr, und keiner braucht zu sterben. Ich glaube, heute läuten überall in der Welt die Glocken. Die Leute werden auf die Straße gehen, in Moskau, in London und in Paris und in Amerika. Sie werden sich in die Arme fallen vor lauter Freude und feiern.

Stefan fragte: Und wir?

Wir schämen uns, sagte Gertrud. Wir müssen den Kopf senken, wenn alle Welt sich freut.

Ich schäme mich nicht, sagte der Junge und meinte, wenn jetzt Frieden wäre, könne man nach seiner Mutter suchen.

Gertrud war betroffen. Der Junge hatte niemals davon gesprochen, was vorgefallen war, ehe ihn Gertrud aus Krakau hatte mitnehmen müssen, um die Papiere für Mala zu erhalten. Sie nahm den Stefan in den Arm und sagte: Wir werden sie finden.

Und dann machten sie sich wieder auf den Weg und kamen endlich nach Rakowen, in das Dorf, von dem Gertrud erzählt hatte, dort gebe es viele alte Bäume und alte Häuser, es sei das schönste Dorf in der Welt und hier würden sie zu Hause sein.

Mala fragte: Wo steht das weiße Schloß?

Dort hinter den Mauern.

Es erschien den Kindern grau und wenig märchenhaft, aber der Buchenwald hinter der Ortschaft leuchtete frühlingsgrün unter dem Himmel, und im Gärtchen vor der Hütte der alten Habersaat blühten überschäumend die Forsythien.

Als Stefan die Gartenpforte öffnen wollte, fiel der morsche Pfosten um. Die alte Habersaat öffnete ärgerlich die Tür und wollte mit dem Jungen zanken, aber dann erkannte sie in der Frau mit dem Kinderwagen ihre leibhaftige Tochter und lachte. Sie wußte gleich, wer Mala war, musterte den Jungen und blickte erstaunt in den Kinderwagen.

Gertrud sagte: Die gehören alle zu mir.

Die Alte stieß die Haustür auf. Kommt rein.

Der Bürgermeister

Rakowen lag, kaum zehn Kilometer von der Kreisstadt Gudweiden entfernt, abseits der großen Straße. Die Russen hatten bei ihrem Vormarsch keinen Widerstand gefunden oder waren an dem Nest vorbeigestürmt, jedenfalls war es unzerstört geblieben. Das Schloß protzte mit seinen Tudorfassaden wie eh und je hinter den Bäumen des Parkes, und die Gehöfte der Bauern, die Hütten der Tagelöhner waren zwar ein wenig unansehnlicher geworden nach den Jahren des Krieges, säumten aber die Dorfstraße unversehrt.

Das sah Willi Heyer mit Genugtuung. Ausgerechnet er war von der provisorischen Verwaltung zum Oberhaupt dieses Dorfes mit einem Grafensitz eingesetzt worden und hatte sich wie ein Wanderer auf den Weg nach Rakowen gemacht. Der Mann wirkte abgezehrt und älter, als er wirklich war. An seinem Rucksack trug er schwer und war wegen der beinahe sommerlichen Hitze in Schweiß geraten, deshalb hatte er den schäbigen Filzhut aus der Stirn geschoben.

So zog er ins Dorf ein und überlegte gerade, wem er sein Bestallungsschreiben vorweisen sollte, als er einen alten Mann erblickte, der auf einer Leiter stand, die war an die verbretterte Wand einer Scheune gelehnt. Der Mann kam ihm bekannt vor, aber auch die Örtlichkeit. Hatte sich nicht an dieser Scheunenwand ein Arbeitsdienstführer den Spaß gemacht und ihn gezwungen, die verdammte Hakenkreuzfahne am Giebel des Gebäudes zu hissen? Das war zu Erntedank neunundreißig geschehen, anläßlich der Jubelfeier des Sieges über Polen. Heyer erinnerte sich genau. Er hatte in seinem Leben manch bittere Erfahrung machen müssen, aber die Demütigung in Rakowen nicht vergessen, nicht die Redensarten dieses Nazimenschen: Sie sind ganz schnell wieder im KZ, wenn Sie der Fahne den Respekt verweigern, und nicht den Hohn: Deutschland gewinnt eine Welt, und Stalin hat Leute wie dich in den Arsch getreten, der ist mit uns verbündet. Dieser Nazi, so wurde ihm damals erzählt, hatte sich bald nach Polen aufgemacht, um Land zu nehmen. Wahrscheinlich war er längst verdorben und gestorben. Er, Heyer, war in eins der Konzentrationslager in Polen gesperrt worden, hatte aber überlebt, auch die schwere Zeit bei den Partisanen, die von der SS gnadenlos gejagt wurden, und zuletzt auch das Mißtrauen der Russen überstanden, zu denen er übergelaufen war. Sie hatten ihn eingesperrt und Tag und Nacht verhört, bis sie endlich glaubten, daß er ein Hitlergegner war.

Grüß dich, Alter. Heyer lüpfte den Hut.

Grüß dich, antwortete der alte Mann auf der Leiter. Er hielt Hammer und Stemmeisen in den Fäusten und wollte offenbar Bretter von der Verschalung der Scheune reißen. Jetzt versuchte er einen Witz. Wie gut, daß man nicht mehr Heil Hitler! sagen muß. Ich hätte die Hand gar nicht frei für den deutschen Gruß.

Was tust du da? fragte Heyer.

Ich mache kaputt, was noch ganz ist.

Warum?

Rakowen ist von Menschen überfüllt, sagte der Alte, zu viele sterben, Greise und Kinder, es gibt kein Holz für die Särge. Wozu, frage ich, braucht man Ställe, wenn es kein Vieh gibt? Die großen Herden sind von den Russen fortgetrieben worden. Wozu sind Scheunenbretter gut? Gut für Totenkisten, sag ich. Also mach ich kaputt, was noch ganz ist, damit es was nützt. Und was machst du?

Ich bin der neue Bürgermeister von Rakowen, und deine Philosophie gefällt mir nicht. Komm doch mal runter, Mann.

Tatsächlich, der Alte tastete sich zu Boden. Die Männer reichten sich die Hand.

Ich heiße Leitkow und war mal Gespannführer und Stellmacher hier auf dem Leßtorffhof.

Auch der andere stellte sich vor.

Heyer, grübelte Leitkow, Heyer? der Name sagt mir wenig. Trotzdem kommst du mir bekannt vor. Laß mich raten: Du warst unter den Leuten, die auf den Dörfern gegen Hitler agitiert hatten?

Heyer nickte. Auch Erntedank neununddreißig bin ich hier gewesen, als der Dreschkasten streikte.

Jetzt erinnere ich mich, meinte Leitkow. Du hast mich nach den Pirschsteigen ausgefragt. Wenig später ist ein Gefangenentransport überfallen worden, in der Chausseekurve hinter Rakowen. Der bist du also.

Ich bin Willi Heyer.

Du wirst es schwer haben, Bürgermeister.

Vielleicht kannst du mir ein bißchen helfen?

Wie denn?

Ich muß das Vertrauen der Leute gewinnen, sagte Heyer, dazu brauch ich Verbündete.

Laß mich in Ruhe, sagte Leitkow. Ich bin zu alt.

Aber der Pfarrer ist gewiß ein guter Mann.

Wir haben keinen, seit uns der alte weggestorben ist. Aber vor einiger Zeit kam mit den Bombenflüchtlingen ein Fräulein ins Dorf, das wohnt im Pfarrhaus, liest ab und zu mal was aus der Bibel vor oder spricht ein paar Worte, wenn einer beerdigt werden muß, und läßt dazu die Glocke ziehn, damit es feierlich wird. Das Fräulein ersetzt uns den Pastor.

Vielleicht schau ich vorbei, sagte Heyer.

Das mußt du wohl. Sie verwahrt den Schlüssel zum Gemeindebüro, das ist in einem der Katen untergebracht, dort hinten.

Sei bedankt, meinte Heyer, du hast mir geholfen. Und nun bleib auf der Erde, wenn ich bitten darf. Laß die Scheune heil. Ich will versuchen, genügend Bretter heranzuschaffen.

Da hast du dir aber viel vorgenommen, Bürgermeister.

Das Pfarrhaus war leicht zu finden, ein behäbiger Fachwerkbau in Nachbarschaft zur Kirche, behütet von einem gewaltigen Gaubendach und umringt von unordentlich zusammengehämmerten Karnickelställen oder Bretterbuden, ein Zeichen, daß sich Flüchtlingsfamilien in der Pfarre einquartiert hatten. Im Garten zankten sich die Kinder.

Heyer fragte nach dem Fräulein. Die Kinder zeigten auf einen Nebeneingang. Er mußte an einem Porzellangriff zerren, bis im Hause eine Glocke scheppterte. Bald hörte er Schritte auf den Dielen, die Tür kreischte ein wenig in der Angel, und dann stand es vor ihm, ein spätes Mädchen, gut fünfzig hatte es gewiß schon auf dem Buckel, eine mollige Person mit rundlichem Gesicht und einer viel zu dicken Nase, die auf Charakterstärke schließen ließ. Sie blickte den Fremden aus guten grauen Augen an. Offenbar hielt sie ihn für einen Mann auf Hamstertour, denn sie sagte: Ich schenke jedem, der klingelt, zwei oder drei Kartoffeln. Ihnen würde ich vier geben.

Zu gütig, sagte Heyer, aber ich besitze weder Küche noch Herd und bin im Augenblick obdachlos. Ich bin der neue Bürgermeister und habe erfahren, daß Sie den Schlüssel zum Gemeindehaus verwalten.

Das Fräulein nickte. Manchmal muß ich nach dem Rechten sehn. Bitte treten Sie doch ein, Herr Bürgermeister.

Er folgte der Einladung und stellte fest, daß es im Haus schimmlig roch, das Fräulein selber aber nach Lavendel. Er nannte seinen Namen und freute sich, als sie verriet, daß sie Wirsing heiße. Das hört sich doch köstlich an.

Fräulein Wirsing eilte trotz ihrer Fülle leichtfüßig über die Dielen und öffnete ihm die Tür zum Gemeindesaal. Sonntags, sagte sie, bei meiner Bibelstunde, hab ich volles Haus. In der Kirche ist es noch kalt. Sie sind herzlich willkommen.

Er hob lachend die Hände. Ich würde lieber zu einem Tee geladen werden, falls Sie heißes Wasser auf dem Herde haben. Vielleicht kann man sich ein wenig unterhalten.

Ohne weiteres. Sie ging ihm zur Küche voraus, die war noch mit einer Rauchhaube ausgestattet und altväterisch eingerichtet.

Bitte, nehmen Sie Platz.

Es dauerte nicht lange, bis sich der Mann mit einem guten Tee erfrischen konnte und mit ein paar Kartoffelpuffern bewirtet wurde, die das Fräulein mit Pflaumenmus reichte. Kein Wunder, daß er die Wirsing sympathisch fand. Sie stammte aus der fernen Pfalz, wie sie plaudernd verriet, war streng katholisch erzogen und als Bombenflüchtling durch puren Zufall in das protestantische Pfarrhaus von Rakowen geraten. In Tagen wie diesen, erzählte sie, komme es nicht auf das Trennende an, sondern auf das, was Gläubige verbinde. Es habe ihr nichts ausgemacht, den Notdienst in der protestantischen Kirche zu versehen.

Wenn doch viele über ihren Schatten springen könnten.

Da fragte Fräulein Wirsing geradezu nach seiner Konfession.

Ohne, meinte Heyer und kratzte sich am Halse.

Sie fragte atemlos: Etwa Kommunist?

So ist es.

Nach dieser Antwort brauchte Fräulein Wirsing ein Weilchen, bis sie es wagte, eine zweite Tasse Tee nachzuschenken.

Heyer sagte: Ich bin ein Linker, aber ich kann wie Sie auf die Bergpredigt schwören: Selig sind, die da hungert und dürstet nach Gerechtigkeit, denn sie sollen satt werden. Mich dürstet und hungert sehr danach, Fräulein Wirsing, deshalb würde es mich freuen, wenn Sie mich in Ihrem ökumenischen Zirkel akzeptieren könnten.

Dann fragte er noch, ob sie mit einer Schreibmaschine umgehen könne.

Sie nickte und war nicht in der Lage, sich gegen die Vitalität dieses Mannes zu stemmen, und errötete wie eine Braut, als Heyer sie zu seiner Mitarbeiterin machte, ehe er das Pfarrhaus verließ.

Fräulein Wirsing rekrutierte aus ihren Kirchenkreisen ein halbes Dutzend Frauen, die halfen, Heyers Dienstzimmer zu scheuern und die Amtsräume wohnlich herzurichten, aber auch Kammer und Küche, die der Bürgermeister bewohnen sollte. Das Führerbild mußte entfernt und die Wände sollten gemalert werden, und zuletzt hängten die Damen zarte Gardinen auf, Erbstüll, wie sie sagten, den hatten sie im Pfarrhaus gefunden, und so nahm denn Willi Heyer bald guten Mutes und gewissermaßen auch mit Gottes Hilfe die Dienstgeschäfte auf.

Bei der Vorbereitung zu den ersten Amtshandlungen gab es gewisse Verständigungsschwierigkeiten. Fräulein Wirsing saß am Fenster, über die klapprige Schreibmaschine gebeugt, und Heyer diktierte. Er schritt auf der Dielung hin und her, um seine Formulierungskunst durch körperliche Bewegung anzuregen.

Punkt, Absatz.

Fräulein Wirsing wiederholte, und Heyer erläuterte. Das wird ein Flugblatt, verstehst du? Du wirst eins am Spritzenhaus anpinnen, das Portal der Kirche nicht vergessen, auch Luther hat seine Thesen an das Kirchentor geschlagen, und je eines in jeden Bauernhof des Dorfes tragen. Schönen Gruß vom Bürgermeister, und da hätten sie es noch mal schriftlich, was ich in der Versammlung gesagte habe, zum Merken. Und nun weiter im Text.

Wir sind der Meinung, daß der deutsche Bauer gemeinsam mit dem deutschen Arbeiter gegen die Not kämpfen muß, die von den Nationalsozialisten verschuldet wurde. Es wird ein Ablieferungssoll festgesetzt, das nicht zu hoch ist ... Hast du das?

Fräulein Wirsing nickte, und der Bürgermeister fuhr fort. Bei guter Arbeit wird dem Bauern ein Überschuß verbleiben ...

Fräulein Wirsing unterbrach ihn kirchernd: Überschuß – früher hat meine Mutter sechs Eier in den Rührkuchen gemacht und ein ganzes Stück Butter. Wenn Sie erlauben, schreibe ich, daß ein Rest bleiben wird.

Rest klingt nach viel zuwenig, sagte Heyer. Wir bleiben beim Überschuß, über den der Bauer frei verfügen kann.

Es wird sowieso alles nach Berlin verschoben, meinte die Wirsing.

Aber Heyer erhob seine Stimme: Wir haben Vertrauen zu den Bauern, daß sie alles tun werden, um die Versorgungslage der Bevölkerung zu verbessern, ohne daß wir zu Zwangsmaßnahmen greifen müssen.

Zwangsmaßnahmen, wiederholte das Fräulein und tat, als sträubten sich ihre Finger.

Es wird nicht hell, sagte Heyer. Soll ich Licht machen?

Ich schreibe blind.

Aber falsch, bemängelte Heyer, der sich über das Geschriebene gebeugt hatte. Du schreibst ja National mit z.

Ich dachte, weil das von Nazi kommt.

Heyer lachte. Und Kommunist würde ich mit zwei m schreiben, mindestens.

Die Wirsing hantierte mürrisch mit dem Radiergummi. Sie haben auch nicht den feinsten Humor.

Ich bin überhaupt kein Feiner. Wo waren wir stehengeblieben?

Bei Zwangsmaßnahmen, sprach Fräulein Wirsing pikiert.

Mensch, wenn ich mit all diesen Nazis im Dorf umspringen könnte, wie ich wollte ... Er hielt den Kopf schief und grübelte, ob er ein milderes Wort finden könnte, und formulierte: ohne daß wir besondere Schritte ...

... ergreifen müssen, half ihm Fräulein Wirsing weiter.

Richtig, meinte der Bürgermeister, wir versuchen es noch mal im guten. Fehlt nur noch der Namenszug und der Stempel.

Fräulein Wirsing ordnete weiße Bögen und Blaupapier, um das Dekret des Bürgermeisters zu vervielfältigen, als heftig gegen die Tür gepocht wurde und eine junge Frau ins Amtszimmer stürmte, ohne daß man sie hereingerufen hätte.

Es war Gertrud Kalluweit, sie vergaß zu grüßen und starrte verblüfft auf den Bürgermeister, weil ihr nicht einfallen wollte, wo sie diesem Menschen schon einmal begegnet war. Aber Heyer erinnerte sich im Augenblick an die damalige Herrin des Leßtorffhofes, die lächelnd das Gebiß entblößt hatte, als sie ihn bat, die Hakenkreuzfahne am Stallgiebel zu hissen.

Er sprach verweisend: Tag erst mal.

Gertrud nickte und sagte: Das Kind von Ragutzki ist heute gestorben, das dritte Kind in einer Woche, alles Flüchtlinge. Mein Junge hat kaum noch Kraft zum Greinen. Ich muß den Doktor haben, Bürgermeister, ich brauch den Doktor.

Den hab ich heranholen lassen, versicherte Heyer und rückte der aufgeregten Frau einen Stuhl zurecht. Er wird schon im Dorf sein. Bald werden wir wissen, was los ist. Wahrscheinlich grassiert so eine verdammte Seuche.

Seuche? wiederholte Gertrud höhnisch. Hunger, Bürgermeister. Was tun Sie dagegen?

Was ich kann.

Das ist zuwenig.

Fräulein Wirsing verteidigte ihren Bürgermeister und zeigte ein paar Blätter her: Gerade haben wir einen Aufruf verfaßt wegen gegenseitiger Hilfe undsoweiter.

Wenn ich das schon höre.

Heyer fuhr der aufgebrachten Frau in die Parade. Ich habe das Unglück der Leute nicht gemacht, ich habe während der Nazizeit im KZ gesessen und bin kein Wundertäter, der im Handumdrehen mit dem Unglück fertig werden kann. Ich würde auf der Stelle mit dem lieben Gott paktieren, wenn er mir jemanden schicken könnte, der in der Lage ist, fünftausend Leute satt zu machen mit einem Brot und einer Handvoll Heringen. Da können wir lange warten. Wir müssen gemeinsam dem Elend zu Leibe rücken, die Arbeiter und die Bauern.

Gertrud antwortete mit gleicher Heftigkeit: Mich interessiert, wer mir Milch und weißes Mehl verschafft, mit dem werde ich paktieren, Bürgermeister, und wenn's der Teufel selber wäre, und ließ sich nicht unterbrechen, als der Arzt, ein alter Mann, das Amtszimmer betrat und von Heyer auf einen Stuhl gewinkt wurde. Sie mußte sich die Erbitterung von der Seele reden.

Ich bin mit meinen Kindern durch den verfluchten Krieg gekommen, durch all das Grauen, bis in dieses Dorf. Es kann doch nicht sein, daß mir jetzt die Kinder verrecken sollen, neben der Mühle und zwischen den Bauernhöfen, wo's Mehl und Milch gibt. Es kann doch nicht sein, daß Sie Aufrufe verfassen, wenn Leute sterben. Tun Sie was Besseres.

Heyer war abgestoßen von der Schärfe, mit der ihn die Frau attackierte. Er kehrte ihr der Rücken und wendete sich an den Arzt. Doktor, warum sterben so viele Leute in Rakowen?

Es ist so einfach und so schlimm, wie die Frau sagt. Gewöhnlicher Hunger, Unterernährung, Entkräftung. Es ist zu lange Krieg gewesen. Natürlich kann ich Ihnen ein paar Medikamente aufschreiben. Sie müssen mehr Milch besorgen, besseres Mehl, besseres Brot, wenigstens für die Kranken.

Gertrud erhob sich und trat vor den Arzt. Bitte kommen Sie mit mir, Doktor, sehen Sie sich meinen Jungen an.

Der alte Mann nahm seine Tasche auf und folgte der Frau, die das Amtszimmer grußlos verließ.

Heyer saß hinter seinem Schreibtisch, Ellenbogen aufgestützt, Kopf in den Händen vergraben, bis er beide Fäuste so kräftig auf die Platte drosch, daß Fräulein Wirsing erschrocken in die Höhe sprang. Heyer sah sie böse an und fauchte: Schaff mir die großen Bauern heran!

Sie sind bestellt, sagte das Fräulein eingeschüchtert. Der Müller sitzt schon draußen.

Her mit dem Kerl!

Fräulein Wirsing beeilte sich und führte einen jungen Mann von etwa dreißig Jahren herein, der ängstlich den Hut in den Händen drehte, ja sogar ein wenig dienerte, als säße der Patron von einst noch auf dem Amtsstuhl und nicht der Schlosser Willi Heyer. Als er sah, daß sich der Bürgermeister ein Stückchen rosa Durchschlagpapier zurechtriß und mit Tabak bekrümelte, zog der Müller eilfertig eine Schachtel Zigaretten aus der Tasche und bot eine davon an.

Heyer griff augenblicklich zu. Aha, 'ne Aktive. Er ließ sich Feuer geben und inhalierte genußvoll. Schließlich sagte er: Ich nehme an, Sie haben auch sonst noch gewisse Reserven, Herr

Müllermeister, aufs Gramm genau kann nicht gemahlen werden. Ich denke, mit ein bißchen gutem Willen könnten Sie ein paar Kilo Mehl zusammenfegen für meine Gemeinde.

Der Müller verwahrte sich: Nichts, ich mahl nur noch Dreck. Ich setze zu. Allerdings, er beugte sich vor, um Heyer ganz nahe zu sein, und raunte: Für Sie persönlich hätte ich immer ein Tütchen Mehl parat.

Heyer schien bester Laune, als er sagte: Ich komme auf das Angebot zurück, schon heute abend, und verabschiedete den Müller, der machte ein Gesicht, als hätte er soeben einen Sieg errungen.

Jetzt stellte Fräulein Wirsing weitere Sitzgelegenheiten vor dem Schreibtisch des Bürgermeisters auf und ließ drei nicht mehr junge Männer ein, die so bescheiden gekleidet waren, daß man sie für Knechte halten konnte, denen die Zeit gefehlt hatte, das Arbeitszeug zu wechseln. Es waren aber die wohlhabendsten Bauern von Rakowen, Hänsel und Frenzel und ein gewisser Heinemann, und wir haben sie mit ihren aufgeputzten Frauen schon an der Tafel des Leßtorffhofes gesehen, damals, als Gertrud Habersaat mit dem Emil Kalluweit Hochzeit feierte, ein rauschendes Fest.

Heyer sah die Leute zum ersten Mal, sie mißfielen ihm, und die Bauern verdroß es, daß sie zur Mittagszeit einbestellt worden waren.

Heinemann, der älteste von ihnen, sagte ärgerlich: Sie haben uns vom Essen aufscheuchen lassen. Was ist der Grund, Herr Bürgermeister?

Im Dorf wird gehungert. Ich habe mich kundig gemacht, bei Leßtorff ist die Herde fortgetrieben worden, aber ich weiß, daß bei euch noch Vieh in den Ställen steht. Ihr müßt mir helfen, ich brauche Milch und Mehl für die Hungernden.

Die Bauern sahen sich an, zwei von ihnen lehnten sich trotzig im Stuhl zurück, und der dritte, Hänsel, der gut durch den Krieg gekommen und erstaunlich beleibt war, faltete die Hände vor dem Bauch und sagte: Wir haben doch selber nichts.

Heyer sprach mit finsterem Gesicht: Ihr wollt mir nicht helfen.

Wie jedermann wußte, war der Bürgermeister ein Laie auf dem Gebiet von Ackerbau und Viehzucht, und Hänsel versuchte, die Lage der Bauernschaft zu erläutern. Man kann einem nackten Mann nicht in die Tasche greifen. Auf meinem Hof sind zwei lumpige Kühe geblieben, alle anderen haben die Russen geholt. Mein Nachbar Frenzel besitzt auch nicht mehr, und Heinemann hat noch drei. Aber das verdammte Viehzeug melkt ja nichts. Die Russen schleppen uns das Futter weg, und eine Kuh melkt nun einmal, wie jeder Fachmann weiß, nur durch den Hals.

Wieviel ist das?

Zwei, drei Literchen, behauptete Heinemann.

Das kann nicht wahr sein, meinte Heyer, aber dieser Heinemann versicherte mit treuherzigem Gesicht, Gott sei sein Zeuge.

Das will ich schriftlich haben, brüllte Heyer. Er wies das Fräulein Wirsing an, neue Bögen einzuspannen, die Blätter mit Namen und Datum zu versehen und mit folgender Erklärung: Ich, der Landwirt Hänsel, Frenzel oder Heinemann aus Rakowen, versichere, daß meine Kühe wegen mangelhafter Futterlage nur noch zwei bis drei Liter Milch am Tage geben können.

Das war im Nu geschehen. Bitte, meine Herren, ich brauche nur noch Ihren Namenszug.

Die Bauern unterschrieben achselzuckend und verstanden nicht, was der Bürgermeister bezweckte.

Sie können gehen, meine Herren. Hoffentlich haben Ihre Frauen das Essen warm gehalten. Guten Appetit! Er blickte den Bauern nach, bis sie das Dienstzimmer verlassen hatten, dann sagte er: Die sollen mich kennenlernen.

Er bat das Fräulein, noch ein paar Briefe zu schreiben, und bestätigte den Landwirten von Amts wegen, sie hätten glaubhaft versichert, daß sie wegen Futtermangels ihre Milchkühe nicht ordentlich versorgen könnten, deshalb müßten dieselben vorübergehend in Treuhandschaft der Gemeinde übernommen werden.

Wenn das mal gutgeht, sprach Fräulein Wirsing, und der Bürgermeister ließ sie einen Nachsatz schreiben: Diese Urkunde berechtigt Sie zum Empfang von zwei Litern Milch pro Kuh.

Schließlich versah er die Dokumente mit seiner Unterschrift und drückte ihnen den Stempel auf. Er grinste. Kann keiner was sagen. Jeder kriegt von seiner Kuh, was er angegeben hat, nicht einen Tropfen mehr, der Rest, zwei Kannen, schätze ich, für die Kinder.

Zuletzt warf er der Wirsing eine rote Armbinde zu und sagte: Wir schreiten jetzt zur Verhaftung der Großbauernkühe. Du überwachst das Melken und wirst die Listen führen, ich versuche bei den Sowjets Futter zu organisieren. Ab!

Fräulein Wirsing nestelte an ihrer Armbinde und fragte unglücklich: Wird man mich denn ästimieren?

Mensch, sei stolz, du bist jetzt Volkskontrolle.

Fräulein Wirsing schluckte. Ist das die Revolution?

So was Ähnliches, meinte der Bürgermeister.

Der Erbe des Hofes

Der Leßtorffhof zeigte sich noch immer als das stattlichste Anwesen im Dorf. Er war bis zum Frühjahr fünfundvierzig bewirtschaftet worden, so gut es eben ging. Die Zahl des angestammten Gesindes hatte sich während des Krieges verkleinert, aber dann waren die Baracken des Reichsarbeitsdienstes geräumt und zu einem Lager für polnische Arbeiter umgebaut worden. Dort hausten bald an die hundert junge Männer und Frauen, die man frühmorgens zur Arbeit trieb und nach dem Tagwerk wieder einsperrte. Sie mußten zum Zeichen ihrer undeutschen Herkunft einen gelben Fleck mit dem Buchstaben P auf der Kleidung tragen und ihre Arbeitskraft »zu kleinstem Preis verkaufen«, wie das der Generalgouverneur Doktor Hans Frank neunzehnhundertneununddreißig während des Festes auf Adlig Rakowen versprochen hatte. Freilich war keiner aus freien Stücken ins Land gekommen, sondern zwangsweise verpflichtet worden, ein reichliches Dutzend von ihnen diente auf dem Leßtorffhof.

Durch Vermittlung der Gräfin Palvner auf Rakowen war die alte Leßtorffbäuerin zu einem Verwalter gekommen, einem SS-Offizier namens Eberlein, der im Felde schwer verwundet, aber immer noch imstande war, ein Häuflein von Fremdarbeitern zu kommandieren. Er respektierte den Willen der Bäuerin, die sich endlich wieder wichtig nehmen durfte und dem Inspektor geraten hatte, mit dem Personal umzugehen, wie man es seit Generationen gewohnt war. Obwohl des Krieges wegen längst zu Zwangsabgaben verpflichtet, sei der Hof immer noch reich genug, die Leute gut zu verpflegen. So hatte es die Herrin verlangt, und vielleicht war dies der Grund, daß es nicht, wie auf anderen Gütern, zu Gewalttätigkeiten kam, niemand wurde übermäßig schikaniert oder gar geschlagen, trotzdem hatten die Zwangsarbeiter am Tage ihrer Befreiung den Inspektor derart verprügelt, daß er unverzüglich das Weite suchte.

Eine Zeitlang war es auf dem Leßtorffhof drunter und drüber gegangen, die alte Frau konnte sich des Gelichters nicht erwehren, das sie am hellen Tage belästigte und bestahl. Die Plünderer nahmen ihr Schafe und Hühner weg und lachten, wenn die Alte am offenen Fenster stand, mit dem Stock herumfuchtelte und Schande! Schande! schrie. So war sie es beinahe zufrieden, als endlich die Russen kamen.

Die Gräfin Palvner erschien, um die Leßtorffbäuerin aufs Schloß zu holen. Sie hatte, wie sie versicherte, ein Kommando sehr netter sowjetischer Offiziere im Quartier, die alte Frau wäre unter ihrem Schutz gewesen, aber die stolze Bäuerin weigerte sich, den Hof zu verlassen, und hatte am Ende nur noch Irma, die kleine Magd, als Hilfe. Das war auch keine reine Freude, das Mädchen war längst erwachsen, aber immer noch so aufsässig und frech wie zur Zeit ihrer Einsegnung.

Frau Leßtorff wartete ungeduldig auf die Heimkehr ihres Sohnes, und als er eines Tages wieder vor ihr stand, empfand sie es als Gnade des Herrn und seinen Fingerzeig, daß sich die Verhältnisse wieder zum Guten wenden würden.

Trotz ihrer Behinderung war sie dem Sohn bis ins Schlafzimmer gefolgt und hatte ihm Wäsche zurechtgelegt, während er nebenan ein Bad genoß. Jetzt sah sie ihm zu, wie er im Schrank nach schlichten Kleidungsstücken suchte, um sich vom Offizier in einen Bauern zu verwandeln. Er war abgemagert, aber immer noch ein schöner Kerl.

Sie sagte: Wie schmal du bist, wie elend, mein Junge. Du wirst erschöpft sein, und ich habe niemanden zu deiner Bedienung.

Er lachte. Du siehst doch, daß ich meinen Kram alleine finde.

Es hat sich viel geändert auf dem Hof, die Ställe sind leer, die Scheuer halb zerstört. Und das Haus? Alles muß ich unter

Verschluß halten, das Haus ist eine Kaserne, vollgestopft mit Fremden bis unter das Dach, mit Flüchtlingen, die nichts mitgebracht haben außer einem Bündel Lumpen.

Wie ich.

Die Alte sagte: Wie lange hab ich gewartet, mein Junge. Hoffentlich kannst du bleiben, so mancher muß sich ja heutzutage verstecken.

Leßtorff schüttelte den Kopf. Wer bin ich schon gewesen? Ein Offizier wie zehntausend andere auch, und wer weiß schon, daß ich ein paar Jahre beim Reichsnährstand in Krakau gewesen bin.

Die Gräfin, antwortete die alte Frau, die Habersaat.

Die werden schweigen. Wie geht es der Gräfin?

Die gibt sich volkstümlich, läuft in Männerhosen durch das Dorf, buntes Sporthemd, Kopftuch.

Und Gertrud?

Zurück mit drei Bälgern.

Mit dreien?

Mag der Teufel wissen, wo sie die Kinder aufgelesen hat, meinte Frau Leßtorff. Sie redet ja nicht.

Für gewöhnlich wurde die gute Stube nur an den hohen Feiertagen benutzt, aber der Sohn war heimgekehrt, für die alte Bäuerin war das ein festlicher Anlaß. Sie hatte die kleine Magd angewiesen, die Abendbrottafel im schönsten Raum des Hauses zu decken. Das Mädchen hielt mit beiden Händen ein Tablett und trat die Tür hinter sich mit dem Fuß ins Schloß, ehe es das Geschirr zurechtstellte. Irma hatte die Haare eingedreht, trug blecherne Wickler auf dem Kopf, so daß sie aussah wie von einem fremden Stern, und schwatzte über einen der zwangsweise eingewiesenen Untermieter, die Frau Leßtorff unter ihrem Dach dulden mußte.

Ach, ich muß immer noch lachen, der aus Schlesien, na, der Olle, dem man das Vaterunser durch die Backen blasen kann, wo die Frau auch so lahmt wie Sie, also der hat doch das Katzenvieh beim Wickel, wie ich die Kellertreppe hochkomme. Na, sag ich, Sie, soll das Tierchen etwa in den Topf? Dem trau ich nämlich alles zu. Da sagt der verächtlich: Mensch, 'ne Katze. Ich hab noch 'nen halben Hund im Salze. Das ist der Schäferhund von Hänsels, sag ich Ihnen. Vorige Woche wurde er geklaut.

Die alte Frau Leßtorff wischte eins der Kristallgläser aus, sie mißbilligte das Gerede ebenso wie die Aufmachung des Mädchens. Nimm die Dinger vom Kopf, wenn du in meine Stube trittst.

Ich will mich schön machen, meinte Irma, wo der junge Herr doch zurück ist. Die Bäuerin lamentierte: Wie oft hab ich dir gesagt, daß man die Tür nicht mit den Füßen zuschlägt.

Ich kann's ja mit dem Hintern machen.

Ich schmeiß dich raus, wenn du die Frechheiten nicht läßt, rief Frau Leßtorff. Es warten zehn andere auf deinen Posten.

Irma hob das Kinn. Ich hab mich sowieso die längste Zeit in diesem Hause dumm behandeln lassen.

Bei jeder anderen Herrschaft setzt es Ohrfeigen, wenn sich die Magd so aufführt wie du.

Irma lachte. Das ist vorbei. Jetzt kommt eine andere Zeit, sagt mein Verlobter. Den großen Bauern werden die Höfe weggenommen, damit sich die Flüchtlinge und die Knechte Land nehmen können.

Ach, scher dich hinaus, rief die alte Frau ärgerlich.

Irma nahm das leere Tablett und hob beleidigt ihren Kopf mit all den Lockenwicklern. Da sah sie den jungen Herrn in der Türe stehen, knickste und lächelte herzlich, als sie an ihm vorüberschritt.

Leßtorff sah ihr belustigt nach. Die Kleine mochte so alt sein, wie Gertrud gewesen war, damals, als er sie ins Bett geholt hatte.

Seine Mutter sagte: Ich werde nicht mehr fertig mit diesem Pack.

Du wirst anders mit ihnen umgehen müssen, Mutter. Deine Welt ist untergegangen.

Unsinn, mein Haus steht fest wie seit hundert Jahren. Die Ställe erheben sich, wie sie dein Großvater erbaut hat, der

Acker ist geblieben, es wird was drauf wachsen, sobald wieder vernünftig gewirtschaftet werden kann.

Mit wem denn? fragte der Sohn.

Das Haus ist voll hungriger Leute, die werden sich um Arbeit reißen für ein Butterbrot.

Leßtorff setzte sich zu Tisch. Es sind neue Kräfte an der Macht. Die Russen privilegieren Leute, denen wir nicht sympathisch sind.

Die alte Bäuerin schnitt mit einem scharfen Messer hauchdünne Scheiben vom Schinken und legte sie dem Sohn vor. Die anderen haben Sprüche, wir haben immer noch zu essen, das ist unsere Macht. Sie schob ihm den Brotkorb zu und freute sich, als sie sah, mit welchem Genuß er aß. Sie sagte: In Rakowen leben heute an die dreihundert Leute, ein Roter ist unter ihnen, ein einziger, und der ist hergeschickt worden, weil im Dorf keiner zu finden war. Ich bin alt, ich hab in meinem Leben eine Menge gesehen und erfahren, auch eine Revolution in Deutschland. Du lieber Gott, das hat damals ausgesehen, als sollte unsre Welt in Trümmer fallen, nach ein paar Monaten ist der Spuk vorbei gewesen. Freilich nicht von selbst, damals nach dem ersten Krieg haben sich die Bauernsöhne, die Frontoffiziere nicht unterkriegen lassen.

Leßtorff legte Messer und Gabel nieder und nahm die Serviette zur Hand, um sich den Mund zu wischen. Er sagte: Du hast keine Ahnung, was in diesem Krieg vorgegangen ist. Hitler hat uns Berge von Schuld aufgeladen, ich kann es bezeugen, und ich sage dir, nach dieser Niederlage kann kein Deutscher dem Gegner die Hand hinreichen wie nach einem verlorenen Tennismatch. Hat sich mancher so vorgestellt, Handschlag, Strich unter die Rechnung und dann gemeinsam gegen die Bolschewiken. Von wegen, die sind sich alle einig.

Was kümmert dich die Welt, meinte die Mutter. Du hast den Hof. Ich bin müde bis auf den Tod. Jetzt mußt du die Verantwortung übernehmen, mein Junge.

Das hab ich doch längst.

Frau Leßtorff schüttelte ganz wenig den Kopf. Du hast bis

jetzt nicht gewußt, was das wirklich bedeutet, Herr sein auf einem solchen Hof. Du hast gelebt, du hast genossen, du bist dem Glück nachgerannt, Weiber, silberne Litzen, Abenteuer. Du bist ein hübscher Junge, und dir ist das alles leicht geworden, aber es hat dir am Ende nichts eingebracht. Ich hab anders gelebt, kaum Liebe gehabt, keine Zärtlichkeit, und jede meiner Mägde hatte mehr Vergnügen als ich, aber ich wußte, wir sind Bauern und es ist nicht unsere Art. Der Hof ist meine Liebe gewesen, Respekt der Leute mein bißchen Vergnügen. Mir hat nichts gefehlt. Sonntags, wenn ich mit deinem Vater zur Kirche gefahren bin, wenn ich die Stufen zum Friedhof raufgeschritten kam und die Leute haben den Hut gezogen, wenn ich im Kirchenstuhl der Familie gesessen hab, angestarrt von der ganzen Gemeinde, die größte Bäuerin in Rakowen, dann wußte ich, daß ich stolz sein darf. Der Stolz ist mein Glück gewesen, der Stolz, daß die Leßtorffs wie Könige waren, unabhängig und niemandem zu Diensten.

Der Sohn zeigte sich wenig beeindruckt. Und gerade das hat mich angekotzt. Ja, entschuldige, Mutter, es hat mich angekotzt, daß ich mein Leben nach überlebten Idealen von deutschem Bauerntum einrichten sollte. Das ist ja alles nicht wahr.

Alle deine Leute, wie sie drüben auf dem Friedhof liegen, haben so gelebt, sprach die alte Frau eindringlich.

Aber Leßtorff entgegnete ohne Respekt: Karg und edel, bete und arbeite. Und nicht mal ein kleiner Versicherungsschwindel? Nicht mal ein armes Schwein übers Ohr gehauen, während der Inflation? Hör doch auf, Mutter, dein Königshof wäre vor die Hunde gegangen, hätten die Nazis nicht ihren Erbhofquatsch in Szene gesetzt und uns entschuldet. Das karge, einfache Leben, aufgewogen durch die Stunde des Kirchgangs, neunzehntes Jahrhundert. Nein, Mutter, das hat meine Kraft nicht gefordert. Ich habe mich ausleben wollen, ich habe eine Aufgabe gesucht.

Mutter und Sohn blickten sich an, getrennt durch die Länge des Tisches, an dessen Stirnseiten sie sich gegenübersaßen.

Die alte Frau sagte ärgerlich: Du hast dich diesen Leuten an den Hals geworfen, diesen hochgekommenen Habenichtsen, diesem Anstreicher.

Er hob die Schulter. Jeder kann sich irren. Ein ganzes Volk hat sich geirrt.

Was willst du tun?

Er sagte: Überleben. Ich will den Untergang überleben, Zeit gewinnen. Wir werden die russische Besatzung nicht ewig auf dem Halse haben, und einmal läßt sich in diesem Land vielleicht so etwas wie eine Demokratie einrichten, dann wird man mich brauchen. Bis dahin muß der Hof mein Stützpunkt sein, meine Festung in dieser Zeit der Unsicherheit. Man muß sich klug verhalten und mit den Wölfen heulen.

Du willst mit den Roten paktieren? rief die alte Frau empört.

Die sind mir genauso widerwärtig wie die anderen, sagte Leßtorff. Die Nazis und die Roten, eine Chose. Ich brauch bessere Partner.

Er stand auf, ergriff die Weinflasche und mußte die Längsseite des Tisches abschreiten, bis er bei seiner Mutter war, dann zog er sich einen Stuhl heran, schenkte ihr ein und füllte auch das eigene Glas. Beide stießen an.

Leßtorff sagte: Du meinst, das Haus sei eine Kaserne, vollgestopft mit Fremden. Wir werden uns noch ein bißchen einschränken und noch ein paar Zimmer räumen müssen. Wir werden die Gertrud mit ihren Kindern auf den Hof holen.

Die Alte verwahrte sich heftig. Dieses Weibsstück, das kann nicht dein Ernst sein.

Er redete leise und verschwörerisch. Ich hab ihr geholfen, ein jüdisches Kind zu retten, das ist meine Lebensversicherung.

Frau Leßtorff wiegte den Kopf. Sie heißt jetzt Kalluweit, sie wird nicht wollen, sie ist stolz.

Sie wird müssen, sie ist in Not. Und du, Mutter, wirst nett zu ihr sein und zärtlich wie zu einer Tochter. Vielleicht können wir etwas gutmachen.

Es war kalt in der guten Stube, die alte Frau fröstelte, sie raffte das Umschlagtuch am Halse enger. Wenn ich bloß wüßte, was du wirklich denkst.

Leßtorff antwortete erst nach einer Weile: Gertrud ist die einzige Frau, die ich wirklich geliebt habe. Weiß der Teufel, warum das so ist. Ich hänge noch immer an ihr.

Der Mann hatte sich mit den widersprüchlichsten Erlebnissen und Erfahrungen auseinandersetzen müssen, kaum daß er den Hof in Rakowen wieder in Besitz genommen hatte, und die wenigsten waren ihm angenehm. Später fragte er sich manchmal, ob das alles wirklich an einem einzigen Tag auf ihn eingestürmt war, der Schock, den Hof vom Vieh entblößt zu sehen, das unbelebte Stallgemäuer, die fremden Leute im Haus, der Streit mit seiner starrsinnigen Mutter, die Begegnung mit diesem widerlichen Kerl von der SS, der Besuch der Gräfin Palvner mit einem ganzen Gefolge, die Konfrontation mit dem neuen Bürgermeister und endlich der Gedanke an die Frau, die ihn mit Zärtlichkeiten trösten könnte.

Gertrud war im Bett seine gelehrige Schülerin gewesen und mit seinen Vorlieben vertraut. Er war hungrig nach Liebe, hatte monatelang keine Frau angefaßt und hätte sie gern wieder auf sich gezogen, damit sie ihm den Schweiß von der Brust lecken konnte. Und selbstverständlich sehnte sich der Mann in diesen wirren Zeiten nach Beistand und nach Partnerschaft. Was ist ein Mann allein?

Er wollte zu Gertrud gehen, aber plötzlich hatte dieser fremde Kerl in der Halle gestanden, sportlich gekleidet, Rucksack auf dem Buckel. Er zog den Hut und fragte: Hauptmann Leßtorff?

Lassen Sie den Hauptmann. Leßtorff nickte.

Ich bin Volkhardt Schneider, sagte der andere. Man hat mich an Sie verwiesen.

Wer?

Kameraden, sagte Schneider bedeutungsvoll und fuhr nach einer Pause fort: Wir sind uns auf dem Wawel begegnet, Herr Leßtorff. Sie waren ein großes Tier beim Reichsnährstand und ich nur ein kleines Licht vom Siedlungshauptamt der SS, an das Sie sich kaum erinnern werden. Aber ich, Herr Hauptmann, habe Sie im Gedächtnis.

Was wollen Sie?

Ich nehme an, Sie können einen kräftigen Knecht gebrauchen, meinte der andere. Ich habe einwandfreie Papiere und lege keinen Wert auf irgendwelche Geselligkeiten. Was ich suche, ist die Zurückgezogenheit dieses Hofes, frische Luft, gesunde Arbeit, na schön, nach Möglichkeit auch was Anständiges zu essen.

Leßtorff hatte den Fremden vor der guten Stube abfertigen wollen. Die Tür war noch halb geöffnet. Jetzt hörte er die Tischglocke und dann die Stimme seiner Mutter: Führ den Herrn herein!

Leßtorff deutete einladend auf die Tür, und Schneider trat ein.

Auf das Klingelzeichen war auch Irma erschienen. Frau Leßtorff verlangte nach einem neuen Gedeck, und als das Mädchen davonhuschte, verneigte sich Schneider.

Vielen Dank, gnädige Frau. Wissen Sie, es ist schön, in diesem Land wieder mal einen guten Menschen zu treffen. Was ist da alles kaputtgegangen, ich meine an inneren Werten, an Würde. Bekannte kennen einen nicht mehr, Freunde lassen sich verleugnen. Manchmal denke ich, armes Deutschland, du bist dir selbst dein größter Feind.

Leßtorff sah, daß seine Mutter zustimmend nickte und diesem Menschen gestattete, ihr wie ein Kavalier die Hand zu küssen. Sie lud ihn an den Tisch. Schneider nahm Platz und freute sich, als er die Aufschnittplatte erblickte.

Ach, ich darf wohl von dem Schinken ... Er schlang so gierig, daß er den Schluckauf bekam und sich lächelnd entschuldigen mußte.

Kaum war Schneider abgefüttert und das Geschirr davongetragen, drängten so viele Besucher ins Haus, daß es eng wurde in der Prunkstube der Leßtorffs, wo die alte Bäuerin hofhielt.

Die kleine Magd hatte die blechernen Wickel vom Kopf entfernt, aber keine Zeit gehabt, sich eine Frisur zurechtzuzupfen, und sah zum Fürchten aus. So stürzte sie in die Stube, reckte den Arm gegen die Türe und rief: Die Frau Gräfin Palvner auf Adlig Rakowen steht draußen. Darf sie herein?

Selbstverständlich, du dumme Gans.

Und schon hatte die schöne Frau ihren Auftritt. Sie war gekleidet, wie es die alte Frau Leßtorff beschrieben hatte, mit einem Holzfällerhemd und einer Männerhose, und bewegte sich mit einer Anmut, als trüge sie Pariser Modelle. Hinter ihr traten vier Männer mit ernster Miene ein und postierten sich wie eine Leibgarde.

Die Gräfin lächelte. Ich bin nicht allein, wie Sie sehen, Frau Leßtorff, sondern mit einem ganzen Troß gekommen wegen der ungeheuerlichen Vorfälle im Dorf. Unser neuer Bürgermeister spielt verrückt. Sie deutete auf Hänsel, Frenzel und Heinemann. Die Herren brauche ich nicht vorzustellen, honorige Bauern aus unserem Dorf. Und dieser Mann ist Doktor Schober, seit Jahren mein Rechtsanwalt.

Die alte Bäuerin lud die Gesellschaft mit großer Geste an den Tisch und bat den Sohn, ein paar Flaschen Wein zu holen.

So sahen sie sich wieder, Leßtorff und die Schloßgräfin von Rakowen.

Ach, Jürgen.

Hallo.

Die Männer drückten in der Wiedersehensfreude kräftig Jürgens Hand. Wie schön, daß du da bist, Unkraut vergeht nicht, und all diese Redensarten.

Frau Leßtorff verlangte bei Irma nach dem Salzgebäck.

Hat die Katze gefressen, meinte schnippisch die kleine Magd.

Dann Butterbrote.

Irma verdrehte die Augen: Als ob Sie mich an die Butter ließen.

Frau Leßtorff warf ihr den Speisekammerschlüssel zu und wendete sich mit leidender Miene an die Gräfin: Wenn Sie mir behilflich sein könnten? Sie sehen ja, was das für ein Trampel ist. Ein paar Gläser, dort aus dem Schrank. Sie dürfen getrost die Römer nehmen, mein Hochzeitsgeschenk vom Schloß.

Die Männer rückten schwatzend die hochlehnigen Stühle am Tisch zurecht. Bald war Jürgen Leßtorff mit dem Wein zurück und kam der Gräfin Palvner nahe, er half ihr, die Gläser aus dem Schrank zu holen und mit einem Tuch zu polieren.

Die Dame lächelte. Du siehst zum Verlieben aus.

Er sagte: Du gefällst mir auch.

Die Klamotten stehen mir, nicht wahr?

Sehr hübsch.

Laß dich bald wieder bei mir sehen, vielleicht anschließend.

Er meinte liebenswürdig: Von jetzt ab, Evchen, werden wir klugerweise getrennte Wege gehen.

Was soll das heißen?

Die Zeiten sind zu rauh für lyrische Romanzen.

Verstehe, zischte die Dame, es ist nicht mehr opportun, Gast auf Rakowen gewesen zu sein wie der Generalgouverneur.

Man wird ihn hängen, meinte Leßtorff und fragte: Wie machen sich die Putten?

Hübsch, sagte sie, hübsch, du Lump.

An der Tafel flogen die Gesprächsfetzen hin und zurück. Nein, sprach Doktor Schober, ich bin niemals in der Partei gewesen, deshalb ist meine Praxis überlaufen, aber falls einer von Ihnen juristischen Beistand braucht ... Und ein anderer: Wer weiß das heutzutage, und was kann deutsches Recht gegenüber der Russenwillkür bewirken? Und wieder ein anderer: Natürlich muß man mit Naturalien bezahlen, Speck ist Geld. Und Bauer Heinemann will wissen, ob Schneider ein Kriegskamerad von Jürgen gewesen ist. Division Großdeutschland, Elite, mein Lieber.

Endlich waren die Gläser gefüllt. Einer der Männer rief: Auf deine Heimkehr, Jürgen! Ein zweiter hob das Glas: Trinken wir auf die Gesundheit der Leßtorffbäuerin.

Aber die alte Frau wehrte mit einer Geste ab, sie richtete

sich kerzengrade an der Stirnseite des Tisches auf, und nun erhoben sich die Gäste. Da war es mit einemmal so feierlich wie in der Kirche, die Bäuerin griff zum Glas und blickte in die Runde. Trinken wir auf unsere Höfe, daß Gott sie erhalten möge.

Amen.

Tatsächlich hatte einer der Bauern amen gesagt, und für Augenblicke stand die Gesellschaft starr, als erwarte sie ein Zeichen des Herrn. Aus ihrem Schweigen sprach die Angst, die Russen könnten sich nach dem Kriege in Deutschland so verhalten, wie sie das im eignen Lande getan hatten, bei der Vertreibung der Kulaken vom angestammten Besitz. Aber waren sie jetzt nicht im Bunde mit alten Kulturnationen, den Engländern und Franzosen, und Partner der Amerikaner, also genötigt, sich zivilisiert zu betragen?

Amen also und langes Schweigen nach dem Spruch der Leßtorffbäuerin.

Um so geräuschvoller suchten die Gäste nach ihren Stühlen, und dann ging es zur Sache. Ein jeder erregte sich. Sie haben die Kühe beschlagnahmt, bei mir und bei mir und bei mir! Morgen kommen die anderen dran. Bald müssen wir im Hemde gehen.

Und wer befiehlt das?

Der rote Bürgermeister, Heyer ist sein Name. Auf das Schloß traut er sich nicht, die Frau Gräfin hat sowjetische Offiziere im Quartier, mit denen ist nicht zu spaßen.

Und was bezweckt das Ganze?

Zwangskommune wie in Rußland. Da war wieder die Angst.

Heinemann sprach mit zittriger Stimme: Er hat den Müller im Keller eingesperrt, weil er verraten soll, wo das Mehl gehortet ist. Wie wehrt man sich gegen Willkür?

Doktor Schober sagte: Ich werde mich in Ihrem Namen an die sowjetische Kommandantur wenden. Der Russe fackelt nicht lange, kann sein, dieser Rüpel von Bürgermeister verschwindet in Sibirien auf Nimmerwiedersehen.

Das hört sich gut an. Der Kerl muß fort!

Die Männer schlugen zum Zeichen des Einverständnisses mit der Hand auf den Tisch und redeten laut durcheinander.

Aber dann erschien Irma mit aufgerissenem Mund in der Tür. Der Lärm verstummte, das Mädchen verhielt sich, als wäre Entsetzliches zu vermelden.

Was gibt es?

Er steht draußen in der Halle und will auch noch rein.

Wer, um Gotteswillen?

Der rote Bürgermeister.

Da trat er schon in die gute Stube. Jeder an der Tafel starrte auf den späten Gast, als sei ihm der Gottseibeiuns erschienen.

Auch Heyer war verunsichert, bis ihm ein Lächeln gelang. Pardon, ich will niemanden stören, ich wollte die Bäuerin sprechen, aber nun sehe ich, hier findet eine Feier statt.

Ein paar Freunde, die meinen Sohn begrüßen wollen, sprach die Leßtorffbäuerin mit fester Stimme. Er ist heute heimgekehrt.

Leßtorff erhob sich, knöpfte die Strickjacke zu, während er den Bürgermeister taxierte, kräftige Gestalt, guter Kopf, ein Mann, mit dem nicht zu spaßen war. Er ging ihm entgegen und wich keinen Augenblick den forschenden Blicken aus. Ich bin Leßtorff.

Kräftiger Händedruck.

Heyer sagte: Kommen Sie doch morgen bitte in mein Büro wegen der Anmeldung.

Mach ich.

Frau Leßtorff bediente wieder ihre silberne Tischglocke.

Heyer wendete sich überrascht um.

Die alte Frau sagte: Sie trinken doch ein Gläschen mit uns, Herr Bürgermeister?

Warum nicht.

Er drosch nach Kneipenmanier die Knöchel der Faust auf den Tisch, weil er nicht jeden einzelnen mit Handschlag und Blickwechsel begrüßen wollte.

Leßtorff wies auf den Stuhl, von dem er selber gerade aufgestanden war, um sich dem Bürgermeister vorzustellen, und Heyer ließ sich neben der Gräfin Palvner nieder. Er blickte neugierig in die Runde und schien sich zu freuen, als er die Großbauern am Tisch erkannte, jedenfalls hob er grinsend ein wenig die Hand.

Leßtorff hatte ein Glas gebracht und vom Wein eingeschenkt. Der Bürgermeister bedankte sich. Na dann, auf gute Zusammenarbeit.

Er hatte keine Ahnung, wer die Frau an seiner Seite war, eine Schönheit auf jeden Fall und trotz der merkwürdigen Gewandung hübsch anzusehen, volle Lippen, grell lackierte Nägel, schlanke Hände und dann dieser Duft. Er genoß ihn, er starrte sie ungeniert an.

Wie alle anderen hatte sich die Gräfin gefürchtet, fand den Kerl aber nicht uninteressant, als er neben ihr saß. Etwas ungepflegt und verschwitzt für ihren Geschmack, aber ein Mann, kräftig, vielleicht ein bißchen animalisch von Ausstrahlung. Wenn so einer zupackt ... Leßtorff verblaßte neben diesem Typ.

Heyer sagte: Ich wußte gar nicht, daß wir in Rakowen so schöne Frauen haben.

Oh, Sie können ja charmant sein.

Heyer versicherte, das sei seine Natur.

Man lachte ein wenig, und nun begann die alte Bäuerin mit der Konversation.

Wo wird der Herr Bürgermeister Wohnung nehmen, wenn die Familie nach Rakowen kommt?

Er braucht keine Wohnung, er hat keine Familie. Die Frau ist ihm leider verstorben.

Wie traurig.

Ja, ja.

Leßtorff will irgend etwas finden, das ihn mit diesem Menschen verbinden könnte. Auch Soldat gewesen, Herr Bürgermeister?

Und Schneider hakt nach: Von Anfang an dabeigewesen?

Heyer dreht sein Weinglas, ehe er antwortet. Ein paar Jahre sei er in Haft gewesen, aus politischen Gründen. Sie wüßten ja, daß die Nazis nach der Machtübernahme mit ihren Gegnern kurzen Prozeß gemacht hätten, dann habe er ein Konzentrationslager überlebt, zuletzt sei er tatsächlich Soldat gewesen.

Bei welcher Einheit?

Bei den Fronttruppen der Roten Armee.

So einer war das also. Mit seinem Bekenntnis übertraf Heyer die schlimmsten Befürchtungen der Tafelrunde. Frau Leßtorffs Gäste schwiegen, bis die Gräfin den Mut fand, das Wort zu nehmen.

Ich höre, Sie sind Maschinenschlosser von Profession?

Stimmt.

Sie hatten kaum eine Möglichkeit, sich zu bilden.

Eins und eins kann ich trotzdem zusammenzählen.

Die Gräfin lächelte. Ich hab das Abitur gemacht und verstehe trotzdem nicht, was hinter dem Begriff vom wissenschaftlichen Sozialismus stecken soll.

Aber die Wahrheit ist doch nicht schwer zu begreifen.

Was ist die Wahrheit?

Zum Beispiel, daß es Klassen gibt.

Ach ja, die Arbeiterklasse und die Kapitalisten.

Heyer grinste. Na bitte, Sie verstehen doch schon was.

Die Gräfin sagte spöttisch: Die einen sind die Guten, die anderen die Bösewichte.

Heyer überlegte einen Augenblick, ehe er antwortete. Die einen, die unendlich vielen, hatten die Last und die Not und schließlich den Tod auf den Schlachtfeldern, in den Bombenkellern. Die anderen, die wenigen, hatten die Macht und das Geld, mit dem Tod Geschäfte zu machen. Das muß man ändern.

Aber wie?

Man muß die Junker und die großen Fabrikherren zum Teufel jagen. Man muß ihnen die Macht nehmen, indem man ihnen den Besitz wegnimmt.

So einfach ist das?

So einfach, meinte Heyer und fragte: Was machen Sie eigentlich?

Interessiert Sie das?

Und Heyer kehrte wieder einmal den Charmeur heraus. Schöne Frauen interessieren mich immer.

Na, raten Sie mal.

Heyer ergriff ihre Hand und betrachtete die Linien der Innenfläche.

Das amüsierte seine Tischnachbarin sehr. Können Sie aus der Hand lesen?

Er nickte und sprach: Sie haben niemals körperlich arbeiten müssen. Ich tippe mal, Sie sind vom Theater.

Endlich hatte die Tafelrunde etwas zu lachen, bis Frau Leßtorff den Bürgermeister belehrte: Sie sitzen neben der Frau Gräfin Palvner auf Adlig Rakowen.

So ein Spaß. Endlich konnte die Gesellschaft auf Kosten des Bürgermeisters lachen.

Er sagte: Klare Fronten.

Jetzt sprang Bauer Heinemann auf, um das Wort zu ergreifen. Er stützte sich mit den Fingerspitzen auf die Tischplatte und stotterte vor Aufregung. Herrschaften, wir – wir sitzen alle an einem Tisch, ich meine, wir sitzen alle in einem Boot, nach diesem gräßlichen Krieg. Wir sind doch alle, alle Deutsche und wollen nur das Beste. Wir wollen gut miteinander arbeiten und einen miteinander trinken.

Der Mann meinte es ehrlich, als er zum Verbündnis rief, eine Träne glänzte ihm im Auge, aber sein Nachbar Frenzel verwahrte sich laut.

Ehe wir auf die Versöhnung trinken, müssen wir mit dem Bürgermeister ein Hühnchen rupfen wegen unserer Kühe.

Richtig, sagte Heyer und stand auf, deshalb bin ich ja gekommen. Er wendete sich an die alte Bäuerin: Wer bestimmt auf dem Leßtorffhof?

Der Bauer bin ich, rief Jürgen.

Das Nebengelaß auf dem Pfarrhof ist eng. Ich brauche Ihren Stall für die rekrutierten Tiere.

Leßtorff wechselte Blicke mit den Bauern, ehe er sagte: Ich kann unmöglich zustimmen, Herr Bürgermeister.

Schade, meinte Heyer, dann muß ich den Stall beschlagnahmen.

Aber es gibt doch Gesetze, lamentierte der Rechtsanwalt Doktor Schober. Was Sie tun, ist gegen jedes Recht.

Was im Interesse hungernder Kinder geschieht, kann nicht unrecht sein.

Dann setzte er seinen Hut auf und ging.

Angebote

Du wirst vielleicht noch mal froh sein, wenn du bei mir unterkriechen kannst, hatte die alte Habersaat ihrer hochmütigen Tochter ins Gesicht geschrien zu Beginn des Krieges, als Gertrud sicher gewesen war, Jürgen Leßtorff würde sie zur Frau nehmen. Damals hatte sie sich ihrer Mutter geschämt und ihre Herkunft aus dem Armeleutekaten am Ende des Dorfes am liebsten vergessen gemacht ... wenn ich Bäuerin bin, schicke ich Männer vom Hof und laß die Hütte niederreißen bis auf den Grund und alles verbrennen, den ganzen wurmstichigen Plunder und alles, was unsere Vergangenheit gewesen ist. Eine Rosenhecke wird über dem Brandfleck wuchern, und vielleicht wird der Apfelbaum noch jedes Jahr blühen, wo wir zu Hause waren.

Der Baum hatte geblüht, als die Tochter eines Tages im Mai elend und abgerissen mit den Kindern vor der Türe stand, aber die alte Habersaat hatte weder ein Gefühl der Genugtuung empfunden noch ein Wort darüber verloren, daß sich ihre Weissagung erfüllt hatte, sondern nur: Kommt rein! gesagt und von dem wenigen, was sie an Lebensmitteln besaß, eine Mahlzeit zubereitet, etwas Warmes zum Empfang der Familie.

Die Tochter war übler dran als sie selber, also sparte die Alte jeden Vorwurf und übte Solidarität, oft am Rande der Gesetzlichkeit oder weit darüber hinaus. Sie suchte so lange, bis sie Schlingen und Fallen wiederfand, die ihr Mann benutzt hatte, um im gräflichen Forst zu wildern, und machte sich schnaufend und keuchend selber auf den Weg, um an Zäunen und Hecken einen Durchschlupf oder Wechsel zu finden, und manchmal gelang es ihr tatsächlich, ein Wild zu fangen und den Mittagstisch zu bereichern.

Schon am Tage von Gertruds Ankunft hatte die Alte das Schlafzimmer unter dem Dach zugunsten der Tochter und ihrer Kinder geräumt, sich mit dem wackligen Sofa in der Stube zufriedengegeben und keinen Einwand erhoben, als Gertrud mit den älteren Kindern einen Kehraus veranstaltete, damit es ein wenig reinlicher und wohnlicher wurde in den Kammern ihres Elternhauses.

So lebten sie schon ein Weilchen in Frieden miteinander, denn Gertrud vermied den Streit und hob nur die Schulter, wenn sich ihre Mutter am Abend manchmal einen Wodka zuviel genehmigte. Die war mit den Russen im Geschäft und lieferte gelegentlich im Schloß einen Hasen ab.

Eines Abends hantierte Gertrud in der Schlafkammer am Wäschekorb, der dem kleinen Jungen als Bett dienen mußte, und erneuerte die feuchten Wickel, mit denen sie sein Fieber senken wollte. Die beiden größeren Kinder lagen im Ehebett und sahen ihr zu, als die Stiege ächzte und krachte und schließlich die Kammertür geöffnet wurde. Die Alte winkte dringlich mit dem Kopf.

Komm doch mal runter.

Es überraschte Gertrud, daß Leßtorff in der Stube stand, und eine Weile sahen sie sich wortlos an, sie und der Mann, der ein wenig lächelte, als freue er sich, die Frau nach so vielen Jahren wiederzusehen. Schon schickte sich die Alte an, die beiden allein zu lassen, als Gertrud herrisch rief: Bleib!

Leßtorff fragte: Wie geht es dir?

Achselzucken. Ich muß sehen, wie ich mich mit den Kindern durchschlagen kann.

Von zweien wußte ich ja. Jetzt sind es drei, nicht wahr?

Und nicht eines, das ihr eigenes wäre, meinte die Alte wichtigtuerisch.

Gertrud streifte ihre Mutter mit verweisendem Blick. Sie hatte keine Lust, zu reden oder zu erklären.

Hast du von Kalluweit gehört? fragte Leßtorff.

Nichts mehr seit Stalingrad.

Ob er noch lebt?

Gertrud blieb wortkarg. Ich weiß nicht. Wie soll ich das wissen?

Wir haben uns in Krakau das letzte Mal gesehen, weißt du noch?

Gertrud blickte ihm kalt ins Gesicht. Willst du einen Gegendienst?

Der Mann wich aus. Geht es dir auch so, daß du ausstreichen möchtest, was zwischen heute und gestern gewesen ist, einfach noch mal anfangen möchtest an der Stelle, wo es dir aus der Hand geglitten ist, das Schicksal? Einfach noch mal anfangen.

Man kann es ja nicht.

Man kann es versuchen, sagte Leßtorff. Komm zurück auf den Hof.

Gertrud antwortete mit erstauntem Blick, aber die alte Habersaat patschte erfreut in die Hände. Ach Mädel, wär das ein Glück.

Sie nötigte den Mann in ihren alten Lehnstuhl und spielte die Liebenswürdige. Ach, setzen Sie sich doch, Herr Leßtorff, aber recht vorsichtig, bitteschön, das Möbel ist nicht mehr stabil, und wandte sich der Tochter zu. Du könntest leben wie ein Mensch, wir hätten was zu beißen. Die Kinder fressen einem noch die Haare vom Kopf, und du kannst nicht verlangen, daß deine alte Mutter Nacht für Nacht für die Familie mausen geht.

Gertrud rief böse: Hör auf!

Aber die Alte ließ sich das Wort nicht verbieten. Arbeiten mußt du so oder so. Willst du lieber bei der Gräfin tagelöhnern oder zu Bauer Heinemann in Stellung gehen? Wenn ich recht verstehe, würde dich der Herr Leßtorff wieder als Wirtschafterin zu sich nehmen wollen, weil die alte Bäuerin soll wohl nicht mehr recht bei sich sein.

Der Mann nickte. Ja, sie ist krank, vielleicht kann ich sie bei Verwandten unterbringen. Und er redete weiter: Die Arbeit wird nicht einfach sein. Im Augenblick habe ich die Zwangskommune auf dem Hof. Der Bürgermeister hat Kühe beschlagnahmt, mein Leitkow soll ihm dabei geholfen haben. Du kannst dich auf keinen Menschen mehr verlassen, und ich selber bin gehandicapt bei allem, was ich tun möchte. Du kennst ja die Voreingenommenheit gegenüber jedem deutschen Offizier. Mit dir als Wirtschafterin wäre das eine ganz andere Sache.

Wieso?

Keiner könnte dir was wollen, schon gar kein roter Bürgermeister. Du hast ein jüdisches Kind gerettet, also bist du eine ausgewiesene Antifaschistin.

Das weiß doch keiner.

Höchste Zeit, daß man es erfährt.

Die Alte stimmte ihm eifrig zu: Das sag ich auch, Herr Leßtorff. Bei den Russen soll es Pakete geben für solche Leute.

Ach, Mutter. Gertrud schüttelte den Kopf. Dann ging sie einen Schritt auf Leßtorff zu. Red doch von deinem Anteil an der Rettung, wenn du dir Vorteil davon versprichst.

Soll ich erzählen, daß ich auf dem Wawel im Dienst war? Nein, meinte Leßtorff. Nur du kannst mir helfen. Ich biete dir Partnerschaft an. Ich würde dir sogar einen Anteil am Hof überschreiben lassen. Wir teilen den Besitz.

Und wieder rief die alte Habersaat: Ach Mädel, wär das ein Glück.

Aber die Tochter blieb unentschlossen.

Leßtorff fragte: Mein Gott, bin ich dir wirklich so unbegreiflich? Kannst du nicht verstehen, daß ich etwas gutmachen möchte? Weißt du, es wäre geschmacklos, wollte ich in dieser Stunde von dem reden, was zwischen uns gewesen ist, laß mich einfach sagen: Kein Mensch ist unberührt durch diese Zeit gegangen. Ich weiß genau, was ich falsch gemacht habe oder nur halb.

Gertrud hatte keinen Mann geliebt außer diesem Leßtorff, und keiner hatte sie tiefer gedemütigt als er. Wie konnte sie sicher sein, daß er es ehrlich meinte mit dem Angebot einer Partnerschaft?

Sie sagte: Mir ist, als hätte ich das alles schon einmal gehört, komisch, als hätte ich alles das schon einmal erlebt

Leßtorff spürte, daß die Frau bereit war, ihm nachzugeben. Er wiederholte eindringlich: Komm auf den Hof zurück.

Es dauerte ein Weilchen, bis sie antwortete: Vielleicht hast du Angst, ich könnte verraten, wer du im Krieg gewesen bist. Das wäre unnötig, Jürgen. Du hast mir geholfen, als es um Malas Leben ging, das werde ich niemals vergessen. Und warum sollte ich auf dem Hof nicht arbeiten? Arbeiten, mehr nicht. Laß mir ein bißchen Zeit, ich muß das alles überlegen.

Die Alte geleitete den Gast dienernd hinaus, hantierte später vergnügt in der Küche und summte ein Liedchen dabei: Ach, wie ist's möglich dann …, während Gertrud im Lehnstuhl ihrer Mutter saß und die Gedanken zu ordnen versuchte. Viel Zeit blieb ihr nicht. Sie seufzte, als sie den kleinen Jungen greinen hörte, sie würde die Wickel erneuern oder die Windeln wechseln müssen.

Und dann bekam sie zum zweiten Mal Besuch. Ihre Mutter führte den Bürgermeister herein, der einen guten Abend wünschte.

Gertrud erhob sich von ihrem Stuhl und bot dem Mann erstaunt die Tageszeit.

Er zeigte vor, was er mitgebracht hatte. Da ist 'ne Kanne Milch und 'ne Tüte Mehl. Leider kann ich nichts verschenken, die Zahlung bitte bei Fräulein Wirsing.

Sie bedankte sich.

Er sagte: Sie können sich jeden Morgen Milch holen, Mehl, solange der Vorrat reicht.

Gertrud entschuldigte sich: Ich bin heftig gewesen auf dem Gemeindebüro und hab Sie beschimpft. Das tut mir leid.

Geschenkt, sagte der Mann, und die Frau überlegte noch, ob sie ihm einen Stuhl anbieten sollte, da bat er, ein wenig verlegen: Kann ich die Kinder sehen?

Wie an vielen Abenden gab es auch heute keinen Strom in den Dörfern, Gertrud nahm die Kerze vom Tisch und leuchtete dem Gast die Stiege bis zur Schlafkammer hinauf. Heyer tappte auf Zehenspitzen Stufe für Stufe empor, Gertruds Mutter folgte polternd. Die Frau hob die Kerze, damit Heyer die schlafenden Kinder in den uralten gedrechselten Ehebetten betrachten konnte, später würde sie sich ein Plätzchen an ihrer Seite suchen.

Der Säugling war wach und freute sich, als er Heyers Gesicht erblickte. Der Mann fühlte vorsichtig die Stirn des Kindes und flüsterte: Heiß.

Immer noch Fieber, meinte Gertrud.

Heyer starrte auf den kranken Jungen. Er sagte leise: Ich hab Kinder gesehen im KZ, runzlig und schlaff wie Greise. Was mich erschütterte, die malten, was es nicht gab hinter dem Stacheldraht, so krakelige Bildchen, wissen Sie, Bäume, Blumen, Schmetterlinge. Viele haben sie nie wieder gesehen.

Als sie das hörte, gab die Alte, am Türpfosten lehnend, ihren Senf dazu und sprach, gespenstisch anzusehen im Kerzenlicht: Für das arme Wesen wäre es auch am besten, der liebe Gott würde es wieder zu sich nehmen.

Gertrud und Heyer blickten vorwurfsvoll und richteten sich auf, um die Kammer zu verlassen. Die Alte wankte ihnen treppab voraus, quetschte sich in den Lehnstuhl und sah ihrer Tochter trotzig entgegen.

Heyer sagte: Du redest aber einen schönen Quark, Großmutter. Der liebe Gott hatte während der letzten Jahre reichlich Gelegenheit, die himmlischen Heerscharen aufzufüllen. Besser, das Kind bleibt bei uns. Wir wollen ihm nämlich 'ne Welt zurechtmachen, in der es sich leben läßt.

Dann verabschiedete er sich von Gertrud. Morgen schick ich den Doktor wieder vorbei. Übrigens muß das Kind vernünftig liegen, mal sehen, was sich machen läßt. Ich kenn einen, der aus Scheunenbrettern Särge nageln kann, sehr geschickter Mensch, der müßte auch 'ne Bettstelle zusammennageln können. Gute Nacht.

Gute Nacht, sagte Gertrud und brachte den Mann an die Tür.

Die Verhaftung

Es war Dorfgespräch weit über Rakowen hinaus, daß der Bürgermeister Willi Heyer, unterstützt von dem frommen Fräulein Wirsing, die Kühe der Großbauern beschlagnahmt und ausgerechnet auf dem Leßtorffhof untergebracht hatte, wo Damen aus dem Kreise der Bibelstundenteilnehmerinnen den Tieren eine engagierte, anfangs nicht ganz fachgerechte, Pflege angedeihen ließen. Für Futter hatte Heyer sorgen können, aber Fräulein Wirsing und manche ihrer Freundinnen mußten sich Tränen der Verzweiflung oder Wut verbeißen, bis sie das Misten oder Melken erlernt hatten, und die Lehrzeit durfte kaum länger als vierundzwanzig Stunden währen, sonst hätten die Frauen den Bürgermeister blamiert, und das wollten sie nicht, sie gehörten zu jenen, die auf Heyers Seite standen, und gönnten es den großen Bauern, daß ihnen ein Denkzettel verpaßt werden sollte.

Andere hoben zweifelnd ihre Schultern oder sprachen von einem Bubenstück, das sich in Rakowen zugetragen hätte. Gleichgültig ließ der Vorfall keinen, und als per Anschlag am Spritzenhaus und an der Kirchentüre bekanntgegeben worden war, am Sonntagvormittag sollte zum ersten Male Milch an die Kinder verteilt werden, machte sich das halbe Dorf auf den Weg, um dem Ereignis beizuwohnen.

Freundinnen hatten Anita Wirsing geraten, aus diesem Anlaß die Glocke zu ziehen. Sie besaß den Kirchenschlüssel, und die Veranstaltung sollte ja auf dem Pfarrhof stattfinden, der beinahe so groß war wie eine kleine Festwiese. Dieser Vorschlag ging dem Fräulein zu weit, sie hatte die Glocke bislang nur aus ernstem Anlaß läuten lassen und meinte, heut sei ein fröhlicher, festlicher Tag. Damit hatte sie recht, es schien, als wollte sogar der Herr diesen Feiertag im späten Mai segnen, jedenfalls schickte er Blauhimmel und eitel Sonnenschein. Die Primelchen schmückten den Pfarrgarten gelb, rot oder blau, und der Wind trug den Duft von Flieder mit sich, und fächelte ihn jedermann in die Nase. Wer wollte da grimmig in den Tag blicken?

Das taten nur die Bauern Hänsel, Frenzel und Heinemann, die wieder so schäbig gekleidet waren, als seien sie die Knechte ihrer Höfe, und ihnen zur Seite standen mit beleidigter Miene die Ehefrauen, auch sie gewandet, als ließe sie die Arbeit nicht einen Augenblick lang los. Sie trugen blecherne Henkelkrüge und standen an der Schmalseite des Hofes. Ihre Männer hatten herausfordernd die Arme vor der Brust verschränkt, aber da war niemand, der sie angreifen wollte, ihnen gegenüber standen in der Mehrzahl Frauen, die Mütter der Flüchtlingskinder, ihre Großmütter oder Tanten, die hatten sich, falls ihnen eines geblieben war, wegen des sonnigen Tages das Sommerkleid übergestreift, und auch sie hielten Gefäße in den Händen, mit denen sie die Milch nach Hause tragen wollten.

Die Frontseite des alten Pfarrhauses wurde von einer steinernen Treppe geteilt. Wenige Stufen, flankiert von hölzernem Geländer, führten zur Haustür empor. Links davon war ein behelfsmäßiger Verkaufstresen zurechtgezimmert worden, hinter dem sich Fräulein Wirsing postiert hatte. Sie legte, wie zum Schwur, eine Hand auf das Kontobuch, und man durfte sicher sein, daß sie literhellerundpfenniggenau eintragen würde, was jeder Bürger empfangen oder zu entrichten hatte. Ihr zur Seite klimperte eine Helferin mit den Wechselgroschen in einem Zigarrenkistchen.

Rechts von der Treppe war das Pfarrhaus unterkellert, wie an den tief eingelassenen, vergitterten Fenstern zu erkennen war, und eines dieser eisernen Gitter umklammerte der Müller mit seinen Fäusten. Auch sein Leidensgesicht war zu sehen, und je mehr Leute den Pfarrhof betraten, um so lauter rief er: Protest! Protest! Dieser Hilfeschrei löste unterschiedliche Reaktionen aus, die einen wußten, weshalb der

Mann im Keller saß, und lachten schadenfroh, andere meinten, der arme Mensch leide zu Unrecht wie Daniel in der Löwengrube.

Noch immer war Leitkow nicht zu sehen, der die Milchkannen vom Leßtorffhof heranfahren sollte. Mit der Zeit wurden die Leute ungeduldig, sie klopften auf die leeren Töpfe, einige sahen sich neugierig um, weil in der Nähe Gesang ertönte. Bald gab es Hin- und Widerrede zwischen den Menschengruppen, grobe Worte wurden ausgetauscht, bis sich krachend das Scheunentor öffnete und alle nach dorthin blickten. Heraus trat der Bürgermeister, der gar nicht mal schlecht auf einer Quetschkommode musizierte, ihm folgte, wie dem Rattenfänger von Hameln, ein Schwarm von Kindern, die kicherten oder schwatzten vergnügt miteinander.

Der Zug hielt vor der Treppe des Pfarrhauses an. Heyer erklomm die Stufen, ließ die Ziehharmonika aufheulen zu einem Tusch und rief:

Liebe Leute, es kann nur noch ein Weilchen dauern, bis Leitkow kommt. So lange singen wir euch ein Lied, das wir gerade erst einstudiert haben, um den Müller zur Einsicht zu bringen. Er zog den Zerrwanst so weit in die Länge, daß er fauchend Luft holen konnte, gab den Ton an, die Kinder fielen lauthals ein, rissen ihre Mäuler auf und sangen kreischend zum Entzücken ihrer Anverwandten:

> Hinterm Walde auf dem Hügel
> dreht die Mühle ihre Flügel,
> klipp – klapp, klipp – klapp,
> klipp – klapp, klipp – klapp,
> lauf mein Eselchen, lauf Trab.

Viele der erheiterten Zuhörer bekräftigten den Rhythmus der Musik, indem sie auf ihre Töpfe schlugen.

> Zieh den Wagen mit den Säcken
> hügelauf entlang der Hecken,
> klipp – klapp, klipp – klapp,

klipp – klappt, klipp – klapp,
Müller lad die Säcke ab.

Mahl den Weizen, mahl den Roggen,
denk auch an die Haferflocken,
klipp – klapp, klipp – klapp,
daß ich was zu essen hab.
Niemals werd das Brot uns knapp.

Rauschender Beifall, begeistertes Töpfeklappern. Leitkow, der mit seiner Karre auf dem Hof einfuhr, mußte annehmen, der donnernde Applaus gelte ihm, und verneigte sich dankend nach da oder dort.

Endlich konnte mit der Verteilung der Milch begonnen werden.

Heyer legte die Ziehharmonika beiseite, nahm die Liste vom Tisch und winkte den Großbauern.

Zuerst kommen unsere unfreiwilligen Spender dran.

Sie traten, einer nach dem anderen, mit ihren Frauen näher, damit ihnen Anita Wirsing in die Milchlasen füllen konnte, was sie kürzlich zu Protokoll gegeben hatten: Zwei Literchen pro Kuh und keinen Tropfen mehr. Die Bauern blickten finster und redeten aufsässig von Sünde und Schande, man würde sie zum Gespött machen, sie müßten Spießruten laufen, um die eigene Milch auf dem Markte zu holen. Wie verträgt sich das mit den Worten des Bürgermeisters? Sieht es so aus, das Bündnis mit den Bauern?

Heyer lachte. Ihr fahrt doch nicht schlecht dabei, ihr habt die Milch, wir haben die Kosten für Futter und Pflege.

Beifall von der Armeleutegruppe. Und wieder redeten die Bauern aufgebracht: Der dreht es hin, wie er es haben will. Sei gewarnt, Bürgermeister, uns kann man nicht verarschen, und du wirst gar nichts erreichen, wenn du dich gegen uns stellst. Buhrufe der Frauen.

Lautes Töpfeklappern, als Heyer sagte: Gebt ein wenig ab von dem, was ihr übrig habt, und die Sache wird eingestellt.

Aber die Bauern wollten es darauf ankommen lassen. Sie

zogen mit der Zuteilung ab, und ihre Eheweiber hoben die Nase, als sie an den wartenden Frauen vorübergingen.

Am Hoftor umringten sie Doktor Schober, der auf sie gewartet hatte. Der Rechtsanwalt berichtete, er sei gestern auf der Kommandantur gewesen, um die Übergriffe anzuzeigen. Der Kommandant habe eine Überprüfung versprochen, er sei außer sich gewesen.

Nun stellten sich die Flüchtlingsfrauen am Tresen an, empfingen Milch und entrichteten ihre Groschen. Sie wechselten ein freundliches Wort mit Fräulein Wirsing, lachten und nickten dem Bürgermeister zu. Nach und nach verlief sich, gutgelaunt, die Menge, nur die Kinder und einige ihrer Mütter harrten bei Heyer aus. Der Bürgermeister saß auf den Stufen des Pfarrhauses und spielte ein Liedlein nach dem anderen, und sobald er den Schlußakkord erklingen ließ, bettelten die Zuhörer um eine Zugabe. Sie alle hatten lange Zeit nichts zum Freuen gehabt.

Da trat mit verbittertem Gesicht eine Frau unter die Leute, die war jung und hübsch anzusehen und trug einen Korb, den sie mit einer feinen Serviette zugedeckt hatte. Es war die Müllersfrau, sie ging auf Heyer zu, der mußte sein Konzert unterbrechen, um den Korb entgegenzunehmen, und fragte:

Für mich?

Die Frau sagte mit zittriger Stimme: 'ne Kleinigkeit für meinen Mann. Er hat so schwache Magennerven. Wenn ich mich bloß fünf Minuten mit dem Essen verspätet hatte, ging's ihm an die Galle.

Heyer zog die Serviette vom Korb, erblickte ein knusprig gebratenes Huhn, hob es andächtig heraus, verdrehte genießerisch die Augen und hielt es dem Müller vor das Fenstergitter hin. Ah, wie das duftet!

Der Müller rüttelte an den Gitterstäben und rief: Laß mich heraus, Bürgermeister!

Verrat mir zuerst, wo du Mehl gehortet hast.

Dreimal hab ich die Mahlzeit übergangen.

Du weißt nicht, was Hunger ist.

Der Müller schrie wütend: Ich habe Magenkrämpfe!

Und Heyer antwortete kalt: Als kleine Kinder starben, hast du nichts gefühlt. Er riß dem Brathuhn eine Keule ab.

Aber das können Sie doch nicht tun, rief die Müllerin mit hoher, klagender Stimme.

Keine Angst, meinte Heyer, ich riech bloß mal dran. Aber die Kinder ließ er abbeißen, nachdem er gewarnt hatte: Jeder nur einen Bissen. Riß auch die zweite Keule ab und reichte sie den Kindern, die ließen die Beinchen von Mund zu Mund wandern, bis die blanken Knochen übrigblieben.

Dem Müller im Keller gelang es beinahe, das Fenstergitter aus der Vermauerung zu reißen. Er schrie: Mir ist kotzübel, Mensch!

Heyer meinte: Weißt du, ich mach das nicht gern, deine Speicher durchwühlen. Ich hab kein Talent zum Schnüffler. Verrat mir, wo das Mehl gehortet ist, und du bist frei.

Da gab der Müller endlich nach. Meinetwegen, ich sag's.

Und Heyer konnte dem Leitkow befehlen: Laß ihn heraus.

Wenig später stürmte der hungrige Mann aus dem Haus und riß den Freßkorb an sich. Er war aber leer, einige der Kinder nagten noch an dem Gerippe, und Heyer, der das Huhn zerrissen und verteilt hatte, leckte sich die Finger, um sie schließlich an der Hose abzuwischen.

Die Frau des Müllers sprach erbittert: Es war eine junge Henne und so zart und so fett.

Sie ist nicht umsonst gebraten worden, versicherte Heyer, sie hat vermocht, was ich nicht konnte, und ich bin ein starker Mann. Sie hat Bosheit in Güte verwandelt, Unehrlichkeit in Ehrlichkeit, und sie hat uns den Staatsanwalt erspart. Laß dir das Versteck zeigen, Leitkow, und bring das Zeug zum Gemeindebüro.

Die Veranstaltung war zu Ende, der Pfarrhof konnte geräumt werden, aber die Kinder baten den Bürgermeister: Noch ein Lied!

Na gut, sagte Heyer, griff zur Ziehharmonika und sang

zur Melodie eines Volksliedes, das jedermann kannte, ein paar Verse, die er sich selber zusammengereimt hatte:

> Suse, liebe Suse, der Adler ist tot,
> er legte keine Eier und fraß mir mein Brot.
> Wir rupfen ihm all seine Federn heraus
> und machen unserm Kindlein ein Bette daraus.

Die Leute von Rakowen gewöhnten sich rasch daran, daß sie jeden Tag von acht bis neun auf dem Pfarrhof für wenige Groschen einen Topf Milch abholen konnten. Sie priesen ihren Bürgermeister und bestätigten sich gegenseitig, daß der Mann nicht nur über ein gutes Herz, sondern auch über eine schöne Stimme verfügte.

Eines Tages erschien vor dem Gemeindebüro ein sowjetischer Kübelwagen. Ein Offizier stieg aus, er betrat das Amtsgebäude und fragte nach dem Bürgermeister.
Nebenan, sagte Fräulein Wirsing erbleichend und öffnete die Tür.
Burgemeister?
Der bin ich, sagte Heyer und ahnte nichts Gutes.
Mitkommen.
Muß es gleich sein?
Dawai, befahl der Offizier.

Als Hänsel und Frenzel von der Verhaftung des Bürgermeisters Heyer durch die sowjetische Militärbehörde hörten, riefen sie ihre Frauen und eilten auf Heinemanns Hof, wo sie schon erwartet wurden. Die Bauern schlugen lachend die Handflächen gegeneinander, wie es Sportler nach gelungenem Mannschaftssieg tun, und ihre Eheweiber kreuzten die Arme unter dem Busen, drückten das Kinn gegen die Brust und blickten einander triumphierend in die Augen.
Und dann? Auf der Stelle zum Leßtorffhof. Laßt uns die Kühe befreien und wieder für Recht und Ordnung in Rakowen sorgen.

Die Freundinnen des frommen Fräuleins Wirsing hatten, wie an jedem Morgen, ihre Pflicht getan und bis zum Schweißausbruch gemistet und gemolken. Jetzt wischten sich zwei von ihnen mit dem Ärmel über die Stirn und schleppten die gefüllten Kannen zur Milchbank, die neben der Stalltüre stand. Da sahen sie sich plötzlich den Großbauern gegenüber, die ihre Fäuste in den Hosentaschen vergraben hatten und Schritt für Schritt näher kamen. Sie hatten ein paar Neugierige im Gefolge, die immer zur Stelle sind, wenn sich irgendwo ein Skandal anzubahnen scheint.

Die Frauen riefen im ersten Schreck ihre Kolleginnen zu Hilfe, die unverzüglich die Stalltür verrammelten, und nun waren es sechs Melkerinnen, die sich, eine neben der anderen, den Bauern entgegenstellten, und einige von ihnen stützten sich schwer auf eine Mistforke. Nur drei Männer schritten ihnen drohend entgegen, aber sie hatten ihre Eheweiber zur Seite, die waren wie angriffslustige Katzen anzusehen und machten Funkelaugen, als wollten sie den Milchräuberinnen mit ihren Krallen in die Haare fahren. Sechs gegen sechs.

Gottlob kam zur Unterstützung der Freundinnen das füllige Fräulein Wirsing angerannt, wogend und keuchend, um sich mit ausgebreiteten Armen vor den Helferinnen aufzustellen.

Die Bauern schrien ihren Zorn heraus: Die Beschlagnahme ist gegen Recht und Gesetz gewesen. Gebt die Kühe heraus, oder wir gehen gewaltsam vor. Die Diktatur ist nämlich abgeschafft, und euer feiner Bürgermeister sitzt im Keller der Kommandantur. Euch soll's wohl auch so gehen?

Die Frauen reagierten mit wütendem Geschrei, und Fräulein Wirsing hatte zu tun, mit patschenden Handbewegungen die Erregung zu dämpfen.

Es tut mir leid, meine Herren, aber der Fall betrifft nicht Ihre Zuständigkeit. Ich bin dem Genossen Heyer im Wort, und Sie wissen ja, wie der ist.

Heinemann sprach wie zu einem verstockten Kind: Der Bürgermeister sitzt im Loch, er ist vielleicht schon auf dem

Wege nach Sibirien. Weshalb wohl? Wegen seiner Übergriffe. Also ist die Beschlagnahme aufgehoben.

Haben Sie was Schriftliches?

Woher denn auf die Schnelle?

Das Fräulein entschied: Dann bleiben die Tiere bei uns in Pflege. Die haben es ja gut, Herr Heinemann, und Sie dürfen sie gerne besuchen, vielleicht über Mittag.

Heinemann tippte sich gegen die Stirn.

Da erklärte das Fräulein nachdrücklich: Die Auslieferung Ihres Rindviehs findet nicht statt. Wir setzen eine Wache vor die Tür, bis der Bürgermeister wieder da ist.

Frenzel rief: Da kannst du sitzen, bis du schwarz geworden bist.

Wir haben Zeit, sagte eine der Frauen. Sie war die kräftigste von allen mit üppigem Gebuse und ausladendem Hinterteil. Sie griff mit leichter Hand nach einer Bank, um damit das Stalltor zu sperren, ließ sich mit einem Plumps in die Mitte der Bank fallen und rief unter dem Jubel ihrer Mitstreiterinnen: Ehe du die Kühe entführst, mußt du mich überwältigen, Bauer Heinemann.

Diese Vorstellung erheiterte die Melkerinnen. Der Hänfling, rief eine von ihnen, und die anderen schrien vor lauter Lachen.

Auf dem Höhepunkt des Krawalls erschien Jürgen Leßtorff. In seiner Gesellschaft war Schneider, der angewidert das Schauspiel betrachtete und dem Hofherrn riet: Du mußt eingreifen, das geht zu weit. Dein Hof ist doch kein Rummelplatz.

Aber Leßtorff hob abwehrend die Hand. Bitte, häng dich da nicht rein. Er sah, daß Gertrud zögerlich den Hof betreten hatte, und ging ihr ein paar Schritte entgegen, während Schneider dem Heinemann winkte. Die beiden verschwanden hinter dem Haus, um sich zu beraten.

Gertrud schritt an den aufgebrachten Frauen vorüber, die hofften auf Verstärkung und riefen: Komm her! Komm zu uns! Aber Gertrud schüttelte den Kopf.

Sie stand Leßtorff gegenüber. Der Mann entschuldigte sich: Ich hab dir ja erzählt, was sich zur Zeit auf dem Hof begibt. Willst du trotzdem zu mir kommen?

Gertrud sagte: Ich muß wieder Arbeit finden, warum nicht bei dir?

Der Mann antwortete lächelnd: Ich freu mich sehr.

Und sie mußte ihm wohl glauben.

Aber in diesem Augenblick schrien die Frauen vor dem Kuhstall gellend auf. Gertrud fuhr herum und sah, daß Schneider den scharfen Hofhund auf die Frauen hetzte. Sie wichen kreischend aus, und Heinemann hatte Gelegenheit, die Kannen von der Bank zu stoßen. Die Milch ergoß sich auf den Hof, und die Menschen sahen ein Weilchen in tiefstem Schweigen, daß die Katzen gelaufen kamen und auch der Kettenhund, um zu schlabbern, bis die süßen Pfützen zwischen den Steinen versickert waren.

Gertrud war erschrocken, als sie den SS-Mann Schneider unter den Leuten erkannte. Dem Leßtorff sagte sie: Du hast dich nicht geändert. Dann wandte sie sich ab und schloß sich der Gruppe von Frauen an, die mit gebeugtem Rücken vom Hof zogen, als hätte sie ein kalter Regen erwischt.

Gertrud und ihre Mutter hatten bald gelernt, die Hausarbeit abzustimmen und sich zu teilen. Die alte Habersaat ließ sich nach dem Abendbrot von den Kindern das Geschirr zum Spülstein tragen, um es dort abzuwaschen, und Mala und Stefan halfen ihr gern, weil die Großmutter bei dieser Gelegenheit Gruselgeschichten erzählte, von den Irrlichtern hinter dem Dorf, eines anzusehen wie ein Reiter ohne Kopf, der neugierige Menschen ins Moor lockte, um sie dort kaltherzig zu ersäufen oder im Morast zu ersticken. Währenddessen ging Gertrud hinaus auf den Hof, um die letzten Hühner ins Nest zu jagen und die Ställe zu verschließen.

Sie war auch an diesem Abend auf dem Haustritt vor der Hintertüre in die Holzpantinen geschlüpft und treppab geklappert, als plötzlich Schneider neben ihr stand. Gertrud wollte sich ins Haus retten, aber der Mann verstellte ihr den Weg.

Warum erschrecken Sie? Schöner Abend, wir sollten ein paar Schritte gehen. Er packte sie beim Arm und führte sie mit kräftigem Griff zum Giebel des Hauses, wo sie von niemandem gesehen werden konnten, und stieß sie dort gegen die Wand.

Gertrud riß sich los. Sind Sie verrückt geworden? Aber sie konnte nicht davon, der Kerl hatte die Pistole gezogen und wischte sie am Jackenärmel blank.

Frau Gertrud, Sie sind die einzige, die weiß, daß ich bei der SS war und was ich während des Krieges hab tun müssen. Ich will nicht davon reden, ob ich es gern getan habe, mit wieviel Flaschen Schnaps ich versucht habe, das Grauen zu ersäufen.

Sie haben es getan, flüsterte Gertrud, und Ihre Gefühle interessieren mich nicht.

Aber Sie werden schweigen, verlangte der Mann. Ich sage das in aller Freundlichkeit.

Gertrud starrte auf die Pistole. Im Ernstfall wird geschossen, Sie sind ja im Töten geübt, es ist Ihr Beruf gewesen.

Ach, meinte der Mann, wir haben alle Dreck am Stecken, wir schleppen alle so ein bißchen deutsches Schicksal mit uns herum.

Gertrud sagte verächtlich: Ich zähle mich nicht zu Ihresgleichen.

Sie wollte davon, aber der Mann riß sie grob zurück. Da muß ich korrigieren, Gnädigste. Sie haben sich von meinesgleichen einen großen Bauernhof vermachen lassen, Menschen von ihrem Besitz verdrängt. Ich hingegen habe mich beim Poleneinsatz nicht um soviel bereichert. Er schnippte mit den Fingern zum Zeichen, daß kein Stäubchen an ihnen hinge. Ich habe nur eins getan, mich mit Haut und Haaren dem deutschen Namen verschrieben, das war meine Sache wie die Ihre. O doch, Frau Gertrud, wir sind so etwas wie Kumpane im Schicksal. Jetzt kann sich keiner leisten, vornehm zu sein, der Kampf ums Überleben ist verzweifelt hart. Ich warne Sie vor Unbesonnenheiten.

Ich habe verstanden, sagte Gertrud leise, und Schneider lächelte ein wenig, als er meinte: Wir müssen doch alle ein bißchen vernünftig sein.

Sie wiederholte: Ich hab verstanden.

Ich glaube, nicht ganz, sprach Schneider. Es geht um Großes, wir geben Deutschland nicht verloren, wir machen weiter. Schauen Sie, wir haben im Dorf für Ordnung gesorgt, Leßtorff und ich und Männer unseres Schlages. Wie wollen Sie existieren, wenn Sie sich gegen uns stellen?

Gertrud war sich ihrer Lage bewußt. Sie schloß die Augen und sagte entmutigt: Ich gehe fort.

Schneider lachte ein wenig. Wir sind überall, wir haben in den westlichen Alliierten Verbündete, die mit uns einer Meinung sind, diese Besatzungszone wird niemals eine Provinz von Sowjetrußland werden.

Ich habe verstanden, sagte Gertrud zum dritten Mal, und Schneider gab sie endlich frei. Er schob die Pistole in den Hosenbund und meinte lächelnd: Ein deutliches Wort klärt immer die Situation. Glauben Sie, ich habe es gut gemeint und bin Ihnen nicht böse. Heut ist so vieles verworren, aber einmal kommt der Tag, an dem wir das Visier lüften können. Alles geht vorüber. Er deutete mit großer Geste in den Garten: Sehen Sie mal, die Natur schert sich einen Dreck um unsere Kümmernisse, der Flieder blüht wie jedes Jahr.

Ach, sparen Sie sich das Gesäusel, sagte Gertrud, als sie davonging.

Schneider sah ihr nach und dachte, ich hätte ihr einen machen sollen.

Blume mit h und die Fragen der Macht

Heyer flanierte bei schönstem Frühlingswetter durch das Zentrum der mecklenburgischen Hauptstadt Schwerin, die nach dem Krieg so gut wie unversehrt geblieben war. Der Mann war schlecht gelaunt. Er schlenkerte einen Beutel, in dem er die Toilettenutensilien verwahrte, Seife, Lappen, Zahnbürste, Kamm. Leider hatte er nicht an das Rasierzeug gedacht, als man ihn verhaftete, und zog mit einem Stoppelbart des Weges. Drei Tage und zwei Nächte hatte er in sowjetischem Gewahrsam verbringen müssen und meinte, das wären drei Tage und zwei Nächte zuviel. Zum Teufel mit dem Rechtsbegriff der Russen. Er hatte sich kaum freuen können, als sie ihn heute morgen mit guten Wünschen nach Hause schickten.

Zum Verhör war Heyer also bis in die Landeshauptstadt gebracht worden, was lag näher, als sich heute mit Siebold zu beraten, seinem Kumpel und Leidensgenossen, mit dem er in das Konzentrationslager auf polnischem Territorium gesperrt worden war, bis ihm die Flucht gelang. Auch dieser Siebold hatte überlebt, ein Mann, schon bei Jahren, und bis zur Machtübernahme der Nazis demokratisch gewählter Abgeordneter des Reichstags, der von den Sowjets zum ersten Mann der Landesverwaltung, also zum vorläufigen Regierungspräsidenten, bestallt worden war. Bei ihm wollte sich Heyer Lehre kaufen, wie das Sprichwort sagt, und über seine Sorgen reden.

Bald hatte er das Regierungsviertel erreicht und sah, nicht weit entfernt, das prächtige, byzantinisch anmutende Schloß mit seinen Kuppeln und Türmchen, das besser nach Venedig als in den Norden Deutschlands gepaßt hätte. Immerhin lag auch dieses Bauwerk wie zwischen den Lagunen und funkelte im Sonnenschein.

Und dies war also der Regierungspalast. Heyer blickte empor, er sah an der Frontseite die tempelartige Säulenhalle und eine mächtige Freitreppe, die hinauf zum Portal führte, und vergaß, seinen Beutel zu schlenkern. Wenn er sich auch nicht einschüchtern ließ, Eindruck machte das Gebäude schon, und Heyer spürte, wie weit ihm sein Kumpel Siebold entrückt war, aber der Gedanke, daß in diesem Hause nun einer seinesgleichen regierte, gefiel ihm sehr.

Der Pförtner ließ die Mundwinkel sinken, als er den unrasierten Besucher musterte, und mißbilligte dessen schlampigen Aufzug, Strickjacke, offenes, verschmuddeltes Hemd. Heyer erschien im Regierungspalast, wie man ihn am Arbeitsplatz in Rakowen abgeholt hatte, wurde aber schließlich nach Prüfung seines Ausweises und vorsorglichem Anruf in Siebolds Sekretariat eingewiesen. Er tappte über Treppen und Flure, bis er die Amtszimmer des Landesobersten fand. Sie waren ebenso pompös eingerichtet, wie sie dessen Vorgänger, ein Nazi, hinterlassen hatte, mit kostbaren Möbeln und schweren Ledersesseln.

Kleiner Aufenthalt im Vorzimmer. In einer der Sitzgelegenheiten verschwand fast eine Dame mittleren Alters, sie trug ein Hütchen und ein sportliches Kostüm von bestem Tuch, das freizügig die Knie entblößte, eine Frau von Meisendorf, wie Heyer bald erfuhr. Siebold selbst öffnete die Tür zu seinem Arbeitszimmer, er freute sich, Heyer zu sehen, und rief: Da bist du ja.

Heyer grinste, er versuchte eine kleine, respektvolle Verbeugung und schickte sich an, den Kumpel zu begrüßen, aber im selben Augenblick erhob sich die Dame. Ich warte länger als der Herr.

Bitteschön!

Siebold ließ sie eintreten und winkte dem Heyer. Du kannst schon mitkommen. Er wies der Dame einen Stuhl vor seinem Schreibtisch zu, einem Riesenmöbel, nachgeahmtes

Barock mit klobigen Löwentatzen, während sich Heyer im entgegengesetzten Winkel des Raumes einen Platz auf dem Besuchersofa suchte. Er staunte, von wieviel Pomp und Protz der bescheidene Siebold beim Regieren umgeben wurde, und war neugierig, wie der sich bei dieser Arbeit verhalten würde.

Der Regierungspräsident fragte freundlich nach dem Anliegen der Dame.

Sie sagte: Mein Mann ist zehn Jahre lang Forstmeister in Bräunrode gewesen und jetzt entlassen.

Siebold erinnerte sich.

Frau von Meisendorf sprach mit Vorwurf. Dabei ist er erst neunzehnhundertdreiunddreißig Parteigenosse geworden und nur, weil er gemußt hat. Wir mußten ja alle. Jetzt soll er, ein Mann seiner Qualifikation, als Holzhauer arbeiten.

Er kann auch ins Sägewerk gehen.

Und sonst ist nichts zu machen?

Er kann überall arbeiten, nur nicht gerade in der Verwaltung. Da können wir Ortsgruppenleiter nicht gut gebrauchen.

Frau von Meisendorf zeigte sich besorgt. Ich halte es jedenfalls für bedenklich, Herr Präsident, daß Sie bewährte Fachleute entlassen. Sehen Sie, wir haben jetzt einen neuen Lehrer in Bräunrode, er soll früher Arbeiter gewesen sein, und ich hab gewiß nichts gegen diese Leute, aber da entdeck ich doch zu meinem Befremden, daß meine zehnjährige Tochter in einem Aufsatz Blume mit h schreibt. Ich habe das Heft mitgebracht, Sie können sich überzeugen, mit h. Blume! Ich hab ihr natürlich gesagt: Das ist falsch, mein Kind. Sie aber erklärt, wenn ich es nicht so mache, Mama, streicht mir's der Lehrer als Fehler an. Ich zeige den Duden, das Lexikon, sie läßt sich nicht überzeugen, sie weint. Ist das nicht schrecklich?

Siebold blätterte kopfschüttelnd in dem Schulheft, klappte es zu, um es über den Schreibtisch zurückzuschieben, und Frau von Meisendorf resümierte: Blume mit h, das ist unmöglich. Sie müssen etwas unternehmen.

Siebold entgegnete mit einiger Schärfe: Das haben wir ja.

Wir haben die Lehrer aus der Kaiserzeit in Pension geschickt, die überzeugten Nazis rausgeschmissen, und dieser neue Lehrer, wenn er, sagen wir, in zwei Jahren noch immer nichts kapiert hat, wird sich auch 'ne andre Arbeit suchen müssen. So lange wird Blume – vorübergehend – mit h geschrieben.

Damit erhob er sich hinter dem mächtigen Schreibtisch, zum Zeichen, daß die Audienz beendet war, und Frau von Meisendorf verließ das Amtszimmer mit erhobener Nase.

Der hätt ich es auch so gegeben, sagte Heyer.

Siebold grinste. Du machst ganz andere Sachen.

Heyer war nicht zum Lachen. Drei Tage und zwei Nächte hab ich im Keller zugebracht, bis ich auf den Gedanken kam, deinen Namen als den eines Freundes anzugeben. Drei Tage und zwei Nächte hab ich gegen das Mißtrauen angekämpft, bis ich endlich an einen Mann geriet, der verstanden hat, warum ich den Bauern eins vor den Bug knallen mußte. Ich würde heute genauso handeln.

Ein paar Kühe zu verhaften, ein paar Bauern einzuschüchtern, das ist doch kein Kunststück für einen Mann wie dich.

Was hätte ich sonst tun sollen?

Überzeugen!

Diese Strolche?

Es sind Leute, mit denen wir arbeiten müssen.

Heyer sagte: Ich hab lieber die anderen überzeugt, die Hungrigen im Dorf, die wissen jetzt, daß die Roten Leute sind, die etwas für sie tun.

Jetzt kehrte Siebold den Ministerpräsidenten heraus. Es geht doch nicht um ein paar Liter Milch, es geht um die Zukunft des Landes.

Heyer setzte dagegen: Wer im Kinderbett stirbt, hat keine Zukunft.

Siebold hatte längst seinen Platz hinter dem Schreibtisch verlassen und sich zu Heyer gesellt. Er sagte: Ich hätte versucht zu helfen, wenn du zu mir gekommen wärst. Es geht nicht darum, gegen uneinsichtige Bauern gewaltsam vorzugehen, Willi. Es geht darum, die Kriegsverbrecher auszuschalten. Das Gesindel hat sich verkrochen, in jedem Dorf verstecken sich welche von ihnen. Denen muß es gefallen, wenn du einen Rabatz veranstaltest, der von ihnen ablenkt. Du warst im KZ wie ich und müßtest wissen: Wenn wir heute nicht mit ihnen abrechnen, kostet es morgen wieder unser Blut.

Ja, meinst du denn, der Großbauer Heinemann wäre kein Nazi? fragte Heyer aufgebracht.

Red dich nicht raus. Du bist klug genug, zwischen Verbrechern zu unterscheiden und den vielen, vielen anderen, die durch Druck oder Demagogie Parteigenossen der Nazis geworden sind.

Die fassen wir mit Samthandschuhen an?

Denen geben wir eine Chance, sagte Siebold eindringlich. Denen geben wir Gelegenheit, sich wieder Vertrauen zu erwerben, indem wir mit ihnen arbeiten. Mit Druck gewinnst du keinen Menschen, ich erzähl dir doch nichts Neues. Aber was machst du? Du inszenierst eine komische Revolution in deinem Dorf: Der Kühekrieg von Rakowen. Operette! Und es gefällt dir auch noch, daß man überall im Lande lacht. Na schön, ich hab ja auch gelacht.

Siebold hätte längst fragen sollen, ob sein Gast eine Erfrischung wünschte, der war schließlich erst am Morgen aus dem Gewahrsam entlassen worden, womöglich mit leerem Magen, aber er wollte den Freund auf seine Seite ziehen, deshalb dozierte er weiter. Wir lösen unsere Aufgaben auf dem Lande nicht mit kleinen Gefechten und mit kleinen Siegen, es geht um mehr. Wir müssen die größte Revolution vorbereiten, die es jemals im deutschen Dorf gegeben hat: Bodenreform! Mit Leuten und für Leute, von denen sich viele das Denken abgewöhnt haben. Weißt du, was das bedeutet? Wir müssen das Volk vom Untertanengeist befreien, von der verfluchten Hörigkeit, von der Knechtseligkeit, die ihm anerzogen ist über die Jahrhunderte. Da kannst du dich beweisen, Willi, da zeige, was du kannst. Es ist leicht, zwei, drei Bauern lächerlich zu machen, es wird viel schwerer sein, Landarbeitern und Landlosen, von den Nazis Entmündigten, wieder das Denken beizubringen, damit sie begreifen, wie man für Frieden sorgen muß nach diesem gräßlichen Krieg.

Der Alte hatte in seinem Eifer gar nicht bemerkt, daß sein Gegenüber während der Belehrung manchmal die Augen verdrehte. Jetzt seufzte Heyer tief und sagte: Ich könnte behaupten, mein Kühekrieg hat den Leuten geholfen, sich die Hörigkeit abzugewöhnen.

Du gibst die Kühe unverzüglich zurück.

Heyer zuckte die Achseln. Meinetwegen. Inzwischen weiß ich, was die Viecher melken, keiner kann mich übers Ohr hauen.

Jetzt erst kam Siebold in den Sinn, den Besucher nach persönlichen Dingen zu fragen. Wie lebst du eigentlich? Hast du eine anständige Wohnung? Bist du allein?

Ich hab 'ne Menge Arbeit, ein Bett, ich bin unter Leuten. Mir geht es gut.

Siebold legte ihm eine Hand auf die Schulter. Du mußt mir heute abend mehr erzählen, jetzt schmeiß ich dich nämlich raus. Meine Frieda wird sich freuen, wenn du zum Essen kommst. Du, die kann Kartoffelpuffer einlegen, mit Essig und Zwiebelringen, daß sie wie Brathering schmecken. Du wirst dir alle zehn Finger lecken.

Keine Märchen

Eines Morgens brach Gertrud mit den Kindern auf, soviel die alte Habersaat auch barmte und weinte. Sie hatten kaum mehr in den Rucksäcken und Beuteln verstauen können, als sie im Mai nach Hause geschleppt hatten, gottlob war der kleine Junge wieder gesund, er lag im gewohnten Wägelchen, krähte vergnügt und ruderte mit den Ärmchen, denn der Tag war schön, und es gefiel ihm, daß der Wagen schaukelte, sobald er vorangeschoben wurde. Sie waren schon eine Weile unterwegs, als sie einen umgestürzten Baumstamm am Straßenrand liegen sahen, der ihnen als Sitzbank dienen konnte.

Gertrud lud zur Rast ein. Die Frau saß zwischen dem Jungen und dem Mädchen, sie zog beide für Augenblicke an sich, und ihr ging durch den Kopf, daß sie nicht wußte, wie alt Mala tatsächlich war. Wahrscheinlich fehlten ihr nur ein paar Monate bis zu ihrem zehnten Lebensjahr, sie war ein zartes, hübsches Mädchen geworden mit dunklen Mandelaugen und langem, gelocktem Haar, und der Junge, das wußte Gertrud aus den Papieren, sollte am ersten Juni zwölf Jahre alt werden, er war so blond und blauäugig, daß ihn niemand für Malas Bruder halten konnte. Den Säugling hatte sie Peter genannt. Ihr fiel ein, daß sie jedes der Kinder ungewollt und in der Nähe des Todes hatte an sich nehmen müssen, aber längst als ihr eigen Blut empfand. Ebenso hingen die Kinder an ihr und hatten sich ohne Widerspruch auf den Weg gemacht, weil sie begriffen, daß sie nicht bleiben konnten, wo ihrer Mutter Gefahr drohte.

Mala fragte: Wohin gehen wir?

In die Welt. Ich hab euch doch das Märchen erzählt von

einem Menschen, der ausgezogen war, weil er das Glück finden wollte. Wir machen es ebenso, wir suchen das Glück.

Ob wir es finden? wollte Stefan wissen.

Gertrud sagte: Zuerst muß ich Arbeit finden. Wenn ich Arbeit kriege, dann haben wir auch zu essen, dann haben wir Geld und können uns was kaufen.

Dann kaufen wir uns 'ne Gans, meinte der Junge.

Eine goldene, ergänzte das Mädchen.

Gertrud lachte. Es braucht keine goldene zu sein. Wir lassen sie ein Dutzend Gössel ausbrüten, die können wir vertauschen.

Gegen Schuhe.

Richtig, sagte die Mutter. Wenn wir neue Schuhe haben, können wir weitersuchen, bis wir Leute gefunden haben, bei denen es uns gefällt, und ein kleines Haus, in dem wir bleiben können.

Das wär aber schön. Mala gefiel die Geschichte, sie lächelte noch, als sie den Mann erkannte, der auf der Chaussee, von Gudweiden kommend, heranwanderte und zu ihnen trat. Es war der Bürgermeister Heyer, der so schön singen konnte: Suse, liebe Suse ...

Er fragte, wohin sie gehen wollten, und das Mädchen war es, das dem Heyer antwortete: Mutter sagt, wir müssen das Glück suchen.

Aha. Heyer schob den Hut aus der Stirn und meinte: Warum suchen, wenn man es selber machen kann?

Kann man das wirklich? fragte Gertrud spöttisch.

Ich glaube schon, wenn man was davon versteht. Zu den Kindern sagte Heyer: Wenn ihr unbedingt was suchen wollt, dann sucht mal einen großen Blumenstrauß auf der Wiese.

Mala und Stefan stoben davon.

Was ist passiert?

Ich will weg.

Warum?

Das geht Sie nichts an.

Vielleicht doch, sagte Heyer. Sehen Sie mal, ich bin der

Bürgermeister von Rakowen, und es geht mich schon etwas an, warum Sie das Dorf verlassen wollen. Wissen Sie denn überhaupt, wohin?

Gertrud hob die Schultern, und der Mann sagte: Mir können Sie keine Märchen erzählen. Das sieht nach einer Flucht aus.

Gertrud blickte dem Mann ins Gesicht. In Rakowen ist alles wieder beim alten.

Kann ich mir denken. Heyer nickte. Die haben sich die Kühe wiedergeholt. Trotzdem scheint mir, als liefen Sie vor sich selber weg.

Gertrud lachte. Jetzt erzählen Sie aber Märchen.

Soll ich mal? Heyer setzte sich zu der Frau. Es war mal ein hübsches junges Weib, das herrschte auf einem großen Herrenhof beinahe wie die Frau Königin. Mensch, was hab ich gegrübelt, die kennst du doch. Auf einmal ist es mir eingefallen, wie ich die Hakenkreuzfahne hissen mußte.

Gertrud hielt den Kopf gesenkt, und Heyer nahm die Erzählung wieder auf. War mal 'ne hübsche junge Frau, die hatte ein sehr schlechtes Gewissen. Eines Tages wollte sie ihm davonlaufen, irgendwohin, da hat sie die Klamotten gepackt, viele sind es nicht gewesen, da hat sie sich die Kinder geschnappt, da hat sie sich auf die Socken gemacht.

Na und? fragte Gertrud ärgerlich.

Heyer hob die Brauen. Sie trifft unterwegs einen Kerl, das war kein schöner Königssohn, und das Haar wurde ihm leider auch schon etwas dünn. Immerhin, es war der Bürgermeister, der fragte: Wohin des Weges, Jungfer, mit den lieben Kinderchen?

Gertrud erhob sich und klopfte ihre Röcke zurecht. Wissen Sie was, erzählen Sie Ihre Geschichten dem Wind.

Heyer zog sie auf ihren Platz zurück. Bleib mal schön sitzen. Ich hab keine Ahnung, was Sie verstört. Bißchen was weiß ich von den Kindern, da sag ich in meinem schlichten Verstand: Wer das getan hat, braucht vor niemandem wegzulaufen, auch vor sich selber nicht.

Lassen Sie mich doch in Ruhe.

Heyer sprang auf. Sie suchen das Glück, aber Sie wissen nicht, auf welcher Seite Sie es finden können.

Gertrud winkte ab. Aber Sie wissen das genau.

Denke schon, sagte Heyer. Ach, da geht es auch erst über hundert Berge. Keine einfache Sache, aber den Weg weiß ich. Am besten, Sie kommen gleich mit mir. Er reichte ihr die Hände, um sie hochzuziehen, und Gertrud ließ es sich gefallen.

Sie sind ein komischer Kerl.

Finden Sie? Er schob zwei Finger in den Mund, um gellend nach Mala und Stefan zu pfeifen, dann sagte er: Ich wollte auch mal eine Menge Kinder haben.

Warum haben sie keine?

Ach, sagte Heyer, was wissen Sie schon von mir?

Es war gegen Mittag, als der Bürgermeister mit Gertrud und den Kindern wieder in Rakowen Einzug hielt. Kaum daß sie die ersten Häuser passiert hatten, kam ihnen das Dorf wie ausgestorben vor, kein Mensch, der aus dem Fenster lehnte, keiner, der ihnen begegnet wäre. Erst später sahen sie den Rauch und die vielen Leute, die sich vor dem Gemeindehaus zusammengerottet hatten. Unter ihnen Hänsel, Frenzel und Heinemann, die Großmäuler, begleitet von ihren Eheweibern, an der Seite zeigte sich Jürgen Leßtorff in Gesellschaft Schneiders, und all diese Menschen hatten die Treppe des Gemeindehauses im Blick, auf der schluchzend das zerzauste Fräulein Wirsing hockte. Sie starrte auf den Unrathaufen zu ihren Füßen, das zerschlagene Mobiliar, die zu Klump getretene Schreibmaschine, die glimmenden Bücher aus Heyers Besitz und ein Thälmannportrait, das Heyer anstelle des Hitlerbildes neben seinen Schreibtisch gehängt hatte und dessen Glas jetzt zersplittert war. Auch das Haus bot einen schrecklichen Anblick, zerschlagene Fensterscheiben, zerrissene Gardinen. Viele Menschen umstanden schweigend die Stätte der Verwüstung, bis einer schrie:

Er kommt!

Da öffnete sich der Halbkreis, Heyer und seine Begleitung durchschritten die Gasse und standen wie erstarrt, als sie sahen, woran der Mob seine Wut ausgetobt hatte.

Gertrud bückte sich, um das Thälmannbild aufzuheben, Heyer nahm es ihr aus den Händen, er polkte die Glassplitter aus dem Rahmen und drehte sich zu den Leuten um. Wer war das?

Schweigen.

Heyer schien jeden einzelnen in der Menge zu mustern und brüllte: Wer ist das gewesen?!

Gertrud erschrak so, daß sie Irma, der kleinen Magd, die in vorderster Reihe stand, den Kinderwagen zuschob und auf Mala und Stefan deutete. Bring mir die Kinder nach Haus.

Heyer trat auf die verheulte Wirsing zu und wiederholte: Wer war das?

Das Fräulein putzte sich die Nase und wies auf die Menge hin. Viele, viele. Es hieß, Sie kommen nicht mehr wieder.

Heyer ballte zornig die Fäuste in den Hosentaschen und wandte sich den Leuten zu. Ihr habt geglaubt, ich wäre irgendwo verschüttgegangen, verhaftet, verurteilt, im Knast, und nun könntet ihr weitermachen im Dorf wie eh und je, stumpf und dumpf im alten Trott. Habt ihr wirklich gemeint, es hinge bloß an meiner Person, an Heyer, dem roten Hund, wie manche von euch sagen, ob ihr es könnt oder nicht? Ja, was habt ihr denn begriffen?

Nichts, sagte Gertrud und starrte auf Leßtorff, gar nichts.

Da gellte eine Stimme aus dem Menschenhaufen: Du halt das Maul!

Ich bin wieder da, rief Heyer, und hier soll jeder reden, der etwas zu sagen hat. Ihr dachtet also, ich würde nicht mehr wiederkommen. Ich will euch mal was sagen: In den letzten zwölf Jahren haben Tausende meiner Genossen das Land verlassen müssen, Tausende sind eingesperrt worden, in Zuchthäuser oder Konzentrationslager, Tausende hat man geköpft, erhängt, erschossen. Aber wir sind noch da. Warum wohl?

Weil der Traum von einer gerechteren Welt nicht totzukriegen ist, weil wir an das Gute im Menschen glauben, das sag ich, auch wenn es mir verdammt schwer fällt, an das Gute. Er stieß mit dem Fuß an zerborstenes Gestühl, trat es wütend beiseite. So holzte er sich durch bis zur Eingangstreppe, auf der immer noch das unglückliche Fräulein Wirsing hockte, und kehrte sich dann wieder zu den Leuten aus Rakowen um.

Viele mußten in den Tod gehen, sie haben an euch geglaubt zu einer Zeit, als fast jeder den verfluchten braunen Rattenfängern nachgelaufen ist bis in das eigene Unglück, bis in den Untergang, gehorsam und ohne Widerspruch. Aber heute sind manche so mutig, daß sie mir die Bude verwüsten und die Klamotten zerschlagen, sobald ich den Rücken kehre.

Gertrud suchte immer noch Leßtorffs Blick und sagte erbittert: Sie haben sich nicht geändert.

Heyer nickte. Ich kann es nicht verstehen, Millionen sind umgekommen, Millionen sind obdachlos und heimatlos, die halbe Welt ist verwüstet, und jeder ehrliche Deutsche hat Mühe, den Namen Deutschland auszusprechen, weil er mit Schande bedeckt ist und mit Blut besudelt. Und ihr glaubt wirklich, ihr könntet weitermachen, als wäre nichts gewesen? Ihr irrt euch, jeder von euch hat Schuld abzutragen, und einigen wird es an den Kragen gehen, ihr Scheißkerle! Ich bin wieder da. Jetzt will ich wissen, was ist los in Rakowen?

Der alte Leitkow, der unter den Leuten war, kämpfte sich bis in die erste Reihe. Dort stand er und rief aufgebracht: Warum schreist du: ihr, ihr, ihr? Wir sind nicht alle gleich.

Ihr tragt alle die gleichen Kappen. Für mich seid ihr alle gleich, solange ihr euch nicht unterscheidet, gab Heyer es ihm ebenso böse zurück. Trennt euch von den Lumpen!

Jetzt trat Gertrud neben den Bürgermeister. Sie fühlte sich in seiner Nähe beschützt, denn unter den vielen Menschen auf dem Platz war kein einziger, der ihr einen freundlichen Blick gegönnt hätte. Sie rief:

Er hat recht.

Da schrie Bauer Heinemann: Du bist die letzte, die sich aufspielen könnte. Nazizicke!

Das Schimpfwort traf sie wie ein Schlag. Sie sagte: Ich bin nicht anders gewesen als ihr, ich wollte was haben, ich wollte nicht mein Lebtag dienen, bei dir, bei dir oder dir. Ich hab's nicht besser gewußt, bis ich nach Polen gegangen bin, bis ich gesehen habe, daß Menschen zu Ungeheuern werden können, die andere Menschen totschlagen, so wie man ein Ungeziefer totschlägt, ohne was zu denken. Ich weiß, wer Menschen zu Ungeheuern machen kann, ihr kennt sie auch.

Von wem redest du, rief Frenzel.

Von uns. Erinnert ihr euch nicht an Erntedank neununddreißig? Ihr habt doch alle an der Allee gestanden, gewunken und gejubelt, als er auf Schloß Rakowen vorgefahren ist, dieser Doktor Frank, der Generalgouverneur in Polen gewesen ist, und die vielen anderen in den schwarzen Uniformen. Seit diesem Tag ist es manchem gut gegangen. Die Frau Gräfin kam zu hübschen Putten für die Freitreppe, und du, Hänsel, bist zu polnischen Zwangsarbeitern gekommen, und der Heinemann und der Frenzel und die Leßtorffs auch.

Du hast dir einen ganzen Polenhof angeeignet, schrie Heinemann aus dem Menschenhaufen. Und viele lachten bei seinen Worten.

Gertrud rief verzweifelt: Ich will nicht ein zweites Mal schuldig werden, ich will nicht mehr zusammen leben mit denen, die bloß einen Bauernkittel über die SS-Uniform gezogen und euch dazu gebracht haben, daß ihr heute in Rakowen gehaust habt wie die SS in Polen. Sie reckte den Arm gegen Schneider. Da steht so einer!

Mit einemmal wichen die Leute von dem Mann zurück, nur Leßtorff blieb an seiner Seite.

Schneider war als einziger auf dem Dorfplatz bewaffnet. Er zog die Pistole, er würde sich leicht eine Gasse freischießen, um sich zu retten, aber zuerst sollte das Weibsstück daran glauben müssen, das in Polen ganz selbstverständlich von seiner Dreckarbeit profitiert hatte und ihn heute schmählich verriet. Er hob die Waffe, aber Leßtorff fiel ihm in den Arm, und für Augenblicke rangen beide Männer erbittert, bis sich ein Schuß löste und Jürgen Leßtorff längelang zu Boden stürzte. Die Pistole hatte er mit sich gerissen. Schneider wollte sich bücken, aber Heinemann war schneller und trat auf die Armeepistole, und jetzt erst umringten andere Männer den Schneider und schlossen ihn schweigend ein in ihrem Kreis.

Heyer befahl: Bringt ihn ins Spritzenhaus. Dann trat er auf Heinemann, Frenzel und Hänsel zu, die bei der Leiche Leßtorffs standen, und sagte: Ihr seid seine Nachbarn gewesen, tragt ihn nach Hause.

Als die Frau davongehen wollte, rief Heyer sie bei ihrem Vornamen: Gertrud!

Sie wandte sich um.

Er fragte: Willst du mir ein bißchen beim Aufräumen helfen?

Die Treuhänderin

Die alte Frau Leßtorff saß auf einem der hochlehnigen Stühle ihres Prunkzimmers, aufrecht und stolz wie eh und je, schwarzgekleidet, kalkweiß im Gesicht, und neben ihr stand die Gräfin Palvner auf Rakowen mit so vergrämter Miene, als sei sie die Witwe Jürgen Leßtorffs.

Gertrud trat ein und wäre am liebsten umgekehrt, als sie sah, in wessen Gesellschaft sich die alte Bäuerin befand. Sie mußte sich überwinden, ehe es ihr gelang, die Türe hinter sich ins Schloß zu ziehen.

Die alte Frau sprach kalt und abweisend: Willst du mir kondolieren? Ausgerechnet du?

Bitte, Frau Leßtorff ... Gertrud überlegte immer noch, ob es vernünftiger wäre, umzukehren und auf eine bessere Gelegenheit zu warten.

Da klagte die Leßtorffbäuerin sie an: Er ist tot. Er ist deinetwegen umgekommen. Er hatte gehofft, du würdest ihm helfen, den Hof über die schlimmen Zeiten zu retten. Du hast ihm nicht geholfen, du hast dich an uns gerächt. Geh weg! Geh! Geh!

Sie machte eine scheuchende Handbewegung, und die Gräfin fragte mit Schärfe: Haben Sie nicht gehört?

Gertrud ließ sich nicht einschüchtern. Es hat Sie niemals interessiert, was ich empfunden habe, solange er mit mir gelebt hat. Warum sollte ich reden, wie mir zumute ist bei seinem Tod?

Was willst du dann?

Die Schlüssel des Hofes.

Wie bitte? Die Gräfin Palvner hielt den Kopf schräg, als hätte sie sich verhört.

Die Schlüssel, wiederholte Gertrud, die Bücher. Der Hof muß treuhänderisch verwaltet werden.

Wollen Sie das nicht uns überlassen, rief die Gräfin aufgebracht, und Gertrud antwortete: Die Gemeinde hat mich dazu bestellt.

Nun bist du am Ziel, murmelte die Leßtorffbäuerin.

Kein Mensch weiß, was es mich gekostet hat, auf diesen Hof zurückzugehn.

Die alte Frau lehnte sich haltsuchend im Stuhl zurück. Du hast mir mal gesagt – es ist lange her –, eine wie du könnte nicht vergessen, und einmal würdest du mir heimzahlen, was ich dir angetan hätte. Das ist deine Stunde!

Die Gräfin zitterte vor Erregung und rief: Mein Gott, wie schmutzig das ist und widerlich, daß ein Mensch zu solcher Niedertracht fähig ist. Der Tote liegt noch auf dem Schragen, und seine Hure rächt sich an der Mutter. Pfui Teufel! Gesindel, Gesindel!

Sie werden niemals begreifen, warum ich das tu, entgegnete Gertrud ganz ruhig.

O doch, höhnte die Dame, Sie sind geübt, sich fremdes Besitztum anzueignen.

Auch wenn dieser Hof aufgeteilt wird, ich will nicht den kleinsten Ackerzipfel haben. Ich werde in meiner Hütte bleiben und hier nur arbeiten, wie ich das früher getan habe.

Jetzt faßte die Gräfin nach den Händen der Leßtorffbäuerin, als wollte sie ihr vom Stuhl aufhelfen, und sprach beileidig: Liebe Frau Leßtorff, keine versteht besser als ich, was Ihnen angetan wird, was Sie fühlen, wie alleine Sie sind. Kommen Sie zu mir, lassen Sie mich für Sie sorgen. Ich bin es Ihnen, ich bin's dem Jürgen schuldig.

Die Alte wehrte sich. Ach was, ach was –

Es wäre nur ein Aufschub, meinte Gertrud. Ich habe mich sachkundig gemacht, Adlig Rakowen stammt aus jüdischem Besitz, es hat einem Bankherrn gehört, wir haben ihn noch gekannt. Ihr Mann hat das Gut für einen Spottpreis erwerben können, und Sie, Frau Gräfin, werden Schloß Rakowen über kurz oder lang verlassen müssen, wahrscheinlich über kurz.

Die Gräfin lachte hell. Solche wie Sie können uns nicht vertreiben. Wir sind nicht verlassen in Deutschland, die westlichen Alliierten sind auch noch da. Wieder hielt sie der Bäuerin die Hände hin. Bitte, Frau Leßtorff, kommen Sie mit mir.

Die Alte schüttelte den Kopf. Ich hab keine Zeit mehr, Frau Gräfin. Sie richtete den Blick voll auf Gertrud. Ich bin ein Leben lang die Herrin auf diesem Hof gewesen, heute muß ich zum ersten Mal bitten. Sie wiederholte so herrisch, wie sie früher einen Befehl erteilte: Ich bitte dich um was. Ich bin die letzte auf dem Hof, von hier ist der Weg nicht weit zum Friedhof, wo sollte ich sonst noch hin. Laß mich in meinen vier Wänden, solange ich's noch mache.

Dann kramte sie nach dem Schlüsselring in ihrer Rocktasche und legte ihn auf den Tisch. Gertrud nahm ihn an sich.

Sie sagte: Bitte bleiben Sie.

Dann riß sie die Stubentür auf und sprach zur Gräfin Palvner auf Adlig Rakowen: Gehen Sie jetzt. Wir müssen einiges besprechen, die Frau Leßtorff und ich.

Der Sommer nach dem Kriege

Es fiel Gertrud schwer, sich im ersten Sommer nach dem Krieg zu behaupten. Oft wußte sie nicht, wie sie all ihren Pflichten nachkommen sollte, die Familie zu versorgen, die Kinder aufzuziehen, ohne daß ihnen an allzu vielem mangelte, und dem großen Hof vorzustehen bei all der Verknappung, mit der sich die Menschen zu dieser Zeit abfinden mußten.

Die sowjetische Besatzungsbehörde hatte angeordnet, in ihrer Zone die Uhren zwei Stunden vorzustellen, damit sie nach Moskauer Zeit schlügen und den Bürgern wenigstens genügend Tageslicht für die Arbeit blieb. So wollte es abends lange nicht dämmern, und die Leute mußten am hellen Tag zu Bett, wenn sie sich ausschlafen wollten. Die Vernunft sagte Gertrud, daß kein Anlaß wäre, sich zu beklagen. Bei wem denn auch?

Und manchmal erinnerte sie sich an ihr Gelübde, an ihre heillose Flucht vor den Russen, an ihre Angst und jene furchtbare Nacht in einer halb zerstörten Kirche, als die Granaten heranheulten, um nicht weit von ihr zu bersten. In dieser Nacht war das Mondlicht auf das Antlitz der Madonna gefallen, so daß ihr schien, das Bildnis lächele, und sie hatte die Mutter Gottes um das nackte Leben gebeten: Ich wollte was haben wie die anderen, ich hab nichts mehr außer den Kindern, die mich brauchen. Ich will dir Kerzen kaufen, arm sein, hungern, Lumpen tragen, wenn du den Tod vorübergehen läßt. Tatsächlich war ihr und den Kindern das Leben geblieben, der gröbste Hunger hatte sie verschont, aber es kostete Gertrud alle Kraft, den Alltag zu meistern.

Ihre Mutter, die alte Habersaat, war trotz der Not erstaunlich gut bei Leibe, bewegte sich schwerfällig und barmte über

Schmerzen im Kreuz und im Knie, stand der Tochter aber zur Seite, so gut es eben ging. Sie kümmerte sich um die Kinder, solange Gertrud außer Hause war, und es wärmte ihr das Herz, wenn der Säugling über ihre Finger- und Kinderspielchen kreischte: Das ist der Daumen, der schüttelt die Pflaumen, der hebt sie auf, der trägt sie ins Haus ... und kille, kille mit dem kleinen Finger ... der ißt sie ganz alleine auf. Sie scheute die Windelwäsche nicht, aber der Hausputz war ihr ein Greuel, sie konnte sich ja kaum noch bücken, geschweige denn auf die Knie niederlassen, um mit dem Wischlappen zu hantieren. Das taten an ihrer Statt Mala und Stefan, wenn die Großmutter bereit war, zu ihrer Belohnung ein Märchen zu erzählen. Das tat sie auf eigenwillige Weise.

Es ist mal 'ne Königin gewesen, die lag mit Grippe oder was zu Bette und rief ihre Tochter. Ich möchte dich mit dem Königssohn des Nachbarlandes vermählen, also mußt du auf Fahrt. Du bekommst zu deiner Bedienung eine Kammerfrau und für die Reise den edelsten Zelter aus meinem Marstall: Falada. Bei diesen Worten nahm sie eine Stopfnadel aus dem Handarbeitskasten, piekte sich in den Finger und ließ drei Blutstropfen auf ein fein umhäkeltes Taschentuch fallen. Das sollte ein Talisman sein, damit der Prinzessin unterwegs nichts zustoßen konnte. Ich glaub ja nicht an solchen Zauber, und es hat ja auch nichts genutzt, wie ihr gleich hören werdet. Die beiden reiten also los. Es ist ein heißer Tag gewesen. Da kommen sie in ein Tal, durch das ein Bächlein plätschert. Der Königstochter klebt die Zunge am Gaumen, sie bittet die Kammerfrau: Es wäre nett, wenn du mir einen Schluck Wasser holen könntest. Das Miststück antwortet: Hol dir selber, was du brauchst. Die Königstochter muß vom Gaul, läuft zum Bächlein hinunter, beugt sich über das Wasser, und da ist etwas Unangenehmes passiert.

Stefan rief: Der blutige Lappen ist in den Bach gefallen!

Richtig, sagte die Alte, der Zauber war weg. Als sich die Königstochter rumdrehte, saß die Kammerfrau auf dem Zelter und befahl: Runter mit den feinen Klamotten! Reich mir den Kronreif. Wir tauschen die Rollen, und gnade dir Gott, wenn du nicht die Schnauze hältst. Wie heißt das Märchen?

Mala kannte es: Die Gänsemagd.

Ach, Falada, da du hangest, ach, Jungfer Königin, da du gangest, wenn das deine Mutter wüßte.

Die Alte erzählte von vertauschten Rollen und kam gar nicht auf den Gedanken, Mala oder Stefan könnten sich erinnern, daß sie nicht waren, als was sie in Rakowen galten. Es gefiel der Großmutter, mit den Kindern umzugehen, und ihr Selbstgefühl wuchs, als ein Neulehrer ins Dorf kam und die Kinder wieder zur Schule gehen mußten. Sie hatten bereits in Polen, während der Flucht und noch Monate später den Unterricht versäumen müssen und vieles nachzuholen. Die alte Habersaat behauptete, zu ihrer Zeit sei sie die Klassenbeste in der Dorfschule gewesen, und tatsächlich hatte sie noch so viel behalten, daß sie bei den Schularbeiten helfen konnte.

Von dieser Aufgabe war Gertrud befreit. Am meisten Sorge machte ihr der Leßtorffhof. Dank seiner Beziehungen zum Regierungspräsidenten hatte ihr der Bürgermeister Heyer zu einigem Vieh verhelfen können, das die Stallungen wieder belebte, zu ein paar Kühen und Schweinen und dem Nötigsten an Futter. Fräulein Wirsing überzeugte einige Flüchtlingsfrauen, sich auf dem Hof zu verdingen. Einige hatten bereits während des Kühekrieges gelernt, mit Tieren umzugehen. Außerdem sprach sich herum, daß bei Leßtorff den Dienstleuten ein schmackhaftes Mittagessen gereicht wurde. Niemandem war es gelungen, die Räucherkammer von Frau Leßtorff zu plündern, die hatte sie an Gertrud übergeben, und so kam es, daß die Köchin, eine Umsiedlerin aus dem Böhmischen, noch immer die Kartoffelsuppe mit ausgelassenem Speck schmälzen konnte. Sogar Heyer und Fräulein Wirsing kamen zu Tisch und lobten die Küche. Manchmal nahmen an der langen Tafel in der Gesindestube mehr Leute Platz, als Jesus der Herr beim Abendmahl um sich versammelt hatte, und da Heyer ein lustiger Mensch war, gelang es ihm oft, die abgerackerten Leute beim Tischgespräch zu erheitern. Gertrud hatte also genügend Helfer, aber die größten Schwierigkeiten, das Ablieferungssoll, das dem Hof auferlegt war, zu erfüllen. Sie setzte ihre Hoffnungen auf die Ernte im Herbst.

Während der letzten Kriegswochen hatten einige der Felder nicht bestellt werden können und lagen brach, aber die Wintersaat war noch von den polnischen Zwangsarbeitern ausgebracht worden und stand prächtig auf dem Halm. Übrigens hatte es der Zufall oder die Liebe gewollt, daß Gertrud zu einem Adjutanten gekommen war. Eines Tages erschien Irma in Begleitung eines schmächtigen Kerlchens, das sie als Freddi Neuschulz vorstellte, ihren Verlobten, wie sie nachdrücklich hinzusetzte. Gertrud hatte gratuliert und den Jungen betrachtet, er war nicht älter als Irma, vielleicht zwanzig, einundzwanzig Jahre, kaum größer als das Mädchen, aber dünner, ein rechter Hänfling. Aber die kleine Magd pries ihn vor Gertrud als einen wahren Herkules, der ihr zuliebe auf dem Leßtorffhof arbeiten würde, unter einer Bedingung.

Welcher denn, Irma?

Er muß in meiner Kammer schlafen.

Meinetwegen, hatte Gertrud gesagt und den Jungen angestellt, der sich bald als umsichtiger und fleißiger als mancher Großknecht erwies, der früher bei den Leßtorffs gedient hatte.

An einem jener Sommerabende, die nicht dämmrig werden wollten, hatte Heyer an die Tür des letzten Häuschens im Dorf geklopft und bei Gertruds Mutter artig gefragt, ob er die Tochter zu einem Spaziergang abholen dürfe. Die Alte lächelte breit. Mal sehen, was sich machen ließe, sie wolle mit Gertrud reden, die erschöpft von der Arbeit gekommen sei und sich frisch machen müsse. Sie verschwand im Katen und kam mit guter Nachricht zurück. Der Herr Bürgermeister müsse sich aber ein wenig gedulden und könne auf dem Bänkchen an der Hintertür des Häuschens warten, sie würde ihm Gesellschaft leisten.

Das tat sie auch wie eine gewiefte Kupplerin, erzählte, wie sehr der Tochter ein wenig Ablenkung zu gönnen sei, und verschwieg nicht, woran es der kleinen Wirtschaft mangelte, vor allem natürlich an einem kräftigen Mann, der Zaun sei morsch, und dann der Ärger mit dem Wasser, die Plumpe stehe viel zu weit vom Haus entfernt und vieles andere.

Heyer sicherte zu, sich der Schäden anzunehmen.

Endlich kam Gertrud. Sie hatte das Haar nicht allzu streng an den Kopf gekämmt und sah hübsch aus. Das Sommerkleid war tief ausgeschnitten, der Rock schwang und wippte, wenn sie des schmalen Pfades wegen vor dem Mann spazieren mußte. Bald redeten sie dies und das und hatten auch einen verschwiegenen Platz gefunden, an dem sie sich niederließen. Gertrud erinnerte sich an ihre Frage während des gemeinsamen Rückweges nach Rakowen. Warum haben Sie keine Kinder? Und ihr fiel auch seine Antwort ein: Was wissen Sie von mir?

Heute erzählte ihr Heyer einiges. Sie hörte ihm gern zu und erschrak, als mit einemmal die Fledermäuse über ihnen taumelten. Es dämmerte.

Es wird gegen zehn sein. Ich muß früh raus.

Bleib noch ein bißchen. Er rückte zu ihr, und vielleicht war es ein Zufall, daß sie sich plötzlich berührten. Mit einemmal umschlang er sie, küßte sie auf die Wange und endlich auf den Mund. Gertrud fühlte, wie groß seine Erregung war, und genierte sich nicht, sein Glied zu befreien, das ihr schwingend entgegenkam, sooft sie es liebkoste.

Was machen wir jetzt?

Er flüsterte: Erlöse mich.

Auf dem Heimweg redeten sie nicht viel. Es war schön. Für mich auch. Ich dachte, es sei längst vorüber, sagte Heyer. Das dachte ich auch.

Von diesem Abend an trafen sie sich öfter, und die alte Habersaat, die das Paar begünstigte, profitierte davon. Der Zaun vor ihrer Hütte war bald gerichtet, und Heyer, der gelernte Schlosser, hatte sich auch als Klempner bewährt, eine

Leitung vom Brunnen bis in die Küche verlegt und dort an einer Flügelpumpe angeschlossen, so daß die Katenbewohner nicht länger wegen jedem Eimer Wasser ins Freie oder winters gar in die Kälte mußten.

Zu Aufregungen kam es wegen der Bodenreform. Noch vor dem Herbst hatte die sowjetische Besatzungsbehörde ein radikales Dekret erlassen, dem die anderen Siegermächte nicht widersprachen. Die Einzelheiten waren in der Zeitung nachzulesen. Alle Höfe oder Güter über hundert Hektar sollten enteignet werden zum Nutzen von Millionen Flüchtlingen, die eine Bleibe brauchten, weil man sie nach dem Krieg gezwungen hatte, ihre angestammte Heimat zu verlassen.

Der Leßtorffhof war durch dieses Gesetz nicht betroffen, wohl aber Adlig Rakowen, das immer noch über tausend Hektar Land- und Waldbesitz verfügte.

Eines Tages begleitete Irma, die kleine Magd, ihren Verlobten zur Schmiede des Dorfes, weil eines der Pferde beschlagen werden mußte. Der Schmied stammte aus Ostpreußen, ein großer Mann von dreißig Jahren mit starken Muskeln. Er hatte sich des hellen Schmiedefeuers wegen seines Hemdes entledigt, trug nur die lederne Schürze über der Hose, sein nackter Oberkörper glänzte. Der dünne Neuschulz verschwand fast neben diesem Kerl, und Irma sprach bewundernd: Sie haben aber was auf dem Körper.

Der Schmied hieß Fritz Dallmann, er ließ seinen Bizeps spielen und lächelte. Fühl mal!

Das ließ sich Irma nicht zweimal sagen. Ein starker Mann ist eben auch mal was Schönes.

Der kleine Neuschulz hatte kaum Fleisch auf den Rippen, konnte aber eindrucksvoller als sein Rivale mit den Augen funkeln und zischte: Ich schmeiß dir gleich den Ring vor die Füße.

Laß mal, sagte Irma, du wächst ja noch.

Es schmeichelte dem Schmied, daß ihn die kleine Magd bewunderte. Er packte einen Eisenstab, spannte die Muskeln, sein Hals schwoll an, und das Gesicht rötete sich, als sich das Metall zwischen seinen Fäusten krümmte.

Irma stöhnte vor Begeisterung und strahlte, als der Bürgermeister Heyer die Schmiede betrat und an die Mütze tippte. Irma fragte: Können Sie das auch?

Heyer wiegte den Kopf, ließ sich einen eisernen Stab geben und bewies schließlich, daß er dem starken Schmied nicht nachstand.

Freddi Neuschulz rief abschätzig: Mit Gewalt!

Heyer warf das Eisen zur Seite. Recht hast du, Junge. Kraft allein ist gar nichts. Ich suche einen Mann von Charakter. Du kannst doch mit Pferd und Wagen umgehen?

Wenn's weiter nichts ist.

Bißchen mehr ist da noch, meinte Heyer. Wir müssen die Frau Gräfin Palvner auf Adlig Rakowen ausquartieren.

Irma hielt sich im ersten Schreck den Mund zu. Schließlich sagte sie: Er braucht einen Dummen. Weshalb holt er nicht die Gendarmen?

Weil sie unseren Dorfpolizisten rausgeschmissen hat mitsamt dem Enteignungsbescheid. Der Mann hat versagt.

Als er das hörte, warf sich Neuschulz in die schmächtige Brust und sprach: Ich mach es. Dann wendete er sich an den Schmied: Kommst du mit?

Dallmann kratzte sich am Kopf.

Solche Muskeln, aber kein Kreuz, höhnte Neuschulz.

Und was danach geschah, erzählten sich die Leute in Rakowen noch viele Jahre später.

Zuerst fiel niemandem auf, daß Freddi Neuschulz ein Pferdegespann durchs Dorf führte, das einen jener gummibereiften Kastenwagen zog, die gewöhnlich mit Grünfutter beladen werden, dies geschah ja alle Tage. Irma, die kleine Magd, thronte hoch auf dem Bock und grüßte freundlich nach allen Seiten. Aber dann bemerkten die Leute, daß der Bürgermeister und der Schmied mit so ernster Miene neben dem Wagen einherschritten, als wollten sie einen Sarg zum Friedhof karren.

Heyer hatte den Dallmann überzeugen können, daß er einen Möbelpacker brauchte, und als sich das Gespann schließlich dem Schloß näherte, folgte ihm ein Zug von Neugierigen, unter denen auch viele Kinder waren. Vielleicht hatte der Bürgermeister, der so schön singen konnte, was Spaßiges im Sinn.

Das Gespann hielt vor der Freitreppe, Freddi half Irma vom Wagen, das Pärchen schlich sich hinter den breiten Rücken von Heyer und Dallmann zum Portal hinauf, und Heyer sah sich um, ob die Mannschaft vollzählig war, ehe er den Türknopf betätigte.

Nach einer Weile öffnete die Frau Gräfin selber die Tür. Ach, der Herr Bürgermeister. Was gibt es?

Heyer räusperte sich. Schönen guten Morgen. Sie sind enteignet, gnädige Frau.

Er setzte zu einer Erklärung an. Im Namen des Dekrets Nummer soundsoviel undsoweiter ...

Aber die schöne Frau unterbrach ihn: Sie können mich am Arsch lecken mit Ihrem Dekret.

Sie wollte ihm die Tür vor der Nase zuschlagen, aber Heyer klemmte den Fuß in den Spalt und erzwang sich und seinem Gefolge den Zutritt ins Schloß.

So bitte nicht, Frau Gräfin. Sehen Sie mal, als Sie an der Macht waren, haben Sie mich und meinesgleichen in die Zuchthäuser und Konzentrationslager gesperrt. Jetzt sind wir an der Macht, aber wir nutzen sie nicht auf Ihre Art, bei der Millionen zu Tode gekommen sind, auch der jüdische Besitzer dieses Schlosses, ein Herr von Rehbach, wie Sie sicher wissen. Die Arbeiterklasse ist höflich und freundlich. Ich habe in Herzberg für Sie Quartier gemacht, Stube, Kammer, Küche. Für den Anfang muß es reichen. Also bitteschön, runter von Rakowen.

Hinter Heyer und seinem Gefolge waren Leute aus dem Dorf eingedrungen, Frauen, Männer, Kinder. Sie sahen sich in der prachtvollen Halle um und berührten andächtig das kostbare Mobiliar.

Heyer rief: Alles bleibt an seinem Platz.

Die Gräfin wandte sich furchtlos gegen ihn. Ich habe an die Regierung in Schwerin geschrieben und Protest eingelegt. Der Bescheid ist noch nicht zurück. Mit Ihnen verhandle ich nicht.

Als Heyer sagte: Es wird nicht verhandelt, schrie die Gräfin: Machen Sie, daß Sie rauskommen!, und suchte ihr Schlafzimmer auf.

Heyer folgte so rasch, daß der Dame keine Gelegenheit blieb, sich einzuschließen. Er stand in der Tür, hinter ihm erhoben sich Neugierige auf die Zehenspitzen, um ihm über die Schulter zu spähen, und rissen die Augen auf, als sie bemerkten, was geschah.

Die Frau Gräfin begann sich zu entkleiden. Sie zog sich ein Stück nach dem anderen über den Kopf und streifte als letztes ihren Schlüpfer über den ansehnlichen Hintern. Ein Stöhnen ging durch die Menge. Einige der Frauen hielten sich die Augen zu.

Die Gräfin war ins Bett gesprungen, hatte die Daunendecke bis zum Kinn gezogen, und Heyer staunte, wie laut sie schreien konnte: Tür zu!

Er gehorchte in der ersten Verblüffung, lehnte von draußen an der Schlafzimmertür und fragte die kleine Magd: Wie lange braucht eine Frau zum Anziehen?

Irma hob die Schultern. Ich hab es schon mal in einer Minute geschafft.

Der Bürgermeister pochte energisch. Anziehen bitte! Abfahrt in zehn Minuten.

Hinter der Tür war die Gräfin zu vernehmen: Ich bin krank.

Die Neugierigen in der Halle des Schlosses sahen einander an, und manche grinsten, weil es schien, daß der Bürgermeister einer Persönlichkeit wie der Frau Gräfin auf Adlig Rakowen nicht gewachsen wäre. Heyer winkte ihnen beruhigend zu, und als es Zeit war, klopfte er noch einmal an und trat ein.

Er sprach wie zu einer Kranken: Ich bringe Sie zum Onkel Doktor.

Aber die Dame weigerte sich. Ich will nicht.

Sie müssen.

Ich bin nackt. Sie werden sich doch nicht an mir vergreifen?

Keine Sorge.

Heyer winkte den Gehilfen. Irma sammelte die Kleidungsstücke der Frau Gräfin ein, der Schmied und der kleine Neuschulz packten das weißlackierte Bett mit den vergoldeten Schnörkeln. Der Bürgermeister hob es am anderen Ende, und dann trugen sie die Schlafstätte mitsamt der Gräfin Palvner auf Rakowen durch die Halle und Schritt für Schritt treppabwärts bis zum Wagen hin.

Hau ruck! Schon war sie oben.

Die folgenden Wochen waren bestimmt von den Aufregungen, welche die Bodenreform mit sich brachte. Wer von den Vertriebenen, den ehemaligen Knechten, den armen Leuten im Dorf war berechtigt, Land zu übernehmen, um darauf zu siedeln und seine Familie zu ernähren? Heyer mußte seine ganze Autorität einsetzen, damit bei der Aufteilung des Landes alles seine Ordnung hatte, und konnte reinen Gewissens einen Brief an die Behörde diktieren, in dem es hieß, daß sich nach Ziehung der Lose und der Verteilung der Ländereien des ehemaligen Rittergutes Rakowen das Ortskomitee für Bodenreform zu einem Bauernhilfskomitee umgebildet habe, das sich bereits bewähre ...

Na, wandte die Wirsing ein, gestern soll ja wieder mal ein fürchterlicher Krach gewesen sein.

Aber Heyer beharrte auf seinem Text, das Hilfskomitee bewähre sich sowohl bei der Bestellung von Grund und Boden der Neuangesiedelten, Neuangesiedelten ... er suchte nach dem nächsten Satz.

Fräulein Wirsing half nach: Als auch, Herr Bürgermeister, als auch ...

... in der gegenseitigen Hilfeleistung mit Ackergerät und Gespann. Vielen Dank.

Wenig später wurde an das Fenster geklopft. Zu seinem Erstaunen sah Heyer, daß die alte Habersaat vorm Hause stand. Sie hielt ein Pferd am Zügel. Er öffnete rasch das Fenster.

Was ist los, Großmutter?

Die Alte deutete mit großer Geste auf den Gaul. Die verfluchten Russen haben mir das Fahrrad geklaut und dafür ein Pferd gegeben.

Sie zog den Klepper näher zum Fenster hin, und das hungrige Tier machte sich über die Geranien her, die Fräulein Wirsing zur Zierde des Hauses in die Kästen gepflanzt hatte. Die Blumen leuchteten in üppigem Ziegelrot, im Nu waren sie verschwunden.

Heyer erkundigte sich bei seiner Sekretärin: Blutet dir nicht das Herz?

Die Gute antwortete: Die Kreatur dauert mich, wickelte das Frühstücksbrot aus dem Papier, um das hungrige Tier zu füttern.

Also, Großmutter, was ist passiert?

Die alte Frau erzählte: Seit wir eine Bettstelle für den Jungen haben ... Gott, meine Tochter ist Ihnen ja so dankbar ... da war die Kinderchaise übrig. Die hab ich gegen ein Fahrrad getauscht, viel ist es ja nicht wert gewesen, aber wie oft muß unsereins über Land. In Gudweiden gibt es nämlich zweimal in der Woche 'ne Art von Wurstsuppe – viel Majoran. Wie ich nun unterwegs bin, komm ich ins Gespräch mit einem Soldaten, hübscher Mensch, ich hab kein Wort verstanden, und das Ganze muß ein Mißverständnis gewesen sein, jedenfalls nickt er mit einemmal, drückt mir das Pferd in die Hand, und mein Rad bin ich los gewesen. Jetzt muß ich womöglich auf meine alten Tage nach Wurstsuppe reiten.

Heyer wiegte den Kopf. Und diese Geschichte soll wahr sein?

Sie sehen doch, jetzt hab ich ein Pferd, und wie weiter?

Wo soll das passiert sein? fragte Heyer mißtrauisch

Auf der Straße nach Gudweiden.

Heyer meinte, er brauche nur mal mit dem Kommandanten zu sprechen.

Aber das wollte die alte Habersaat nicht, getauscht sei getauscht. Sie sagte: Sie kennen meine Gertrud, sie will und will nicht siedeln. Es handelt sich um eine Art von Gelübde, sie will kein Land, das anderen Leuten gehört hat. Ich kann nicht dagegenreden, sie hat einen aparten Charakter, ist aber sonst sehr tüchtig. Schade um das Mädel. Wer nimmt denn heute eine, die drei Bälger am Halse hat, es sei denn ein Sozialist.

Sie blickte dem Bürgermeister treuherzig in die Augen.

Ja, was denn nun, Großmutter? Was denn nun?

Endlich kam die Alte zur Sache. Mir denkt sich, wenn ich schon mal ein Pferd habe, brauch ich Futter, weil ich Futter brauch, brauch ich auch Acker, weil ich Acker haben will und meine Tochter nicht möchte, werde ich halt siedeln müssen. Hoffentlich komm ich nicht zu spät. Fünf Hektar genügen mir, wenn es nicht gar zu magerer Boden ist.

Großmutter, Großmutter ...

Die Alte begriff, daß sie schon halb gewonnen hatte, und gab dem Bürgermeister zu bedenken, daß er sie als sogenannte Landhungrige nicht abweisen dürfe und außerdem ein gutes Werk an ihrer Tochter verrichte, erziehungsmäßig undsoweiter.

Heyer schien überzeugt. Er sagte: Na gut, wenn ich es recht überlege, und verlangte von seiner Sekretärin ein Antragsformular. Das überreichte er der alten Habersaat mit den Worten: Du gefällst mir eigentlich, Großmutter.

Du mir auch, meinte die Alte.

Mühen der Ebene

Es setzte niemanden in Erstaunen, daß Gertrud, die jahrelang auf dem Leßtorffhof gewirtschaftet hatte, sich mit der Siedlung, die ihrer Mutter gehörte, gegenüber den eingesessenen Bauern behaupten konnte. Die Frau hat Glück, sagten die Leute. Wer sie besser kannte, wußte, wieviel Mühe es gekostet hatte, die Schweinemast aufzubauen und die beiden Kühe so gut im Futter zu halten, daß sie regelmäßig kalbten und Milch gaben.

Die Kinder hatten bald gelernt, die Tiere bis an den Waldrand zu führen, damit sie dort oder in den Straßengräben ihr Futter fanden, und die alte Habersaat genierte sich nicht, mehr als ein Dutzend Gössel auf dem Rasengrün des Schloßparkes zu hüten. Dort stand sie, eine barocke Erscheinung, auf einen Stab gestützt, unweit der Putten, und sprach mit Leuten, die vorüberkamen, gern über den Wandel der Zeiten.

Es hatte Gertrud verblüfft, als die Mutter ein Pferd nach Hause brachte und erklärte, daß sie das Tier behalten wolle und sich deshalb habe entschließen müssen, eine Neubauernstelle zu erwerben. Allerdings sei sie auf den Rat der Tochter angewiesen.

Gertrud durchschaute im Augenblick, daß ihre Mutter mit dem Bürgermeister im Komplott war, und ärgerte sich über Heyer. Der hatte ihr schließlich die Treuhandschaft über den Leßtorffhof aufgeladen, und es war schwer, nebenher eine eigene Wirtschaft zu betreiben, außerdem wußte er von ihrem Desaster in Polen und von ihrer Aversion, sich ein zweites Mal fremden Eigentums zu bemächtigen. In ihrem Grimm verweigerte sie sich tagelang, wenn Heyer sie zu einem Spaziergang oder gar zu einem Schäferstündchen überreden wollte. Der Leßtorffhof fordere ihre Kraft.

Sie hatte nach Jürgen Leßtorffs Tod und nach dem Wechsel der Schlüsselgewalt der alten Bäuerin versprochen, daß sie im Hause bleiben dürfe. Diese Versicherung war ihr heilig. Sie hielt ihre Hand über die herrische Frau, nahm sie vor den Gehässigkeiten des Personals in Schutz und sorgte dafür, daß ihr jeden Mittag eine gute Mahlzeit vorgesetzt wurde. Die einstige Herrin bewohnte ein paar Räume im Parterre und war so in der Lage, ihre Schätze im Auge zu behalten und gelegentlich zu berühren, das Silber, die kostbare Wäsche.

Eines Mittags, als Irma mit dem Tablett ins Zimmer trat und Mahlzeit rief, bekam sie keine Antwort. Sie sah die alte Frau starr in ihrem Sessel sitzen und ließ im Schreck das Geschirr zu Boden fallen. Frau Leßtorff hatte wohl nicht allzu lange dem Niedergang ihres Königshofes zusehen wollen und war davongegangen. Sie wurde neben ihrem Mann und ihrem Sohn in der Familiengrabstätte beigesetzt, und niemand fragte, wer die Gräber pflegte und mit Blumen schmückte.

Eines Tages übergab Gertrud die Treuhandgeschäfte an Freddi Neuschulz und Irma, die auch im Ehestand schnippisch geblieben war wie in ihren Jugendjahren, und konnte sich nun um ihr Höfchen kümmern.

Heyer hatte sich mit dem Russengaul angefreundet, bei ihm ging er brav vor dem Pflug, aber als die erste gute Ernte eingefahren wurde, passierte ein Unglück, das Gertrud zwang, wieder einen Schritt nach vorn zu wagen.

Es war im schönsten Altweibersommer, als Heyer die ersten prall gefüllten Säcke vom Dreschplatz zum Katen der Habersaat gefahren hatte, wo sie so verwahrt werden mußten, daß sie dem Diebesgesindel nicht in die Hände fallen konnten. Der sicherste Ort war der Dachboden der Hütte, er beherbergte einerseits die kleine Schlafkammer, bot aber noch genügend Raum für einen Speicher und hatte lange als solcher gedient, wie der Flaschenzug bewies, der am Balken über der Luke des Giebels hing.

Die alte Habersaat hatte sich in den Kopf gesetzt, ein kleines Erntedank zu feiern, und, da die Zwetschgen gerade reiften, einen Kuchen gebacken. Die Tafel wurde unter dem Apfelbaum gedeckt, und schon eilte Gertrud mit der großen blechernen Kaffeekanne und mit dem Milchkrug herbei und setzte sich zur Mutter und den Kindern. Sie reichte den Kuchen herum, nahm den kleinen Jungen auf den Schoß, um ihn zu füttern, und rief nach Willi Heyer und Neuschulz, der ihm half, weil sie fürchtete, die Kinder würden zuwenig von dem Gebäck übriglassen. Aber die Männer wollten zuerst mit der Arbeit fertigwerden, sie hatten die alte Mechanik in Gang gesetzt und hievten die letzten Säcke unter das Strohdach, als es plötzlich im Gebälk zu ächzen und zu knacken begann. Freddi rettete sich mit einem Sprung aus der Luke, Heyer trat verblüfft zurück, und die Frauen, die Kinder an der Kaffeetafel sprangen auf und schrien, als sie mit ansehen mußten, wie sich das Mauerwerk des Katens bauchte und schließlich mit Getöse unter dem Strohdach zusammenkrachte.

Die alte Habersaat stand, wie wohl Hekuba gestanden hatte, als sie die Tempel Trojas stürzen sah, und sprach:

Der Katen hat das bißchen Wohlstand nicht ertragen können. Dann führte sie den Schürzenzipfel an die Augen.

Gertrud hatte so oft gewünscht, die Hütte würde verschwinden, daß sie der Einsturz nur mäßig verstörte. Sie hielt die Kinder umschlungen und konnte sich eines Lachkitzels nicht erwehren, als sie die Mutter in tiefer Trauer sah. Tatsächlich, sie kicherte und fragte endlich den Bürgermeister: Was soll nun werden?

Heyer klopfte sich Dreck und Stroh vom Hemd und von den Hosen. Du wirst bauen müssen.

Die Kinder stimmten zu: Ein Haus mit großen Fenstern, wo die Sonne reinschauen kann. Und Stefan, der schon ein Weilchen mit den Schwierigkeiten der Pubertät kämpfte und sich genierte, wenn er sich in Malas Gegenwart entkleiden mußte, verlangte: Jedem Kind ein eignes Zimmer!

Gertrud faßte sich nachdenklich an das Kinn. Ich soll bauen?

Heyer nickte ihr zu, dann malte er mit dem Zeigefinger ein Viereck in die Luft: Und für mich baust du ein kleines Zimmer mit an.

Während der Bauzeit hatte Gertrud mit der Familie da und dort logieren müssen, auf dem Leßtorffhof, in der Pfarre, aber dann erhob sich ausgangs des Dorfes ein stattliches Haus an ebenjener Stelle, wo über hundert Jahre lang der schäbige Tagelöhnerkaten gestanden hatte. Das Haus war geräumig und verfügte sogar über eine verglaste Veranda, in der die Familie die Mahlzeiten einnahm. Übrigens hatte der alte Apfelbaum überlebt, er erhob sich mitten auf dem Hof, wo er Schatten spendete und Jahr für Jahr blühte.

Tatsächlich hatte Gertrud ihr Versprechen eingelöst und ein Zimmer für Willi Heyer vorgesehen. Sie war enttäuscht, als ihr der Mann eines Tages gestand, einziehen könne er nicht, er sei in die Landeshauptstadt Schwerin versetzt, und es ärgerte sie besonders, wie er seinen Entschluß begründete: Er müsse dem Ruf der Genossen folgen.

Sie hob die Schultern. Tu, was du mußt.

Bald reiste er nach Schwerin und betrat nach langer Pause wieder das Regierungsgebäude ganz in der Nähe des pompösen Schlosses. Diesmal wurde er nicht von einem mürrischen Pförtner eingewiesen, Siebold persönlich begleitete ihn zu den neuen Diensträumen, die den seinen an Protz und Prunk kaum nachstanden. Heyer war auf Siebolds Wunsch zu seinem Stellvertreter ernannt worden und sollte das Landwirtschaftsministerium leiten.

Nun sah er sich entgeistert um.

Siebold fragte: Wie geht es dir?

Bis jetzt ist es mir gut gegangen.

Du wirst dich eingewöhnen.

Heyer warf sich in einen der Sessel. Das war mir gleich so komisch. Nanu, denke ich, BMW vor der Tür des Gemeindebüros. Was wollen die Burschen? Da sagen die, morgen früh fängst du an im Ministerium.

Siebold lachte. Ich wußte keinen besseren Stellvertreter.

Heyer erhob sich. Du weißt doch überhaupt nicht, ob ich mich fürs Regieren eigne.

Später ließ er sich von Siebold durch das prachtvolle Haus führen, mit seinen Hallen und Säulen, dem barocken Stuck und dem schnörkeligen Treppengeländer. Er wiederholte: Ich eigne mich nicht fürs Regieren.

Das hab ich von mir selber auch gedacht und muß die Arbeit schon seit Jahren machen, antwortete Siebold. Er schien plötzlich über die Jahre gealtert und müde.

Heyer empfand Mitleid mit seinem Gefährten. Weißt du überhaupt noch, was das ist, ein Sommertag auf dem Dorf, wenn die Sonne knallt, daß du die Augen zukneifen mußt, was dann ein Baum ist, ein Schatten, ein Wind, ein See oder wenigstens ein Schluck Bier?

In vier Wochen will ich Urlaub machen, sagte der andere lächelnd. Bis dahin mußt du eingearbeitet sein.

Heyer lehnte an einem der Geländer und sagte: Zwölf Jahre habe ich durch die Nazis verloren, die besten meines Lebens, wie es so schön heißt.

Andere auch, warf Siebold ein.

Heyer glaubte, der alte Mann nehme seine Sorgen nicht ernst, und meinte mit einigem Nachdruck: Du, ich habe mein Dorf Rakowen in Ordnung gebracht, aber nicht meine ganz persönlichen Verhältnisse.

Sind es denn viele?

In Rakowen wartet eine ganz alte Liebe, sagte Heyer, 'ne Braut sozusagen, die kann dort nicht weg. Und ich bin kein Heiliger, oft ist es mir nach Weib und Kindern, nach Wärme. Dieses Haus ist mir zu kalt. Ich glaube nicht, daß ich hier arbeiten kann.

Du hast es mit lebendigen Menschen zu tun.

Frag nicht, was los gewesen ist, bis ich in Rakowen klargekommen bin, bis ich die paar hundert Leute auf meiner

Seite hatte, und jetzt geht's um tausend Dörfer, um hunderttausend Menschen, alle sehr lebendig. Aber es dauert, bis manchem das berühmte Licht aufgeht. Manchmal denk ich, Daumen drauf! Wozu haben wir die Macht?

Das gab dem Siebold wieder einmal die Gelegenheit zu dozieren. Damit wir jedermann beibringen, wie sie zu gebrauchen ist.

Das dauert mir zu lange. Mir dauert alles zu lange.

Enteigne jeden Käsehändler, jeden Kaufmann, jeden Schuster, treib jeden Bauern mit Gewalt in die Genossenschaft, wie es bei den Russen üblich war, und nenn es dreist den Sieg des Sozialismus. Du hättest nichts erreicht. Was ist unser Ziel? Den Leuten soll es gut ergehen, aber wir sind nicht mit Reichtum gesegnet in unserem kleinen Land wie die Deutschen auf der anderen Seite, wir haben keinen Marshallplan, keine bedeutende Industrie, keine Bodenschätze. Wir haben nur einen Reichtum, die Menschen, so wie sie nun einmal sind, und wir müssen alles tun, damit sie sich ihrer Kraft bewußt werden. Wir müssen sie mitregieren lassen. Das ist das Geheimnis der Erfolge.

Heyer fühlte sich keinen Deut besser, nachdem ihm Siebold die Leviten gelesen hatte, aber er blieb in Schwerin.

Der vierzigste Geburtstag

Im Juni wurde Gertrud vierzig Jahre alt, für sie kein Grund zu feiern. Sie hatte nie ein Gewese um das Datum gemacht, die großen Kinder kannten es wohl gar nicht, und selbstverständlich hatte sie in aller Frühe aus den Federn gemußt, füttern, misten, melken wie an jedem Tag. Sechs Kühe wollten versorgt werden, das war ihr Spaß, und das war ihre Last, die sie, ohne zu murren, ertrug. Wer hätte ihr denn helfen sollen? Der alten, schwerfälligen Mutter mußte man manches nachsehen. Die Kinder gingen eigene Wege, der Mann, an dem sie hing, hatte sich nicht an die kleine Wirtschaft ketten lassen, er war bei der Regierung in Schwerin.

Beim Neubau hatte Gertrud, getrennt von der Toilette, ein Badezimmer einrichten lassen, mit weißen Kacheln und einem riesigen Elektroboiler, der über der Badewanne hing. Sie genoß es, sich nach der Morgenarbeit gründlich zu duschen und zu frottieren, und betrachtete sich am Geburtstagsmorgen besonders aufmerksam im Spiegel. So siehst du aus mit vierzig Jahren, ein paar Fältchen da oder dort, ein winziger Ansatz zum Doppelkinn, graue Fäden, die im Blondhaar kaum zu sehen sind, Kleinigkeiten. Sie erblickte eine ansehnliche Frau, lächelte sich zufrieden zu, aber dann fragte sie sich, wie lange sie die Kraft haben würde, so schwer zu arbeiten wie ein Mann, und das Lächeln erlosch.

Gertrud hatte immer nur ungefähr gewußt, wie alt Mala war. Sie mußte um siebzehn sein, ein bildschönes feingliedriges Mädchen mit mahagonifarbenem Haar, das sie gern offen trug. Sie interessierte sich für jede Art von Viehzeug und Getier. Mala hatte an der Oberschule von Gudweiden die zehnte Klasse mit Bravour absolviert und danach die Mutter bestürmt, sie in Jürgensdorf anzumelden, einer renommierten Lehranstalt mit Internat, an der man das Abitur mit gleichzeitiger Berufsausbildung in der Tierzucht ablegen konnte. Sie wollte Tierärztin werden und hoffte, daß es ihr nach solcher Ausbildung schneller gelingen würde, einen Studienplatz zu bekommen, und Gertrud hatte sie seufzend ziehen lassen, obwohl sie glaubte, Mala wäre zu zart für einen solchen Männerberuf. Das Mädchen kam höchstens an den Wochenenden zu Besuch, aber auch das nicht mehr regelmäßig, sie hatte einen Freund gefunden, einen gewissen Jochen Schulze, der aus Gera stammte, ein paar Jahre älter war und bereits im vierten Semester Veterinärmedizin studierte. Der Junge war kräftig von Statur, ein leidenschaftlicher Motorradfahrer und so heftig in Mala verschossen, daß er an den freien Tagen lieber mit ihr zum Zelten an die Ostsee preschte, als nach Rakowen zu fahren. Die alte Habersaat begegnete dem angehenden Veterinärmediziner mit gewisser Hochnäsigkeit und ließ ihn spüren, daß sie ihn nicht für einen standesgemäßen Partner für die schöne Mala hielt. Einmal, als die Rede aufs Heiraten kam, hatte sie sogar abfällig bemerkt, Mala Schulze klinge nicht gut. Das Liebespaar zeigte nicht das mindeste Interesse, Gertruds Hof zu übernehmen, und Stefan, der Junge? Gertrud erinnerte sich, als wäre es gestern gewesen, eines Sommerabends im letzten Jahr.

Sie war mit den Kindern einen Feldweg entlanggeschlendert, der an ihre Äcker grenzte. Der Wind ging über die Ähren, daß sie sich bewegten und wiegten wie die Wellen auf dem See.

Gertrud sagte: Hundertmal bin ich hier gewesen, mein Gott, und wie oft die Pflanzreihen längs gestolpert, Hacke in den Fäusten, immer gebückt, und hab wenig gedacht, kaum was empfunden außer, das Kreuz tut mir weh, jedes Glied tut mir weh. Aber dann ist so ein Abend wie heute, auf einmal fühlst du dich anders und weißt, das bist du, das sind deine Kinder, du gehst mit ihnen über deinen Acker, über dein Stück Erde. Sie wandte sich ab, um eine Träne fortzuwischen.

Mala fragte besorgt: Was hast du, Mutter?

Ich denke gerade, daß ich an die zwanzig Jahre in der Weltgeschichte herumgelaufen bin nach einem Fleckchen Erde, das mir selber gehört.

Sie hockte sich am Feldrand nieder, Mala setzte sich neben die Mutter, der kleine Peter hatte eine Rute vom Weidenstrauch gebrochen und sie dem Stefan gereicht, damit der mit dem Taschenmesser ein Muster in die Rinde kerben sollte.

Stefan sagte: Da hinten zieht es dunkel auf.

Gertrud schützte ihre Augen mit der flachen Hand. Vor dem Gewitter ist so ein merkwürdiges Licht über dem Land, komisch. Man sieht alles, wie man es sonst nie gesehen hat, in fremden Farben, so ganz besonders, unser Feld, unser Haus, die Linde im Garten.

Stefan kicherte. Du hast es heute mit der Poesie.

Gertrud wollte ihm einen Katzenkopf versetzen, aber der Junge beugte sich lachend zur Seite.

Mala legte tröstend einen Arm um ihre Mutter. Ich versteh dich.

Der Junge lenkte ein. Ich finde es ja auch ganz hübsch.

Gertrud sah ihm prüfend ins Gesicht. Warum willst du weg von mir?

Ich will was erleben, sagte der Junge. Wie soll ich es erklären? In der Schule haben wir ein starkes Gedicht gelernt, Prometheus. Du wirst nichts von ihm wissen, Mutter. Er hatte den Göttern das Feuer geklaut und sich gegen ihre Macht aufgelehnt, weil er ihnen nichts verdanken und alles aus eigner Kraft vollbringen wollte, als Mensch und so. Er wollte unabhängig sein und hat sich gut gefühlt.

Wir haben doch auch was erreicht, meinte Gertrud.

Was meinst du, wie ich mich fühle, wenn ich hinter unserm lahmen Gaul in der Furche latsche? Aber mit einer Maschine von zwanzig, dreißig Pferdestärken unter dem Hintern und einen Schlag von zwanzig, dreißig Morgen unter den Rädern, das könnte mir gefallen. Es ist eben zweierlei, was ich will und was du mit mir im Sinn hast. Da muß ich auch mal kontern dürfen.

Gertrud sagte, ein wenig müde: Ich will dir mal was sagen, ich habe keines von euch Kindern geboren, aber ich habe jeden von euch zu mir genommen und wieder in die Welt gebracht mit so vielen – sie zögerte vor dem großen Wort und sprach es dennoch aus –, mit so vielen Schmerzen, daß ich das Recht habe, wie eure Mutter zu handeln. Ich hab euch gelobt oder ein paar hinter die Löffel gehauen, wie ihr es verdientet, und ich hau dir auch heute noch ein paar hinter die Löffel. Hast du nicht alles, geht's dir nicht gut bei mir?

Der Junge war blond und großgewachsen, Gertruds ganzer Stolz. Er hatte zehn Klassen der Oberschule besucht und dann eine Lehre als Landmaschinenschlosser abgeschlossen. Das hatte Gertrud gefallen, auf ihrer Wirtschaft wurde allerlei Gerät benutzt, das instand gehalten werden mußte, und wer wußte denn, ob sie nicht eines Tages in der Lage wäre, einen eignen Traktor anzuschaffen. Stefan war die zweite Hand auf dem Hof und der Mutter unentbehrlich geworden. Sie hing an dem Gedanken, der Sohn würde eines Tages ihr Nachfolger sein. Übrigens kannte sie das Gedicht vom Prometheus, sie sagte: Bei mir hast du eines Tages den eignen Herd und das Feuer dazu.

Seine Antwort mußte sie enttäuschen. Laß mich auf die Maschinen-Traktoren-Station nach Gudweiden. Abends hast du mich zu Hause, nach Feierabend geh ich dir zur Hand.

Sie war traurig und wußte, was sie sich damit auf den Hals lud. Schließlich gab sie widerwillig nach: Meinetwegen.

Zu dieser Zeit waren überall im Land Maschinen- und Traktorenausleihstationen entstanden, bekannt unter dem Kürzel MTS, die den Landwirten die notwendige Technik zur Verfügung stellen sollten. Siebold, der erste Mann im Land, nannte sie Stützpunkte der Arbeiterklasse, und auch Willi Heyer förderte ihre Einrichtung, die zwingend geworden war, weil die vielen Neubauern ohne solche Hilfe gar nicht in der Lage gewesen wären, sich gegenüber den alteingesessenen Bauern zu behaupten. Auch in Gudweiden gab es eine MTS.

Eines Morgens klopfte Gertrud an die Tür des Personalbüros, wartete, bis Herein! gerufen wurde, und führte ihren Sohn ins Zimmer.

Der Leiter hieß Brachmann, ein vierschrötiger, nicht sonderlich freundlicher Mann. Er trug das Parteiabzeichen am Revers und fragte: Wie kann ich helfen?

Gertrud hatte sich fein gemacht, das Haar straff zurückgekämmt und ihr neues Kostüm angezogen.

Sie stellte ihren Sohn vor: Das ist Stefan, da ist sein Lehrzeugnis, gut, wie Sie sehen können. Ein tüchtiger Junge, ohne ihn hätte ich die Siedlung nicht hochgebracht, aber nun hat er Lust auf Maschinen, und er versteht was davon. Können Sie ihn gebrauchen?

Brachmann meinte: Das Zeugnis ist gut, aber jeder eignet sich für unsere Arbeit nicht. Wir brauchen Jungen von Charakter, solche, die nicht gleich umfallen, wenn sie mit den Bauern diskutieren müssen, die nicht gleich die Prinzipien verlieren, wenn einer mit der Speckseite winkt.

Er blickte streng auf Stefan. Bist du Mitglied in der Freien Deutschen Jugend?

Nein, sagte der Junge. Bei uns existiert sie nicht.

Freier Deutscher Gewerkschaftsbund?

Gertrud antwortete aufgebracht: Hätte er sich denn gegen die eigene Mutter gewerkschaftlich organisieren müssen?

Brachmann bohrte weiter: Mitglied der Deutsch-Sowjetischen Freundschaft?

Nein, sagte der Junge unglücklich.

Da fragte dieser Personalchef: Mensch, kannst du wenigstens singen?

Und Stefan, der unbedingt die Arbeit haben wollte, schmetterte aus voller Kehle: Heut ist ein wunderschöner Tag, die Sonne lacht uns so hell.

Brachmann war beeindruckt. Der Junge hat einen schönen Bariton. Er ist eingestellt. Der Mutter teilte er mit: Unser Chor ist bis Berlin berühmt, wir probieren aber auch zweimal die Woche.

Stefan fragte: Und die Arbeit?

Komm, sagte der Personalchef und legte seinen Arm um die Schulter des Jungen, ich bring dich zu deinem Brigadeleiter.

Gertrud folgte. Später sah sie, daß der Junge einen Traktor bestieg und davonfuhr. Sie stand gegen die Sonne und hob den angewinkelten Arm vor die Augen, vielleicht sollte Brachmann nicht sehen, daß ihr die Tränen kamen. Der Mann fühlte dennoch, wie es um sie stand. Das ist ein komischer Augenblick, nicht wahr, wenn man die Hand loslassen muß, damit sie davongehen können ins Leben. Man kommt sich vor wie 'ne Hühnerglucke, die Entenküken ausgebrütet hat, sie gehen ins Wasser, man steht hilflos am Ufer, und sie hauen einfach ab.

Am Morgen ihres vierzigsten Geburtstages ging Gertrud vieles durch den Kopf, und über manches, das sie in letzter Zeit verwirrt oder erbittert hatte, hätte sie gern mit Willi Heyer gesprochen.

Da war diese merkwürdige Veranstaltung im Saal des Schlosses Rakowen. Das stolze Gebäude war längst zu einer Schule umfunktioniert worden, der Festsaal diente als Aula, manchmal wurde er auch als Versammlungsraum genutzt wie an einem der letzten Wochenenden, als Freddi Neuschulz die Gemeindevertretung und alle Bauern eingeladen hatte, um für die Genossenschaft zu werben. Der junge Mann war jetzt der Bürgermeister von Rakowen, besaß aber längst nicht die Autorität, wie sie Willi Heyer nach dem Krieg genossen hatte, und jedermann wußte, daß er bis heute Schwierigkeiten hatte, den Leßtorffhof als Treuhänder zu verwalten. Er erhoffte sich von der Bildung einer Genossenschaft auch die Lösung der eigenen Konflikte und hatte zu seiner Unterstützung einen Agitator aus der Kreisstadt gerufen, einen gewissen Krause, der die Versammlung gegen sich aufbrachte, weil er auf lächerliche Weise argumentierte, indem er den Leuten Fragen stellte, um sie selber zu beantworten.

Wollt ihr zurückstehen gegenüber anderen Dörfern, liebe Freunde? Nein, das wollt ihr nicht.

Willi Heyer hatte sich dafür eingesetzt, daß der Schloßsaal seinen barocken Glanz behielt, zwischen Stuckelementen prangten die Deckengemälde in satten Farben, und die kristallnen Lüster funkelten wie bei schönen Festen. Allerdings hatte man auf dem Parkett mehrere Reihen von Biergartenstühlen aufgestellt, damit genügend Leute Platz finden konnten, und den Barocksaal verfremdet durch einen langen Tisch, der mit blutrotem Fahnentuch bedeckt war, das bis zum Boden reichte.

An dieser Tafel hatte das Präsidium Platz genommen, unter ihnen Freddi Neuschulz und der Agitator Krause.

Der Mann pries zuerst die Maschinenparks der MTS. Hat sich diese Einrichtung bewährt? Jawohl, liebe Anwesende, sie hat den Bauern die schwerste Arbeit leichter gemacht, und das ist gut so. Genauso richtig ist es, daß man auf tausend Splitterflächen moderne Großmaschinen nicht ausnutzen kann, jeder Feldstein ist im Wege, jeder Grenzstein ein Hindernis. Wie arbeitet man also? Man arbeitet unökonomisch. Moderne Technik ist mit Handtuchwirtschaft sowenig zu koppeln wie mit Manufaktur. Schon Karl Marx hat gesagt – ihr gestattet, daß ich zitiere –, das Parzelleneigentum schließt seiner Natur nach aus: Entwicklung gesellschaftlicher Produktivkräfte der Arbeit. Und welche gesellschaftliche Form der Arbeit ist gemeint? Gemeint ist die Viehzucht im großen Maßstab, die progressive Anwendung der Wissenschaft.

Krause erläuterte dies und das, bis er endlich auf das Wesentliche kam. Genossen, Freunde, Folgendes: Ihr in Rakowen müßt begreifen, was Fortgeschrittenere längst begriffen haben, der Kleinbetrieb ist überlebt, gemeinsame Großproduktion ist vorteilhaft. Wollt ihr zurückstehen? Nein, das wollt ihr nicht. Ihr seid in der Mehrzahl Neubauern, seid Arbeiter gewesen und erkennt die Überlegenheit des Großbetriebes gegenüber der Schrebergartenwirtschaftsweise, deshalb rufe ich euch heute abend zu: Gründet auf freiwilliger Basis eine Produktionsgenossenschaft!

Krause nahm Platz und blickte überrascht in die Menge,

nicht eine Hand hatte sich zum Beifall gerührt, nur der kleine Freddi Neuschulz ließ ein paar schüchterne Klatscher hören und sagte ärgerlich:

Freiwillig, habt ihr gehört? Keiner von uns legt die Pistole auf den Tisch, aber hier geht keiner nach Hause, ehe er nicht bei mir ein Antragsformular abgeholt hat.

Schweigen im Saal, verschränkte Arme, hängende Mundwinkel, abfälliges Geraune.

Auch Leitkow hatte an der fahnentuchbedeckten Tafel Platz genommen. Er räusperte sich kräftig, ehe er in die Stille rief: Wortmeldungen bitte!

Nicht einer hob die Hand, Freddi Neuschulz wollte es nicht glauben. Er rief verzweifelt: Wer haut sich für den Fortschritt in die Bresche? Ich bin auf jeden Fall dafür. Wer noch?

Jetzt sah er, daß sich Gertrud erhob und nach vorne schritt. Er rief erleichtert: Ach du, und zischte dem Mann aus der Stadt ihren Namen zu.

Krause erhob sich, um der Frau das Wort zu erteilen, indem er sie zweimal falsch beim Namen nannte: Es spricht jetzt die Bäuerin Kallweit, eine vorbildliche Landwirtin, habe ich mir sagen lassen, die ihre Pflichten gegenüber dem Staat stets beispielhaft erfüllt. Hören wir, was die Bäuerin Kallweit zu sagen hat.

Gertrud fragte mit erhobener Braue: Sie sind kein Bauer, was?

Wieso?

Sie hätten anders mit uns geredet und nicht eine Phrase an die andere gereiht, sagte Gertrud. Wir hatten mal einen Bürgermeister in Rakowen, das war auch kein Bauer, Schlosser ist er gewesen, der hat es uns manchmal nicht leicht gemacht, aber er hat nichts getan, was er nicht vorher mit uns beraten hätte. Dazu gehörte auch manchmal ein Widerwort. Ich hab immer gedacht, damit beginnt die Demokratie.

Krause hob die Hände, um Gertruds Attacke zu stoppen. Ja, tu ich denn was anderes? Sprechen wir nicht miteinander, Frau Kallweit?

Sie wissen nicht, was Sie von uns verlangen.

Ich verlange bloß, daß ihr den Kriterien der Vernunft folgt und euch zusammenschließt.

Fünfundvierzig haben wir mühselig genug aufgeteilt, was mal zusammengehört hat.

Die Zeiten ändern sich. Was damals richtig war, ist heute überholt.

Frau Gertrud hielt dagegen: Als ich mich damals endlich entschlossen hatte, Land zu nehmen, hat mir keiner gesagt, daß man es mir ein paar Jahre später wieder wegnehmen wollte.

Und als der kleine Neuschulz mit der flachen Hand aufs Fahnentuch drosch, um ihr zu widersprechen: Wer will dir was wegnehmen? holte sie zu einem Hieb aus, der ihn traf:

Was ist denn Kolchose anderes?

Kreischendes Gelächter im Saal, Riesenapplaus.

Krause stützte sich mit den Fingerspitzen auf das rote Tuch und stieß das Kinn nach vorn. Woher beziehen Sie solche Argumente, Bäuerin Kallweit? Vom RIAS?

Von hier, sagte Gertrud und legte eine Hand aufs Herz. In der Not habe ich Land bekommen, das hatte mal anderen Leuten gehört. Ich hab mich darauf geplagt. Die Kinder sind klein gewesen, was haben sie helfen können? Mit meinem Schweiß ist es mein eigenes Land geworden. Ich hab mir ein Haus gebaut aus den Steinen der Schloßparkmauer, ich habe sie gebrochen und mit den Kindern weggeschleppt, und es ist mein eigenes Haus geworden. Ich bin stolz auf das, was ich habe, und das gebe ich nicht mehr her, nicht an die Gräfin Palvner und schon gar nicht an die Kolchose.

Da stand sie, hochaufgerichtet, die Leute rappelten sich von ihren Plätzen auf, um ihr Beifall zu zollen, und dann brachen sie geräuschvoll auf, um den Saal zu verlassen. Gertrud folgte ihnen und vernahm noch, was ihr der kleine Freddi Neuschulz hinterherrief: Du hörst von uns, verlaß dich drauf!

Am Ausgang traf sie auf Janko, den feisten Viehhändler aus Möllentin. Er raunte der Gertrud zu: Morgen haben Sie die Polizei auf dem Hals. Wenn ich einen Tip geben darf – Hauen Sie ab! Die guten Bauern haun jetzt alle ab. Wenn Sie vorher noch das Pferd verkaufen wollen oder sonstwas vom Inventar, ich steh im Telefonbuch.

Gertrud wollte keine Kumpanei mit diesem Menschen. Sie ließ ihn stehen.

Heute war also Gertruds vierzigster Geburtstag. Sie fand den Frühstückstisch hübsch eingedeckt, als sie am Morgen die Küche betrat, ihre Mutter hatte eine Decke aufgelegt, was für gewöhnlich nur an den hohen Feiertagen geschah, und in der Mitte der Tafel prangte ein Strauß blauer Akelei, den hatte Peter in aller Frühe im Garten gerupft. Er saß schon hinter seinem Milchtopf und krähte: Alles Gute zum Geburtstag, als Gertrud an den Tisch trat.

Sie bedankte sich mit einem Kuß und berührte dann auch die stachlige Wange ihrer Mutter. Die hatte zur Feier des Tages eine frisch gestärkte Schürze vor den Leib gebunden und hielt schon die Kaffeekanne in den Händen.

Glückwunsch, Gertrud. Sie schenkte ein, schmierte später dem Jungen ein Schulbrot, das sie mit Wurst belegte und in Pergamentpapier wickelte. Der Kleine verstaute es im Schulranzen, winkte noch einmal und machte sich auf den Weg.

Gertrud blickte ihm nach. Ob der mal bei uns Alten bleibt?

Na hör mal, verwies sie die Mutter, es steht dir nicht an, vom Alter zu reden. Du bist gerade mal vierzig und immer noch eine schöne Frau. Wenn's mit dem Heyer nichts geworden ist, dann versuch es mit einer Anzeige in der »Freien Erde«: Enddreißigerin, gut aussehend, nicht unvermögend, sucht kräftigen Mann.

Gertrud lachte ein bißchen und amüsierte sich über die Geschichte vom Roßschlächter Janko, die ihre Mutter erzählte.

Er ist tatsächlich auf dem Hof erschienen, neulich, als du zum Pflügen auf dem Acker warst. Ich sitze auf dem Bänkchen vor dem Stall und flicke ein paar von den zerlumpten Kartoffelsäcken, da erscheint er am Zaun, lüftet den Hut und sagt: Ich habe gehört, hier wäre ein Gaul am Krepieren, gute Frau. Warten Sie nicht, bis er beim Schinder landet, verkaufen Sie vorher an Janko, Möllentin. Ich denke, der Kerl ist besoffen, und sage ihm das ins Gesicht. Er hebt die Hand. Nur ein kleines Geschäft begossen. Ohne Spaß, verehrte Dame, die politische Lage ist bitterernst, die Marmelade schon wieder teurer geworden. Es gibt kaum noch was ohne Lebensmittelmarken. Was wäre dieser Staat ohne Pferdewurst?

Ich sage: Mein Pferd kommt nicht in die Wurst, denn wem verdanken wir denn, daß wir wohlhabende Leute sind? Sechs Kühe, zehn Schweine, ein Wohnzimmer, Nußbaum poliert. Wir verdanken es meinem Pferd, ich habe es bei einem Russen gegen ein Fahrrad eingetauscht. Gehen Sie woanders hausieren, Herr.

Gertrud lächelte, und dann seufzte sie ein wenig. Man müßte mal wieder mit Willi reden können.

Am Abend erschien er, um zu gratulieren. Die Alte ließ die beiden allein. Heyer hatte Gertrud geholfen, ein paar Kohlensäcke neben dem Futterdämpfer zu entleeren. Der Mann und die Frau standen in der Küche nebeneinander vor dem Waschbecken und seiften die Hände. Ihre Blicke trafen sich im Spiegel. Heyer küßte Gertrud leicht auf die Wange.

Liebst du mich noch?

Willi, sagte sie lächelnd, wer könnte dich vergessen?

Das glaube ich.

Sie warf ihm das Handtuch zu, zupfte sich vor dem Spiegel die Haare zurecht und tastete mit den Fingerspitzen über die feinen Fältchen in ihrem Gesicht. Schau mal, wir werden älter.

Fältchen, sagte Heyer zärtlich.

Sie drehte sich um und lachte ihn an. Glaub bloß nicht, deine Schönheit hätte nicht gelitten.

Er antwortete. Ich habe gehört, daß du den Kalluweit für tot erklären lassen willst.

Eine Formalität nach so vielen Jahren.

Er trocknete seine Hände. Ich dachte schon, du wolltest wieder heiraten.

Wen denn, wenn ich dich nicht kriegen kann.

Er stellte sich in Positur. Du kannst doch.

Sie betrachtete ihn und fragte: Wie steht es eigentlich um dich? Hast du niemals eine gefunden, bei der sich das Bleiben gelohnt hätte?

Keine wie dich, Gertrud. Aber du nimmst mich ja nicht.

Sie protestierte. Wer hat das Zimmer angebaut?

Da mußte ich zur Regierung. Du hättest mit mir kommen können.

Willi, wer hat mir denn die Siedlung angehängt? Was ich mal angefangen habe, schmeiß ich nicht bei nächster Gelegenheit weg. Was ich tue, mach ich ganz. Ich bin so.

Und die Liebe?

Sie antwortete erst nach einer Weile. Ich hab mich oft gefragt, was ohne dich aus mir geworden wäre. Ich bin heute wer, du hast mir dabei geholfen. Das hat uns zusammengebracht, aber das hat uns auch wieder voneinander entfernt.

Ach ja!

Jeder hat seinen Weg gehen müssen, und jeder hat was erreicht. Von dir liest man manchmal sogar in der Zeitung. Ich hab ein Haus in Rakowen, ich führe eine Wirtschaft, die sich sehen lassen kann. Ich hab ein hübsches Konto auf der Bank.

Du hast, du hast.

Sie fühlte sich verletzt durch die Art und Weise, wie er ihre Worte kommentierte. Ich bin erfolgreich, in Rakowen weiß jeder, wer ich bin. Und da hätte ich dir in die Stadt nachlaufen sollen und wieder von vorn anfangen? Als was denn? Als deine Hausfrau?

Heyer hatte eine Flasche Sekt mitgebracht, dazu eine Kostbarkeit, Pfirsiche in der Büchse. Er wäre gern mit Gertrud ins Bett gegangen, aber die Zeichen standen schlecht. Wechseln wir das Thema.

Aber gern, meinte sie spöttisch.

Er fragte: Hast du wirklich die Gründungsversammlung für die Genossenschaft platzen lassen?

Sie hob das Kinn. Bist du deshalb gekommen? Die Veranstaltung war dilettantisch aufgezogen.

Aber die Sache ist doch richtig.

Mir paßt die ganze Sache nicht. Die Genossenschaft, eine Allianz der Erfolglosen.

Irrtum. Die Genossenschaft braucht die Besten, solche wie dich.

Aber ich brauch keine Genossenschaft.

Du hast ja, du hast.

Warum denn, Willi? Vielleicht hab ich mir mehr Gedanken gemacht, mehr gearbeitet als andere, und jetzt verlangt ihr, daß ich mit den Stümpern teilen soll. Ihr seid ja wie die Heilsarmee.

Er verstand ihre Heftigkeit nicht und sagte: Du redest, als wärst du die Leßtorffbäuerin.

Gertrud wollte die Diskussion beenden und erklärte nachdrücklich: Genossenschaft ohne mich.

Heyer war enttäuscht. Nun würde die Sektflasche wohl endgültig in der Kunstledertasche bleiben müssen. Er sagte: Was ist bloß aus dir geworden.

Ihre Antwort war kühl. Ein einigermaßen selbstbewußter Mensch. Und du hast wirklich geglaubt, wir beide könnten mal zusammenkommen?

Er zwang sich zu einem Lächeln. Ich glaub es bis heute.

Das rührte sie ein wenig, aber sie sagte: Du kannst bloß verlangen, immer was anderes, immer was Neues, und vergißt, was ich auf dem Buckel habe, nicht bloß mit dem Hof. Was weißt du von meinen Sorgen mit den Kindern? Ich will eine gute Mutter sein.

Dann mußt du dafür sorgen, daß deine Kinder in eine gute, anständige Zeit entlassen werden.

Große Worte.

Vielleicht, meinte Heyer, vielleicht muß man auch mal große Worte sagen. Du willst gut sein, du hast Gräßliches im Krieg erfahren wie ich selber auch. Du wünschst dir eine bessere Welt. Meinst du, es interessiert die Leute auf der anderen Seite auch nur einen Dreck, wenn du erklärst, du möchtest gut sein. Reden nutzt nichts, man muß stärker werden, man muß was vorweisen können.

Wenn ich recht verstehe, sprichst du schon wieder von der verdammten Genossenschaft.

Hör doch mal zu. Die Industrie, große sozialistische Betriebe, entwickelt sich planmäßig – im allgemeinen. Die Landwirtschaft, zehntausend Einzelhöfe, sitzt fest, weil man von einem einzelnen Hof nicht mehr herausholen kann, als du getan hast. Wir brauchen viel mehr.

Das ist eine Unverschämtheit.

Das ist die Wahrheit, Gertrud. Wir ereichen gar nichts durch größere Arbeitswut, mehr Anstrengung, mehr Schweiß. Wir müssen viel mehr Verstand einsetzen, mehr Phantasie und mehr Technik. Wir müssen auf großen Flächen arbeiten können, um mehr zu gewinnen. Das ist ein objektiver Prozeß, und da stehst du nun und schlägst uns die Tür vor der Nase zu.

Sie wiederholte: Das ist eine Unverschämtheit. Du kommst und raspelst Süßholz.

Wie denn, bitte?

Du hast mich ja sogar geküßt, als ich die Hände gerade nicht frei hatte, um dir eine runterzuhauen. Du redest von Liebe und hast in Wahrheit nur für deine elende Genossenschaft agitieren wollen.

Jetzt mußte er lachen. Ich wußte doch, daß ich dich rumkriegen würde. Spring über deinen Schatten, Gertrud, dann trauen sich die anderen auch. Er bückte sich schon nach der Sektflasche.

Da sagte sie mit einem bitteren Lächeln: Willi Heyer, der Unwiderstehliche. Du kommst, ich freu mich. Du forderst, ich begreife. Du gehst, ich muß zufrieden sein. So einfach ist das für dich. Weißt du, ich hab mir immer mehr aufhalsen müssen in meinem Leben, als ich eigentlich leisten konnte, und ich hab niemals sagen können: Laßt mich in Ruhe, ich bin bloß eine Frau. Diesmal sag ich: Das macht mal ohne mich, ich bin ein bißchen müde. Adieu, Willi. Komm wieder mal vorbei.

Schreck in der Abendstunde

Eines Sommerabends kam mit dem letzten Bus ein Mann ins Dorf, der eigenartig anzusehen war. Er war beleibt, noch keine Fünfzig, trug einen kakaobraunen Anzug und Schuhe von einer Art, die man in Rakowen weder bisher erblickt hatte noch gebrauchen konnte, nämlich gelb und versehen mit einer dicken weißen Kreppsohle. Der Mann schleppte einen Koffer, aber auch Pakete und Hochglanztüten mit Aufschriften wie Kaiser's Kaffee Geschäft, und näherte sich zielstrebig dem Grundstück der alten Habersaat.

Zuerst hätte er wie die Kuh vorm neuen Tor gestanden, so erzählten Kinder, die dem Mann durchs Dorf gefolgt waren. Dann setzte er sein Gepäck nieder, wischte das Stirnband seines Hütchens und bückte sich nach dem Namensschild. Der Fremde betätigte die Klingel, und die Kinder sahen noch, daß die alte Habersaat erschien, aber die Tür wieder zuwarf, als sie des Mannes ansichtig wurde. Der mußte ein zweites Mal klingeln, ehe er eingelassen wurde.

Bald erzählte man sich im Dorf, Emil Kalluweit wäre, viele Jahre nach dem Krieg, nach Rakowen heimgekehrt.

Gertrud hatte im Wohnzimmer gesessen, über ein paar Papiere gebeugt. Sie erhob sich wie unter Zwang und starrte schweigend auf den Mann, den ihre Mutter ins Zimmer führte, um sich augenblicklich zurückzuziehen.

Jetzt war er gekommen, der Augenblick, vor dem sie sich gefürchtet hatte, jetzt stand er vor ihr in glänzendem Tuch und mit gelben Schuhen, Kalluweit, den sie tot geglaubt hatte, und lächelte verlegen.

Beim Abschied in Przystrawola hast du gesagt: Komm wieder! Da bin ich.

Sie stand immer noch wortlos und hielt sich am Tisch fest. Erst als er sich beklagte: Du könntest mir wenigstens die Hand geben, gelang es ihr, die Starre abzustreifen. Sie ging hin zu ihm und begrüßte ihn kühl und höflich wie einen fremden Menschen.

Bitte, willst du dich setzen?

Er tat es.

Willst du was trinken?

Irgendwas.

Moment. Sie wollte seiner Gegenwart entkommen, um sich zu fassen und zu sammeln, und hatte sich schon zur Tür gewandt, als Mala ins Zimmer trat. Sie war über das Wochenende wieder einmal daheim und hatte an Willi Heyer gedacht, als die Großmutter verriet, Besuch wäre da. Malas Lächeln erlosch, als sie den fremden Mann erblickte.

Kalluweit erhob sich und stierte das schöne Mädchen mit den Mandelaugen an. Guten Tag.

Gertrud erklärte mühsam: Das ist mein Mann, Kalluweit. Kannst du dich erinnern?

Mala schüttelte den Kopf.

Aber du, Kalluweit, mußt sie kennen, sagte Gertrud. Sie war schon in Przystrawola im Haus. Das ist Mala.

Kalluweit reichte ihr zögernd die Hand.

Jetzt zwängte sich die alte Habersaat durch die Tür, sie trug Geschirr auf einem Tablett und begann den Tisch zu decken. Gertrud nutzte die Gelegenheit, Mala beim Arm zu nehmen, um sich mit ihr zu entfernen.

Kalluweit war mit seiner Schwiegermutter allein. Er sagte: Sie kann sich nicht erinnern.

Die Alte flüsterte: Aber sie muß in der Stube gewesen sein, damals, als du sie fortschaffen wolltest. Sie muß dich gehört haben, warum wäre sie sonst davongelaufen? Mein Gott, wenn man ihren Tod auf dem Gewissen hätte.

Sie lebt, sagte Kalluweit.

Die alte Habersaat trat dicht an den Mann heran. Neulich sind welche von uns in Polen gewesen, in einem von diesen

Lagern, du weißt schon, wo die Schornsteine gequalmt haben, Tag und Nacht.

Was sie redete, war dem Kalluweit unbehaglich. Er trat einen Schritt zurück. Herrgott, einmal muß doch Gras über die Sache gewachsen sein.

Die alte Frau zischelte: Da gibt es so sumpfige Stellen, wo das Kraut so scharf riecht wie bei uns am Moor, wo das Wasser so blasig aus dem Boden gluckst – unsere Leute haben es mit eigenen Augen gesehen. Da quillt mit dem Wasser was aus dem Sumpf, das sieht wie Kies aus, ist aber keiner, lauter weiße Knochensplitterchen, die in der Asche gewesen sind. Das ist, als ob die Erde schwärt. Das kann man zuschütten wollen, das kann man zutrampeln, das Wasser bringt immer wieder die Knochensplitter an das Licht, vielleicht noch hundert Jahre lang.

Jetzt kam Mala mit Brot und Wurst herein, um den Abendbrottisch zu vervollständigen. Die Großmutter schwankte mit ausgebreiteten Armen auf das Mädchen zu, um es weinend an sich zu pressen. Mala hatte Mühe, sich zu befreien.

Aber Großmutter, was ist dir?

Die alte Frau jammerte: Ach, Kind, der Mensch ist schwach, er tappt im dustern. Oft kann er nicht unterscheiden, was gut und böse ist.

Es verstörte Mala, wie sich ihre Großmutter verhielt. Sie fragte, als Gertrud ins Zimmer trat: Was hat sie bloß?

Gertrud sagte: Laßt uns bitte allein, und wartete, bis Mala ihre Großmutter hinausgeführt hatte. Dann setzte sie sich an den Tisch.

Kalluweit sagte leise: Ich hätte nicht kommen sollen.

Gertrud widersprach ihm nicht.

Er sagte: Daß man nicht fertig werden kann mit dem, was früher gewesen ist. Ein Weilchen kann man vergessen, wochenlang, monatelang, auf einmal liest du was, hörst du was, und die Vergangenheit steht wieder auf. Ein Scheißleben haben wir gehabt. Wie bist du damit fertig geworden? –

Ach, sagte sie, da sind die Kinder, da ist die Arbeit und immer ein neuer Tag und jeden Tag was Neues. Man hatte gar keine Zeit, an früher zu denken, aber nun bist du wieder da.

Er nickte. Wir sind Mann und Frau.

Warum kommst du heute erst?

Kalluweit versuchte sich zu erklären. Als ich noch beim Kommiß gewesen bin, also noch im Krieg, habe ich mal einen getroffen, der hat mir erzählt, die Polen hätten dich kaltgemacht. Ich hab es geglaubt, nach allem, was dort los gewesen ist. Dann war ich in polnischer Gefangenschaft, schreckliche Zeit, immer die Angst vor dem Galgen. Nach meiner Entlassung bin ich nach Westdeutschland gegangen. Ich wollte nicht nach hier zurück, ich hatte die Schnauze voll von Schuld bekennen und Buße tun. Hier wäre ja wieder alles von vorn losgegangen. Drüben machen sie es ganz anders mit den Spätheimkehrern. Da wird eine Glocke geläutet, das ist so feierlich, daß dir die Tränen kommen. Da fühlst du dich nicht schuldig, sondern als ein Held. An der Front habe ich manchmal direkt neben dem Tod gestanden, oft war es, als hätte er mich schon und bloß für 'ne Weile wieder losgelassen. Da hab ich gedacht, wenn ausgerechnet ich dem Tod entkomme, dann muß das Leben mit mir etwas vorhaben, was Besonderes, und so war das auch, als ich die polnische Gefangenschaft überlebt hatte. Also bin ich nach Westdeutschland aufgebrochen.

Was Kalluweit erzählte, ließ Gertrud nicht unberührt. Sie fragte: Was hat das Leben mit dir vorgehabt?

Er lächelte. Sieh mich doch an, schöne Sachen, neue Schuhe. Ich wünschte, auch dir ginge es so gut wie mir. Ich hab dir was Schönes mitgebracht. Er leerte eine seiner Tüten. Schau mal, Kaffee in einer goldenen Dose.

Bei der alten Habersaat hatte die Neugierde längst über ihren Kummer gesiegt, sie trocknete die Tränen und kam mit der Kaffeekanne in die Stube, gerade als Kalluweit die golden schimmernde Blechbüchse in das rechte Licht hielt. Sie setzte die Kanne ab und sprach überwältigt: Westkaffee!, um dann zu schnattern: Da wird dir unserer nicht schmecken. Ein Restchen habe ich gerade noch gefunden, schlecht geröstet, weiß Gott. Ich habe ihn kaum durch die Mühle gekriegt. Bei uns gibt es Ostern mal welchen im Konsum und, wenn du Glück hast, zu Weihnachten auch. Ein Elend. Ein Schweinchen wollen wir zwar schlachten, aber mein Gott, wie mager. Und denkst du, ich hätte genügend Pfeffer und Neuwürz gekriegt? Auch die Zwiebeln sind knapp, und was mich so aufschwemmt, Kalluweit, das ist das Seelische.

Gertrud schob ihre Mutter ärgerlich zur Tür und zischte: Du bist wohl nicht bei Verstand.

Die Alte flüsterte: Gruseln soll's ihm, abhaun soll er wieder.

Gertrud schloß die Tür hinter ihrer Mutter und sah, daß Kalluweit ein Papier aus der Tasche zog, das er entfaltete und glättete.

Vor vierzehn Tagen hab ich diesen Wisch gekriegt, Ergebnis deiner Suchanzeige. Sie hatten endlich herausgekriegt, daß ich identisch war mit dem Kalluweit, der tot sein sollte. Ich habe rasch ein paar Klamotten zusammengepackt. Da bin ich.

Es dauerte ein Weilchen, bis sie fragte: Willst du für länger bleiben?

Das kommt drauf an. So viele leere Jahre. Bist du allein mit den Kindern?

Sie nickte.

Merkwürdig, du bist immer noch hübsch, beinahe noch mädchenhaft.

Hast du jemanden gefunden?

Er schüttelte den Kopf. Als ich zurückkam, war ich natürlich scharf auf jede Frau, ausgehalten hab ich es bei keiner. Ich war viel zu lange allein, ich konnte mich nicht daran gewöhnen, daß sie einem so dicht auf die Pelle rücken wollen. Für die Jungen war ich zu alt, und die Älteren stellen mir zu viel Ansprüche an das Gefühl. Aber irgendwann möchte man zu Hause sein. Er lächelte und sagte beinahe schelmisch: Ich bin noch zu haben für meine Frau.

Es überraschte sie, daß er so direkt wurde. Du wirst doch nicht erwarten, daß ich die Betten aufdecke?

Er wehrte ab. Nein, nein. Aber wir sind Mann und Frau, Gertrud. Wir müssen die Beziehung in Ordnung bringen, so oder so. Weißt du, damals in Polen, als ich für immer fortgehen wollte, ich hatte schon die Klinke in der Hand, da hast du gerufen: Kalluweit! Und ich habe mich noch mal umgedreht. Da hast du gesagt: Komm wieder.

Ich weiß, Gertrud nickte. Es war ja Krieg.

Kalluweit legte die Hand auf das amtliche Schreiben. Als der Wisch kam, hätte ich nur zu erklären brauchen, tot bin ich nicht, aber nach so langer Trennung ist die Ehe tot. Aber ich wollte dich wiedersehen. Ich dachte, vielleicht hat mir das Schicksal eine Aufgabe gestellt, daß ich dich rausholen aus der Kälte, Familienzusammenführung. Die Behörde muß es gestatten.

Gertrud war so verblüfft, daß sie sich hinsetzen mußte. Du willst uns nach drüben mitnehmen? Was versprichst du dir davon?

Er hob die Schulter. Ein bißchen Glück. Ich hoffe, du hast noch die Papiere vom Polenhof. Die SS hatte uns damals die Wirtschaft zugeschanzt, ich glaube, das ist kein Hindernis, wenn es um den Lastenausgleich geht. Bis jetzt bin ich Melker auf einem Gut, vielleicht könnte man was Eigenes kaufen.

Es brachte Gertrud auf, was er da redete. Wie konnte der Mensch zusammenführen wollen, was niemals zueinander gehört hatte, sich und die Kinder, die er gar nicht kannte? Wie konnte er den Polenhof in seine Pläne einbeziehen, als wäre er rechtmäßig in seinen Besitz gekommen? Vielleicht war er erschienen, um mit ihrer Hilfe aus dem Unglück von damals bare Münze zu schlagen. Selbstverständlich hatte es eine Urkunde gegeben, ausgestellt vom Siedlungshauptamt der SS, ein runengeschmücktes Blatt, gestempelt mit dem Hakenkreuz. Sie hatte das Papier vor ihrer Flucht verbrannt, aus lauter Furcht, es könnte belegen, daß sie und Kalluweit Schuld auf sich geladen hatten. Mit einemmal war ihr der Mann zuwider, wie damals, als er sie in das Bett zerren wollte, das noch warm gewesen war von jenen Leuten, die man aus dem Hause gejagt hatte. Aber hatte sie deshalb das Recht, dem Mann die Tür zu weisen?

Unwillig sagte sie: Davon will ich nichts hören, und bat den Kalluweit zu einem Imbiß an den Tisch. Dann rief sie die Familie, sie wollte nicht länger allein sein mit dem Mann, der sie beunruhigte.

Auch Stefan war von der Arbeit nach Hause gekommen, und Gertrud stellte mit mütterlichem Stolz den großgewachsenen Jungen vor. Kalluweit hatte ihn in der Stunde des Abschieds aus Przystrawola mit einem Achselzucken angesehen und konnte sich nicht an ihn erinnern, damals müßte Stefan so alt gewesen sein, wie Peter heute war. Gottlob hatte Kalluweit unter seinen Schätzen auch Gummibärchen und erlangte mit seinem Geschenk im Handumdrehen die Gunst des Kleinen.

Mit dem wißbegierigen Stefan kam er rasch in ein Gespräch. Er erzählte von der technischen Ausrüstung der Güter und Bauernhöfe im Westen und vermied dabei die Prahlerei. Ein moderner Maschinenpark sei die Voraussetzung für effektive Arbeit, und Stefan habe recht, die westdeutschen Großmaschinen seien bescheidener, aber auch manierlicher als die Giganten aus der Sowjetunion. Das aber sei kein Nachteil, sie drückten und befestigten das Erdreich längst nicht so stark wie ihre Gegenstücke aus dem Osten. Schließlich sei es ein Unterschied, ob man die Hufen aus Rakowen unter dem Pflug nehmen wolle oder die unendlichen Weiten der Ukraine.

Er lachte und gab sich Mühe, den Leuten an der Tafel zu gefallen. Gertrud bemerkte es mit Erstaunen. Ihr ging durch den Kopf, daß alle, bis auf ihre Mutter, seinen Namen trugen, und da wieder ein Mann in ihrer Runde saß, waren sie tatsächlich anzusehen wie eine Familie.

Kalluweit schwärmte von seiner Arbeit. Melker sei er auf einem Gut, hübsche Wohnung, ganz auf modern gemacht, guter Verdienst, ein Melker sei immer noch der bestbezahlte unter den Landarbeitern. Paar Tausend habe er zurückgelegt, damit ließe sich dies und jenes beginnen. Und die schöne Mala wolle also Tierärztin werden?

Sie erzählte ohne Scheu, und immer wieder blickte Kalluweit auf ihr klares Gesicht. Diese Augen, und wie hübsch war es anzusehen, wenn sie das lange dunkle Haar in anmutiger Gebärde über die Schulter zurückwarf. Soviel Schönheit brachte den groben Mann zum Lächeln.

Die alte Habersaat sprach kein Wort, sondern schaute lauernd von einem zum anderen, als fürchtete sie, jeden Augenblick könne etwas Schreckliches geschehen. Aber es kam zu keiner Auseinandersetzung vor den Kindern. Kalluweit versuchte sich der Familie anzupassen.

Und später dann der Gang über den Hof, die Besichtigung der Ställe. Der Wohlstand des Hauses wurde dem Besucher vorgeführt, so wie es auf dem Lande Brauch war. Kalluweit sparte nicht mit Lob, und bei der Betrachtung des Kuhstalls geschah etwas, das Gertrud in Verlegenheit brachte.

Kalluweit sagte: Vielleicht hängen in der Nähe ein paar Arbeitsklamotten, die ich anziehen könnte, ein Kittel, eine alte Hose. Ein Paar Holzpantinen werden doch auf jeden Fall zu finden sein.

Wozu?

Die gelben Schuhe taugen nicht für den Stall, der Anzug ebensowenig. Die Tiere sind unruhig, ihre Zeit ist heran. Ich würde dir gern beweisen, daß ich nichts verlernt habe.

Die alten Sachen fanden sich. Kalluweit ließ sich das Arbeitsgerät zeigen und schickte Gertrud ins Haus. Ich mach das für dich.

Der kleine Peter leistete ihm Gesellschaft und unterhielt ihn mit seinem kindlichen Gerede.

Auch am nächsten Morgen und am Tag darauf versorgte er die Kühe. Gertrud ließ es sich gefallen. Am dritten Tag begann sie sich daran zu gewöhnen.

Es gab keine Pension in Rakowen. Selbstverständlich hatte sie Kalluweit Gastfreundschaft erweisen müssen und ihm Heyers Zimmer angeboten. Es war mit Bett, Tisch, Schrank und Stuhl spartanisch eingerichtet, selten benutzt worden, unpersönlich und tatsächlich ein Fremdenzimmer geblieben. Nichts sprach dagegen, daß es Kalluweit für ein paar Tage bezog.

Nach einer Woche war er immer noch da, es graulte ihm nicht in Rakowen, wie die alte Habersaat anfangs gewünscht hatte. Nun rühmte sie gar den fleißigen Gast: Mag er gewesen sein, wie er wolle, Gertrud. Er scheint sich zu einem passablen Mann ausgewachsen zu haben.

Die Frau erschrak, als ihre Mutter von einem Besuch im Dorfkonsum berichtete, wo sich die Leute trafen, um Kleinigkeiten für den Haushalt einzukaufen, Putzmittel, Getränke und anderes, aber auch die neuesten Nachrichten austauschten. Die alte Frau hatte gerade noch hören können, wie die Frenzel der Hänsel zuzischte, Gertrud und Kalluweit seien wieder ein Paar. Ihre Unruhe wuchs, als Heyer eines Tages in der Türe stand.

Sie erzählte ihm, daß Kalluweit in den Ställen racke. Er habe Gefallen an ihrer Wirtschaft gefunden.

Gefällt es dir auch?

Ein wenig schon, gestand Gertrud. Schau mich an, ich bin endlich mal zum Friseur gekommen.

Hübsch, Gertrud. Wie jung du bist.

Zum Abendbrot hatte sie ein paar Flaschen Bier spendiert und einen Schnaps dazu. Vielleicht half das, die Befangenheit ein wenig zu lockern. Dabei kam die alte Habersaat wieder mal auf ihre Kosten. Sie füllte fröhlich die Gläser. Na denn, Prost.

Natürlich wußte Heyer, wer ihm am Tisch gegenübersaß, jener gockelhafte Reichsarbeitsdienstführer von einst, der Macht hatte demonstrieren wollen, als er ihn nötigte, die Hakenkreuzfahne am Giebel des Leßtorffhofes in den Wind zu werfen, und dumme Redensarten geführt hatte: Stalin hat euch in den Arsch getreten. Er liefert Leute wie dich an den Galgen.

Aber nichts bleibt, wie es ist. Die Zeiten ändern sich, die Leute manchmal auch. Heyer wußte aus Gertruds Erzählungen, daß sich der Mann in Polen der schlimmsten Zumutung verweigert hatte, er wollte kein Mörder sein. Heyer hielt sich zurück, aber trotzdem fürchtete sich Kalluweit ein wenig vor diesem Mann, der das Konzentrationslager und die gnadenlose Jagd auf Partisanen im polnischen Hinterland überlebt hatte. Blutige Vergangenheit, deutsche Schande, keine zehn Jahre vorüber, und das Land zerrissen durch den Schuldspruch aller Siegermächte. Die Deutschen im Osten dem Einfluß der sowjetischen Besatzungsmacht unterworfen, die im Westen beinahe gehätschelt mit Carepaketen und dem Marshallplan, und nun urteilt mal darüber, wer auf der richtigen Seite steht.

Heyer sagte: Ich wollte nach diesem Krieg eine alternative Ordnung der Dinge und eine gerechtere Welt. Ich bin ein Sozialist.

Aber ihr kommt ja nicht auf die Beine.

Wir haben bis auf Heller und Pfennig genau Reparationen an die Sowjetunion zahlen müssen. Nichts wurde uns geschenkt.

Vielen gefällt es bei euch nicht. Sie hauen ab. Was ist, wenn alle gegangen sind?

Dann ist hier Rußland, sagte Heyer. Wir müssen es verhindern, aber es mangelt uns an vielem, und ihr da drüben schießt aus allen Rohren auf unsere Wagenburg. Schau mal, du sitzt gern an Gertruds Tisch, aber Adenauer verkündet der Welt, bei uns wäre der Mensch hilflos und hoffnungslos einer gottlosen Diktatur ausgeliefert, und ich sage dir auf den Kopf zu, du hast dieses Arschloch auch gewählt.

Kalluweit ließ sich nicht provozieren. Die Geschichte wird urteilen, wer recht bekommt, du oder dieser alte Mann aus Bonn.

Und wie lange soll das dauern? Heyer war aufgebracht, aber Gertrud verhinderte weiteren Streit, indem sie herzhaft gähnte.

Sie sagte: Willi, du hast die Wahl, entweder du bläst dir die Luftmatratze auf und nächtigst bei Kalluweit, oder du schläfst mal wieder bei mir.

Heyer küßte Gertrud zärtlich, und damit war geklärt, welcher der Männer in welches Bett gehörte.

Sie liebten sich heftig in dieser Nacht, und Gertrud lag noch lange in Heyers Armen.

Plötzlich sagte er: Ein Mann zuviel im Haus. Soll ich ihn rausschmeißen?

Laß mich das machen, meinte sie und kuschelte sich an seiner Seite ein. Im Einschlafen murmelte sie: Aber du könntest mit Heinemann reden. Stefan hat eine Dummheit gemacht.

Kalluweit gruselte also nicht in Rakowen. Vielleicht war der Alltag weniger fordernd als auf dem Gut in Schleswig-Holstein, wo er unter der Knute eines unnachsichtigen Inspektors stand, vielleicht gefiel ihm, daß Gertruds Kinder freundlich waren. Die alte Habersaat schlich beinahe schnurrend wie eine Katze um ihn herum, kein Mensch konnte sich eine bessere Schwiegermutter wünschen. Vielleicht wollte er sich Gertrud als ein tüchtiger Kerl erweisen, womöglich sogar bleiben. Weiß der Fuchs, was er im Schilde führte. Er antwortete ausweichend, sobald sie sich nach der Dauer seines Aufenthalts erkundigte. Er konnte nicht überhört haben, wie heftig Gertruds Bettlade gekracht hatte, als Heyer zu Besuch gewesen war, dennoch suchte er immer wieder ihre Nähe. Das war ihr unbehaglich.

Gertrud plagte sich mit mancherlei Gedanken. Da waren die Männer, da war der Hof. Keines der erwachsenen Kinder interessierte sich für die Wirtschaft, vielleicht sollte man den Hof dem Kalluweit überlassen, um für Heyer frei zu sein? Auch der Gedanke an die Genossenschaft war ihr nicht mehr so widerlich wie vor Wochen. Der Beitritt würde ihr ermöglichen, Heyer nach Schwerin zu folgen, wie er das wünschte. Freddi Neuschulz hatte ebenso enthusiastisch wie ungeschickt für die Gründung einer Bauerngenossenschaft geworben und war damit um keinen Schritt vorangekommen. Man sollte mit ihm reden.

Gertrud schickte den kleinen Peter mit einer Botschaft aus:

Freddi und Irma seien zum Kaffee und einem wichtigen Gespräch geladen. Und nun saßen sie also in der Stube um die schön gedeckte Tafel, auf der ein Pflaumenkuchen lockte, keiner verstand sich auf dieses Gebäck wie die alte Habersaat.

Sie flötete: Zugelangt, zugelangt, während Gertrud den Kaffee einschenkte und tatsächlich davon sprach, daß die Bohnen aus einer goldenen Büchse stammten, die Kalluweit aus dem Westen mitgebracht habe.

Der Mann saß mit am Tisch und nickte den Gästen zu. Irma hatte zur Feier des Tages einen Strauß aus Feldblumen gebunden, Margeriten, Klatschmohn und Kornblumen, sie schmückten den Tisch in den Farben der Trikolore. Die jungen Leute lobten den Kaffee ebenso wie den Kuchen, bis Gertrud das Gespräch auf die Genossenschaft brachte.

Hör mal, Freddi, ich bin in einer schwierigen Lebenssituation und muß mich entscheiden, deshalb habe ich noch einmal über die Genossenschaft nachgedacht. Das ist keine schlechte Sache, wenn nur gut genug gewirtschaftet wird. Heute könnte ich mir vorstellen, mein Land einzubringen, wenn es stimmt, was mir Heyer versichert hat, der Acker bliebe mein Eigentum wie das Haus, das Gartenland und das Federvieh, wie alles, was sich auf dem Hof herumtreibt.

Das ist gesetzlich geregelt, heiliges Ehrenwort. Freddi Neuschulz strahlte.

Aber Kalluweit lehnte sich entgeistert im Stuhl zurück. Du willst den Hof in die Kolchose geben?

Ich werde müssen.

Ja, sagte Kalluweit, so ist das bei euch, ihr müßt, ihr alle müßt. Im Westen ist jeder ein freier Mann.

Gertrud versuchte angestrengt, sich dem Mann zu erklären. Man könnte auf großen Flächen arbeiten, viel mehr herausholen, als auf einem Einzelhof zu gewinnen sei. Das ist – sie zögerte plötzlich, weil sie bemerkte, daß sie in ihrer Argumentation Wort für Wort dem Willi Heyer folgte, und beendete verlegen lächelnd ihren Satz –, das ist ein objektiver Prozeß, daran kommt keiner vorbei.

Neuschulz sprang spontan vom Stuhl und reichte Gertrud die Hand über den Tisch hinweg. Jetzt sind wir zwei, also können wir anfangen, du und ich. Der Bessere muß der Chef sein.

Irma ging ein auf das Spiel. Die Dritte bin ich! Sie riß den Blumenstrauß aus der Vase, um ihn tropfnaß der Gertrud in die Hand zu drücken. Gratuliere, wir haben dich soeben gewählt. Das sollten wir mit einem Schnaps besiegeln.

Die alte Habersaat nickte und erhob sich, so rasch es ihr möglich war, um die Gläser zu holen. Alle waren guter Laune, bis auf Kalluweit.

Er sagte: Ich weiß nicht, wie sie gemeint ist, diese merkwürdige Wahl. Gertrud ist immer noch meine Frau, deshalb habe ich das Recht, ein Wörtchen mitzureden. Wir beide haben Schweres durchgemacht, wir sind lange getrennt gewesen, und eine Familie ist beinahe das einzige, was einem Halt gibt in diesen wirren Zeiten. Das wichtigste ist heutzutage das Menschliche, deshalb möchte ich Gertrud und die Kinder mit nach drüben nehmen. Auch das ist durch Gesetz geregelt: Familienzusammenführung.

Irma und Freddi blickten einander in die Augen, und Gertrud tat der Mann beinahe leid, aber dann dachte sie an Erntedank neununddreißig, als er sie gelockt hatte, ihm auf den Polenhof zu folgen und schließlich in den Untergang. Heute winkte er mit einer goldenen Dose und den Annehmlichkeiten der westlichen Welt, in der es sich wahrscheinlich leichter leben ließ als hier im Osten.

Sie sagte: Eine Familie, das ist viel, und ein Hof, das ist viel. Aber das wichtigste ist die Liebe. Ich hab den Willi Heyer gern, und seinetwegen will ich bleiben.

Jetzt wogte die alte Habersaat zum Tisch und hob triumphierend die Wodkaflasche.

Und dann tranken sie tatsächlich einen Schnaps miteinander.

Wo liegt Muitzmummsdorf?

Gertrud machte sich Sorgen wegen eines Vorfalls, bei dem ihr Sohn, aber auch der Bauer Heinemann ins Gerede gekommen waren. Nachdem der Leßtorffhof mehr schlecht als recht treuhänderisch verwaltet wurde, hatte Heinemann als der größte Bauer im Dorf gegolten, mancher mißgönnte ihm den Wohlstand und nannte ihn einen Kulaken.

Das Wort hatte einen schlimmen Klang. Viele wußten inzwischen, wie grausam man während der Kollektivierung in Sowjetrußland mit den reichen Bauern umgesprungen war. Sie wurden wie Verbrecher behandelt und enteignet, viele verschwanden auf Nimmerwiedersehen. Übergriffe solcher Art gab es im Osten Deutschlands nicht, aber wahr ist, daß diese Menschen benachteiligt wurden, zum Beispiel, wenn sie bei der MTS um Hilfe baten. Oft belegte man sie mit einem so großen Ablieferungssoll, daß sie es in voller Höhe nicht erfüllen konnten, und dies wiederum galt als Gesetzesverstoß und wurde geahndet.

Heinemann wollte sich unabhängig machen und hatte einen reparaturbedürftigen Traktor erworben. Er versteckte die Maschine, bis es ihm gelang, Hannes, einen jungen MTS-Schlosser aus Gudweiden, für die Instandsetzung des Treckers anzuwerben. Das war ein Freund von Stefan, der ihn auch überredete, mit ihm nach Westberlin zu fahren, um dort Ersatzteile einzukaufen, darunter eine nagelneue Kurbelwelle.

Die Jungs fuhren mit dem Motorrad und waren ausgestattet mit einem Bündel Westgeld, das ihnen der Bauer zugesteckt hatte. Sie fanden die Filiale von Glöckner-Deutz in der verbotenen Stadt, erwarben die Maschinenteile und ließen sich genügend Zeit, den Glanz und die Lebendigkeit der Westsektoren zu genießen. Zwei Stunden saßen sie im Kino und begeisterten sich an einem Western, einer Geschichte von der wilden Art, wie sie der Landfilm niemals in die mecklenburgischen Dörfer brachte. Im Westfilm war der Teufel los, und ein starker Mann kam stets zu seinem Recht.

Heinemann ließ den Trecker reparieren, am Ende blieb er beiden Jungen den Lohn schuldig, jedenfalls zahlte er nicht, wie versprochen, in harter Münze, sondern drückte ihnen Scheine der schlappen DDR-Währung in die Hand.

Hannes und Stefan sannen auf Rache.

Eine Weile wunderten sie sich, warum Heinemann die Maschine nicht benutzte, bis sie dahinterkamen, daß er sie mit Gewinn an einen reichen Bauern aus der Nachbarschaft verkaufen wollte. Da beschlossen die beiden Jungen, das Spekulationsobjekt der MTS Gudweiden auszuliefern, damit es der Allgemeinheit nutzte.

Gedacht, getan.

Hannes und Stefan bestiegen das Motorrad und gelangten eines schläfrigen Sonntagnachmittags unbemerkt in den Heinemannschen Hof. Rasch war das Versteck des Traktors aufgespürt, er war bis auf die Höhe des aufgerichteten Auspuffrohres mit Strohballen zugepanzt. Die mußten zur Seite, und dann dauerte es nicht lange, bis sie den Motor angeworfen hatten. Stefan sprang auf den Sitz, als die Maschine zu tuckern begann, Tür auf, Fuß aufs Gas. Inzwischen schwang sich Hannes auf das Motorrad und stieß mit den Vorderreifen das Hoftor auf, die alte, eisenbereifte Maschine setzte sich keuchend in Gang, krachte gegen leere Blechkanister, riß eine Tür des Schuppentores mit sich und lärmte auf eine Weise, daß die Hühner schrien, die Gänse flügelschlagend flüchteten und sich der Hofhund mit wütendem Gekläff in die Kette stemmte, bis die Heinemanns auf der Schwelle erschienen.

Sie kreischten: Mistvolk, gottverdammtes! Einbruch! Diebstahl! Gewalt! Wollt ihr wohl, ich hol die Polizei, ihr Lumpenpack!

Heinemann schlappte in Pantinen treppab, seine Frau tanzte mit ausgebreiteten Armen zwischen dem Geflügel, um die Diebe aufzuhalten. Die rollten unbeschadet vom Hof, aber das wüste Geschrei hatte die Nachbarn auf den Plan gerufen, ältere Männer, sie bewaffneten sich mit Stöcken und Stangen, und es sah beinahe aus, als wollten die sieben Schwaben mit ihrem Spieß die Verfolgung aufnehmen. Die Jungen lachten aus vollem Hals.

Leider fuhr der Traktor nur im Schritt, er donnerte, furzte stinkende Wolken aus, aber die Verfolger kamen näher.

Sie riefen: Stehenbleiben! Oder wir balbieren euch die Fresse.

Die Jungen wären ihnen entkommen, hätte nicht Hannes, der mit dem Motorrad die Nachhut bildete, zu lange fratzenschneidend auf die wütenden Bauern zurückgeblickt. Er rutschte in einer Pfütze aus und stürzte zu Boden.

Da hatten sie ihn. Stefan mußte vom Trecker springen, um seinem Freund beizustehen, und die Maschine tuckerte fahrer- und führungslos über die Felder, bis sie schließlich in einen Graben fiel.

Die Bauern waren in der Überzahl, und vielleicht hätte es Mord und Totschlag gegeben, wäre nicht Gertrud mit dem Fahrrad erschienen. Sie warf sich schreiend in das Menschenknäuel, zog erst den einen, dann den anderen Jungen am Schopf heraus und versetzte jedem eine Backpfeife.

Heinemann sagte hochatmend: Ich beschwer mich beim Präsidenten. Ich schreibe an Pieck.

Als Heyer wieder zu Besuch war, wollte er die beiden Übeltäter ins Gebet nehmen. Gertrud verriet, daß die Jungen an den See geradelt waren. Er lieh sich das Damenrad und strampelte hinterher.

Bald fand er sie unterhalb des Ufergebüschs, beide splitternackt, und beide ahnten nichts Gutes, als sich der Mann mit finsterer Miene näherte. Sie warfen sich in den See und standen dann nicht weit vom Steg, nur ihre Köpfe ragten aus dem leicht bewegten Wasser, so beobachteten sie, daß sich Heyer bedächtig entkleidete und am Ende eine schlabbrige Turnhose über den Hintern zog. Die Jungen grinsten abschätzig. Mit seinem Bauchansatz war der Mann kein Adonis mehr, und respekterheischend sah er auch nicht aus. Er watschelte über den Steg.

Ich will mit euch reden.

Komm rein.

Heyer hielt sich am Geländer fest und tauchte zögernd einen Fuß ins Wasser.

Ihr seid ja total verrückt.

Die Jungen nannten ihn einen Feigling.

Ach, sagte Heyer, ihr glaubt wohl, ihr hättet eine Mutprobe bestanden oder gar eine Heldentat vollbracht, als ihr den Heinemann beklaut habt. Es wird eine Untersuchung geben.

Er prüfte noch einmal die Wassertemperatur mit der Zehenspitze und maulte: Kalt ist kalt. Ihr holt euch 'ne Lungenentzündung an den Hals, Grippe, Schnupfen mindestens.

Da sah er plötzlich am Rande der Böschung ein junges Mädchen, das seine Brüste in die Bikinischalen hob und lächelte, als machte es sich über den älteren Herrn in der schlabbrigen Turnhose lustig. Er zog augenblicks den Bauch ein, nahm Anlauf, streckte am Ende des Steges die Hände über den Kopf, hechtete und landete bäuchlings auf dem See, das Wasser schäumte und spritzte. Heyer ärgerte sich über den mißlungenen Sprung und schwamm mit den Jungen hinaus.

Sie blieben eine Weile und schrien sich zu, was sie dachten. Heyer nannte ihre Argumente schwach. Er war ein kräftiger Mann, und es war für ihn leicht, die Knaben einige Male unter Wasser zu drücken. Als sie endlich zum Ufer zurückkehrten, war das Mädchen davon, Heyer streifte die Turnhose ab, hockte sich neben den Jungen in die Sonne und sagte:

Ich hoffe, ihr habt euch ein bißchen abgekühlt. Heißblütigkeit ist 'ne hübsche Sache, kalter Verstand ist auch nicht schlecht.

Hannes hüpfte im Gras, um sich das Wasser aus der Ohrmuschel zu schütteln. Er sagte: Von dir werden viele Geschichten erzählt, du hast was erlebt. Was bleibt uns? Arbeiten, arbeiten, immer mehr und immer länger.

Die Mühen der Ebene, meinte Heyer, so hat das ein Dichter genannt. Wartet, bis wir sie durchschritten haben.

Dann sind wir lahm oder tot.

Ich will es erleben. Ich habe Träume, andere auch. Neulich, auf einer Versammlung, wo es auch um lauter Kleinkram ging, hat einer plötzlich gesagt: Wir haben viel Wasser in Mecklenburg, tausend Seen und ein Binnenmeer, fast so groß wie der Bodensee. Wasser ist Leben, zu viel Wasser macht den Acker tot, saure Wiesen, Morast und Beschwerlichkeit. Man müßte den Wasserspiegel der Müritz um einen halben Meter senken. Die Leute haben ihn ausgelacht, aber ich sage euch, was Ähnliches machen wir eines Tages. Stellt euch vor, Land, so weit das Auge reicht, aber zu unfruchtbar, die Hälfte zu sumpfig, die Hälfte zu sandig. Und jetzt gehen wir der Armut zu Leibe. Wir graben das Wasser ab, wo es stört, und machen künstlichen Regen, wo er fehlt. Stellt euch vor, wir schafften den Hunger aus der Welt. Ein Sumpf zieht am Gebirge hin ... ich sag euch, die Vision von diesem Doktor Faust ist eine lahme Angelegenheit, gemessen an dem, was wir vollbringen können. Na, Freunde, keine Aussicht auf Abenteuer?

Stefan sagte: Dazu brauchen wir keine Spekulanten wie diesen Heinemann.

Heyer forderte: Sei großmütig, Junge. Es ist schade um jeden, der nicht mitmachen kann. Ich will mir den Herrn noch mal vorknöpfen und erwarte euch, sagen wir, in einer guten Stunde mit dem Trecker.

Heinemann hatte tatsächlich an Wilhelm Pieck geschrieben und geklagt, daß Gottes Gerechtigkeit in Rakowen zuschanden käme, wie die sogenannte Beschlagnahme seines Traktors belege.

Die Antwort ließ auf sich warten, wahrscheinlich hatte der

Präsident viel zu tun, seinerzeit kam es oft zu Übergriffen seitens der Behörde, Großbauern, Gastwirte oder Händler wurden aus nichtigem Anlaß vor Gericht gezerrt, wie eine Schankwirtin aus Gudweiden, in deren Küche man sechs Heringe gefunden hatte, die nicht über die Bücher gegangen waren, Folge: Verlust der Konzession.

Heyer war unglücklich über die einseitige Parteinahme der Justiz, die manches ungerechte Urteil mit dem Satz verteidigte, das sei dem Klassenkampf geschuldet, wer wen, das sei die Frage. Er stellte sich solchen Haltungen im Rat entgegen. Wo es ihm möglich war, griff er persönlich ein und erreichte zum Beispiel, daß die Kneipe in Gudweiden wieder öffnen konnte.

Als der Präsident nach einer Woche nicht geantwortet hatte, entschloß sich der ängstliche Heinemann, das Land über Westberlin zu verlassen. Seine Frau war zwar mindestens zehn Jahre jünger als er, so um die Fünfzig und ansehnlich von Gestalt, aber nervenschwach und überfordert mit der Aufgabe, die Flucht vorzubereiten, ohne daß man sich verdächtig machte, denn alles mußte heimlich geschehen. Sie hatte von Leuten gehört, die vor der Flucht noch einen Braten geschmort und in der Röhre hatten stehenlassen, so daß man denken mußte, sie kämen anderntags zurück. Aber Heinemann hatte sich geweigert, deswegen eine Gans zu schlachten.

Frau Heinemann stand jammernd vor den Koffern, weil sie sich nicht entschließen konnte, was sie mitnehmen sollte und was nicht.

Die Schlummerrolle, einen Winter hab ich dran gehäkelt.

Bleibt da.

Das schöne Sofabild, fünf Pfund Speck hab ich seinerzeit dafür gegeben.

Bleibt hängen.

Die Kristallschale –

Heinemann schimpfte: Am liebsten würdest du den Nachttopf mitschleppen. Beeil dich, in einer Stunde ist der Knecht zurück, dann muß es aussehen, als wären wir zu Bett.

Obwohl sie längst nicht alles gepackt hatte, schlüpfte Frau Heinemann in einen Pelzmantel. Den laß ich nicht ums Verrecken hier. Sie wendete sich vor dem Spiegel hin und her und sprach mit klagender Stimme:

Wenn ich an die S-Bahn denke, zittern mir die Knie. Neulich haben Leute gedacht, sie wären im Westen angekommen und sind ausgestiegen. Aber wo waren sie? Im Osten, Heinemann, wieder im Osten! – Wo ist der Silberkasten?

Da, zischte Heinemann wütend und riß das Köfferchen so heftig von der Diele hoch, daß sich der Deckel öffnete und die Bestecke klirrend zu Boden fielen.

Du Trottel!

Er fauchte: Hab ich nicht gesagt, du sollst einen ordentlichen Lederriemen darum binden?

Das ist deine Sache, aber nicht einmal das bringst du fertig. O Gott, auf was laß ich mich ein!

Dann bleib doch hier.

Sie lachte höhnisch. Das könnte dir so passen. Wo du hingehst, da will auch ich hingehen. Eine anständige Witwenrente ist das einzige, was mich in diesem Leben noch erwartet.

Die Eheleute stritten so laut und heftig, daß sie das Klopfen an der Tür überhört hatten.

Mit einemmal stand Heyer im Zimmer. Er grüßte freundlich: Recht schönen guten Abend miteinander.

Die Heinemanns sahen sich ratlos an. Die Frau brach in Tränen aus und hockte sich nieder, um das Silber aufzuklauben. Heyer half ihr dabei und brummte tröstend: Aber, aber.

Endlich war das Besteck wieder in dem Lederkasten verstaut, die Heinemann wischte sich die Augen und sagte unsicher: Es sollte mal zum Putzen weg, wissen Sie. Wir haben im Sommer Silberhochzeit, fünfundzwanzig Jahre galten wir als anständige Leute und haben uns nichts zuschulden kommen lassen. Jetzt sind wir rechtlos.

Na, na, meinte Heyer, aber Frau Heinemann schluchzte immer noch. Neulich, zum Feiertag, haben sie mir eine Fahne genau neben das Hoftor gepflanzt. Ich sage: Man bloß nicht so dicht mit der roten Fahne vors Tor, sonst werden die Pferde scheu. Mein Gott, ich denk mir doch nichts Schlechtes – da sagt der alte Leitkow: Dafür kommst du ins Loch.

Heyer meinte treuherzig: Wenn Sie nichts Schlechtes dabei gedacht haben, hat er sich auch nichts dabei gedacht.

Er blickte sich um, als bemerke er jetzt erst die Unordnung im Zimmer, die Koffer, den merkwürdigen Aufzug des Ehepaars, und fragte: Ich störe doch hoffentlich nicht?

Nein, nein. Frau Heinemann erklärte: Wir hatten eine kleine Reise vor zu Verwandten nach Muitzmummsdorf bei Meuselwitz, ich hab da 'ne Schwester, der Mann ist auch in der Partei.

Eine längere Reise? wollte Heyer wissen.

Heinemann verneinte und sagte dann: Wir hätten den Zug gerne noch erwischt.

Ich nehm Sie in meinem Wagen mit.

Um Gotteswillen. Heinemann winkte ab, und wieder schauten die Eheleute einander ratlos in die Augen.

Mit einemmal wurde Heyer von einem so schrecklichen Niesreiz geschüttelt, daß ihm die Tränen kamen.

Frau Heinemann rief: Gott schütze Sie.

Heyer meinte: Vielleicht können Sie mir helfen, Frau Heinemann. Ein kleiner Grog wäre nicht schlecht. Ich muß mich erkältet haben. Ich war nämlich noch mal im Wasser.

Ach, sprach die Frau in ihrer Verzweiflung, ach, unsere schönen Seen.

Ich bin ziemlich abgehärtet, erklärte Heyer, aber heute, wie ich so aus dem Wasser steige, triefnaß und splitternackt natürlich, seh ich am Buschrand einen Steinpilz stehen, ein paar Schritte weiter wieder einen, und ehe ich mich's versehe, laufe ich so durch den Wald.

Ach Gottchen, Frau Heinemann lächelte bei dieser Vorstellung und gestand: Früher bin ich auch gern in die Pilze gegangen, aber allein? ... Und mein Mann ist sechzig. Das sind auch so Probleme, Herr Heyer. Ich weiß hübsche Stellen im Wald.

Wieder nieste Heyer laut und entschuldigte sich: Ich brauch was Warmes.

Die Frau betrachtete ihren sechzigjährigen Heinemann und sprach unmutig: Setz Wasser auf.

Dann ließ sie sich von Heyer aus dem Pelzmantel helfen. Bei der Gelegenheit sah er, daß sie darunter einen leichten Sommermantel trug, und wunderte sich. Zwei Mäntel?

Frau Heinemann entschuldigte sich: Ich bin ganz durcheinander, die Aufregung. So eine Reise ...

Nach Muitzmummsdorf, sagten Sie.

Bei Meuselwitz, Frau Heinemann nickte und öffnete den Schrank, um Teegläser zu holen. Die Löffel nahm sie aus dem Silberkasten, huschte dann in die Küche, wo Heinemann mit einem Tauchsieder hantierte, und zischte: Der geht nicht, ehe er einen Grog kriegt. Beeil dich.

Schon fertig. Der Mann folgte ihr eilig mit dem heißen Wasser, die Frau suchte nach Schnaps und Zucker, um ein steifes Getränk zu mischen. Soll er sich doch einen ansaufen, Hauptsache, der Mistkerl verschwindet endlich.

Zauberhaftes Lächeln. Wohl bekomm's, Herr Heyer.

Er dankte und schlürfte vorsichtig, ehe er sich an Heinemann wandte.

Sie haben doch sicherlich Unterlagen für den Trecker? Kaufvertrag, Zulassung oder was Ähnliches.

Jetzt ging es um das Ganze. Heinemann winkte resignierend ab. Sollen sie das Scheißding doch behalten, zu viele Reparaturen. Ich schenk euch den Schlitten.

Heyer beharrte auf einem Beleg, und tatsächlich kramte Heinemann im Koffer, bis er die Mappe mit den Besitzunterlagen fand. Heyer schlürfte seinen Grog und lächelte der Hausfrau zu.

Der ist richtig, der ist gut.

Heinemann war des Versteckspiels überdrüssig, er setzte sich Heyer gegenüber an den Tisch, zeigte die Zulassung und sagte: Karten auf den Tisch.

Einverstanden.

Man hat so gelebt, man ist sechzig geworden, dies und jenes stellt sich ein.

Ihre Frau deutete an.

Heinemann fuhr fort: Man hat gearbeitet und was von den Eltern geerbt, einen großen Hof, man will ihn erhalten. Man ist zu was gekommen und hat nichts Böses dabei gedacht, bis man von euch erfährt, daß man zu den Ausbeutern zählt, zu den Kapitalisten. Plötzlich gilt man als schlimmer Mensch, man hat einen Geruch.

Heyer schob ihm die Papiere wieder zu. Das haben Sie gesagt, Herr Heinemann.

Ich häng an meinem Hof, an Rakowen. Ich würde sogar in dieser Scheißgenossenschaft arbeiten, um hier zu bleiben, aber ihr gebt ja einem Menschen wie mir keine Chance.

Und die Frau stimmte weinend zu. Mit dem Krückstock sollen wir vom Hof, mit gar nichts. Wir werden alle deportiert.

Heyer lachte ein wenig. Aber nicht doch, Frau Heinemann. So schlimm kann es nicht werden.

In diesem Augenblick wurde kräftig gegen das Hoftor geschlagen, und die Frau zuckte zusammen. Jetzt haben sie uns, jetzt holen sie uns.

Heyer hob beide Hände. Ich bin bei Ihnen, liebe Frau.

Ach Sie, rief die Heinemann aufgebracht, Sie sind doch auch so einer, und fuhr wütend auf ihren Mann los: Wenn du dich doch beeilt hättest, du Trottel, du total verkalkter.

Er schrie zurück: Du bist nicht fertig geworden. Am liebsten hättest du den Nachttopf mitgeschleppt, die Schlummerrolle, das Sofabild. Jetzt trat er zum Fenster und sah die beiden Jungen auf dem Hof, Gertruds Sohn und diesen Hannes.

Der eine schrie: Entschuldige mal, Heinemann, es ist ein bißchen spät geworden. Hier hast du die Maschine wieder. Und der andere rief: Entschuldige die Störung.

Heinemann öffnete das Fenster und warf den Jungen einen Schlüssel zu. Bringt den Trecker dorthin, wo ihr ihn geklaut habt, in den Schuppen.

Als er das Fenster geschlossen hatte, sah er, daß ihn der ungebetene Gast zum Tisch winkte, und nahm wieder Platz.

Heyer sagte: Solange ich mitreden kann, soll jeder eine Chance haben, jeder, dem man vertrauen darf.

Was erwarten Sie von mir? wollte Heinemann wissen.

Heyer lächelte. Ein bißchen Loyalität fürs erste. Ein Ende Schlackwurst wäre auch nicht schlecht, Alkohol macht mich hungrig.

Heinemann sagte zu seiner Frau: Hast du gehört? Auch ich könnte jetzt einen Grog gebrauchen.

Der Besuch aus Polen

Es war einigen merkwürdigen Umständen geschuldet, daß sich in Rakowen schon Anfang der fünfziger Jahre eine kleine Bauerngenossenschaft gründete. Als Gertrud den Vorsitz übernahm, zogen tatsächlich einige Bauern nach, und nicht die schlechtesten. Auch Heinemann brachte seinen Hof ein, und Frenzel und Hänsel rätselten eine Weile, was ihn wohl bewogen haben mochte, klein beizugeben. Aus Begeisterung für die neue Sache war niemand Mitglied geworden, aber Landwirte von nüchterner Denkungsart versprachen sich nicht nur Nachteile.

Die Leute hatten im Leßtorffhof, der wegen seiner großzügigen Stallanlagen das Herzstück der Genossenschaft bilden sollte, stundenlang beieinandergehockt und darüber geredet, wie man die Arbeit am zweckmäßigsten organisieren müßte, um Gewinne zu erzielen. Der kleine Neuschulz, der ein gescheites Kerlchen war, fand eine Formulierung, die Gertrud gefiel: Die Arbeit muß Spaß machen. Alle Welt redet von Zwang, wir dürfen uns in unserem Betrieb nur freundlichen Zwängen unterwerfen, jeder muß tun, was er am besten kann. Heinemann wurde zum Chef der Viehwirtschaft bestimmt, seine Frau kümmerte sich um das Geflügel, Neuschulz war für die Bestellung der Felder verantwortlich, und Gertrud sollte den ganzen Betrieb im Auge behalten, schließlich hatte sie jahrelang den großen Leßtorffhof mit Erfolg bewirtschaftet.

In diesen Tagen verloren einige Bauern ihre Selbständigkeit, die Männer wechselten den Arbeitsplatz, das Vieh die Stallungen. Diese Vorgänge waren selbstverständlich mit Aufregungen verbunden, auch mit Tränen. Heinemann allerdings reagierte gelassen, als seine Herde aus dem Stall getrieben wurde.

Gertrud wohnte diesem Ereignis bei, wie übrigens auch Kalluweit, der immer noch nicht abgereist war.

Als ein paar Burschen die Kühe vom Hof führten, fragte Gertrud den Heinemann: Tut es dir leid?

Warum fragst du?

Manche reden jetzt von der Liebe zum Tier, als hätten sogar die Schweine zur eigenen Familie gehört.

Heinemann lachte. Soll mir keiner erzählen, ein tüchtiger Bauer wäre seinem Viehzeug mit der Liebe beigekommen, das hat er mit gutem Futter und guter Pflege gemacht. Mir hat kein Bulle leid getan, wenn er zum Aufkäufer mußte, ich hab mir leid getan, wenn er nicht genug Geld brachte. Wir werden in der Genossenschaft gut rechnen müssen, wenn uns nichts leid tun soll.

Was dieser Tage in Rakowen geschah, interessierte den Kalluweit sehr. Er hatte Gertrud so dringend um eine Verlängerung der Aufenthaltsgenehmigung in ihrem Haus gebeten, daß sie ihm den Wunsch nicht abschlagen wollte. Sie war ihm dankbar für mancherlei Hilfe, daheim und auf dem Leßtorffhof.

Dort kam es eines Vormittags zu einem merkwürdigen Vorfall, über den sich die Leute eine ganze Weile lustig machten. Durchs weit geöffnete Tor wankte die alte Habersaat, dunkel gekleidet, mit zottligem Grauhaar, das sie wieder einmal nur halb gebändigt hatte. Neben sich führte sie den dorfbekannten Russengaul, ein knochiges Pferd, das hochbetagt war und auch so aussah mit seinem räudigen Fell. Der kleine Neuschulz versperrte mit ausgebreiteten Armen den Weg.

Was soll das?

Die Alte sprach: Denke nicht, es wäre einfach, solch ein Tierchen herzugeben, denn wir verdanken ihm ja alles, und wie der Pastor kann man sagen: Ist dein Leben Mühe und Arbeit gewesen, dann war's in Ordnung. Es hat für uns gearbeitet und konnte sich manchmal kaum noch auf den Beinen halten, aber es hat's ja auch schön gehabt bei uns. Ich hab es mal bei einem

Russen gegen ein Fahrrad getauscht, nun zieht es dahin und kommt nicht wieder. Ach, Gottes Wege sind sonderbar.

Neuschulz stemmte beide Fäuste in die Seite. Ich versteh gar nichts, Oma Habersaat. Wer geht wohin?

Sie putzte sich die Nase und sagte bedeutungsvoll: Ich bin die Besitzerin, Herr Neuschulz, und habe begriffen, daß die neue Zeit Opfer fordert. Ich gebe das Pferd in die Genossenschaft.

Von der Größe des Augenblicks war sie so bewegt, daß ihr die Tränen kamen.

Neuschulz war empört. Dieses Pferd, diese lächerliche Krücke willst du uns andrehen?

Die alte Frau stand hoch aufgerichtet. Was soll das heißen?

Wir wollen das Pferd nicht. Du hast doch einen großen Garten, laß es zwischen den Gänsen weiden, und gib ihm dort das Gnadenbrot.

Die alte Habersaat war gekränkt. Sie sagte: Scheißgenossenschaft, daraus kann ja nichts werden.

Ausgerechnet in dieser Zeit wurde Gertrud mit zwei Nachrichten konfrontiert, die sie bewegten und sogar ängstigten.

Die erste betraf Mala. Das Mädchen hatte in diesem Sommer in Jürgenstorff das Abitur mit Berufsausbildung absolviert, also auch die Prüfungen zum Facharbeiter für Tierzucht bestanden. Die Zeugnisse waren so gut, daß sie ohne weiters an der Universität Rostock immatrikuliert worden war. Mala wollte immer noch Tierärztin werden. Das gefiel ihrem Freund, der ihr ein paar Semester voraus war. Während der Ferien hatten sie die Welt erkundet und waren mit dem Motorrad bis an den Balaton gelangt.

Jetzt saßen sie mit Gertrud und der Großmutter in der Stube. Jochen Schulze sagte ohne Umschweif:

Das ist so, Frau Gertrud. Wir haben eine gemeinsame Studentenbude in Rostock gefunden und wollen heiraten. Ich bin gleich mal vorbeigekommen, damit Sie wissen, was Sache ist.

Malas Mutter fragte: So eilig?

Nicht, daß wir müßten, meinte der junge Mann, es ist die Liebe. Mala ist das schönste Mädchen auf der Welt, ich möchte ihrer sicher sein.

Gertrud sagte zögernd:

Mala ist ein besonderes Mädchen, wissen Sie.

Er nickte eifrig. Besonders hübsch.

Die Mutter wollte sich erklären. Ich habe eine besondere Verantwortung. Sie werden verstehen, sobald Sie die Geschichte kennen.

Aber der verliebte junge Mann wiegelte ab. Sie ist volljährig. Er zog das Mädchen an sich, um es zu küssen, und meinte: Ich weiß doch längst, daß sie aus Polen kommt. Ich bin aus Gera. Wohin wir gehen wollen, das ist wichtig, erst mal nach Rostock, erst mal zum Studium.

Ja, wenn ihr euch einig seid … Was sollte Gertrud sagen?

Dafür ergriff ihre Mutter das Wort. Wenn ich recht verstehe, Herr Schulze, dann haben Sie soeben um Malas Hand angehalten.

Jochen nickte.

Die Alte fuhr fort: Zu meiner Zeit, wenn da einer einheiraten wollte in eine Wirtschaft wie unsere, der hat was mitbringen müssen, Acker, Kühe, ein Bett und natürlich einen Batzen Geld. Was haben Sie denn gespart?

Gertrud rief so laut, als warne sie eines der Kinder: Mutter!

Der junge Mann sagte: Ein Motorrad.

Die alte Habersaat war nicht zufrieden. Wann soll die Verlobung sein?

Das war doch grade, sagte Mala.

Und die Hochzeit?

Mala strahlte. Nächste Woche ist der Termin.

Oh, sagte Gertrud, da müssen wir uns aber beeilen.

An einem der nächsten Tage ließ ihr Heyer eine Nachricht überbringen, die Gertrud aus der Fassung brachte.

Was hast du? fragte die alte Mutter, als sie sah daß ihre Tochter die Hände vors Gesicht schlug.

Gertrud sagte mit halber Stimme: Stefans Mutter ist gefunden. In ein paar Tagen will sie kommen, um sich den Jungen zu holen.

Die Botschaft überraschte sie mitten in den Vorbereitungen für das Hochzeitsfest. Der alten Habersaat hatte mißfallen, daß Malas Verlobung so beiläufig stattgefunden hatte, nicht mal ein Gläschen Wein war gereicht worden. Nun bestand sie darauf, daß die Vermählung gefeiert wurde, wie es einer Familie geziemte, die nach ihrer Meinung zu den Ersten des Dorfes zählte. Das Beste war gerade gut genug. Mala und Jochen sollten ihre Gäste im Barocksaal des Schlosses Rakowen empfangen. Schließlich mußte fast das ganze Dorf geladen werden, Neuschulz wünschte nämlich, daß bei dieser Gelegenheit auch auf die Gründung der Bauerngenossenschaft angestoßen würde, und Heinemann hatte aus der individuellen Hauswirtschaft einen kleinen Mastochsen beigesteuert.

Natürlich schmeichelte es der alten Habersaat, daß ihr die Küchengewalt zugefallen war. Sie besprach sich eifrig mit den Frauen, die sie unterstützen sollten. Der Dorfbackofen auf dem Anger mußte wie in alten Zeiten mit Buchenreis geheizt werden, damit der Kuchen gelang, und in der Schloßküche sollten sämtliche Herde befeuert werden, denn Gertruds Mutter hatte sich eine üppige Speisefolge ausgedacht: Hochzeitssuppe nach Art des Landes, eine Fleischbrühe mit Spargelstückchen, Eierstich und feinen Klößchen, Frikassee vom Huhn im Reisrand, Salate, Gemüse und Pilze der Saison, und als Hauptgerichte mecklenburgisches Kesselfleisch und Sauerbraten mit Klößen. Zum Abschluß war Zitronencreme geplant, für die Herstellungen wurden Unmengen an Eiern benötigt, aber auch Gelatine und Zitronen, die man notfalls aus Westberlin heranschaffen mußte. Die Leute von Rakowen freuten sich auf das erste große Fest nach dem Krieg, das sie gemeinsam feiern wollten.

Nur Gertrud grämte sich und hatte Schatten unter den Augen, sie sollte nicht nur ihre Tochter hergeben, sondern auch den Jungen, der ihr ans Herz gewachsen war. So kam der Tag vor der Hochzeit heran, an dem die Frau aus Polen mit ihrem Anhang erscheinen sollte. Gertrud konnte Gefühle von Schuld gegenüber dieser Frau nicht verdrängen, Angst war die Folge, und nur die Tatsache, daß Heyer Stefans Mutter begleiten würde, gab ihr halbwegs Halt.

Sie hatte sich ein hübsches Kleid angezogen und saß vor dem Spiegel. Mala stand hinter ihr und versuchte der Mutter das Haar so zu richten, daß es gefällig fiel. Auch Stefan war bei ihr und blickte aus dem Fenster, um zu beobachten, was auf der Straße geschah. Er trug ein frisches Hemd und eine sportliche Hose, und Gertrud fiel auf, wie gut der Junge aussah, so blond und blauäugig, als wäre er vom hohen Norden hergekommen.

Stefan sagte: Neulich hab ich so gedacht, bald werd ich zwanzig und muß mir 'ne Bude suchen. Man wird erwachsen und geht aus dem Hause. Ein merkwürdiger Gedanke, bald wirst du bloß noch am Wochenende zu Hause sein, nur auf Besuch. Jetzt soll ich für immer fort.

Mala tupfte vorsichtig an der Frisur ihrer Mutter herum. Auch sie war bewegt und sagte: Es war immer schön zu Hause. Sie beugte sich vor, um ihre Mutter zu umhalsen. Ich weiß bis heute nicht, wer ich eigentlich bin, Zimmetbaum, das ist bloß ein Name, wer weiß, ob er stimmt. Kein Bild von meiner Mutter, keine Vorstellung, wer mein Vater gewesen ist, keine Erinnerung, nicht mal ein Grab, wie es doch viele Leute haben.

Gertrud hielt Malas Hände wortlos fest. Das Mädchen blickte sie im Spiegel an. Manchmal suchen die Gedanken und wollen irgend etwas finden, manchmal sieht man einen Umriß, man rennt einem Schatten hinterher und kann ihn nicht fassen. Das kann einen kaputtmachen. Für Stefan wird es von heute an heller sein, und trotzdem ist er nicht froh.

Hör auf, rief der Junge vom Fenster her.

Das Mädchen gab zur Antwort: Ich weiß doch, wie dir die Sache an die Nieren geht. Sie wendete sich wieder an Gertrud: Weißt du, Mutter, worüber ich manchmal grübeln muß, das macht mich nicht lange traurig. Ich lebe ja in der Welt, ich lebe jeden Tag und hab was zu tun, was zum Ärgern und was zum Freuen. Ich bin nicht besonders. Wenn meine Mutter wüßte, daß ich wie alle anderen bin, sie wäre glücklich. Stefan ist es auch, und dafür müssen wir uns bei dir bedanken.

Gertrud war bewegt von Malas Worten und hielt noch immer deren Hände fest, als Stefan rief: Sie kommen! und vom Fenster zurücktrat.

Er hatte gesehen, daß Heyers Dienstwagen vorfuhr, eine geräumige Limousine sowjetischer Bauart, unter dem Namen Wolga bekannt. Drei Personen stiegen aus, zwei Männer, eine gut gekleidete Frau, seine Mutter wahrscheinlich, schlank, blond, vielleicht in Gertruds Alter. Er war sicher, ihr niemals im Leben begegnet zu sein. Die Männer geleiteten die Frau zur Pforte.

Bitte, Mala, laß uns allein.

Das Mädchen nickte und umarmte seine Mutter zärtlich, ehe es den Raum verließ.

Auch Stefan zog Gertrud noch einmal an sich, sie sollte fühlen, wie gut er ihr war. Dann stellten sich beide in Positur, um dem Besuch entgegenzusehen.

Die alte Habersaat machte an der Haustür die Honneurs, sie empfing Heyer mit vertraulichem Lächeln, die Fremden mit einer Art von schwerfälligem Knicks, so wie sie früher den Herrschaften Respekt erwiesen hatte, und redete drauflos. Schönes Wetter mitgebracht, hoffentlich gute Fahrt gehabt, Polen ist ein Ende von Rakowen entfernt, und bei Ihnen, da hinten in der Walachei, werden die Straßen auch nicht besser instand sein als hierzulande. Ich war mal zu Besuch bei Ihnen, ach du lieber Gott! Mit solchem Geschwätz führte sie die Leute ins Zimmer, um auf der Stelle zu verschwinden. Die Gäste hatten auf ihre Freundlichkeit nicht geantwortet, sie schlug drei Kreuze, ehe sie die Tür ins Schloß zog.

Heyer begrüßte Gertrud und den Jungen mit dröhnender Herzlichkeit und schob sich zwischen beide, um ihnen seine

Begleitung vorzustellen. Das ist Bronka, höchstwahrscheinlich deine Mutter. Der Mann ist Juschu, ein Kamerad aus den Wäldern, der mit mir Kontakt gehalten hat. Ja, und diese lieben Menschen an meiner Seite sind Gertrud, meine Freundin, und Stefan, um den es heute geht.

Und nun hätten die Leute, denen er zugetan war, aufeinander zugehen müssen, um sich freundlich zu begrüßen und zu verbrüdern, aber sie standen starr, wie durch einen Graben getrennt, und musterten einander. Die polnische Frau blickte verunsichert auf den Jungen. War das wirklich ihr Kind? Sie hatte Stefan als kleinen Kerl hergeben müssen, dort stand ein stattlicher junger Mann, der ihr trotzig, ja beinahe abweisend in die Augen sah. Gertrud verhielt sich kaum anders, sie war ihrem Gefühl ausgeliefert. Wer diese Frau aus Polen immer sein mochte, Stefans Mutter oder nicht, sie war ihr feind und gekommen, den Jungen mit sich zu nehmen und ihr damit weh zu tun.

Heyer handelte schließlich an Gertruds Stelle. Er nahm den Stefan bei den Schultern und führte ihn der Bronka zu.

Jetzt, als er ihr nahe war, bemerkte der Junge, daß sie beinahe noch hübsch aussah, jugendlich jedenfalls, aber ein Lächeln wollte ihm nicht gelingen.

Die Frau versuchte ängstlich, in ihm den Sohn zu erkennen, und nahm die Hände zu Hilfe, weil ihr der Augenschein nicht genügen wollte. Sie tastete mit den Fingerspitzen über sein Gesicht, das ihr immer noch fremd blieb, und weinte.

Der Junge empfand nichts als Unbehagen gegenüber der erregten Frau und machte sich steif. Vielleicht würde er die Mutter an ihrer Stimme erkennen. Sie nannte seinen Namen und wartete furchtsam auf Antwort. Er hob die Schultern.

Da packte ihn die Frau bei den Armen und rief in ihrer Sprache: Erkennst du mich nicht? Erinnerst du dich nicht an deine Mutter, an deine Schwester, wie sie euch geholt haben, wie ich euch nicht hergeben wollte? Sie rüttelte ihn und wendete sich erbittert an Juschu, ihren Begleiter: Er versteht seine Sprache nicht mehr.

Der Mann wollte sie beruhigen. Es ist lange her, er ist ein kleines Kerlchen gewesen.

Da beschwor die Frau aus Polen den Jungen, der ihr Kind sein mußte: Erinnere dich, das Haus, in dem wir Jahre gelebt haben, eine Veranda ist davor, die Eisenbahn fährt vorüber, jede Stunde, die Lampe auf dem Bahndamm, wenn es dunkel ist? Du sagst: Der Mond, der Mond ... Wenn ich an deinem Bett sitze, muß ich singen. Weißt du noch?

Sie summte, und dann sang sie mit brüchiger Stimme von Filutek, dem Katerchen, ein Lied, das jedes Kind in Polen kannte:

> Wlazł kotek na płotek i mruga
> Widzi go mysz jedna i druga
> A kotek »Filutek« hic z płotka
> Cap myszkę – co śmiała się z kotka.

Und jetzt erst, als die Frau verzweifelt sang, dämmerte dem Stefan eine vage Erinnerung, ein Gefühl, das ihn lächeln machte. Er wiederholte die letzte Zeile des Liedchens in der Sprache, die er vergessen hatte, und öffnete sich endlich seiner Mutter, die ihn lachend umfing und küßte.

Es ging Gertrud nahe, als sie erkennen mußte, wem der Junge tatsächlich zugehörte. Heyer nahm sie behutsam am Arm, um sie der glücklichen Bronka entgegenzuführen.

Das ist Gertrud, seine zweite Mutter.

Aber die Frau aus Polen verweigerte den Handschlag. Sie klammerte sich an ihren Sohn, als sollte der ein zweites Mal geraubt werden, und klagte an: Das ist die Frau, das Gesicht vergißt man nicht, es ist so deutsch.

Gertrud bat mit verlegenem Lächeln: Wollen wir uns nicht setzen?

Die Polin schüttelte den Kopf. Ich will meinen Sohn, und fort von hier, schnell.

Juschu wollte vermitteln. Gertrud gehört zu Heyers Freunden, du kannst ihr vertrauen, aber die Frau sagte: Nein, sie haben meinen Mann erschossen, deinen Vater, Stefan, die Deutschen. Sie haben mir die Kinder weggenommen, jeden Tag bin ich zu diesem Haus gelaufen in Kraków, jeden Tag. Vielleicht seh ich was im Garten, hinter den Gittern, deinen Haarschopf, einen Zipfel von Jelenas Kleid. Jelena hängt so an mir, sie wird nicht essen, sie wird weinen nach ihrer Mutter. Ich steh an der Hauswand, ich möchte sie zerschlagen mit meinen Fäusten. Ach, ich bin so schwach. Jeden Tag lauf ich zu diesem Haus, jeden Tag jagt man mich fort, mit Fußtritten, wie einen Hund. Einmal spricht jemand: Jelena ist tot. Einmal kommt diese Frau, sie führt Stefan an der Hand. Wohin? Ich hab nur noch diesen Jungen, ich reiß ihr das Kind von der Hand, ich schreie: Mein Kind! Diese Frau sagt: Die Polin lügt. Hat sie Papiere? Ich will laufen mit meinem Stefan, weit weg, weit weg. Die SS ist schneller, sie schlagen mich. Diese Frau steht dabei. Das soll ich vergessen? Ich kann ihr nicht die Hand geben.

Nach diesem schrecklichen Ausbruch stand Gertrud mit hängenden Armen da und sah sich angestarrt wie eine arme Sünderin vor dem Halsgericht. Nur Heyer konnte ihr jetzt noch helfen.

Er sagte ernst: Da war immer etwas in deiner Vergangenheit, über das hast du dich ausgeschwiegen.

Gertrud hob den Kopf. Und nun bedauerst du, daß du mit mir gelebt hast.

Er wiederholte hartnäckig: Da ist was gewesen, an das man nicht rühren durfte, das im dunkel geblieben ist. Rede, Gertrud!

Sie sagte: Wenn es keine Rechtfertigung war, wie ich hier gelebt und gearbeitet habe, was soll ich da reden? Sie wollte die Stube verlassen, aber Heyer packte sie hart beim Arm. Bleib!

Gertrud riß sich unwillig los und ging zur Tür, um Kalluweit und Mala zu rufen, die augenblicklich erschienen. Dann nahm sie ihre Tochter bei der Hand und stellte sie den Polen vor: Das ist Mala, mein schönes Mädchen, sie sollte ins Gas, die Gendarmen waren schon auf ihrer Spur. Das ist Kalluweit, der es bezeugen wird.

Juschu sagte abschätzig: Heyer hat mir erzählt, das ist

einer von denen, die sich einen polnischen Bauernhof als Kriegsbeute unter den Nagel gerissen hatten. Ein Lump.

Gertrud mußte Kalluweit verteidigen, aber sich selber auch. Er war kein Held, er war zu dumpf und zu schwach, wie viele andere auch, wie ich selber auch, aber er war kein Verbrecher. Sie blickte den Anklägern voll ins Gesicht, der Bronka, dem Juschu, dem Heyer zuletzt. Habt ihr vergessen, wie es im Krieg gewesen ist? Keine zehn Jahre her. Wozu man einen Menschen hat bringen können, ihr Gerechten? Sie stand mit Heyer Gesicht vor Gesicht. Du hast dich dazu bringen lassen, am Leßtorffhof die Hakenkreuzfahne zu hissen.

In die Fresse hätte ich ihm schlagen können, sagte Heyer erbittert, und mußte mich unterwerfen, dem Kalluweit gehorchen, einem Schwachen, und habe es getan, weil es nicht nur um mich ging, sondern um meine Kameraden.

Gertrud nickte. Mir ist es um das Kind gegangen. Ich hab falsche Papiere gebraucht und endlich bekommen, von einem toten Kind, von deinem toten Kind, Bronka. Stefan war der Preis. Verstehst du nicht, daß ich ihn mitnehmen mußte, damit Mala leben konnte? Was hätte ich tun sollen, als sie dich geschlagen haben? Hätte ich schreien sollen: Sie hat recht, ihr Schweine, das Kind gehört ihr. Ich hab gesagt, die Polin lügt und den Jungen festgehalten. Ich hab damals auch wie eine Mutter gehandelt, und wenn es keiner von euch begreifen will.

Kalluweit stellte sich eifrig an Gertruds Seite. In meinem Haus sind sie gewesen, die Feldgendarmen, die Kettenhunde. Wo ist das Kind? Was ist mit dem Kind? Es ist nicht angemeldet, im Dorf werden komische Geschichten erzählt. Wir haben nur in Angst gelebt.

Gertrud sagte zu den Kindern: Was waren meine Angst und meine Sorge gegen Bronkas Sorgen und ihre Ängste? Ihr müßt euch bei ihr bedanken.

Sie schob das Mädchen der polnischen Frau zu, die nahm es an und küßte es, wie sie auch ihren Jungen noch einmal liebkoste.

Gertrud sah das mit Rührung, und beinahe wäre ihr entgangen, daß Heyer auf sie zukam, mit halb erhobenen Händen. Ich hab dich enttäuscht und gekränkt. Verzeih mir, Gertrud, daß ich mich nicht immer unter Kontrolle habe.

Sie neigte den Kopf zur Seite, wie es manchmal ihre Art war, wenn sie lächelte, und tätschelte wortlos seine Wange. Endlich kam ihr Bronka mit ausgestreckter Hand entgegen. Wie sollte ich wissen, Gertrud? Wenn Stefan bei mir ist in Koczalin, ich werde schreiben. Sie lachte ein wenig. Ich kann nicht gut schreiben in deutsch, Stefan muß schreiben, oft.

Nun wäre endlich Zeit gewesen, sich um den Tisch zu versammeln, um mit einem Wodka oder einem Schluck Wein auf die Versöhnung anzustoßen, aber dem Stefan fiel ein, die erregte Debatte von neuem anzufachen. Er sagte unglücklich: Muß ich denn wirklich nach Polen?

Nach Hause, mein Junge, antwortete Juschu mit gewisser Schärfe. Wir brauchen tüchtige junge Leute. Wenn einer perfekt deutsch spricht, um so besser. Du bist Traktorist, hat mir Heyer verraten, ein Spezialist für Maschinen. Gut!

Aber Stefan schüttelte trotzig den Kopf, und Gertrud mußte sich auf die Seite des Polen stellen, so schwer ihr das fiel.

Deine Mutter hat ein Recht auf dich, mein lieber Stefan.

Habe ich keine Rechte? Der Junge versteifte sich. Ich hab 'ne gute Arbeit, sie macht mir Spaß. Ich verdiene gut und lebe gerne hier. Ich schlage vor, wir laden Bronka eine Weile nach Rakowen ein, Platz genug ist in diesem Haus. Hier könnte sie mich besser kennenlernen als in einem fremden Milieu.

Das geht nicht, wandte Juschu ein. Deine Mutter hat Arbeit in Koczalin.

Dann treffen wir uns in den Ferien, meinte der Junge. Ich fahr nach Polen, sie verlebt ihre freien Tage bei uns. Er strahlte seine Mutter an. Ist das ein Vorschlag?

Aber Bronka war mit jedem seiner Worte trauriger geworden und sagte enttäuscht: Wie lange habe ich gesucht. Dann kommt der Brief: Der Junge ist gefunden. Mein Gott, was ist das für ein Augenblick. Man schläft nicht, man denkt, wie wird er aussehen, wie groß wird er sein? Man muß ein Bett kaufen. Wo soll er arbeiten? An alles hat man gedacht, aber man hat nicht gedacht, daß er gar nicht mehr zu uns gehört.

Juschu sagte: Er gehört zu uns.

In seiner Verzweiflung suchte Stefan bei Willi Heyer Schutz. Du hast mir oft erzählt, wir hätten wenig gemein mit den Leuten, die in Westdeutschland die Politik bestimmen, die akzeptieren bis heute nicht die Grenze an der Oder. Mit denen haben wir nichts gemein, aber alles mit unseren Freunden, die berühmte Klassenfrage, also ist es, auf deutsch gesagt, scheißegal, ob ich hinter der Oder sitze oder davor. Ich bin auf der richtigen Seite.

Heyer hätte dem Jungen gerne recht gegeben, aber der Anblick der verzweifelten Frau aus Polen berührte ihn. Er sagte: Denk mal an deine Mutter. Du weißt, was man ihr angetan hat. Versuch dir vorzustellen, was man deinem Volk angetan hat, Unfaßbares. In Polen gibt es einen Ort, Baracken, Endstation der Eisenbahn: Auschwitz. Das ist der größte Friedhof der Erde. Da gibt es eine Stadt Warschau, dort haben vor dem Krieg eine Million Menschen gelebt, danach sind siebenhunderttausend tot gewesen, siebenhunderttausend Tote in einer einzigen Stadt. Ich habe nicht einen von ihnen getötet, und Gertrud hat es auch nicht getan, aber das Furchtbare ist in deutschem Namen geschehen. Junge, Junge, und da gibt es schon wieder welche, Verbände und Vereine, Landsmannschaften, die stellen Ansprüche an das geschundene Land.

Er blickte auf Kalluweit, der sich lauthals verwahrte. Dazu gehör ich nicht. Ich hab nicht ein einziges Mal geschrien: Wir wollen die verlorenen Siedlungsgebiete wiederhaben! Ich will nichts als meine Arbeit machen.

Heyer konterte boshaft: Du hältst bloß das Maul und kommst dir schon wie ein Held vor. Du verstopfst deine Ohren, bis dich wieder mal einer in den Arsch tritt. Vergessen, das nennt ihr die Vergangenheit bewältigen. Mach dich doch endlich ehrlich.

Es ärgerte ihn, daß er in der Auseinandersetzung zu laut geworden war, deshalb schlug er dem Kalluweit aufmunternd die Hand auf die Schulter und ging noch einmal auf Stefan zu. Du hast unter Deutschen gelebt, mein Junge, und gesehen, womit wir uns herumschlagen. Genossenschaft, manche wollen nicht, und manchmal gibt's keine Zwiebeln, und manches kriegen wir nicht so richtig in den Griff. Was ist das? Du weißt, hier leben Menschen, die arbeiten angestrengt und schlagen sich mit Schwierigkeiten herum, weil sie was Gutes wollen. Erzähle in Polen, du kennst ein Stück Erde, das Deutschland heißt, ein kleines Land, reich ist es auch grade nicht, da lebt deine Mutter Gertrud, da leben Leute, die wollen nicht, daß sich jemals wiederholt, was in deutschem Namen geschehen ist. So ist das nun mal, Stefan, nach diesem Krieg kann keiner tun, was er lustig ist, da hat jeder 'ne Aufgabe. Erzähle von den Deutschen.

Stefan hatte am Tisch gesessen, Ellenbogen aufgestützt, Hände vor dem Gesicht, als Heyer auf ihn einredete. Niemand sollte sehen, daß er den Tränen nahe war, und er empfand es als eine Phrase, daß Juschu sagte: Keiner zwingt dich. Entscheiden mußt du allein.

Er wischte mit den Fingerspitzen die Augenwinkel und sagte spöttisch: Gegen Heyer komm ich nicht an, aber auf einem bestehe ich, ich will meine Bude in diesem Haus behalten. Mit dem Motorrad ist es ja nur ein Katzensprung über die Grenze.

Jetzt kam Mala gelaufen, um ihren Bruder zu umhalsen. Sie flüsterte an seinem Ohr: Du bist vernünftiger, als ich dachte.

Er gab ebenso leise zurück: Ich muß doch.

Als die Familie mit den Besuchern aus Polen konfrontiert worden war, hatte es die alte Habersaat für besser gehalten, sich in die Küche zurückzuziehen. Womöglich kam die Rede auf ihren Besuch in Przystrawola, an den sie sich ungern erinnerte. Nun brannte sie längst vor Neugier. Was wurde verhandelt, ohne daß sie zuhören konnte? Womöglich wurde gar über sie gesprochen, das wäre schrecklich. Sie bat den kleinen Peter, der Großmutter die Türe zu öffnen, stand plötzlich mit einem vollbeladenen Tablett in der Stube und rief: Die Unterhaltung ist etwas ruhiger geworden, da dachte ich, es ist Zeit für den Kaffee. Ach, Malachen, ach Stefan, mein Jungchen, nehmt das Geschirr und deckt mir den Tisch.

Die Kinder sprangen herbei, und die Alte hob den Zeigefinger, um alle Leute zu zählen, die sich im Zimmer aufhielten. Sieben Personen, ich habe richtig gerechnet – sie gab dem kleinen Jungen einen Klaps auf den Hintern –, hier kommt die achte, das ist Peterchen, das hübscheste von Gertruds Kindern. Sag guten Tag.

Wieder Erntedank

An Malas Hochzeitstag, zu Erntedank, war der Barocksaal auf Adlig Rakowen festlich geschmückt. Bunte Herbstblumensträuße prangten auf den Gesimsen und Fensterbänken, und die Kristallüster funkelten wie in alten Tagen. Geschirr und Gläser auf den weißgedeckten Tafeln waren längst durcheinandergeraten, es ging auf Mitternacht zu, und noch immer drehten und wiegten sich viele der Gäste tanzend auf dem Parkett.

Das schönste der Paare waren die Brautleute. Jochen, in einen dunklen Anzug gezwängt, und die Braut im weit schwingenden weißen Seidenkleid. Auf Anfragen antwortete die alte Habersaat mit vielsagendem Lächeln, verriet aber mit keinem Wort, von wo das kostbare Gewebe beschafft worden war, geschweige denn, was es gekostet hatte, und erzählte jedem, der es hören wollte, daß der kleine Peter, als er seine Schwester bei der Anprobe im Brautkleid sah, gerufen hatte, Schneewittchen wäre auch nicht schöner gewesen.

Die Musikanten der kleinen Dorfkapelle, Geige, Baß und Ziehharmonika, gaben sich alle Mühe, dennoch geriet ihnen der Walzer ein wenig schwerblütig: Eins, zwei, drei – hoppsassa, rechts herum, links herum. Zur Not hätte man zu dieser Melodie in Holzpantinen tanzen können, die Leute hatten aber das Hübscheste angezogen, was in den Schränken zu finden gewesen war. Alle waren eingeladen, und jeder war gekommen, die Hänsels, die Frenzels, natürlich auch Heinemanns. Sogar Anita Wirsing, die dem ehemaligen Bürgermeister ins Amt nach Schwerin gefolgt war, hatte an der Tafel Platz genommen und unterhielt sich mit dem Pastor in Rakowen, einem wild gelockten jungen Mann, dem das Fräulein aus dem Regierungsapparat erklären sollte, welche Rolle der Kirche in der neuen Gesellschaft zugedacht sei, bloß das Caritative oder was?

Sie sagte: Ich glaube, man meint es ernst mit dieser Idee von Gemeinschaftlichkeit, und dann braucht die Christenheit auf keinen Fall in die Katakomben.

Heyer schwenkte in bester Laune die Frau vom kleinen Neuschulz so wild über das Parkett, bis sie atemlos bekannte, sie hätte gern einen großen Blonden geheiratet. Da vertrat er sich und stand auf einem ihrer Füße. Pardon, pardon!

Irma verzieh ihm: Gern geschehen.

Juschu, der galante Pole, hatte die hübsche Frau Heinemann aufgefordert und schmeichelte ihr, sie tanze leicht wie ein Federchen.

Ach, meinte sie seufzend, dabei bin ich gar nicht in der Übung. Mein Mann ist sechzig, Herr Juschu, das sind auch so Probleme.

Wer weiß, was der Tänzer dachte, er erklärte bedauernd, der kleine Bus nach Schwerin sei schon für Mitternacht gechartert, dann müsse er Rakowen verlassen, wie Bronka und Stefan leider auch.

Mit einemmal rief Irma mit schriller Stimme: Der Brauttanz! Es ist höchste Zeit, daß der Schleier zertanzt wird. Und viele stimmten lauthals zu.

Da wichen alle Paare vom Parkett und bildeten einen Kreis, in dessen Mitte sich die schöne Mala und der Bräutigam gegenüberstanden. Jochen küßte seine Frau unter dem Beifall der Gäste, die Musikanten stärkten sich rasch mit einem Schluck Bier, und dann spielten sie wieder den schwerfälligen Walzer: Eins, zwei, drei – eins, zwei, drei, links herum, rechts herum. Die Gäste klatschten im Takt, und Jochen drehte sich mit seiner Liebsten im Saal, daß ihre Röcke flogen. Endlich löste er tanzend ihren Schleier und warf ihn über die Schulter zurück.

Der Zufall wollte, daß Gertrud ihn fing. Sie lächelte verlegen, und dann kam der Tusch und das Aus, noch einmal Applaus, bis das Paar zum Büfett trat, um ein paar Leckerbissen für die Reise einzupacken. Beide wollten nach Rostock fahren.

Es war eine laue Herbstnacht. Kalluweit hatte Heyer um ein Gespräch gebeten, nun hockten beide Männer rauchend auf der Brüstung der Freitreppe und sahen hinauf zu den Gestirnen. Die Fenster des Schlosses leuchteten gelb in der Dunkelheit, fröhlicher Lärm und Musik waren aus dem Saal zu hören, die Gäste vergnügten sich immer noch.

Kalluweit erinnerte sich an Erntedank neununddreißig, an seine Hochzeit in der ausgeräumten Gesindestube des Leßtorffhofes, an Tränen und Scherben, an das Geschrei: Blut im Hochzeitskleid!, an eine wüste Schlägerei. Er sagte:

Ich muß daran denken, wie der Pastor Gertrud und mich nach der Trauung verabschiedet hat. Zwei Menschen ziehen hinaus in fremdvölkisches Land. Heute ziehen wieder mal zwei, gottlob bloß bis Rostock.

Heyer warf die Kippe weg.

Kalluweit meinte: Wie ihr so seid, wie ihr miteinander umgeht, hat mir den größten Eindruck gemacht. Fein seid ihr ja nicht gerade, aber so was wie Schicksalsgenossen, wenn man das so großartig ausdrücken darf: Kameraden. Weißt du, eigentlich gehöre ich zu euch, ich bin immer noch Knecht, und du bist ein großer Mann geworden, wie bei uns ein Regierungsrat oder Amtmann.

Heyer lachte: Mindestens.

Der andere fragte lauernd: Wenn ich übersiedeln sollte, mal theoretisch, bekäme auch ich Kredit für 'ne Kuh?

Sieh mal an, sagte Heyer nach einer kleinen Weile, Kalluweit will zurück zu Frau und Kindern.

Aber der Mann schüttelte den Kopf. Es wird nichts mehr mit Gertrud und mir.

Da sprang Heyer von der Mauer. Selbstverständlich tue ich was für dich. Du hast als Melker was auf dem Kasten, am besten ziehst du höher hinauf in den Norden, da fehlen uns gute Leute, und die Gegend ist noch hübscher als Rakowen, blanke Seen, grüne Wälder.

Beide lachten.

Gerade in diesem Augenblick zerrte die alte Habersaat den keinen Peter aus dem Saal. Der Junge sträubte sich und schrie, die Großmutter schimpfte: Dir werd ich helfen, gleich ist Mitternacht. Hast du dich nicht reichlich vollgestopft? Vier Bockwürstchen, wenn ich richtig gezählt hab. Wirst du wohl ruhig sein. Da steht Heyer, er ist von der Regierung. Wenn du nicht auf der Stelle artig bist, steckt er dich ins Loch.

Heyer schlug die Hände zusammen. Aber Großmutter, du verstehst nicht das geringste von Pädagogik. Ich bin nicht der schwarze Mann.

Eins auf den Arsch, meinte die Alte, ist immer noch das solideste, und klopfte das Bürschlein auf den Hintern.

Jetzt erschien Gertrud auf der Freitreppe. Sie brechen auf.

Und schon kam das Brautpaar. Gertrud küßte abschiednehmend Mala und Jochen und ermahnte den Schwiegersohn: Sei gut zu ihr.

Jochen nickte flüchtig und hielt seiner schönen Frau eine Gummiüberhose hin, wie sie Motorradfahrer bei schlechtem Wetter tragen. Mala hatte Mühe, sich mitsamt dem weiten Seidenkleid hineinzustopfen, Jochen mußte nachhelfen, indem er das Gummizeug wie einen Sack rüttelte, bis er prall gefüllt war.

Gotteswillen, rief Gertrud, was soll das?

Wir nehmen das Motorrad.

Du hast getrunken.

Keinen Schluck, meinte der junge Mann, ich versau mir doch nicht die Hochzeitsnacht. Er nahm Mala auf die Arme und trug sie lachend treppab.

Jetzt kamen die polnischen Gäste, Juschu und Bronka, Stefan in ihrer Mitte.

Gertrud umarmte den Jungen, dann knöpfte sie ihm die Jacke ordentlich zu und wandte sich an seine Mutter: Bitte paß auf, er ist unvorsichtig und so empfindlich auf den Mandeln und immer zu eitel für einen wollenen Schal. Bitte

Bronka, setz dich durch, sonst rennt er morgens ohne Frühstück aus dem Haus.

Händeschütteln, viele Küsse, Tränen und endlich: Gute Fahrt, ihr Lieben.

Heyer zauste dem Jungen zärtlich das Haar. Halt die Ohren steif, Stefan, und vergiß uns nicht.

Seit ein paar Minuten wartete der Kleinbus am Fuße der Freitreppe. Die Fahrgäste waren eingestiegen, aber noch immer hatte sich die Schiebetür nicht geschlossen.

Auf halber Treppe stand Kalluweit. Er hatte sich der Abschiedsszene ferngehalten, schließlich zählte er sich nicht mehr zur Familie. Jetzt hob er winkend die Hand zu Gertrud und Heyer hinauf. Ich komme wieder. Dann eilte er hastig die Treppe hinunter, um die Fahrgelegenheit nicht zu verpassen.

Gertrud stand mit hängenden Armen allein und wie verloren auf der Terrasse, bis Heyer kam und ihr den Mantel behutsam um die Schultern legte.

Sie sagte: Ich fühl mich mit einemmal leer, wie verwaist.
Er nahm sie beim Arm. Komm.
Wohin denn?
Nach Hause.
Sie stiegen Seite an Seite die Freitreppe hinab. Aus dem Schloß klang die Musik, das Fest war noch nicht zu Ende. Er führte die Frau über den Kiesweg, bis sie stehenblieb und fragte, als habe sie erst jetzt verstanden, was er gesagt hatte: Nach Hause?

Er grinste. Hast du geglaubt, daß du mir den Laufpaß geben könntest?

Willi, mir ist heute nicht nach Albernheiten zumute.
Er antwortete frech: Mir ist nach allerlei zumute.
Wie alt bist du eigentlich geworden?
Er tat, als geniere ihn die Antwort. Zweiundvierzig.
Da bin ich allerdings viel jünger.
Ach, fragte er, etwa zu jung für mich?

Wenn du wüßtest, wie alt ich mich fühle. Mein Gott, wie lange bin ich durch die Welt gewandert, wie oft auf Irrwege geraten und mußte Auswege finden, immer auf der Suche nach ein bißchen Glück. Jetzt bin ich nahe am Ziel, da gehen die Kinder eigene Wege und lassen mich zurück.

Du mußt nicht traurig sein, sie gehen in eine Welt, die besser ist, als unsere jemals war. Du hast was dafür getan.

Sie seufzte. Was für ein Leben haben wir hinter uns gebracht.

Hinter uns? rief Heyer. Jetzt fängt doch alles erst an, jetzt wird es schön.

Neben dem Kiesweg waren Sandsteinputten aufgestellt, Gertrud wußte noch, daß sie ein Geschenk des Generalgouverneurs von Polen an die Gräfin Palvner gewesen waren. Ein paar Jahre später hatte man ihn gehenkt. Heyer grätschte lachend über die Putten hinweg. Gertrud eilte außer Atem nebenher. Warte doch, du alberner Mensch.

Jetzt stand er mit ausgebreiteten Armen mitten im Weg. Na, bin ich zu alt?

Ach, sagte sie, jetzt soll ich dir wohl Komplimente machen?

Mach doch mal.

Gertrud sagte lächelnd: Für mich bist du der Jüngste und der Älteste, der Kindischste und der Väterlichste, der Dümmste und der Weiseste. Willi der Einzige.

Heyer gab die Schmeichelei zurück: Für mich bist du Rauheit und Zärtlichkeit, Widerspruch und Bestätigung, Mutter und Schwester, Gertrud die Liebste. Er zog sie auf eine Bank, und für eine Weile hielten sie sich umschlungen.

Schließlich sagte sie: Wollen wir es wirklich versuchen, wir beide?

Versuchen wir's mal.

Als ein richtiges Ehepaar?

Mit Standesamt und allem, was dazugehört.

Ich bin bei der Genossenschaft.

Ich arbeite bei der Regierung in Schwerin.

Du wirst nur alle paar Tage nach Hause kommen.

Immer wieder Flitterwochen.

Sie rückte nahe an ihn heran. Darf ich dir mal was anvertrauen?

Heyer flüsterte an ihrem Ohr: Mir kannst du alles anvertrauen.

Gertrud gestand: So alt bin ich geworden, aber heute hab ich zum ersten Mal erlebt, daß mich ein Mann im Mondschein auf der Parkbank küßt.

Er lachte. Was meinst du, was du mit mir noch erleben wirst?

Nachtrag

Alle Passagen, die sich mit der verbrecherischen Polenpolitik des nationalsozialistischen Deutschlands befassen, beruhen auf Zeitdokumenten wie den Tagebüchern des damaligen Generalgouverneurs Dr. Hans Frank.

Für die Argumentationen der Romanfigur des mecklenburgischen Regierungspräsidenten Siebold zur Tagespolitik wie zur Bodenreform in der sowjetischen Besatzungszone wurden Aufsätze und Reden von Wilhelm Pieck verwendet.

Die spektakuläre Flucht aus dem KZ, wie sie der Romanfigur Willi Heyer gelingt, wurde nach Tatsachen gestaltet, die in den Auschwitz-Heften dokumentiert sind.

Die Rede der Figur des Pastors Heilmann auf der Hochzeit von Gertrud und Emil Kalluweit ist einem Jüterboger Heimatkalender aus den dreißiger Jahren entnommen.